野孩子·乖孩子

孙振远 著

黑龙江人民出版社

图书在版编目（CIP）数据

野孩子·乖孩子 / 孙振远著. —哈尔滨：黑龙江
人民出版社，2017.5
ISBN 978 - 7 - 207 - 11014 - 5

Ⅰ．①野…　Ⅱ．①孙…　Ⅲ．①自传体小说—中国—当
代　Ⅳ．①I247.5

中国版本图书馆 CIP 数据核字（2017）第 112951 号

责任编辑:吴英杰
封面设计:鲲　鹏

野孩子·乖孩子

孙振远　著

出版发行	黑龙江人民出版社	
地　　址	哈尔滨市南岗区宣庆小区 1 号楼	
邮　　编	150008	
网　　址	www. longpress. com	
电子邮箱	hljrmcbs@ yeah. net	
印　　刷	永清县晔盛亚胶印有限公司	
开　　本	787×1092　1/16	
印　　张	19.5	
字　　数	280 千字	
版　　次	2017 年 7 月第 1 版　2021 年 6 月第 2 次印刷	
书　　号	ISBN 978 - 7 - 207 - 11014 - 5	
定　　价	66.00 元	

版权所有　侵权必究　　　　　　举报电话:(0451)82308054
法律顾问：北京市大成律师事务所哈尔滨分所律师赵学利、赵景波

引　子

据健康专家讲,人到老年——大概从六十岁开始吧,记忆力会明显减退,对许多经历过的事情渐渐淡忘。与此同时,怀旧情绪却越来越重,对有些已经记不清、记不准的往事,非要费心费力地去追思回想,我就偏偏是这样一个人。

我今年七十岁,从小就记性挺差,平时好丢三落四不说,有时连对不久前发生的事情也转身就忘,可唯独对儿时的有些经历却刻骨铭心,好像就刚刚发生在昨天,经常为此寝食难安,有时还无缘无故淌出难辨滋味的老泪,引起家人的担忧,唯恐在精神上出大毛病。为此,女儿特意领我去拜访著名的心理医学专家。别看这位大师级的专家只有四十几岁,却已是业绩斐然,曾为许多高官政客、商贾名流排忧解难,指点迷津,那些高悬墙上的巨幅合影,就是最有力的证明。更令人敬佩的是,大师还不避贫贱,不独富贵,有求必应,有疑必解,对我这样的俗人乡老也热情有加。听完我和女儿的诉说,竟紧紧握住我的手说:"孙大伯,您老人家这是进入了人生的第二青春期呀!您能把那些不同寻常的经历记得的这样清清楚楚,表述得如此情真意切,真让人深受感动。我劝您老人家重拾笔墨,把这些难忘的事情写出来,既能了却一桩心事,颐养天年,又能使后人对那个年代的人生、社会、历史和风情,有比较真实的了解,何乐而不为呢?"

恭敬不如从命,我抱着试试看的心态躬身而作,断断续续写出《野孩子·乖孩子》这部书稿,从此真的不再轻易做梦,不再失眠,不再厌食,神情大爽、步健身轻,好像换个人似的,难道真的是进入了人生的第二青春期?

目　录

命 悬 一 线

据家谱记载,我们的祖籍在浙江省山阴县孙家塾。清康熙年间,大约是公元 1677 年,在修建清东陵的景陵时,有孙氏哥俩一起被征了民夫。封建社会时期的中国帝王,特别是明清两朝的皇帝,一般都在登基的第二年,便开始修建自己的陵墓。因大权在握,世代相袭,便极尽铺张,把陵墓建造得宏大奢华,耗费大量库银和成千上万的青壮劳力,如明代的十三陵,清代的东陵和西陵,无不如此。

景陵竣工后,这孙氏哥俩便在离陵墓仅二十里的大山脚下落了脚,慢慢衍繁出两支子人来。老大一支的人,死后葬在南山坡卧虎塘东侧,称为大孙家坟;老二一支的,死后葬卧虎塘西侧,称为小孙家坟。每年过寒食节,两支子人都要家家户户事先凑份子,吃"寒食",杀猪宰羊,摆席设宴,敬酒祭祖,比过大年还热闹。这寒食节是在清明节的前一天,就是每年阴历二月二十九,阳历的四月三、四或五号。这一天,家家户户不准生火做饭,全吃事先准备好的食品,所以叫"寒食"。那祭祖的场面才叫热闹呢!整个家族大小几百口人,按辈分前后排好,一起跪在祖坟前的松柏树下磕头。然后便是大吃大喝,请剧团唱戏。

我们家属于大孙家坟一支,至今已有十九代人,因人丁兴旺,故辈分较小。我爸我妈活着时,常常管同族的三岁小孩叫叔叔、大爷,你们想想看,轮到我得叫什么呢?

我们的家谱排列出二十个字,就是"素秉承洪志,家照玉振祥,宗禄仁相继,世泽永庆长。"世代轮流相传,每个字一辈子人。我们老孙家一共六口人,除父母外,兄弟三个、姐一个,属我最小。爷爷奶奶去世早,没见过面。大哥叫庆华,二哥叫庆方,三哥叫庆国,我叫庆云,姐姐叫庆兰。我出生在1947年阴历正月二十五,就是农村里常说的"填仓"那天,所以小名就叫了满仓。我妈生下我时一点奶水也没有,只能天天喂小米粥沫。有一天,妈妈从三叔家干完活回来,见我的小脚后跟血淋淋的,嗓子眼儿哭得发不出声,以为是让耗子咬了。可仔细一看,炕席上沾皮挂肉,才知道是饿大劲时硬蹬的,抱起我好顿哭。我爸见了,打着"咳"声说:"这兵荒马乱的,缺吃又少穿,还是送人吧,免得饿死。"当时,又正赶上给大哥大嫂张罗婚事,我妈前思后想,既怕养不活我,又怕儿媳妇一进门就心烦,便一狠心把我给了东龙虎峪庄没儿没女的老张家。

我被送人的第四天,大哥大嫂结了婚。大嫂王桂香家住西燕各庄,离我们南贾庄有八里地,家里四口人,除父母外,还有个妹妹桂花。在我们两庄之间有座大庙叫静音寺,设有十里八庄唯一的一所高等小学,大哥大嫂是六年级同班同学。学校的校长名叫耿伯尚,是我们那一带领导抗日的共产党区委书记,后来被日本鬼子识破身份,就上山打游击去了。这一来,学校被日本人放火烧了,大哥便回庄当了基干民兵。

大哥大嫂结婚后的第六天,国民党92军的两个营和地主还乡团偷袭西燕各庄,当场捕杀共产党乡、村干部十多人,其中就有大嫂那当乡财粮委员的爸爸。大哥大嫂料理完后事,便去找已是县委书记和独立团政委的耿伯尚,非要一起参军去打92军和还乡团。但当时的独立团有规定,只收男不收女,大嫂哭着求也没有用,只得留下大哥一个人回了家。半个月后,独立团奉命挺进东北。大嫂王桂香因带头送新婚丈夫参军,受到根据地政府的表扬,戴着大红花在上千人的大会上讲了话。

当时,我们家住的院子有两层土坯房,通着前后两条街。后面的院子挺大，除了牲口棚和猪圈，还有一大片空地，墙根旁有几棵香椿树。爸爸妈妈和二哥三哥住前层房的东西屋，我和大嫂、大姐住后院的东西两间。通前街的大门口有用石头砌的门楼，高高的门槛上有两扇带闩的榆木门。通北街的后门能进马车，排子门是用粗柳条编的，又高又宽。

我被送人不到一个月，大嫂心疼我命苦，同时也可能觉得太孤单，就通过乡政府出面，硬把我从老张家要回来。从此，她每天把我抱在怀里，放在身边，吃喝拉撒睡，一切事儿全不让我妈和大姐操心。

听妈妈说，在我不到一岁时，大嫂生下了大侄儿长山，奶水挺足。长山吃奶时，我馋得嗷嗷叫。大嫂没办法，只好干脆留下一个奶头，喂完长山就喂我。我妈和大姐见了，都说啥不让。嫂子却说："妈，妹子，你们就别管了。他爷俩要活一块儿活，要扔一块儿扔，就算是前世的缘分吧！"

听妈妈说，我小时候真叫没出息，白天咿咿呀呀在炕上地下追着大嫂，离开一步就又哭又闹。夜里睡觉时整宿让嫂子搂着，三天两头就把炕尿了，可大嫂照样喜欢我，每次回娘家都带上我，让庄里的人都直笑话。等到有了大侄儿长山，睡觉时便一边搂一个，说是不偏不向。其实呢，却处处偏向我。我把衣服穿破了，补好后再给长山穿。因为我大一岁，无论吃奶还是吃饭，都比长山多了，哪能叫不偏不向？

小孩刚学说话时，都最先会叫"妈妈"，我在这事上，出了好多笑话。刚会冒话，便天天围在大嫂身边转，"妈妈、妈妈"地叫个不停，家里外头谁见谁笑。见到我妈时，却啥也不叫，谁哄谁教也没用，别说有多气人。

等到长山开始学话时，丢人的事儿就更多了。他刚开始叫"妈妈"叫不真，我就硬充明公，在旁边大声教他，叫得大嫂又好气又好笑，街坊邻居也常拿这事儿逗我。

有一天，大概是四岁的那年夏天吧，常来我们家找二哥玩的"四白话"，又当着嫂子面儿在门口的大槐树下逗我，故意明知故问："小满仓，你管她叫啥？"

"妈，妈妈——"我傻乎乎回答，还特意拉出长声，引起众人一阵哄笑。

"你这坏小子!"大嫂脸上吃不住劲儿,红着脸骂一句嬉皮笑脸的"四白话",拉住我赶快进大门。一到院里,又开始反复叮咛,"小满仓,告诉你多少回了?不许管我叫妈,要叫大嫂,叫大嫂!"

"不,不!就叫妈!叫妈!妈妈——"我感到委屈,又觉得好玩,故意气大嫂。

大嫂没办法,憋住嘴好半天不出声,直到看我眼里闪出泪珠,才轻轻叹口长气,把我紧紧搂在怀里。

再稍大一点儿,我才慢慢觉出不大对劲儿,别人都一个妈,我咋两个呢?为啥那些大人都笑话我?直到过了五六岁,才彻底改了口。

说起大嫂抚养我的那些事,庄里庄外的乡亲都会咂嘴夸个不停:"啧,啧,瞧人家老孙家的大儿媳妇,啥事儿都做的让人佩服。别的不说,单讲对小叔子那份情意,天底下谁都比不上!"

我妈活着时也常嘱咐我:"老儿子,你将来长大了,不管出不出息,穷也好,富也罢,都不准忘了大嫂的恩情!"

"妈,您放心吧,我忘不了,全记着呢!"

说是全记着,其实并没记住多少,也许是当时太小的缘故。不过,大嫂因为我受委屈,好几次救回我命的事情,倒是一直记得清清楚楚。

我六岁那年的秋天,大姐被招到唐山的开滦煤矿当了工人,家里外面的事情几乎全落在大嫂身上,许多事都得靠她来拿主意。

一天上午,大嫂领我和长山去静音寺逛庙会,那热闹劲儿简直没法提,到处花花绿绿,人山人海,吵吵嚷嚷,要啥有啥。我第一次觉出天和地可真大,东西可真多,看啥都新鲜。尤其是那大道上跑的汽车,最让人琢磨不透,闹不清它为啥不长胳膊不长腿的咋就能走会飞,还像老牤牛一样会"哞哞"叫唤。

这时,我瞅准大道上又飞来一辆汽车,趁大嫂挑花布不注意,几步跑到道当中,两腿一叉,胳膊端平,用截猪赶羊的架势叫它停下来,让我好好看个究竟。汽车在离我只有两步远的地方撂着蹶子停下来,脚底下跺得直冒火星。这下我可乐啦!心想,这东西还真听吆喝,比老牛通人性。

"谁家小兔崽子?想找死,不要命啦!"车门打开后,跳下一个歪戴帽子的小子,骂咧咧上前就狠踹我一脚。

我没一点提防,连滚带爬跌倒在道边,但没觉疼,只顾瞅那汽车的腿长在哪儿。这回可看清了,原来它有六条腿呢,前头两条,后头四条,还两两一对紧挨着,都穿着黑色大胶皮鞋,紧贴在长长的肚皮下。它为啥身子那么长,肚子那么大,腿却那么短?难道是蹲着走的?还是——还是干脆就没长腿?怪!怪!怪!

那开车的小子还不解恨,上前一把拎起我,扬起另一只胳膊还要打。我这才醒过神儿知道害怕,赶忙挣扎着四下找人,正看见大嫂扔下长山,一边高喊"住手",一边跑过来救我,便立刻杀猪宰羊般叫,只是干打雷不下雨。

"松开你的狗爪子,凭啥打小孩?",大嫂冲上来推开那只正要落下来的胳膊,并就势用脑门儿猛一顶,竟把那小子撞个腔蹬,引得看热闹的人一阵阵哈哈大笑。

那小子吃了亏,又气又恼地爬起来,拉开打人的架势。可当他看清大嫂那要拼命似的发狠劲儿,再望望里三层外三层围上来的人群,先就吓软了半截儿:"大姐,这是您的儿子?您看看,他平白无故站在道当中截车,要不是我手疾眼快,早碾车底下去啦!"

大嫂不理他,只使劲儿白瞪一眼,然后把我拉到身边,前后左右转圈儿看看,又叫我蹦几下,见没伤筋骨,这才用手指着数落起来:"你是玻璃花还是二五眼?没见他还是个不懂事的小孩吗?才刚刚六岁,想看看你那破汽车,瞧起你啦!你倒好,没轻没重,又打又骂,真要伤了我们身子骨,非送你去县城蹲大狱不可!"

"这孩子,胆儿也太大,说不定啥时候会出事!"

"嘴大吃牛羊,胆大坐江山,用不着你臭嘴发咒!瞧你那嫩样儿,永远是怂蛋包一个！不和你一般见识，滚吧，快滚！"大嫂的一阵连珠炮，引出一阵叫好声。

"纯牌是头母豹子！好男不和女斗！"那小子一时接不上茬口，只得自认倒霉，脸红脖子粗地自己劝自己，跳上车灰溜溜跑没影了。

我得意地看着大嫂，心里美滋滋的，以为就没事了。可等人群一散开，大嫂恼着脸把我和长山领到没人处，突然照我的屁股蛋狠狠拍几巴掌。没等我寻思过味，又瞪起眼睛训道："小满仓啊小满仓，你这野小子，不要命啦！那汽车可不是牛犊子、马驹子，不认人也不怕人！真要一撒欢顶着你、踩住你，连骨头渣子都找不全！从今往后，你爷俩都给我离它远远的！记住没有？"

"记住了。"我和长山同时低声答应。我眨巴眨巴眼睛，这才知道做了坏事。要不然，大嫂哪会发这么大的火呢？

大嫂训完后见我和长山都知道害怕了，便轻轻长出口气，又一手拉一个领我俩去逛庙会，凡是见到好看的，都要站下瞧一瞧；见到好吃的，都要尝一尝。等到快晌午要回家时，又特意买十个驴肉馅烧饼，说是给全家人改善改善生活，解解馋。

大晌午头的日头烤得人身上冒油。为了快点到家，大嫂便领我和长山从庄东头的木板桥抄近回家。紧靠庄北边的沙河流到这里时，变得又宽又浅，河上临时搭成的木板桥仅有一尺多宽。桥面离水不足一尺，坐在上面把脚放到水中，一边打响一边看鱼来回游动，再冷不丁跳到河里扎个猛子，打几个挺，别提有多美气，多舒坦。我从三四岁起，就常同二哥三哥到这里玩耍，早就学会了游泳、捉螃蟹和抓鱼什么的，见到河水比见到啥都亲。

因为被烤得实在难受，刚一看到河水，我便提出要求："大嫂，咱到河里洗洗澡再回家吧，我想捉几个螃蟹吃。"

"那可不中！天这么热，身上的毛孔都开了，被凉水一激，会得大病的。"

大嫂一口回绝,让我满肚子不高兴,撅着嘴好半天不吭声,心里却打起鬼主意。

要上桥时,大嫂让胆小的长山走在当中,让我在最前头,嘱咐我俩一定要迈小步走稳。我嘴上哼哈答应着,可当走到桥正中间时,便假装踩滑,一仰身掉到河里没影了,吓得大嫂和长山一齐向岸上的人高喊"救命!"等跑过来几个大人要脱衣服下水时,我已经一个猛子顺水窜出老远,手里还抓着一只绿壳大螃蟹。我斜着身子顶水游到木桥下,一手抓住木板,一手将大螃蟹丢进大嫂挎着的柳条筐。大嫂变了声地催我快上来,我嬉笑着一翻身,深吸口气,又没影了。等我再手抓螃蟹出水时,只见大嫂正使劲拍大腿呼喊,几个要救我的人却伸大拇指叫好。就这样,我反复折腾半天,直到从河底的沟坎洞捉到五只螃蟹,直到身上起了鸡皮疙瘩,才心满意足地爬上岸。

"你真要气死我,吓死我啦!"大嫂一边给我擦身上的水珠,一边不住声训我:"满仓你给我记住了,以后要是再这么出幺蛾子,耍傻大胆儿,就哪儿也不领你去!"

我小声应着,心里却并不当回事儿,知道大嫂只是吓唬吓唬人,过后便啥事没有,照样喜欢我。因为这样的话她不知说过多少遍,没一回当真的。

为防备筐里的螃蟹逃跑,我在河边用细柳条把它们一个个拴牢,让长山拎着,自己却披上嫂子的大花褂往家走。半道上遇上小伙伴,就吹乎显摆一番。到家没等吃上饭,就突然发起高烧,从心里往外发冷,身子抖得直磕打牙。大嫂见了一摸脑门儿,吓得够呛:"哎哟哟,咋这么烫人!说你就是不听,看,被凉水激着了不是?快到炕头盖上被焐焐,发发汗。回头再给你熬碗姜糖水,驱驱寒气。"

没等大嫂把姜糖水熬好,我就挺不住哼哼起来,身子缩成了团团。大嫂吓坏了,赶紧到前屋找我妈。我妈甩着小脚跑来一看,二话没说,拔下头上的银簪就扎我上嘴唇正中和大手指尖。我觉得钻心地疼,忍不住打着滚儿叫,身子却能伸直了,只是鼻孔里一热,窜出股鲜红鲜红的血来。我妈让大嫂用新棉花团堵住鼻孔,那血又转头从嘴角往外流。

"妈,您老守着,我去东院找三叔去!"大嫂边转身边埋怨自己:"都怨我,怨我!咋就没看住他呢!"

"别去了,你三叔刚被外庄接走,一时半晌回不来。"

"那,那可咋办好?"大嫂被吓得发出了哭腔。

我妈想一想,说:"你快去拿个碗,把血接住,让他趁热喝了。"

"我不喝,不喝!"我一听直恶心,蹬着腿乱叫。

大嫂从外屋拿来碗,我妈把我拉到炕沿边,硬让血往碗里流,还哄我说:"老儿子,妈的好儿子,不喝可不中啊!不喝就保不住小命啦!"

活不成,保不住命可不中,我还要和长山一起玩,还要学大哥当兵打仗,当军官呢!我瞅瞅那小半碗血,等妈妈接过端到嘴边时,闭上眼睛,一咬牙,一张嘴,一伸脖,一口气全进了肚。等睁开眼时,发现长山被吓得躲在大嫂身后,仍在手捂住眼睛不敢看。

你别说,这半碗血进肚后不一会儿,我就觉出身上不那么冷了,脑门儿冒出一层汗珠,只是鼻孔里的血仍滴个不停。

"妈,这可咋办好?我爹和庆方他们爷几个又都不在家,不行就快求人用车送燕各庄医院吧!"

"别急,再等等!"还是我妈岁数大,招儿多。她让长山去东院看三叔回来没有,然后对我大嫂说:"你在这儿守着,我去抓那只老嘎哒鸡。先生常说缺啥补啥,再让他喝碗鸡血试试。"

大嫂点点头,攥紧我的小手,不出声地只顾流泪。

我们家那只叫老嘎哒的母鸡可是妈妈的心肝宝贝,每天早上放鸡出窝时,我妈都会摸摸它的屁股,看有没有蛋。没蛋就放它出去找食吃,有蛋就仍圈窝里。等到日头照进屋时,它就会开始"嘎哒、嘎哒"连叫一阵。我妈听到动静,就立即放下手中的活计迎出去。等打开窝门,取出蛋,那母鸡一般情况下不会走,仍要围着我妈脚前脚后"嘎哒嘎哒"叫个不停。

这时候我妈就会说声"等着",然后就进仓房里抓一把棒子粒撒给它吃。我妈之所以对它这么好,是因为这老嘎哒太会"甜和"人,不但蛋下的多,还多数是双黄,能蒸出一大碗鸡蛋糕,够我和长山吃个半饱。现在真要把它杀了,我妈还不得心疼出病来?

一想到这儿,我立刻高声央求:"妈,不杀老嘎哒!不杀老嘎哒!我还要吃它下的蛋呢!"

我妈装着没听见,走到前院大声呼唤起来:"嘎哒,嘎哒,老嘎哒,老嘎哒!"

我听声挣开大嫂的手,扑到开着的窗户前看究竟。只见那老嘎哒正摇摇晃晃地跑到我妈跟前,肯定是以为又有好吃的奖它呢,哪知道被我妈一把抓个准。

我妈抓紧鸡翅膀,晃着身子往回走,那母鸡大概是情知不好,使劲儿扑愣着翅膀尖叫,两腿用力空蹬,竟把我妈摔在了地上。趁我妈松手的工夫,它连飞带跳转眼就不见影了。我妈慢慢爬起来,用手弹弹衣服上的尘土,苦着脸站在那儿发呆发愣。

"这大白天的,咋能逮住呢!再说这么好的母鸡,哪舍得呀!"大嫂轻叹一句,转身走到靠墙的板柜前,从里面取出纳鞋底用的铁锥子,又拿起炕上的碗,悄悄走到外屋地的锅台旁。

我冷丁觉出不对劲儿,不顾鼻子仍在滴血,站起来隔着墙上的小玻璃窗往外瞧,正看见大嫂用锥子扎自己手腕,却硬挺着不出声,那血已经喷射出来了。

"大嫂,大嫂,你别扎自己!别扎自己!"我使劲儿敲玻璃呼喊。

大嫂抬头看我一眼,弯下身子,把冒血的手腕放在碗上。

"大嫂,我不喝!不喝!"我光着身子想要下地,可大嫂已闪身端碗进屋。

"瞎喊啥?别动,快趁热喝啦!"大嫂低声喝住我,把碗递到我嘴边。

我缩着身子扑到前窗台,没命似地喊道:"妈,妈呀,快来救大嫂!救大嫂的命!"

听到这动静,我妈小跑着进屋,一见端碗呆站的大嫂和被血染红的手腕,连声责备:"唉呀呀,桂香啊桂香,哪能这样!这样!都不要命啦!快放下碗,先把手腕扎上!"

我妈上前夺下碗,从兜里掏出手绢,扎住大嫂的手腕,然后就像吓傻了似的盯住放在炕上的血碗,好半天一动不动。

"妈,您老别管我,快让小满仓趁热喝下去呀!"大嫂抹着眼泪催促,心里肯定是连疼带吓,啥滋味都有啦!

"我不喝!就不喝!打死也不喝!"我在炕头上打着滚躲闪,弄得身上炕上到处都是血。

"妈,您倒快点!快点呀!"大嫂急得直跺脚,她先把碗递到我妈手中,随后一把将我拉到炕沿边上,紧紧抱住不准动。

我妈没别的办法,只好抖着手把碗顶在我嘴边,流着泪哄我:"老儿子,妈的乖儿子,这是你大嫂的救命血,要一口喝干,不许剩一滴嗒。你听真了,你要是活不成,妈和你大嫂也活不成啦!"

"老叔,你快喝呀!喝呀!"刚从东院跑回来的长山看到这情景,听了这番话,也忍不住用哭腔劝我。

我一看实在没法躲了,只得闭上眼睛,憋住口气,张大嘴把血全灌进肚。

"快躺下,躺下!"我妈有气无力地扶我躺在炕上,然后吩咐大嫂:"桂香,你再去看看三叔回来没有,不行就让你三婶先给弄点药吃。"

大嫂领着长山应声走出去,没等她娘俩出前门,我妈就突然使劲儿拍着炕沿大声哭起来:"哎呀呀,老儿子,妈的乖儿子!咱家老老少少就属你命苦哇……"

啥叫命苦命甜的?咋就我自己命苦呢?我迷迷糊糊地听妈妈唱大戏般的哭声,没等想明白,就呼呼睡着了。

不知三叔是啥时候赶来的,当他把一块连着耳朵的圆铁饼贴在前胸时，我忽悠一下醒了。

"别动，别动！"三叔贴完我的前胸后背，从耳朵眼拔出胶皮管子，笑着对我妈说："嫂子，没啥事儿，放心吧！给他吃点好的，养几天就又活蹦乱跳啦！等会儿先把这几片药分两次吃下去。"

听三叔这么一说，我也立时来了精神头儿，想借机问个明白："三叔，我妈说我命苦，你那这药片苦不苦？我要吃下去，苦上加苦，把肠子苦断了可咋办？"

"这傻小子！"三叔笑着拍拍我的后脑勺，明明白白地说："小满仓，我这药片可比冰糖都甜，你吃完后连命都会由苦变甜的！"

听了这话，我笑了，我妈笑了，大嫂也笑了，只有长山没笑，只顾不眨眼儿盯着奶奶手心托着的红药片，大概是想分点吃。因为在平时，凡是好吃的东西，都是我俩一人一半。

三叔走后，我没用谁劝就先吃下去两片药。三叔说得真对，那药片到嘴里甜甜的，没等嚼就自个儿滑进了肚。

"妈，我也要！我也要！"长山见我吃的香甜，实在馋的忍不住了。

"要啥要？你又没病！没病吃了会得病的。"长山委屈得眼里闪出了泪珠，我见了心里挺不得劲儿，后悔不该自己独吞这么好吃的东西。

秋天来了，天变的又高又蓝，地变得一片金黄，饱粒的庄稼，都使劲儿摇着身子唱歌跳舞，招呼人快把它们接回家。一排排大雁排成"人"字形，你追我赶往南飞。这时节，家家户户忙得脚打后脑勺，吃饭睡觉全没了准时辰，更顾不上看管我们小孩子了。这一来，我和长山可撒了欢儿，一会儿坐在拉庄稼的马车上，装模作样挥鞭子吆喝牲口，一会儿又仰在车厢里，两眼追着天上的雁阵和云彩，一会儿又钻进高粱地抓蝈蝈逮蚂蚱，玩得这个高兴！

吃过午饭，爸爸和二哥、三哥要去地里拉芝麻，我和长山都要跟着去玩。爸爸说啥不答应，说熟好的芝麻怕压，籽跑了收不回来。长山听话，站在旁边不吭声，我却假装看不见爸爸的横眉竖眼，硬往车上爬，还招呼长山快上。爸爸让二哥拽我下来,我紧抓住车帮硬不松手。大嫂听到动静跑出屋哄我,也扭过头不搭理。

"他大嫂,你躲开,我让他去!"爸爸拉下脸说。

大嫂刚离开身子,爸爸突然抢起鞭子,照我身上连抽好几下,好像烧红的烙铁落在后背上,疼得我蹦到地上打着滚叫唤。

爸爸咬咬牙,扬起鞭子还要抽,这一来,大嫂可受不住了,扑过来抱住我,扭头说:"爹,你老要还不解恨,出不了气儿,就抽我吧!"

二哥怕伤着大嫂,赶忙上前抢过鞭杆,三哥则吓得不敢靠前。

"你俩都别管!我让他一天天死犟死犟的,都是你们惯坏的。"爸爸虽然说的是气话,可不难听出,对大嫂过分娇惯我,早就心存不满。

听了这话,大嫂的脸色由红变白,由白变红,愣过一会儿后,忍不住同爸爸论起理儿来:"爹,您老这是说的啥话?照这么说,倒是我把满仓带坏啦!他还是个小孩子,要是懂那么多事理,还显着大人啦?"

"我自己的儿子,愿咋管咋管!"爸爸气上加气,话越说越难听。

大嫂历来是刀子嘴豆腐心,上来那股劲儿,谁都不惧,宁可过后再赔不是。她把我挡在身后,两手使劲一拍巴掌,当面儿揭起爸爸的短处来:"您自个的儿子?说得好听!自个的儿子为啥当初养不起送人?街坊邻居哪个不背后笑话?我就对您说吧,也不是我这当儿媳妇的霸道,只要我在你们老孙家待一天,就决不让他挨打受气!"

我爸是有名的倔巴头脾气,平时跟谁都没多少话,生气起来,只会跺脚乱哼哼,哪是大嫂的对手。这不,大嫂的几句话,就呛得他上不来气,蹲在地上,身子直打哭哭。

大嫂是明白人,啥事都会看火候,见好就收,见爸爸气这样,转身领我和长山躲进屋。进屋后,大嫂给我脱下衣服,见后背肿起好几道檩子,让我趴在炕上,一边小声数落我不听话不懂事,一边用香油给我擦伤止疼……

为这件事儿,爸爸一连好几天躲着大嫂,吃饭时不在一张桌,走对头不说话，更不稀理我。

这时候，倒是我妈沉不住气儿了。一天早上，等爸爸他们下地后，她拉着大嫂的手劝解："桂香啊桂香，你爹昨个让我好顿贬斥。他那人，天生的牛筋脾气，心眼儿又窄巴，让谁呛一句，多少天缓不过气儿来。你就看妈的面儿，给他个台阶下，假装服个软儿，免得把他憋闷出心病来。妈心里明镜似的，你不但没一点错，还得感激你呢！"

没等妈把话说完，大嫂就扑哧笑起来："妈，我知道爹那脾气，早想赔不是呢，可他老人家总躲着我呀！您放心，今儿个我一定让他消气。一家人，有啥过意不去的？让外人瞧见，多笑话！"

"还是我大儿媳妇最明白事理！"妈夸完嫂子，又点着我的脑门数落，"这野小子，全是你惹的祸，让大嫂跟着受委屈！"

当天吃过晚饭，大嫂收拾完后，当着全家人的面儿，先响亮地叫了一声"爹"，然后嘿嘿笑着说："您老咋还生我的气？满仓背后的血痂都掉光啦！那天的事儿，全是儿媳妇我不对，心一急，嘴上就没了遮拦，不该惹您生这么大的气。您老人家岁数大，千万别和我们小辈人一般见识。您要是再出不了气儿，我就跪下给您磕个头吧！"

"看让你说的，过去的事儿，还提它干啥！"爸爸坐在炕头，红着脸憋一会儿，竟给自己也派上不是，"真细说起来，我也是不对！"

我大嫂能气人，更会哄人，同样的话从她嘴里说出来，总觉得好听，哪怕是怨你损你，心里也舒坦。

骟马！骟马！

　　刚过完大年，我们家的喜事就一件接一件，先是正月十六，老母猪一窝下十只猪羔，五公五母，个头儿都一般大。紧接着二月二龙抬头那天，老母马憨憨又生下一头枣红色的小公驹，落地不一会儿就能站起来走动。这一来，全家人都乐坏了。特别是我爸，平时脸上很少能见到笑模样儿，现在却乐得合不上嘴。听我妈说，自打她嫁到老孙家，前后生养我们好几个，从没见我爸这样高兴过。

　　那年我刚七虚岁，对生多少猪羔不大在意，可对小马驹却喜欢得没法提。你看它，浑身上下油光锃亮，找不出半根杂毛。粉红的小耳朵薄的能看清血筋儿，不停地前后扇呼。一双亮亮的长眼睛，汪着闪动的波纹，像两颗映在水面的小星星。脊背上那溜鬃毛密扎扎的，别提有多好看。四条腿细长细长，蹄子好大好大。二哥说它将来准能长大个儿，也不同谁商量，便起了个赫赫亮亮的名字"大青"。我一听挺带劲儿，就拍巴掌赞同。我一手拉着二哥的衣襟，一手胆儿突突伸过去。大青一点儿不认生，轻轻用嘴巴拱我手心，怪痒痒的。倒是那老马憨憨有点不放心，一直斜眼珠瞅着，恐怕伤着它的孩子。

　　说起我们家这匹老母马叫憨憨这个名，还真有点怪，因为那竟是我妈给起的。三年前，我爸不顾全家人的反对，用两亩河滩好地，从相邻的东

— 14 —

龙虎峪换回这匹马,它长的又高又壮,据说是日本鬼子逃跑时丢下的。刚到家的前几天,全家人和街坊邻里都在为给它起个啥名操心,争嚷个没完没了。谁都没想到,我妈说:"你们都别争了,我看它慈眉善面,老实巴交的,又听话又好使唤,就叫它憨憨吧! 也正好和我们当家的配上对!"

我妈本来说的是句玩笑话,却赢来一阵叫好。那有名的坏小子"四白话",跳着脚拍巴掌逗我妈:"大表婶,您要这么配对,不是把自己闲起来了嘛!"他名叫孙庆江,是我们一个祖坟上的平辈,和二哥好得就像多长一个脑袋,是有名的浪荡帮子,跟谁都敢胡吹乱侃,打哈哈凑趣,说话不着个调儿,所以才落下这么个臭名。

"对呀,对呀,你们家这今后的日子可咋过呢!",众人也跟着一块起哄,凑热闹。我妈这才觉出自己说错了话,红着脸转身跑进屋。

我大嫂见家里人吃了亏,上前拧住"四白话"的耳朵笑骂:"你这接丧的东西,就是狗嘴吐不出象牙,今后学着点咋说人话!"

"哎哟哟,嫂子轻点,可别揪掉耳朵,兄弟我还等你帮着给说媳妇呢!""四白话"扭着身子装相,又引出一阵哄笑。

"就你这没人样,人家姑娘挂树杈上也不待跟你的!"大嫂松开手,又点着脑门教训。

那"四白话"却不急不恼,继续嬉皮笑脸地顶对:"那我就连树一块搬回家,不但白得了媳妇,连做寿材都不用买料啦! 嘻嘻,合适! 合适!"说完,闪身跑走了。

我妈的一句玩笑话,给母马定了名,从此家里家外的人都叫它老憨憨。刚开始,我爸心里不大情愿,可时间不长,大伙都叫顺嘴了,他也就只好随大流叫起来。

从大青出生的第二天起,我和长山就天天同它缠磨在一起,给他挠痒痒,梳鬃毛,在后园子撒欢,很快成了好朋友。我妈和大嫂怕我俩被踩着踢伤身子,三番五次喝唬让离它远点。长山听话,渐渐不再靠前,我却一直不管不顾,同大青越来越亲近。有时候早上我还没起来,大青就会顶开后屋门,探头探脑往里瞧,打响鼻招呼我。爸爸和二哥见我这么喜欢大青,不但不挡不拦,还说我将来一定能出息成个好车把式。

一天上午,二哥和爸爸往地里送粪,大青只跟着跑一趟,见我起来找他玩,就说啥不肯再去,不管是二哥招呼它,还是老憨憨不停地打响鼻、跺蹄子,都愣装没听见,躲在棚子里藏猫猫儿,等马车一出院,就立刻跑出来同我疯耍。先是我在前面跑,它在后面追,追到后大门时,就往回变成它在前面跑,我在后面追,追上后让我搂住脖子打嘟噜吊。长山远远看着,眼气得不得了,就是不敢靠前。

过了一会儿,妈妈和大嫂、长山要去三叔家看三婶,说三婶又生了个大胖丫头。临出门时,妈妈嘱咐我要看好家,关好院门,别上街去玩,别总跟大青来回疯跑,我满口答应,只盼她们快点走。

玩了好一阵子,觉得又累又饿又困,一看妈妈和大嫂她们还不回来,我便把大青引进大嫂的屋里,想和它到炕上搂着睡一觉。大青一开始不肯,我就在脸盆放点清水在炕上引逗。它想了想,看了看,才把两只前腿搭上炕沿。我先让它喝几口,又把盆往窗台前挪一挪,然后跳到地上,使劲儿从后面推它屁股蛋。大青一激灵,使劲爬到炕上,可等它撂着四蹄要站起身时,只听得"扑通"一声,整个炕面塌了一大片,我和大青一块儿掉进炕洞,顿时呛得出不来气儿,睁不开眼。没等我爬起来,那大青一急,转身,"嗖"地从炕洞跳出去,撞开门蹿到后院,扔下我不管了,我吓得又哭又叫,正赶上爸爸、二哥、妈妈和大嫂他们都一起回来了,一看这场面,爸爸二话不说,把我按在炕沿上,用鞋底儿好顿揍。要不是大嫂和二哥拉着,屁股蛋非开花不可。

妈妈和二哥把爸爸劝到前屋,大嫂一边给我洗身子一边数落:"小满仓啊小满仓,你也太能作妖啦,你瞧瞧这有多险,真要身子骨踩坏了,一辈子可咋办!"

一转眼,几个月过去了,大青已长得比我高比我壮,身上油光水滑,肉肉乎乎,可仍像我一样,没一会儿老实气儿。只要听到我的语声,就老远跑过来,不是撒欢打转,就是乱拱乱撞,打响鼻,跺蹄子,蹭我的脸,舔我的手心,让我搂住脖子打悠悠。

入秋后,大青长得更高更壮也更带劲儿啦!身上的肉滚瓜溜圆,四条腿越来越粗,走起路昂头挺胸,浪不丢美个滋的,跑起来像一阵小旋风,故意把地踏得"哒哒"响,尾巴甩得像把小扫帚。可同时,它的性子也野起来,每次跟车出去,不是东掠几口西啃几下,就是车前车后瞎蹦乱跳。有时故意远远落在后边,非等它妈"咴咴"连叫几声,才发疯般冲上来。有时刚走几步正道,又突然四蹄狂奔,站在老远处扯嗓子高叫,催老马快快跟上,显它有多能耐似的。二哥怕它这么由着性儿耍,说不定啥时会伤人,就和爸爸商量要早点让它上套。我在旁边听着,心里一百个不高兴,可又不敢乱插言,怕挨顿臭骂。一想到从今往后再不能和大青随便玩耍,憋屈得半夜没睡着觉。

第二天一早,麻烦就来了,不管二哥咋拉咋拽咋吆喝,大青就是不肯上套。二哥恼了,狠狠抽几鞭子,大青痛叫着蹿进马棚,再不肯出来。二哥气得抄起搅料棍,想好好教训大青一顿。

"二哥,二哥,别打大青!别打大青!"我实在忍不住,扑上去拉住二哥的手腕央求。

"这东西现在就这样,将来那还了得!"二哥发狠地推开我。

"庆方,你别光知道来硬的,让满仓招呼招呼试试。"大嫂可怜我,也可怜大青,倚在门旁劝说。

"不中,今天我非打服它不可!"

我一看没辙了,立刻躺地上打滚叫,把全家人都引过来帮忙。这一招儿还真灵,二哥扔下棍子,大声喘起粗气。

我一骨碌爬起来,想进去看看大青,到底会被吓成啥样儿。

"满仓,别去,小心踢着。"二哥大声阻拦。

"不用你管!"我没好气儿地回一句,撞开二哥的胳膊,几步跑到大青身边,搂住它的脖子呜呜哭起来。然后又趴在它耳朵边儿小声劝道:"大青,大青,你先咬牙忍忍,等卸完车后,我再领你去河边吃青草!"

大青像是听懂了我的话,边眨巴眼睛边点头,嘴唇哆嗦着,满肚子委屈。我怕二哥还不消气儿,也知道大青怕他,扭头招呼道:"二哥,你躲远点,大青怕你还打它。"

"不让它怕个人还中!"二哥嘴上这么说,还是退后好几大步。

我伸手拍拍大青脑门儿,怨它太任性子,不然能提前上套? 能挨揍?我又捋捋它脖子上的长鬃,劝它忍一忍,装一装。大青全懂了,贴住我的脸轻轻蹭几下,弄得我眼泪成串儿往下掉。

我把大青牵出马棚,学着二哥的样子吆喝,大青顺乖乖地转身掉腚,让我把套包、夹板、肚带一一安置好。

"庆方,咋样儿,我说它听满仓的吧!"大嫂乐呵呵开导二哥:"啥人啥对待,啥牲口啥使法儿。今后你还真要多用点心,摸透它的脾气秉性,才能使顺手。"

二哥没吭声,却对我挤眉弄眼,不知道是装憨,还是夸我。我爸我妈和三哥、长山见了,都一起笑起来。

"满仓,要不你也跟去,免得半道上它要赖。"二哥求起我来了,让人心里真痛快。

"好嘞!"我爽快答应,得意地爬上车辕,并且没忘招呼长山:"长山,上来,快上!"

"妈?"长山仰脸问大嫂让不让上去。

"你就别跟着去添乱,有你老叔就够啦!"

大嫂的话让我听得一半明白一半糊涂,啥叫有我就够了呢? 是夸我还是贬我?

大青上套后,虽然不能天天再形影不离,但只要一见面儿,总要亲热一番。我常常摸着它肩头和后胯磨出的伤痕,心疼得眼泪汪汪。可大青却傻乎乎不当回事儿,不觉疼不知痒的。不过,听二哥说,它的性子越来越野,三番五次惹是生非,有一回差点儿踩伤个小孩,被二哥狠抽了一顿。

今儿个下午收车早，一解套我便牵大青往河边跑，那里刚长出鲜亮的嫩草，大青最喜欢吃。吃饱喝足玩个够，浑身上下精精神神，谁见谁夸。

大青这是咋儿啦？本来刚干完活儿又渴又饿的，却对鲜草吃的没滋没味，还不时四下张望，心烦意乱地跺脚瞎叫唤。我觉出不大对劲儿，远远瞧瞧，原来是"四白话"孙庆江赶空车过来了。

"四白话"的马车近了，大青猛地蹿过去，边跑边扯嗓子叫唤。"四白话"家的母马见了，站下来高叫着应几声，梗着脖子不肯再走。

"大青，回来，回来!"我追过去想拉住它，可大青假装没听见，只顾摇头晃脑同母马要贱撒欢。那母马也真不害臊，不是一家人，却哼哼唧唧同大青又缠又蹭，黏黏糊糊，任"四白话"喊叫，就是不理会儿。

"满仓，你家大青会撩骚了，快牵走!""四白话"嬉皮笑脸地对我吆喝。

我脸上一热，上前抓紧缰绳，想把大青拽开。可它没皮没脸，挣开我的手继续同人家缠磨，又扬前蹄，又抛后蹶，又抖鬃，又甩尾，临末了，还猛地腾起前身，把两条腿搭在母马身上。母马一闪，车轱辘一下子陷到路边的壕沟，差点把"四白话"从车辕悠到河里去。这一来"四白话"可急眼了，骂咧咧爬起来，挥鞭子就是一顿猛抽。

"'四白话'你心眼儿没长正! 为啥光打我家大青?"我见他又狠又凶地偏心眼儿，扯着嗓子论理。

"谁让它瞎撩骚，快牵走，不然抽死它!"

"你净瞎白话，你家母马才撩骚呢，硬赖住不走!"我明知理亏，嘴上却刚硬不让人。

"四白话"扑哧笑了，收回鞭杆，点着我的脑门儿说："你小孩子懂个屁，这儿马子几个月就想干那事儿! 小满仓，你也快啦! 哈哈哈……"

我听出他在骂我，立即跺脚还击："'四白话'不是人，是个小狗把大门!"

"得，你小子昏天地黑，四六不懂，不和你一般见识，回头找你二哥说去。""四白话"不气不恼,可又倒过鞭杆,照大青屁股又狠拍一下。大青疼得受不了,往边上躲出几步远,可仍回头梗着脖子不肯走。我气得上前抓住缰绳,掉过绳头连抽几下,好不容易才拉住它。等"四白话"的马车走远了,才垂头丧气牵大青回家。

第二天刚吃完早饭,"潘老狠"和"四白话"就一块儿来到我家。我一见"四白话"不烦别人,噘着嘴狠狠瞪他一眼,可他却嘻嘻笑着没话找话:"小满仓,还生我气呢?告诉你吧,今儿个可有好戏看!"

我没理他,坐在炕上听大人唠嗑。很快就听清楚了,原来他俩是爸爸和二哥请来骗大青的。我又气又急,害怕大青活遭罪,便出溜下地,跑到后屋去告诉大嫂。

说起"潘老狠"的狠劲儿,那可是远近出名。他专以劁猪劁牲口为生,一天背个皮褡子各庄各户转悠,猪、狗、牛、羊、马、驴,什么都敢收拾。还尤其喜欢劁长大的公猪、公马、公牛、公羊、公驴,一是图挣钱多,二是为吃那些割下来的卵蛋。每次得手后,都亲自切成细丝儿,用刚打上来的井水拔一拔,拌上葱、姜、辣椒、老醋、盐面儿做下酒菜,说是大补元气,壮阳生力。怪不得他脑袋胖的像个大葫芦头,脑门儿锃亮,胳膊大腿一般粗。可让我感到纳闷的是,他今天竟啥家什也没带,那要咋弄?我悄悄听好一阵子,终于明白原来他们要生骗大青。这主意是爸爸主张的,说动刀子会伤大青元气,将来干活儿差劲头儿。

二哥很快把东西准备齐全:两块厚榆木板,半片湿麻袋,一把木榔头和两根红布条。等到把大青牵到北墙根儿那棵老香椿树下拴好时,"四白话"又白话开了:"二姨夫,这东西才野性呢,您可得狠点收拾!"

"咱爷们儿的手艺,弄一个保一个!"

我不眨眼儿地瞧着,看到"潘老狠"那得意的样子,身上直发冷。

"嗷嗷"一阵乱叫之后,大青被四仰八叉地按倒在地上,吓得又拉屎又淌尿。我用双手捂住眼睛,从手指缝往外瞧,心都提到了嗓子眼儿。

"把住啊!""潘老狠"吩咐一声,接过二哥递上的木板,垫到大青后胯下。然后用湿麻袋片抱住大青的卵蛋,齐根用红布条扎紧,再把另一块木板压在上面,最后挥起木榔头,咬着牙狠劲砸下去。

大青没命地哀叫起来,把香椿树震得"哗哗"直晃。

啊?啊!原来是这么弄!这么弄!我听着大青不住声的惨叫,好像那木榔头正一下接一下全砸在自己身上。我的腿软了,小肚子里抽筋地疼,裤裆全湿透,吓得起身往屋里跑。

"大嫂,大嫂,他们把大青快砸死啦,快去救救它!救救它!"我拉着大嫂手哭喊。

"不让你去,你偏不听。你看长山多听话!小孩子家,哪能啥热闹都看!别怕,嫂子搂着你!"不管大嫂咋哄,我就是止不住哭,生怕他们把大青折腾死。

"庆华媳妇,快打盆热水,得好好洗洗手。"没一袋烟工夫,"潘老狠"第一个进了外屋地,一点不认生地招呼嫂子。

"来了,来了。"大嫂松开我走到外屋,从锅里舀出温好的热水,倒进瓦盆。

"满仓,你哭个啥?又没碰你一手指头。""四白话"洗完手进到屋里,见我还在哽咽,幸灾乐祸地逗扯人。

我正有气没发出,有苦没处诉,立刻不管不顾地叫起来:"'四白话',你使坏!你不是好人!大青招你惹你啦?你对它下死手!你不得好死!"

"嘿嘿,这傻小子,到底是岁数小!""潘老狠"也跟着笑话我,我恨不得扑上去咬他几口。

"滚出去!又想挨揍是不是?"爸爸吃不住劲儿了,瞪着眼睛横我。

大嫂见了,赶忙过来护我:"爹,您老跟孩子使哪份威风?您不知他和大青有多好?能不心疼吗?"说完,又白瞪一眼"潘老狠"和"四白话",重又把我搂在怀里。这时,长山早吓得躲到炕头猫着去了。他历来就是这么胆小,听到树叶落下来都怕砸脑袋。

"满仓,听二哥的话,别哭了,快牵大青出去遛遛,免得误住血,打今儿个起，大青就更听你的话啦！”二哥连哄带劝装好人。

我正想看看大青被祸害成啥样，挣出大嫂的怀抱就往外跑。

“遛遛可以，千万别喝凉水啊！”“潘老狠”在身后高声喊。

“满仓，听见没有？别让它喝一口凉水！”爸爸也追出来嘱咐。

“听着啦！”我一边答应一边跑，老远就看见大青正倚在香椿树上浑身疼得打战，肚子沾满泥土，裆下吊个麻包，马尾梢折过来用红布条扎住，听到我的语声，连打招呼的力气都没有了。

这工夫，被拴在棚子里的母马一直在“咴咴”地叫，让大青快过去，可被死死拴住，谁也够不着谁，只能干着急，干瞪眼。

“大青，大青，你还疼不？疼不？”我扑上去抱住它的脖子，又嘤嘤哭起来。

大青睁眼看清是我，有气无力地把脸贴在我脑袋上，好像低声在说：“满仓，满仓，快救我！救救我！”

“大青，你忍住，忍着点！”我流着泪叨念着，费力解开缰绳，只恨自己太胆小，太没能耐，不然的话，哪能让大青遭这份罪！

大青两条后腿向外支棱着，一瘸一拐地边走边哼哼，走不多远就站下来歇一歇。我一直瞄着它裆下的麻包，心想，两个卵蛋肯定全碎在里面啦！我肚脐眼下边一阵阵发疼，身上出满了冷汗。

不知不觉中，我俩来到昨天出丑的地方，大青突然站住，低头闻闻地面，备不住又想起那桩见不得人的事儿，好像挺后悔似的。就是嘛，你要是多长点出息，何苦遭这份罪！我看着心里难受，赶紧牵它躲开往前走。

到了河边有青草的地方，大青一口也不想吃。我掐一把嫩尖递到它嘴边，竟然闻都不闻，照直向河里走去。我记着爸爸的嘱咐，心里一惊，咬牙使劲儿拽大青，它一回头，把我弄个大跟头，然后几步跑到河边，在水里不住嘴地猛喝起来。等我追到跟前时，它又往前走几步，“扑通”一声趴在河里，闭上眼睛，一动不动。

我怕大青被凉水激着受病，跳到水中使死劲连拉带拽地折腾了好一阵子,它才不情愿地慢慢上了岸。

看到大青浑身淌水,肚子又灌得饱饱的,自然就不敢回家了。我牵着缰绳陪它在河沿上来回溜达,用树条给它梳毛,可它只顾不停嘴地乱哼哼,一直不搭理我。

回到家已经快晌午,"潘老狠"和"四白话"早不见人影儿。二哥轻轻拍着大青的肩膀夸我几句,随后端过一盆熬好的小米稀粥。大青只闻一闻,一口没动。我在旁边瞅着,心想,哼,你们这么祸害它,不恨你一辈子才怪!

第二天天刚亮,二哥就慌慌张张喊开了:"爸爸,可不好啦!大青一夜没吃没喝没睡,下面肿得要胀开!"

"那哪能呢!"爸爸披衣下炕,我听到动静后便一骨碌爬起来,不顾大嫂的拦阻悄悄跟出去。

大青正躺在母马身边乱哆嗦,看样子站都站不住,裆下肿得像个小冬瓜,通红通红,真像要裂开。老母马围着它打转转,不时用嘴拱拱,叫几声。我爸一看大事不好,让二哥快去找"潘老狠"。

不大一会儿,"潘老狠"这个坏人晃着身子到了,他倒背着手搭眼一看,猛地倒吸口凉气,转身死盯着我逼问:"满仓,昨个儿你牵出去,是不是喝凉水啦?"

"没有!没有!就没有!"我瞪着眼大声呛他。

"不对呀,我收拾大半辈子牲口,只要不着凉,没一个落毛病的。"

"也可能是您下的手太重了点!"二哥帮着另找原因。

"二爷们儿,这你就外行喽!手不重点,能收拾彻底吗?不然,就得像对宫里的太监那样,刷二遍茬,遭两次罪。"

"那,那,这可咋弄好?"爸爸急得直跺脚:"你就快想个招儿吧!"

"潘老狠"瞪着眼珠琢磨半天,最后被爸爸逼问的实在没辙,只好说了熊话:"大掌柜的,我是真没辙了,快去请你家三先生吧!"说完,竟鞋底抹油——开溜了。

"潘老狠"一跑,二哥就不住声抱怨起爸爸:"我说别这么弄,别这么弄,偏不信。这回可好,白糟践一头好牲口!"

"净瞎胡说!还不快去找你三叔!"爸爸又气又恼,眼珠都急红了。

我三叔是西医洋先生,住街东头,过来只看一眼,也埋怨起爸爸来:"我说大哥呀,你咋就不先吱个声呢!现在都啥年头了,还兴这么弄!真是!真是的!"

"别,别说没用的,你就快想个法儿救救它吧!"我爸急得只拍脑门,就差没哭出声。

这时候,我妈和大嫂也过来看,都吓得只顾打"咳"声。妈妈可怜爸爸,抹着泪求三叔:"三兄弟,你可千万给整治好!不然,你大哥非急出'火乱症'不可!再说,你二侄儿还等它冬天跟着到长城口外拉脚,挣下钱好娶媳妇呢!"

"先打打针,灌点药看看吧,我可从没整治过牲口。"

"我琢磨和给人治病差不多,你就多下点药吧!"我妈真有两下子,竟说得三叔点头认可。

三叔回去配好药,很快返回来。他让爸爸和二哥三哥帮忙,把一大管药水打进大青腿根,随后又灌下半盆药汤,折腾小半天,才使大青尿出一摊血红血红的东西。这中间,我一直抱着大青脑袋和脖子,小声哄它别动。这回可真怪了,爸爸不但没横没撑,完了还夸奖似地摸摸我脑袋。

经过几天的日夜调理,大青的病才渐渐治好,不过,浑身却瘦下一大圈儿,走起道直打晃。又过半个多月,身上才长点膘,有了力气,开始上套出车,全家人的脸上这才开了晴,能见到笑模样,可唯独我高兴不起来。因为我很快发现,大青前后彻底变样了,变了心,一天天蔫头耷脑,不声不响,不欢不跳,先前那股喜人的机灵劲儿,一丁点也见不到了。最气人的是,我给它吃,给它喝,哄它玩,对它再咋好,这东西都不亲不近,不知情不知理的,气得我掉好几回眼泪。可就这样,爸爸和二哥还逢人就夸,说大青骟后很听使唤,再不惹祸。干起活儿来,比老母马还强,肯出死力气。

他们越这么说，我心里就越憋得慌，终于得场大病，一连几天不吃不喝不睁眼，连抽风带说胡话，一声接一声召唤原来的那个大青。只要一睁眼睛，就瞧见大青被骗时的可怜相，听到那吓人的叫声。要不是三叔手艺高，小命早没啦！

　　病好点后，我仍然一天天心惊肉跳，说啥不肯再到后园子里去。因为只要一看见大青的影，一听它叫唤，就立刻浑身哆嗦，小肚子疼得忍不住。大嫂知道我的病根在哪儿，就让我妈先出面，劝爸爸和二哥快把大青卖掉。

　　当时，在我们那一带农村，谁家要是能拴起胶轮大车，养得起骒马，那可是不简单的事情，让许多人都挺眼气。现在又得了大青这样的好儿马，一公一母、一老一少，拉着胶轮车东西南北地拉脚挣钱，不发财才怪呢！真要把大青卖了，就好比挖了爸爸和二哥的心头肉。

　　果不其然。一天晚饭后，我妈趁大嫂也在场，便有意提起这件事："孩子他爹，这小满仓一见大青就犯病，再这样折腾下去，怕是小命都难保，还是把大青卖了吧！"

　　"住嘴！"我爸没等妈再往下说，立刻暴跳如雷地怒骂："你这败家娘们儿，我看还是把你卖啦！"说完摔门而去。全家人都知道我爸这不单单是在骂我妈，也是骂给大嫂听的。要是搁在往常，听到这话，大嫂肯定不会让人，可这回她却抿嘴一笑，不当回事，好像早已料到。

　　我妈也知道我爸肯定会这样，便不和他一般见识，看一眼不动声色的大嫂，转而又劝起二哥："老二，妈知道你懂事理，背后好好劝劝你爸，小满仓的病可再也耽误不得！"

　　二哥猜出这是大嫂的主意，心中虽然一百个不愿意，表面却装得挺像，不软不硬地说："大嫂，这事儿轮不到我做主！再说，就咱爸那脾气，谁说得了哇！"

　　大嫂见二哥直冲她来了，一下子冷下脸："说不了也得说！二兄弟，我问你，是钱财重要，还是人命重要？你俩是亲兄弟，一个妈生养的，你难道就狠心——"

"大嫂,大嫂,你别说了,别说啦!"二哥怕大嫂说出更难听的,连忙截住她的话,憋屈好半天,还是被迫答应下来,并且还出个新主意:"大嫂,你看这样行不? 这事太大,光让我劝肯定不行。一会儿你最好去找三叔,让他出面说硬话。或者你直接出马,咱爸就怕你!"

"看让你说的,怕我个啥呀!"大嫂脸上闪出笑模样,反倒夸起二哥:"嗯,你这主意倒不错,我这就去找三叔。不过,你该说也得说,要真心把事理讲明白,别想躲清净,只有你先松口才行!"

"行,行,大嫂,我听你的。"二哥认认真真地点头,回头还特意给我个笑脸儿。

"咳,说一大圈儿,还得由你大嫂主这个事儿! 还是我二儿子懂事理!"我妈一句话夸了两个人,说完还笑出了声。

趁大嫂去找三叔的工夫,二哥到后园子去劝爸,也不知咋说的,两个人的声音低一阵高一阵,高声的是我爸,低声的是二哥。我妈在门口挡住我和长山,不让出去看,只顾自己斜着身子仔细听,大概也没听清多少。

爸爸和二哥还没吵完,大嫂就领三叔回来了。他俩没进屋,直接找到后园子。三叔没等爸爸分辩,直截了当把话讲个明白:"大哥,这事儿又是你不对了。满仓的病是咋得的,大伙心里都明镜似的,若再耽误下去,指定性命难保,真到那时候可咋办? 还不被人戳断脊梁骨! 再说了,桂香这么主张,不但是为救满仓,也是为救咱全家! 换个别的儿媳妇,人家才不沾这事呢!"

"就是! 就是!"我妈乘机过来帮腔:"那牲口有啥金贵的? 比人命还值钱? 你可别再犯糊涂! 大不了,明年再让母马生一个就是了。"

"滚,没你的事!"爸爸自知没理,便拿妈出气,说完蹲下身子抱住头不再吱声。

"咋叫没我的事儿? 儿子不是我生的? 你要再犯浑,我就——"有这么多人在场,我妈也想出出气。

"妈,快别说了,别说了,我爸这不是正掂量着嘛!"二哥拦住妈妈,怕话重爸爸受不了。

还好,我爸自个儿寻思一阵,最终答应下来:"这整的啥事!啥事!既然你们都这么说,那就看着办呗!"

大青卖了之后,我的病才慢慢好起来,以后再没犯。可这件事一直像刀子刻在心上,一寻思起来就后怕。我常常想,假如当时大嫂不那么刚硬,三叔不及时说话,我会病成什么样子,能活到现在吗?

接大哥回家

刚收完庄稼打完场,我们家又迎一件更大的喜事:大哥终于有了准信,要回家啦!

那天上午,大嫂正哄我和长山在炕上剥花生,二哥举着个信封乐颠颠跑进屋:"大嫂、大嫂,我大哥来信了,地址还由广西改到咱河北省昌黎县,你快拆开看看,他到底啥时候回家!"

大嫂起身下地,欢天喜地接过信,没等仔细瞧,就有点担心地念道:"河北省昌黎县921865信箱,啊?那不是燕各庄成山表兄住过的军医院吗?"大嫂被惊得说不下去了。

我发现大嫂的手在发抖,费好大劲才撕开信皮。在这以前,大哥来信早说过要回家,把全家乐够呛,当然最高兴的是大嫂和长山。大哥当兵一去六七年,平时很少有家信,只知道在师部当参谋,还邮回一张腰间挂着手枪的照片,可带劲啦!我还发现,每次大哥来了信,大嫂都会高兴好几天,一有闲空就拿出来反复看,脸喜得像朵花,好像找到了啥金贵东西。看完后又小心地包好,压在箱底锁紧,不准谁动一动。

长山从打出生还没见过大哥,不认识亲爹长啥样,乘机又追问起来:"妈,我爸咋还不回来?他到底长啥样?"

其实,我也想问这话。因为我也一直盼大哥回家,想看看长的像不像我。

"快了,你问爸爸长啥样,没看见挎枪的照片吗？多神气,带不带劲儿？"

长山早就听过这样的回答,有点不大满意地晃晃脑袋,不再追问。而我却关心起另一件事:"大嫂,我大哥那手枪是真的吗,会不会伤人？"

"真是个傻孩子!"大嫂笑呵呵告诉我:"那枪当然是真的,不然咋打敌人呢？"

"大嫂,那你叫大哥把枪带回家,让我好好瞧瞧。"

"妈,我也要,我也要!"长山一听来了精神。

"那恐怕不中! 他这次真要复员回家,部队就要把枪收回,交别的兵去使。"

说到这儿,大嫂见我和长山都蔫了,便说:"要不这样,等他回家后,给你俩一人做一个,跟真的一样,只是不会伤人。"

"行! 行! 行!"我和长山这才拍掌乐起来。

大嫂抽出信瓤,没等看完就吓得叫起来:"庆方,你大哥真的受了伤啦!"

"大嫂,别急,别急,等看完再说。"二哥劝大嫂,自己却急得直挠脑袋。

我看着心里挺奇怪,大嫂刚才还满脸喜色,咋转眼又哭了呢？

"庆方,你快给嫂子从头再念念。"大嫂眼里含着泪珠,把信递给二哥。

二哥接过信后,从头到尾念了一遍,这回连我也听明白了。大哥说,他的左腿早在广西打土匪时就受了伤,先在师部医院住一年多,因为条件限制,骨头是长好了,腿保住了,可关节却伸不直。因为怕家里人惦记,所以一直没敢说。四个月前,部队决定让他复员回家,他向师长提个要求,说复员可以,但必须把他的腿给伸直,或是干脆从膝盖截去一段,免得无法走道。师长答应了,派人把他专程送到河北省昌黎县的军医院,现在正进行牵引治疗,效果很好,估计用不了多久就能下地。希望大嫂带着长山去医院看看他。大哥说他特别想家,几乎天天做梦。还说大嫂要能去,等腿再好点,就一起办手续回家。

二哥念完信,大嫂的心才渐渐安稳下来。她接过信,重又仔细看一遍,紧闭着嘴好半天不说话,只顾默默淌眼泪。

"大嫂,你别太担心,大哥的腿保证能治好,明天就快去看看他吧,我赶车送你们!"

大嫂止住哭,长叹口气,边抹眼泪边说:"庆方,我不是心里难受,是喜得忍不住,咱们庄同你大哥一块当兵走的十五个人,已经没了十一个!他能活着回来,就很不易啦!我这就去跟妈说,咱明天一大早就走。"

"我也去!我也去!"我和长山几乎同时喊道。

"去,去,都去!都去!"大嫂爽快答应。

经过一个晚上的商量,除大嫂外,全家人都不让我跟去。我又哭又闹,爸爸气的又要用鞋底抽我。最可恨的是三哥,他指着大哥的信说:"满仓,你咋这么不害臊?大哥信里只提让长山去,没你一点的事!你要硬去,那我也去。"

"你别跟着凑热闹!"二哥呵斥三哥一句。

"爹、妈,就让满仓跟去吧,和长山也有个伴儿。"大嫂及时为我求情:"再说,他从小就没离开过身边,几天不见,我也受不了。"

在我们家,大嫂说的话最中听,最金贵。这不,我爸和二哥、三哥都不吱声了,只有我妈反复嘱咐个没完没了:"满仓,去可是去啊,到外面要乖乖听大嫂的话,千万别惹祸!"

我连声答应,恨不得一眨眼就飞到大哥身边。

全家人连夜准备,爸爸和二哥收拾马车套,铡草备料。三哥拉风匣,妈妈给我们准备半道上吃的干粮,连带炒一包核桃仁,一包花生仁和一包芝麻,又煮了整整一小筐鸡蛋和咸鸭蛋,大嫂则去准备新被褥和新衣服。

第二天一大早天刚亮,我们就出门上路了。外面的风挺冷,大嫂怕冻坏我和长山,干脆用新被褥把我俩包个严严实实。我和长山肩挨肩躲在被窝里,很快睡着了。从满天星星到日头老高,再到日头落山,月亮升起,除了半道上停下喂牲口和人解手,我们一直在走,渴了就到井台打一瓶凉水,连一家饭馆也没进。好在二哥曾到这一带给人送过货拉过脚,来回的大道小道都挺熟,我们终于在天大黑前进了昌黎县城。

黑咕隆咚地来到一个大院门口,二哥同两个拿枪站岗的哨兵说几句话,又递上大哥写的信皮给他们看,其中一个就起身到里面去报信。不大工夫,原来静悄悄的医院热闹起来,各屋的灯全亮了,穿黄军装的,着白大褂的,穿病号服的,男男女女过来一大帮人。一位叫陆院长的军官握住大嫂的手问寒问暖,还拍拍二哥的肩膀,摸摸我和长山的脑袋,随后便吩咐一个叫李处长的人去安排房子,准备东西,做好吃的,像要娶媳妇一般热闹。

"大嫂,他们谁是大哥?"我小声问。

"妈,我爸呢?"长山也跟着追问。

"在屋里等咱们呢,一会儿就见到了。"大嫂轻声回答,然后对二哥说:"庆方,你先找个地方把马车拴好,喂上料,饮点水,再把东西拿过来。"

听了这话,那个李处长赶忙接过话说:"孙大嫂,您不必操心,我这就让人去安排。小兄弟,你赶车跟我走。"

二哥随人而去,陆院长则叫身边的人帮着拿我们带来的东西。

"孙大嫂,您是先到宿舍歇一歇,还是先去看看孙参谋?"进到大院里头时,陆院长指着眼前的一大片平房问。

"还是先去病房吧!"大嫂有点不好意思地回答。

陆院长头前带路,借着屋里射出的灯光,我发现他比大嫂岁数大挺多的,咋也跟我一样张口闭口叫"大嫂"呢?不过,看他腰间的手枪倒是挺新,跟大哥照片上的一模一样。

"长山,看,手枪!"我拽一下长山的胳膊,小声告诉他。

"我爸也有,比他的还新呢!"长山满脸得意,撇着嘴,故意不细看,让我讨个好大没趣。我伸过手,想狠掐一下他的屁股。没想到长山早有准备,嬉笑着跳到大嫂身前。

"你俩别闹! 都老实点!"大嫂回头低声训道。

紧跟在陆院长身后,我们走进正前方的一栋大房子,刚一进屋,就吓一大跳,走廊的过道上挤着许多缺胳膊掉腿的伤兵,要多吓人有多吓人。

"妈,妈!"长山紧贴在大嫂的身上,连步都不会迈了。

"不怕,不怕!"大嫂两手拉紧我和长山,低着头往前走,看样子心里也挺害怕的。

来到一间门上写着"五号"的门口,陆院长推开门,高声招呼:"孙参谋,你爱人和孩子看你来啦! 大喜,大喜呀!"

"大喜!"跟在我们身后的一帮医生、护士和伤兵,也都鼓掌跟着凑热闹。只不过,他们这么一闹,更把我和长山吓傻了,一屋子的七八个人,无论是闻声坐起来的,站起来的,还是躺在床上的,都穿着长条病号服,没一个好模样。哪个是大哥呢? 难道大哥也和他们一样吓人? 我只记得照片上大哥穿军装挎手枪的威武样,可满屋满院哪有啊!

还是大嫂眼尖,一进屋就松开我和长山,从陆院长身旁跨过,直奔最里头的架子床奔去。说是架子床,是因为那床上面支满了铁棍子搭成的架子,架子下面躺着一个人,一条弯着的腿被吊在半空中,下面坠着一串铁砣子。他? 他难道就是大哥吗? 我一边瞧,一边偷看长山,他吓得比我还草鸡,紧着往我身后躲,不敢正眼看。

"庆华!"大嫂还没等到床边,就不顾身前身后那么多人看着,哭着扑过去。

"大哥!"二哥不知啥时候跟来的,拉住我和长山,站在大嫂身后高声招呼。

大嫂这是咋啦? 当这么多人的面扑在人家身上! 大哥也紧抱住大嫂的肩头,两个人还脸贴脸一起哭起来。

长山害怕得挺不住，跑上前拽着大嫂的后衣襟哭叫："妈！妈！我害怕！我害怕！回家！回家！"

他这一叫还真管用，大哥大嫂立时收住声。大嫂直起身来，也不顾擦眼泪，拉住长山的胳膊，把他推到大哥面前："长山，这就是你爸！快叫爸爸！"

"他不是爸！不是爸！"长山嘴里叫个不停，扭着身硬往后退。

大嫂没办法，又拉过我说："庆华，这是小满仓，说啥要跟来接你回家。"

我可不像长山那么胆儿小，走上前叫一声"大哥"，然后就仔细打量，寻找照片上的那个模样。

大哥拉拉我的手，摸摸我的头，左瞧瞧，右看看，夸起我——不，不，其实是夸大嫂呢："都长这么高了，这些年真难为你啦！"

"你比我更不易，能活着回家比啥都强。"大嫂抹抹眼泪，又招呼过二哥，故意笑着说："你看庆方，长得多高多壮，都该娶媳妇啦！"

大哥也笑了，握住二哥的手问："咱爸妈还好吧？这些年，也多亏有你在家！"

"好着呢！"二哥红着眼圈儿说："全家人都天天盼你早点回家，亲戚朋友，左邻右舍也都惦记着。"

这时，我扭头四下瞅瞅，发现看热闹的人越来越多，把屋子都挤满了。

我知道，他们一来是瞅大嫂长的模样儿漂不漂亮，二来是看我和长山。这不，没等院长批准，就七嘴八舌说开了。这让我挺纳闷，部队不是有纪律吗？要想说话得先喊报告才行，这些人咋就不懂事呢？

"嘀，孙参谋真有福气，有两个大胖儿子！"

"怪不得他一天总乐呵呵的，原来儿子都这么大了，是一对双吧？"

"哎，看人家一家子，咱活着还有啥劲！这辈子连个媳妇也说不上啦！"

突然，靠墙边的一个伤兵没好声地叫起来，还使劲用拳头捶打自己胸脯,把被也扔到地上。立刻,有一男一女两个穿白大褂的护士跑过去,抓住他的胳膊好言相劝,好不容易才使他住了声。我伸头望去,发现他挺年轻的,比二哥大不了几岁,上身好好的,只是从膝盖骨往下的两条腿全没了,那真叫吓死人!

"今年才二十三岁,在朝鲜战场冲锋时,双腿被老美的机关枪掐掉啦!"大哥小声告诉大嫂。

"你们都挺可怜的!"大嫂扭过身,不忍再看那副惨相。

那人哭得突然,住声也快,稍稍一哄,就安静下来。这时,屋里的人又像啥事也没有似的,接着同大哥凑起热闹。

"孙参谋,你这俩儿子都多大?真是一对双?"

"你们可别瞎猜,这个是我老弟弟。"大哥用手指指我。

这一来,许多人都愣住了,也有人不肯信:"真的?不对吧?你看那模样长的多像,又穿一样的衣服?个头儿高矮也差不多呀?"

我二哥怕他们会说出更难听的话,让大嫂下不来台,连忙把实情告诉他们:"我老弟生下来就没奶吃,比我大侄只大几个月,是吃大嫂的奶长大的。"

"这个不简单,赶上包公他嫂子啦!"

"老孙真是福大、命大、造化大,娶到这样的好媳妇!"

他们再往下说啥我没细听清,因为心里犯起了嘀咕:我不是比长山大快一岁吗?二哥为啥说只大几个月?撒谎不是好孩子!

"孙大嫂,孙大嫂!"我正这么琢磨时,一个缺了右胳膊的伤兵挤上前来,连声呼唤起大嫂,听那亲热劲,好像早就认识似的。可等大嫂转过身,大大方方答应着同他面对面时,那人却又脖子粗脸红,不知再说啥好了。他求救地看看这个,瞧瞧那个,见谁都不帮忙,只顾嬉笑着看热闹,只好硬挺着跨前一步,双脚跟"啪"的一碰,用剩下的左手打个立正敬礼,费好大劲才说出想要说的话:"孙大嫂同志,我叫金童,我代表全体伤病员,不,代表孙参谋的全体战友,向您敬礼!"

"向孙大嫂致敬！向孙参谋祝贺！"好像有谁喊口号一样，话音一落，围在四周的人包括院长、医生、护士都几乎同时挺胸抬头，齐刷刷举手向大哥大嫂立正敬礼。对，也包括向我，向长山和二哥敬礼，因为我们是一家人嘛！

"谢谢你们！谢谢大家！"大嫂眼噙着泪花同身边的几个人握握手，还特意拍一下那个叫金童的肩膀头。他们不知道，我大嫂可是见过大世面的，在送大哥出征打仗的时候，戴着大红花对着台下上千人讲过话，登上过报纸呢！

热闹一阵后，院长发话了："同志们，都快半夜了，有话明天再接着唠，先让孙大嫂和孩子们去吃饭，好好歇一歇。"

大嫂这才想起件事，赶忙让二哥打开大包小包，把从家带来的好吃东西全拿出来，你一把他一把，东一份西一份，谁不接也不中。

第二天上午，二哥赶马车先回家了，我和大嫂、长山便住下来，一待就是一个多月。刚开始的头几天，大嫂除了晚上陪我和长山在招待所睡觉，白天都只顾同大哥一个人在病房里说话，把我俩撇在一边儿不咋管了。我心里有气，可又不敢像在家那样淘气撒野，只好和长山到医生、护士办公室和各屋转悠着玩。谁问起话，我俩都抢着说，有时还争鞶谁说的对，引得他们一阵阵大笑。大约是五天后，大嫂把攒了多少年的悄悄话说完，这才顾上管我和长山，顾上同医生、护士、伤兵们说远道近，东拉西扯唠家常，顾得上给大哥同屋的战友洗衣服、打饭、买东西、写家信，反倒没工夫同大哥单独唠嗑了。不过，我很快发现个秘密，那就是所有人都同大嫂越来越亲近，不管岁数大岁数小，都异口同声大嫂长大嫂短的招呼，比我叫得还亲。大嫂刚开始还挺不自在，后来习惯了，谁叫都随口答应，像在自己家一样随便。

一天上午，我和长山在医生办公室窗外玩院长刚给买的皮球，听屋里有人在说大嫂，便悄悄蹲下偷听，我本知道好孩子不该这么做，可就是忍不住呢！

"孙庆华的媳妇真是天上难找,地上难寻!自从她来了之后,不但孙庆华的情绪好了,左腿拉直后功能恢复的很快,其他病号也都借了光,像服了特效药。就说那双腿截肢的朱占山吧,从入院那天就要死要活的,谁都劝不了。孙大嫂只照顾他几天,叫几声好兄弟,就很快变成另一个人,再也没闹,您说神不神?"这是那个男护士长的声音。

"这就是精神疗法,也可称为心理治疗。咱要好好总结总结,跟院长商量商量,是不是让更多的家属来医院住一住。"这是 那上了岁数的老医生的话。听大哥说,这个人可了不得,是从什么英国回来的医学博士,用一把手术刀,什么病都能整治。她老伴更厉害,专能救小孩的命,当地许多老百姓都称她是活菩萨。

"老叔,啥叫精神疗法?是不是就像说书唱戏的那样装神弄鬼?"长山问我。

"那可不是一回事!人家是——是什么呢?对,是真能耐,是绝招!快走!"我知道自己说不清这回事,怕长山再追问,便拉着他猫腰跑开。

还不到吃午饭时,我看大嫂正一个人在当院给伤号洗衣服,便把听到的话全告诉了她。大嫂听完啥话没说,只顾红着脸抿嘴笑。

过完阳历年,大哥已能挂拐下地,大嫂便张罗要回家。那个老博士医生和陆院长都劝再住些日子,好好恢复恢复左腿功能。大嫂说到家后让大哥睡热炕头,再天天陪着他到后园子里锻炼,会好得更快。最后,医院同意了,还派人帮助大哥办完一切手续,领回一笔复员费和残废金。大哥写信给二哥,让他一星期后准时来接我们。

临要回家的前几天,我忽然觉出不大对劲儿,怎么大哥的这些战友好像都添了病,一个个愁眉苦脸的没了笑模样。我啥事都好刨根问底,便偷偷问大哥:"大哥,他们是添的啥病,一个个都蔫头耷脑的?"

大哥想半天,想的都累出了眼泪,低声告诉我:"心病。"

"啥叫心病?"

"心病嘛——"大哥寻思会儿说:"心病就是心里头压着事儿,不好往外说,脸上不高兴。"

"他们压着的到底是啥事？是同一个事吗？"我有点不肯相信地刨根问底。

"还能有啥事,就是想回家呗！可有的人恐怕是一辈子都难回家啦！咳！"大哥抬头望着蓝天长叹一声。

我这才觉出自己不该瞎问,问得大哥也好像得了心病似的。

临要走的那天早晨,大哥大嫂逐个屋告别,握住谁的手谁哭,其中哭的最厉害的,还是那个没了双腿的朱占山。他拉着大哥的手使劲儿哭叫:"孙大哥,孙大嫂,你们快走！都走吧！你们走后,我是说啥也不活啦！我没爹没妈,又没了双腿,一辈子找不到媳妇,还活个啥劲呀！"

大哥坐在床边,握住他的手说:"好兄弟,千万别这么想！咱得学保尔,学吴运铎,要坚持革命到底！没爹没妈,没儿没女都不怕,咱们是革命功臣,是党和人民的儿子,党和政府会养咱一辈子的！"大哥说可是说,说完自己也哭起来。

说到家,还是我大嫂比他们这帮人都刚强,也胆子大,她上前拉着朱占山的手,流着泪许下大愿:"小朱兄弟,可不准乱想！你赶快把伤养好,等嫂子一到家,就先给你张罗对象,到时候保准让你乐得合不上嘴！"

你别说,大嫂这哄小孩的招儿还真灵,那朱占山听完立马不哭了,许多人也又惊又喜地露出笑模样。

"孙大嫂,你说话可算数？"那个缺了右胳膊、好讲笑话的金童又演开戏,假装正经地在众人面叫起真儿。

"那当然,这么多人听着呢！"大嫂放开手,站直身子,一本正经地答对。

"那好！"那金童装得越来越像,绷起脸四下看看,像在决定什么大事,然后又像大干部做报告那样,拉长声说道:"各位首长,各位战友,各位同志,请你们共同作证,为感谢孙大嫂的红媒之恩,革命战士金童代表战友朱占山,给孙大嫂敬上一百个军礼！"话音一落,他便双脚立正,在口中喊出"敬礼"两个字的同时,把左手"啪"的举到脑门旁,然后喊一声"敬礼",举一下手。

"一个,两个……"旁边有人小声给记数。

这一来,可把大嫂吓住了,干扎扎手,不知该如何应付。直到金童敬到第三十个军礼时,大嫂才想明白,走上前拽住他的胳膊不放,求情般说道:"金兄弟,别这样!可别这样!大嫂保证说到哪做到哪!嫂子不单要帮小朱兄弟找对象,还要给你找,给你们没媳妇的都找!这还不行吗?"

听了大嫂的话,屋里屋外所有的人都拼命鼓掌,震得我耳朵眼里生疼。

正这时刻,陆院长和老博士医生一同赶来,见到这场面,也被感动得够呛,跟着一起拍起巴掌。等到屋里静下来时,陆院长把一个小木匣子递给大哥:"庆华同志,这是一副牛骨头做的象棋,已经跟我快二十年,今天送给你作纪念。"

"院长,这可使不得,使不得!"大哥连声推让。

"有啥使不得的? 咱是亲兄弟嘛!"陆院长不容分说,硬塞到大哥怀里,然后转身握住大嫂的手,认认真真地说:"孙大嫂,真不知该如何感谢才好!你不但给我们大家带来亲情,带来欢乐,更重要的是带来希望,带来榜样!欢迎你经常回来看看我们,看看这些兄弟!"

"那是一定! 一定的!"大嫂连声答应。

陆院长连连点头。等他闪开后,那位老博士紧接着握住大嫂的手说:"孙大嫂——"

大嫂截住他的话说:"您老人家别这么叫我,我该叫您大伯才对呢!您就叫侄媳妇吧,不然,我会折寿的。"

老博士一本正经地解释:"叫你孙大嫂,这是大家对你的尊称,是敬意,跟年纪大小没关系,因为你是中国最伟大的女性之一,是我们大家心中的女神!临别之际,无别物相赠,只有这块旧怀表可寄敬意。它是我二十五年前出国留学时父亲送的,我现在把它转赠给你和孙参谋,这其中的意思就不必多说啦!"

接下来又是好一阵推让,直到老博士发急了,直到陆院长从中说情,大嫂才勉强收下。

把大哥接到家当天,我妈说啥不让我跟大嫂住一个屋,可我能干吗?闹了整整小半夜,到底还是贴在大嫂身边睡着了。天快亮时,我从梦中醒来,一看身旁不是大嫂,是我爸我妈,便光着身子跑到后屋,连哭带叫地使劲儿敲门,冻得浑身直哆嗦,直到大嫂把我抱进被窝才完事,闹的全家都没睡好觉。

第二天,我妈想出个招儿,哄我说到二舅家去串亲戚。我没多想,便跟着去了,一住十几天,回家后才规规矩矩跟我妈睡到前屋。

至于大嫂许下的愿,那是没含糊的。刚到家没出一个月,就领着自己的亲妹妹和一个姨家表妹,专程到昌黎军医院去相亲。双方一见面就谈妥了,大嫂的妹妹认了朱占山,表妹认了金童。就在那一年,大嫂又先后介绍成七八对,对对成亲,家家美满,轰动了四方。

有一天,我家呼啦啦来了一帮人,有拿笔记本的,有拿匣子照相的,围着大哥大嫂问这问那。几天后,大嫂被民政部用专车接到北京,再次在上千人面前讲话,戴红花的大照片又登上报纸,风光好一大阵子。

疯牛！疯牛！

我二叔二婶只有一个宝贝儿子,大号孙庆先,要是活着的话,应该比我大七八岁左右。可他不但早早死了,连二叔也同时遭了殃,二婶后来也改了嫁。也就是说,他们这一门儿,真正成了"绝户"。要细说起原因来,那情景才惨呢!

事情发生在大哥刚回家的那年春节前。

二叔又要杀牛啦!迷迷糊糊中听到一阵牛叫,我激灵爬起来,麻溜穿上棉袄棉裤,登上鞋就往外跑。

"你这孩子,扒开眼珠就没影儿!快回来,吃完饭再去玩。"别看妈妈招呼几遍都不起来,可只要一有热闹,想拴都拴不住我。

我伸手从饭筐中抓一块刚出锅的大白薯,笑着窜出门去,连衣扣都没顾上系,撒丫子就往庄西头的苇坑跑。刚露脸的太阳红扑扑暖洋洋的,一丁点儿不觉冷。

老柳怪下围了一大帮人。我边啃白薯,边钻进人圈儿,看到二叔正披着羊皮袄,攥着铜烟袋锅,吩咐儿子庆先和几个帮忙的准备家什,那个系在烟锅脖子上的黑皮荷包,在拳头下边晃来荡去。地当中的肉案子上,放着一把长长的尖刀,一把月牙形剥刀,一把大砍刀和一瓶烧酒。一头半大不小、浑身是膘的小公牛被拴在老柳怪上,不住声地哀叫着转磨磨。

提起二叔来，在我们家这片山沟里，没有不知道、不叫好的，还都尊称他"孙五爷"。二叔从十七八岁就开肉铺，专卖牛羊肉，练就一身杀牛宰羊的好本事。二叔快五十岁了，个头儿不算高，粗胳膊粗腿粗脖根儿，脑袋总剃得锃亮，大眼睛，高鼻梁，长耳朵，红光满面，见谁都笑呵呵的，活像西大庙里的弥勒佛。听爸爸说，乡邻们都见面儿招呼他"孙五爷"，是夸他收拾牲口时那相、缚、刺、剥、解五样绝活儿，假若叫"孙五绝"，那有多难听。其实呢，最让人称道的，还是二叔的刀法和大方。他出摊儿卖肉时，不管你买多少，一刀下去，保准差不了半两，多数是头高头低的事儿。同时，也不论男女老少，熟与不熟，不但秤杆高高的，完了还非多少切一点肉白搭送，答对得你乐乐呵呵，下次保准还来。就光这招儿，便常常把别家卖肉的气得鼻子拧倒过去。

从我刚记事起，就看着二叔在这苇坑边耍手艺，看老柳怪疯长。我们庄的苇坑好大好大，中间养苇子编席，四周淌活水，绕半个庄流进沙河。这苇坑边上长一圈儿老柳树，多数七扭八歪的，不是弯腰子有干杈，就是长疙瘩出空洞。唯独这老柳怪与众不同，因为有二叔常在树下杀牛宰羊，翻肠倒肚，所以长得又粗又壮，枝叶茂密，只要不上大冻，总是青绿青绿的，像把遮阳大伞，底下能站上百号人。你说奇不奇？怪不怪？

"圈儿大人薄，得看得瞧，往后闪闪喽——"二叔把抽完的烟袋锅往鞋底上使劲儿磕磕，别在后腰间，然后边挥手边吆喝，这是他每次动手前必说的话。因为今儿个是西大庙的集，来来往往看热闹的人特别多，二叔也显得格外精神。

众人闻声都退后几步，地场立刻宽绰许多。二叔甩下皮袄，煞煞红布腰带，从案板上抓过酒瓶，呷嘴品几口。随后，他拎起身边那根拇指粗的绳头，慢慢往左胳膊肘上绕圈圈儿。一边绕，一边斜眼瞅那小公牛，两个眼睛忽然变窄变长，腮帮子鼓起，脸上闪出一股吓人的狠劲儿。

绳子绕完后，二叔把它从左手串到右手，轻轻掂了掂，手臂往后一悠，紧接着猛向前一甩，绳套自动伸开，从牛肚子下面飞穿而过。小公牛一惊,扭身想躲闪开,可早晚了,那边一个小伙子抓起绳头,绷直后紧贴在它的肚皮上。小公牛情知不好,使劲儿蹦,可缰绳拴得死死的,力气再大也没用,急得直喘粗气,把老柳怪摇得连根儿直晃,掉下一层发黄的树叶来。

"往前兜!"二叔一声令下,那边人把绳子落下半尺,随即向前猛一勒,只听得"扑通"一声,小公牛双腿跪地。这边二叔一步跨上去,双手抓住两个牛角,狠劲儿往怀里一扭一拽,嘴里喊声"倒",那小公牛果真应声倒地。就在不少人还没看清楚咋回事时,二叔又就势扑在牛身上,用单膝死死压住牛脖子,同时腾出左手,铁钳般抓住条牛腿,对庆先说:"快绑!"

早有准备的庆先手腕一抖,用猪蹄扣套住前腿。这时,另一个人抓过后腿,庆先用绳扣索死,前后勒在一起。又有个人伸过根粗杠子,插入牛腿中间,使劲儿往下一压,把小公牛身子死死别住。接下来,庆先又把另两条腿也绑紧,使它一动不能动,只管拉长声哀叫。别看庆先只有十五岁,可那利落劲儿,和二叔差不多少。

"嘿,真叫利落,果然名不虚传!"人群中发出一声赞叹。

"孙五爷,这小公牛开春该能顶套了,宰了真可惜了的!"

"嘿,这你就不懂了!"没等二叔开口,早有人帮着解答,"眼下许多人讲究的就是吃小牛肉,能卖上好价钱呢!"

二叔直起身,不咳嗽不喘不冒汗,两眼恢复了原样,脸上重又露出得意的笑容。

"哞——哞——"小公牛不知是给杠子压得太疼,还是觉出死到临头,叫得越来越惨,听了怪吓人的。

"孙五爷,快给它一刀,别让它活遭罪啦!"一位不认识的白胡子老头催促道。

"好咧!"二叔边答应边喝口酒,顺手抄起那把长长的尖刀。

"唉哟,唉哟,快看,快看,这小公牛也会哭呢!"有人惊奇地叫起来。

我伸长脖子一看,可不是,真的!那小公牛真在淌眼泪儿,每眨巴一下眼睛,就掉出几颗豌豆粒大的泪珠儿。以前光听大人说,老牛老马临死时会哭,没想到小牛也这样!我心里突然扑腾扑腾跳起来,好像有点儿疼,也有点害怕。

"闪开点,别碰着!"二叔对围上来的人挥挥手。在人群稍稍后退的同时,他深深吸口气,弯下腰用左手按住牛的咽喉,接着刀光一闪,只听到小公牛发出一声长长的惨叫,一股鲜血放箭般喷射出来,吓得我赶紧闭上眼睛往后缩。

等我再睁开眼时,二叔早已抽出尖刀。再看那地上,染红好大一片,随着小公牛身子的抽动,从刀口处冒出血沫,腥膻得呛人。不一会儿,血流干了,眼睛闭了,胸膛瘪了,小公牛一动不动了。我心里一阵恶心,蹲在地上直打哆嗦。

"扒皮吧。"二叔放下尖刀,拿起剥刀。庆先他们抽出杠子,解开绳子,从上面抬起两条牛腿。二叔叉开双脚,右手操刀向前探出,从牛胸脯正中用力往后一划,牛肚子的皮便被齐刷刷切开。接着,在牛脖子和四条腿上又各一刀,最后从胸脯开始,一手拎着牛皮,一手挥刀,几句话工夫,已剥下小半边来,像玩儿一样轻快。

"爸,爸,爸,北街过来牛群啦!"突然,庆先变声叫起来。

所有人都闻声往北看,果真见从北街筒子里涌出一大群牛来。有人慌得拼命往外挤,好像要出大灾难。

"快,快,看热闹的都躲开!躲开!"二叔拧起眉头高喊。

人群一窝蜂似地向小学校门口跑去,可我却壮着胆儿不当回事儿,仍站在老柳怪下不肯挪动,想把热闹从头到尾看个完。因为有二叔和庆先在场,我还怕个啥?只不过,我还是往庆先身旁靠了靠。

"满仓,听见没有?不要命啦!快走!快跑!"二叔发怒了,挥着手厉声吼道。

我抬头瞅瞅庆先,他也使劲挥手让我快跑。我转身再看看二叔和已露出街口的牛群,心里直犯嘀咕,二叔今儿个是咋啦?平时啥牲口都敢收拾,几头老牛怕个啥?心里虽然这么想,可身子却跟着众人向旁边的旧祠堂跑去。

"你可不知道！这活牛要见到死牛，比死了爹妈还厉害。"我还以为自己心里说的话被别人偷听去了，仔细一看，原来是身边的人也在议论这码事。

噢，对了，我想起来了。平时，每当二叔杀牛时，庄里人来回赶牛，都远远从别处绕着走。不然，只要一闻到血腥味，不管大牛小牛、公牛母牛，都跑过去闻地上的血，闹个没完没了，非得用鞭子和木棍硬赶才肯走。想到这儿，我的头皮直发麻，赶紧扒墙头窜到门楼上去。

我刚在门楼上骑稳，牛群就跑出街口了，好家伙，全是长着大犄角的公牛。特别是走在前面的那几头，又高又大，迎着顺风送来的膻味，晃着大犄角拉长声哞叫。走在后面的则跟着瞎起哄，不管不顾地往前乱冲乱撞。

我们家这地方两山夹一沟，是通往北京、天津、唐山的咽喉要道。每年一入冬，都有牛贩子从内蒙古往京、津、唐三市赶牛，说是用车船卖给外国人和供城里人吃。一到过牛时节，少则几十头，多则上百头，黄的、红的、黑的、花的，可有阵势啦！那些赶牛的老客，听说都不一般，来回走一趟要个把月的，半道上还说不准会遇上啥麻烦事。

"快，快，快抄家什！"随着二叔一声令下，庆先和几个帮忙的分头拿起木杠、铁锹和绳子。二叔自己则一手握尖刀，一手拎砍刀，威风凛凛地当头一站，两眼瞪得溜圆，活像个天不怕地不怕的大将军。

忽然，好像听到了冲锋的号响，那群牛全疯了一般，齐声吼叫着向前猛跑，蹄子把大地敲得直颤，滚滚的烟尘腾空而起。

牛群离老柳怪近了，更近了。我挺直身子，只见二叔他们刚开始还列成阵势，想打败牛群。可当牛群越来越近，吼声越来越高时，几个帮忙的你瞅瞅我，我瞧瞧你，一步步后退。只有二叔纹丝没动，还大声给他们壮胆说："别怕，咱爷好几个呢，往死里打！"

他的话音一落，冲在前头的几只大公牛冷丁脚步慢下来，后面的却一拥而上,拉开横排从两面包围过去。二叔他们不得不退后几步,同时虚张声势地比画着手中的家什,想吓住牛群。可那些疯牛不但一点不怕,反倒把头一低,将各式各样的犄角挺出去迎战。

这时,赶牛的几位老客慌慌张张追上来,吓得变了声地吆喝:"快躲开呀,牛炸群啦——"

牛群离老柳怪仅有两丈远了,帮忙的全吓破了胆,扔下家什转身就跑。等他们刚从坑边逃出去,包围圈便封死了,老柳怪下只剩了二叔和庆先,真格是打仗亲兄弟,上阵父子兵啊!

"爸,爸,咋——咋办?"那庆先吓得躲在二叔背后,身子矮了一大截。

跑是跑不了,只有豁出命去拼。二叔后悔不迭地瞪着牛群,还真想出个主意来:"快,快上树!"

"爸,那你呢?"

"别管我!快上!"二叔高声喊叫,同时用脊背使劲儿一靠,将庆先推到老柳怪身上。

庆先死逼无奈,一咬牙,伸手抓住树杈,几步窜上去,回头叫道:"爸,爸,快上!我拉你!"

前面是发疯的牛群,身后是冰凉的坑水,二叔没辙了,也发疯了。他不理庆先的呼叫,猛然抢起大砍刀,瞄准冲在最前头的直角大公牛,狠狠地斜劈过去。只听得"咔嚓"一声脆响,大公牛的左犄角齐根飞起来,远远落入苇坑中,可二叔手中的大砍刀也震落在地上。

大公牛痛叫着退几步,眼睛红得冒了血,紧接着身子一纵,腾空而起。它这一叫一纵不要紧,简直是一呼百应,所有的牛都怒吼着向二叔扑去。

二叔后退两步,身子靠在树干上,勉强没倒下。稍一站稳,便左手一抖,又将那把尖刀向大公牛眼睛扎去。那独角大公牛早有准备,头往旁一闪,尖刀深深扎进肩膀。二叔飞转过身,跳起抓住头顶的树杈。可惜,啥都晚啦!只一眨眼工夫,就在二叔身体刚刚离开地面时,独角大公牛甩过头狠狠一顶,顿时将二叔按在树干上,前后心穿了个透。二叔只来得及惨叫一声,就啥动静也没有了。

"爸呀——"庆先在树上看得真切,没命地叫。

这时,独角大公牛又使劲儿往上一挑,将二叔血淋淋的身子在半空中划个圈儿,"扑通"一声甩到结了冰碴的苇坑里。

"可了不得啦!顶死人啦!快跑啊——"看热闹的吓炸了营,鬼哭狼嚎地四下逃散。

我骑在门楼的脊瓦上,吓得腿肚子直转筋,想下也下不来,只得趴在那儿一动不动,生怕那老牛飞过来也给我一下。

等稍稍缓口气,我偷眼一看,那些红眼疯牛还不算完,正你一下它一下,用犄角轮番猛撞老柳怪。那老柳怪不一会儿便浑身是伤,连皮带瓢落了满地。庆先呢?在树上早吓得光抖着身子叫不出声了。

老柳怪正慢慢地被连根拔起,向苇坑里倒去。那庆先只悬空蹬扯几下,就随树头一起没影儿啦!

这时,独角大公牛才转过身来,肩膀上的尖刀仍扎在那儿,血流了可身可地。可它好像一点不觉得疼,把嘴巴抵在已扒了一半的死牛身上,放长声哀叫。其他牛见状,也跟着头冲里围成一圈儿,长嚎不止,比打雷还吓人,直震得日头都躲起来了。

不知谁腿快,找来了好打猎的"四白话"。别看他平时瞎吹善唠,这工夫也吓没了胆儿,只远远端着沙枪,朝天放几个空响。

你别说,"四白话"这几下空枪,还真算把疯牛震醒过来。它们不哭了,不叫了,在赶牛老客的吆喝下开始向前移动。令人万万料不到的是,这群疯牛临走时又做出件奇事,在独角大公牛的指挥下,用嘴咬住死牛的身子,向远方狂奔而去。

至于后来的结果,那就更惨啦。因为顶死了人,只得经官明断,赶牛的老客们不但没挣到钱,还赔个底朝天。最可怜的还是庆先哥,虽然被从水中救出来,但却因受惊吓得了魔怔病,只要一看见牛,一听到牛叫,就没命似的狂跑,有一次失脚掉在河里,淹死了,几天后才找到尸首。因为族规不可违,属于"横死"的人不准入老坟地,我爸和三叔他们便一起张罗,选在离老祖坟下首不远处,将二叔和庆先葬了。不过,自打出这件惨事以后,我们这一族人直到现在,再也没有干这行当的了,因为一辈人对一辈人都细讲过这事儿。更何况当时还有许多人,其中包括我在内,都亲眼看到了那幅惨象!打这之后,我也再不敢吃牛肉,恐怕吃了也会发疯着魔。同时,最让我琢磨不透的是,这些平时看起来都乖乖的牛,为啥会突然发疯伤人呢?二叔平时那么能耐,可咋就说死就死,说没就没了呢?再者,庆先哥咋会那么胆小,硬给吓得魔怔了,还丢了命?这些总也想不明白的事儿,累的脑袋好疼好疼。

二叔和庆先死后,我二婶儿的日子自然也没法过了。大嫂和我妈一商量,便把二婶儿接到我们家。一开始,还有人说东道西,说我爸和三叔是为图二叔的财产,才甘愿养着二婶儿的。我爸我妈气够呛,可大嫂却不当回事儿,多次劝他们和三叔别往心里去,说等过了一周年,帮二婶儿找个好人家,自然就啥事都清楚了。果真,一年之后,大嫂在玉田县选到了一姓齐的人家,经征得所有人同意,正经八百地把二婶儿嫁过去。出嫁前,二婶儿和娘家人都觉得过意不去,提出要把房子给三叔,把其他东西给我们家。我爸和三叔都答应了,只用一星期时间,便背着二婶儿把房子、土地、家具等所有东西都卖了,共得两千五百块钱。二婶儿出嫁的头一天,他们老哥俩将账目一一列出来,同二婶儿娘家人说清楚。最后拿出那笔钱,全部交到二婶儿手里,说就算是老孙家陪送的嫁妆钱,硬逼着让二婶儿收下。这一来,庄里庄外的人全听说了,都拍巴掌伸大拇指表示敬服,留下了多少年不丢的好名声。

二婶儿后来的生活过得也挺美满,到老齐家后又生了个儿子。大嫂每年都要去看望她几次,和二婶相处得仍像原来一样。只是二婶的寿路太短,不到六十岁就去世了。

汤驴！汤驴！

天上的龙肉，地上的驴肉。从我知道肉是啥滋味的时候起，就一直听大人这么说，馋得不知淌了多少哈喇子。

我们家这儿山多驴多，凡是牛走不到、马上不去的地方，都由驴来驮东西。尤其是拉磨碾米什么的，你只要给驴蒙上捂眼儿，系好缰绳，吆喝一声后，它便不紧不慢、稳稳当当地转个没完没了。干完活儿以后，把它牵到空地上打几个滚儿，畅快地叫唤几声，然后再喂足草料，第二天啥事不误。和牛马相比，驴吃得少，干得多，情性温顺，所以几乎家家户户都养一头两头。等到它实在老了干不动时，送到肉铺汤锅上，还能卖个好价钱。我长这么大，驴没少牵没少骑，可驴肉却没吃几次。有一天，二哥从集上给我带回两个驴肉馅烧饼，圆圆的，鼓鼓的，外面沾一层芝麻，烤得焦黄，里面夹几片驴肉，吃到嘴里那个香啊！可刚把馋虫引出来，肉就没了，折腾得肚子里"咕咕咕"叫了大半宿。

第二天是平安城的星期天大集，二哥早早就装好了山柴，收拾妥了车套和草料，经过好一顿缠磨，终于答应带我一块儿去赶集。

"二哥，今儿个我啥也不吃，光吃驴肉。"马车一上道，我就早早提出要求。

"中！你想吃多少，说吧！"

"吃个够!"

"嗬,胃口倒挺大!"二哥笑了笑,又寻思寻思,痛痛快快答应下来,"那好,豁出这车柴了,咱俩中午去吃汤驴,也开开荤,摆摆谱儿。"

我乐得直拍巴掌,差点从车辕上摔下去。坐稳后,忙问,"二哥,这汤驴是啥滋味?"

"嗯?这汤驴嘛——咋说呢?"二哥一时懵住了,摇摇头说:"咳,你一会儿就知道了,那才叫吓人呢,到时候不兴害怕啊!"

吓人?我满不在乎地眨巴眨巴眼,心想不管咋地,只要能吃个够就中!不怕谁笑话,这可是我那时的最高愿望。

卖完柴已快晌午。二哥把马车寄放在大车店,喂上牲口,便领我抄近向街东头走去。这平安城离我们南贾庄十多里地,每逢星期天大集,人山人海,卖啥的都有。我因为心里惦着早点儿吃上驴肉,不愿看两旁的热闹,一个劲儿牵着二哥的手紧往前走,惹得二哥用话直敲打我:"老弟,赶趟儿,赶趟儿,离晌午还早呢!"

我红着脸不吱声,恨不得一步就到地方,好把肚里的馋虫压下去。

穿过多半条街,才来到一片支棚搭灶的汤锅前。嗬,好家伙!好几家棚围成一个大圈儿,各个靠里头支口大锅,灶下火势熊熊,灶上肉汤翻滚,香味馋人。什么狗肉、兔肉、猪肉、羊肉、牛肉、马肉、驴肉,应有尽有,要骨头有骨头,要杂碎有杂碎。

在这些汤锅中,紧北面正中的那家最出奇显眼。门头上挑着个布,上面写着四个黄色的字:谭记汤驴。门两旁贴了付红对子。右边是,千年老汤驱百病。左边是,汤驴一口解万馋。横头是:奇绝天下。更怪的是,门前空地上立付大木架子,四条腿全是老槐木做的,中间悬空吊着头公驴,正浑身乱颤瞎叫唤,看热闹的围了里三层外三层。离木架丈八远的两口大锅敞着盖,哗哗翻滚,有股特殊的香味。盖着盖的,热气腾腾,不知里面煮的啥东西。锅前的长条案两头,各站一个粗壮汉子。岁数大的有三十出头,胳膊和前胸后背全是疙瘩肉。虽然节气已近深秋,仍穿着件蓝布做的夹背心,光头,一点不知冷。岁数小的二十上下,嘴上刚长胡子。两个人一眼就能看出是一个妈生的,只是那岁数小的处处显嫩。这工夫,那当哥哥的正比比画画对众人白话:"这汤驴一艺起于商周,乃历代宫廷盛宴。此艺传入民间仅三百年,到我谭家已三辈四十余载。别的不讲,就单说这老汤吧,内有名贵作料几十种,四十年来日夜蒸煮,从未断过烟火。此汤消食化瘀,醒脑明目,强筋壮骨,延年益寿。百闻不如一见,百见不如一尝。一会儿,您吃完这汤驴之后,保准周身活润,百病即除,回味无穷。再不去想什么北京的'东来顺',天津的'狗不理'。老弟,准备妥当了吗?"

这工夫,谭家哥俩已揭开那口盖严的大锅,里面原来是条水淋淋的棉被。我正觉得纳闷,那哥俩各用铁钳挟住两个角,把被从锅里捞出来,一边向前走,一边共同唱道:"驴儿驴儿你别怕,给你披件热棉袄,烫掉长毛留下肉,孝敬客官乐哈哈。"唱完,齐声喊个"一、二、三!""啪"的一声,棉被飞到驴身上,从头至尾包个严实。那驴立时被烫得乱蹿乱踢,眼睛红得像对小灯笼。

原来是生烫活驴!我吓得心里翻个似地折腾,紧紧抓住二哥的手。

转眼之间那哥俩揭下棉被,重又放回锅里。再看那头驴,身上的毛几乎全掉了。谭老二拎过半桶凉水,从上往下一浇,冲得干干净净,白里透红,和刚褪完的肥猪差不多,只是叫得更惨,踢得更厉害啦!

在一阵哄乱声中,谭老大从木案上抓起一把尖刀,两手一作揖,摇头晃脑,满心得意地说:"这驴肉又鲜又嫩,您就说吃哪儿吧,我麻溜给您取,趁热放在老汤里,片刻就好,那滋味,保您吃了这口想那口,吃完这顿盼那顿。各位客官,请快快吩咐。"

"来一斤臀尖儿!"

"要二斤腿肉。"

"取一丫鲜肝。"

"急火煮心。"

听到这一声接一声招呼,我身上直起鸡皮疙瘩,从里往外打冷战。这些人是不是疯啦？为啥要吃活驴肉？胆子就那么大？

"请入座！"谭老大摆摆手，把这七八个人让到长条案两边的木凳上。然后转过身，掂掂手中的尖刀，冷不丁一下照驴屁股蛋刺去。那驴拼命挣扎，怎奈是四蹄悬空，身不由己，只有活遭罪的份儿！转眼之间，谭老大一挥手，一块血淋淋的驴肉落入递过来的方盘。谭老二转身到锅前，拎起那块肉在凉水蘸了蘸，随即投进翻花的汤锅。

割完臀尖儿割大腿，割完大腿割里脊，然后是耳朵、舌头……十几刀下来，那驴已浑身血葫芦一般，被折腾得快没气了。可就这时，谭老大照准它的前肋猛扎一刀，几下便挑出个洞。啊？要……要取肝摘心！我紧紧地闭上眼睛，身子直哆嗦，嗓子里有股东西硬想往外蹿，但又怕吐别人身上，只得使劲儿憋住。

等我再睁开眼时，心和肝取出来了，在入锅前，那心好像一直在方盘里跳！我实在受不了忍不住，拉着二哥硬往外挤。刚出人圈儿，便"哇哇"吐起没完。

"还想不想吃驴肉了？"二哥一边拍我的后背，一边逗我。

"不吃！不吃！不吃！快回家，回家！"我连喊带叫，只想躲得远远的。

"嘿,管市场的张所长带人来啦！"

"这下又该有乐子瞧啦！"

"早该管管这事，太看不下眼啦！"

我闻声站起来，只见迎面走来一老一少。那张所长五十开外，穿着四个兜蓝干部服，戴顶青呢帽，个头不高，倒背着手，脸上挺温和的，看不出哪儿特殊。那小伙子倒是满脸冰霜，气呼呼地瞪着眼睛。二哥为了看热闹，硬拉着我跟在他们后边，重又挤进人圈儿。

谭老大先是一怔，脸上的肉抽动几下，立即放下刀子，边擦手边主动打招呼："张所长、王兄弟，请，请。"

张所长装没听见，理也不理那个茬儿，一直走到断了气的死驴前，皱起眉转悠着看。姓王的小伙子却气不打一处来，劈头盖脸训道："谭老大，告诉你不行这么弄,咋就不听? 不想干了是不是?"

谭老大腆着个脸,不软不硬地辩解:"不瞒您说,我兄弟俩这是家传几辈的生意,一直奉公守法,照章纳税,不知犯了哪条规矩?"

"好,那就再告诉告诉你!"小伙子指着死驴说:"第一,你祸害牲口,扰乱集市。第二,你招摇撞骗,糊弄人。什么'千年老汤驱百病,汤驴一口解万馋',还'奇绝天下',你真有那份能耐,开医院多好? 何苦烟熏火燎遭这份罪?"

面对这份连怨带损,谭老大竟一点不上火儿,不过口气倒渐渐刚硬起来:"喂? 我说小兄弟,您这么说就不在理儿了。啥叫祸害牲口,扰乱集市? 您到过广州没有? 那地方可大去啦! 哪国人都有,吃的别提多讲究。其中最有名的是吃猴脑,他们把猴子装在笼里,往你跟前一放。相中那只一抽闸板,在猴子一窜的工夫,被剃光的脑袋便被夹住。跑堂的拿把尖顶锤,一下把猴子脑瓜敲个窟窿,然后再递给你一根芦苇管,往里一插。底下吱哇乱叫,上面趁热喝脑汁,天下第一大补。您说他这叫什么? 和我这汤驴相比,哪个厉害?"

"这……"小伙子真被问住了,红着脸答不出来,只好求助地把脸转向张所长。

张所长望他一眼,又瞥瞥得意的谭老大,仍是不动声色地琢磨那头死驴。

谭老大见状,暗自高兴,更加邪乎起来:"至于您说的招摇撞骗,糊弄人,这不用我说,请问问这些老客,他们哪位觉得吃亏啦? 再说,您岁数小,可能不知道,有味名贵中药叫阿胶,就是用这驴皮熬成的,能养血生津,润肺柔肝,整治多年老病。有空儿多访访,学问深着呢!"

我看清了,凡是敢坐在那儿的主儿,没一个善茬。

"人人心里有杆秤,用不着谁教谁。"谭老大又说:"小老弟,以后说话可得多寻思寻思,别想啥是啥,硬装洋蒜!"

"饿了吃点喝点,然后一边儿玩去!"

"现在是新社会,不许欺负人!"

张所长见他们越说越不像话,这才猛地转身抬头,瞪圆眼睛,一步步向谭老大逼去!口中冷冷的呵斥道:"姓谭的,你还老母猪吃碗碴子——满肚子词呢!嘴皮子软如蛇,硬如刀哇!"

谭老大一惊,使劲儿眨巴几下眼睛,张张嘴儿,没敢应声。我正觉得奇怪,他竟然"扑哧"笑起来,前后换了个人似的,点头哈腰赔起不是:"嘿,嘿嘿,张所长,我这……不过是穷逗乐,请您老多多包涵。"

张所长一扬手,不紧不慢地说:"不必客气。咱今儿个是公事公办,不是谁求谁。你看这样好不好?你已经说得够累了,先歇一歇,喘口气,听我唠几句。你如果觉得在理儿,就立即照办,别再胡来。要是以为不对,就当众好好摆摆。"

谭老大身子直发软,像做了亏心事,满脸堆笑地没吭声。可看热闹的不怕大,硬往一起凑打架玩儿。

"老大,跟他论论,让大伙评一评。"

谭老大见弟弟也跟着瞎吵吵,半真半假地瞪一眼。然后沉吟片刻,假装认真地说:"张所长,您老人家有话直说吧,谭老大不是糊涂人。"

张所长不再客气,又教训道:"我现在只说两条。第一,你这头驴从哪儿弄来的?有没有检疫和准宰手续?第二,你就这么在集市上开膛破肚,污染环境,熏得人老远捂鼻子,这都是明知故犯,要加倍处罚!"

话虽不多,却句句在理,谭老大告起饶来:"张……张大叔,认理儿!只是……我这是小本生意,要罚就少罚点吧!"

张所长瞧着他那可怜相,还真给个台阶下:"罚多少一会儿再说。你现在就收拾,把死驴运走,把地铲干净,然后立刻到所里去。"说完,领着小伙子,头也不回地走了。

驴肉没吃成,别的也不想吃了,我和二哥只得空肚往家走。

刚进家门,妈头一句话就问我吃了多少驴肉,我一听这话,又立刻"哇哇"吐起来。其实,肚里早就啥东西都没有了,只是吐一摊黄色的苦水,那股难受劲儿,几辈子忘不了!咳,这趟集赶的,肠子都悔青啦!

梦断南天门

今儿个的天气可真好,瓦蓝瓦蓝的没一丝云彩;日头暖洋洋的,小风吹上身,像刚洗过澡一样舒坦。

今儿个我可真高兴,一会儿就要登上那高高的南天门和玉皇顶,把山里山外的景致看个够。

我一边默默在心中叨念,一边同二黑一起跟在猪群后面,不紧不慢地往庄东头溜达。

我放的这群猪一共十八头,除了我们家的一头母猪和十只刚劁过的小猪羔,剩下的全是左邻右舍的半大"克郎",讲好每月每头五毛钱。

一个多月前,经过连哄带劝,大嫂把我和长山送进庄西头的学堂。长山高兴得不得了,我却难受得挺不住,没熬上三天,就爬树跳墙跑回家,气得爸爸把我按在炕沿上好顿揍,打完了却说:"不念就不念,干脆到南山坡去放猪好啦!"虽然全家人都反对,我倒挺乐呵。放猪就放猪,只要不去那蹲大狱般的学堂,不坐那拔屁股冷的板凳就中。就这样,我心甘情愿当上了小猪倌儿,每天背上大哥给的黄书包,戴着黄军帽,摇着二哥绑的带皮稍的鞭子,美滋滋乐悠悠地,一点不觉苦,不知愁。

一到庄东头的小清沟,猪们就争抢着蹚水上坡,直奔团山子而去。那里有东龙虎峪庄刚出过的一块花生地,我们已连去两天,这群猪的记性可真好! 可我今天却另有打算,要去登南天门和玉皇顶,哪能由着它们的性儿。我和二黑淌着水追上去,甩着鞭子把它们赶回河沟。我们今天就在这河沟里走直道,免得误了好事儿。

其实,我不愿上学愿放猪,还有个别人不知道的秘密,那就是想登上南天门和玉皇顶,看看大哥大嫂的话到底真不真,对不对。

从打刚记事起,就听大嫂说庄南面的玉皇顶上有座玉皇庙,玉皇大帝就住在那里,掌管着天下大事,保佑臣民百姓的平安。每当有外界的妖魔鬼怪来捣乱,就派天兵天将守住南天门,杀它个落花流水,片甲不留。所以,每当看见南天门和玉皇顶出现电闪雷鸣,黑云翻滚,我就会在梦里翻身打挺,又喊又叫,腾云驾雾前去观战。可每当快到地方时,却又忽悠悠醒来……

我这好稀奇好做梦的毛病,在大哥回家后变得越来越厉害,因为他讲的那些天南海北的新鲜事儿,更让我日夜难忘。

大哥十八岁那年刚同大嫂结完婚,就随八路军冀东独立团去了东北。打完那里的国民党军队后,又返回关里解放了天津和北京。接着又南下追击国民党的军队,先追到广东,后又到广西剿匪,直到大腿受了伤,在军医院前后住了一年多,半年前才拄双拐回到家。大哥说,黑龙江的冬天能冻死人,可那里的黑土地却肥得流油,粮食堆成山。说过了南天门和玉皇顶,再往南就是几百里地的一马平川,直到黄河边上。说长江长得找不到头,看不到尾,江两边全是大河小河,出门就得划船。说广东大海里能打着上千斤重的大鱼,捉住的大海龟比锅盖还大,能驮住人。说广西的大榕树能独木成林,遮住半个庄子。大哥说的故事越多,我做的梦就越长。

"汪! 汪!"二黑突然叫起来,抬头一看,原来是整群猪都不愿在河沟里走,争抢着要上岸去拱食吃。

这哪成! 我赶紧跑过去,照准领头的大"克郎"狠抽几鞭子,硬把它们撵回来。真是猪脑子! 这河沟里能吃的东西挺多挺多,有长成的草籽,有新发出的嫩草和野菜;水中有成群的小鱼小虾,碰巧了还能在草窝里找到鸟蛋,从耗子洞里挖出成堆的粮食。

我们庄东头这条小清沟可是大有来头,水是从南山坡半腰的卧虎塘流出来的,又清又甜,深不过膝盖,宽不足一丈,一年四季不断流,不但是我们小时候摸鱼捉虾,洗澡玩耍的好去处,更是大半个庄的人取水做饭,洗菜洗衣,饮牲口的地方。当初,我们的老祖宗哥俩,所以要选在这块风水宝地落草生根,很大程度上也是因有这小清沟的缘故。至于我们庄为啥叫南贾庄这名字,这也挺有说头。刚建庄时,官府派个姓贾的百户长当头儿,因沙河北岸五六里地处已有个北贾庄,所以就把这里定名为南贾庄,是顺了当时的习惯。这不,在我们庄东西各五里地和稍远的地方,就有东龙虎峪、西龙虎峪、东燕各庄、西燕各庄等一大串这样的庄名。

猪们被赶回河沟后,很快就自己找到好吃好喝好嚼的,不再想往沟外跑。有时为了抢到好吃的,几头不老实的大"克郎",还互相打架拱闹。但只要听到二黑神气的叫喊,就立时变得老实起来。二黑是二哥去长城口外拉脚时带回来的,说是叫牧羊犬,其实让它来帮着看猪更适合。不知它原来叫啥名,"二黑"这名是二哥给另起的。去年冬天,大青被卖了之后,我一直蔫头耷脑挺不起精神,二哥才特意为我买回的它。二哥说,你天生长的黑,它也长得黑,正好一起做伴,就叫二黑吧!我点头答应,从此和二黑形影不离,成了好朋友。

看到大小猪都慢悠悠迈起方步低头找食儿,我便脱了衣服,手托黄军帽开始捉鱼摸虾逮蛤蟆,二黑站在沟边上紧盯着我,馋得舌头伸老长。

平时没人时,水中的鱼虾蛤蟆蝲蛄什么的活物,都自由自在地游来游去。一见到人影,就慌慌张张往石缝里东躲西藏。一群小白虾先看到我,立刻钻到脚边的石板下面。我瞄准后,在用脚一翻石头的同时,把帽子往水中猛一兜,十几只小虾就成了美味。水透干后,我捉住活蹦乱跳的小虾,送到嘴里细嚼慢咽,淡淡、鲜鲜的,没一点腥味。我用这招儿左追右撵,不大一会儿就觉得肚子里有了底儿。

"汪!汪!汪!"二黑馋得直着急,我一边对它伸长舌头做鬼脸,一边仔细搜寻，正巧有一群小鱼游过来。我挡住它们的去路，等它们都钻进石缝后，一下子就兜住五条。我先捡起一条，逗二黑张开嘴，照准扔过去。二黑吃完吧嗒吧嗒嘴还要，我就再捉再给，直到它被鱼刺扎的直打呛，才把帽子拧干带到头上。

这时，一只拳头大小的绿蛤蟆被猪吓得从草窝里跳出来，想蹿到水中躲闪。我手疾眼快，扑上去逮个正着，随手用细草绑住它的前后腿，用沟边的片石压住，再在上面立个小石块做记号。一只、一只、又一只，没用多大工夫，就逮住七只，看样是碰到蛤蟆群啦！这可是挺少见的事儿，一般只有在雨季蛤蟆配对产卵时才会碰到的。

一只大山雀从草窝里飞出来，尖叫着在头顶上转圈儿。我心中一喜，立刻上岸，到它飞起的地方去找。没费啥事儿，就在一丛野酸枣树枝上看到鸟窝，伸手抓出六个热乎乎的鸟蛋，蛋皮上都带着深灰色的斑点。我先扔给二黑一个，它连皮儿都没吐就吞了下去。我可不像它那么傻，小心剥开蛋皮儿，仰头喝完蛋清蛋黄，再把皮儿扔给二黑解馋。

吃完鸟蛋，喝饱泉水，我又和二黑一块儿捉蚂蚱。蚂蚱有大有小，最好捉又好吃的是大肚蝈蝈和长腿螳螂，肚子里全是籽，烧熟后满嘴喷香。二黑是捉蚂蚱的好手，我在后面轰，它在前头扑，几乎每次都有收获，也就一顿饭工夫，草绳上就穿起一大串儿。

就这样边玩边解馋，直到快晌午时才到卧虎塘。这卧虎塘其实就是个大水坑，三面是石头，一边往外淌水，水是从坑底翻着花出来的。水塘的四周长着稀稀拉拉的榆树、槐树、核桃树什么的。水面在日头下闪着亮光，一群野鸽子正在上面飞来飞去。

猪群在水塘边停下来，我家那头老母猪四仰八叉地躺在地上，十头小猪羔还有点恋奶，趴在它肚皮上连挤带拱，其余大点的不知愁不觉累，站在浅水处玩水撒欢。

趁这工夫，我搂起一堆干草，上面放几枝湿树条，用洋火点着，把拴着的蛤蟆和蚂蚱放上去烤，转眼间就冒出香气。我先撕下蛤蟆腿吃，把剩下的头和身子奖给二黑，它吃的比我还快还香，连骨头都不吐，吃完又盯上我手中的蚂蚱串。我只吃烧熟的籽，其余的头脚全给了它。

吃完山珍野味，才想起书包里的棒子面饼和地瓜，一会儿要爬山，可得吃饱喝足。我把饼子和地瓜放在火炭上，边烤边吃，没等吃完就打起饱嗝，便把剩下的赏给了二黑。

都吃饱喝足了，我望望西斜的日头，赶紧轰着猪爬上斜坡，顺着撒满碎石的山道向南天门奔去。

山道越来越陡，越来越滑，没走上多远，老母猪就带头耍起赖，先是扭扭搭搭，磨磨蹭蹭，三步一回头，五步一歇脚，低声哼叫着表示不高兴。我不停地摇着鞭子吓唬它们，刚开始还见点效，可几个来回后，便不再灵验，那老母猪竟梗起脖子盯住我，死活不肯再挪步。我一发狠从旁边绕过去，倒过鞭杆使劲儿打它屁股。这一来还真管用，它"嗷嗷"痛叫，一下子蹿出好几丈远，整个猪群也跟着跑起来。这之后我便不断使这招儿，硬逼着它们往前冲，往上爬。

南天门近了，玉皇顶高了，刚才还亮堂堂的日头忽然被大山遮住，立时觉得周身阴凉。我抬头仔细观望，发现平时看上去和我们家大门洞差不多的南天门，竟变得比整栋房子还高还宽，几朵云彩正打着旋儿从那大豁口飘下来，紧贴山边向玉皇顶飞去。

我刚一愣神儿，猪们就趁机停下来，全都呼哧带喘地或躺或卧。二黑也伸长舌头大喘气，眼光有点发蒙，我也觉得心头一阵发紧。

南天门就在眼前，非上去不可！大哥当兵打仗从南到北，走了几万里地，磨坏上百双鞋，眼前这点小窄道算个啥！我一边给自己鼓劲儿，一边用鞭子抽几个炸响，可大猪小猪就是一动不动，都像瘫了一般。

你们跟我耍花招儿，鬼才怕呢！大哥说了，打仗时越是不怕死，猛打猛冲，就越能得胜。我再次挥着鞭子，高声喝喊，狠抽老母猪，可一点用也没有，那东西趴在碎石上，就是不起身，铁心要赖到底。

难道好事就这样黄啦？我回头瞅瞅猪群，瞅瞅二黑，再仰脖望望南天门和玉皇顶,不知如何是好。

一只老鹰不知从哪钻出来,高叫着转眼间飞到头顶。这东西在野外能抓兔子和耗子,也能到庄头抓鸡鸭鹅狗小羊小猪。想到这儿,我身子一激灵,扬起鞭子准备同老鹰对打。还好,它大概是吃饱了不饿,转几圈后,身子一闪向南天门飞去。它是在招呼我?要给引路?还是在笑话我没能耐?我的手心出满了汗,望着它模糊的身影,迎着小凉风,打个大冷战。

南天门的大豁口闪出一团黑影,我不眨眼地盯住看。黑影渐渐由远变近,由小变大,原来是驴垛子。我们家这一带山多驴多,特别是南山坡这样的山道,又窄又陡,马上不去,牛上不去,都要靠驴垛子来回运东西。每逢西燕各庄大集,就会有驴垛子从南天门下来,运来各种各样的东西。可没听说今天有集呀,备不住是明天吧?

我纳闷地琢磨着,心中忽然一喜,对!他们能下来,我们就能上去,更何况啥东西也没带。我打起精神,耐心等待,打算驴垛子一过,就一口气儿冲上南天门。

驴垛子近了,只有两头驴、两个人,赶垛子的都二十郎当岁,穿着黑衣,带着草帽,蹬着胶皮鞋,看模样像是亲哥俩。垛子上的口袋满满登登,用粗麻绳捆个结实,因为有猪当道,不得不停下来。

"小爷们儿,这是要赶着猪上哪去?"当头的一个问。

"上南天门。"我满怀信心地回答。

"啊?上南天门?你不要命啦!"

"你才不要命呢!别挡道!"我没好气地回答,不愿听这样丧气的话。

"哎嘿,这孩子,咋就不知好歹!"他顿了一下,指着南门山说:"傻小子,望山跑死马,更不用说这帮猪啦!赶紧掉头回家,眼瞅着就要天黑。再晚,半道上遇到狼和豹子,那可就麻烦啦!你家在哪个庄?"

"南贾庄,就在山下不远。"

"还不远?从你们庄到这儿,至少有八里地。你家大人也真是,让这么点个孩子放这么多猪,跑这么远!快,好孩子,我们正要去西燕各庄,从你们庄南头路过,跟我们一起走吧!"

我不愿听他劝,心里还挺烦,便说:"不关你们闲事,我愿咋地就咋地!"

"你看,你看,傻透腔了不是? 任嘛不懂!"

"哥,快走咱的,用不着管这野小子,连句人话都不会说!"

"你才是野小子! 驴小子! 不说人话!"我不管不顾地和他对阵。

"驾! 驾!"年轻点儿的牵着驴从旁边绕过去,回头又呛我一句:"小犟种,你就等着在这儿哭爹喊娘吧! 小心别哭坏嗓子啊!"

"快走吧,跟个小孩儿瞎逗啥!"当哥的大声催促,我听了挺得意,可再一吧嗒嘴,又觉出不大是滋味儿。

烦人的驴垛子走远了,我这才想起自己的正事,赶忙挥鞭子吆喝,催猪们站起来。可再咋喊咋叫咋打,这帮玩意好像刚刚商量好似的,就是死活不动弹。

难道真就上不去? 我看看变得阴沉起来的南天门和玉皇顶,再望望阳光下仍能看清的南贾庄,小腿肚子直转筋。我跌坐在石头上,忍不住手指着南天门的大豁口哀号:"南天门,南天门,你不招人稀罕! 你为啥要这么高,这么陡,不让我上去!"

喊了一遍又一遍,哭了一阵又一阵,直到嗓子哑了,身上湿了,脑袋混了,眼皮睁不开了,便身子一歪啥都不知道啦!

大概是没睡多一会儿,因为二黑叫醒我时,南天门的豁口上还有亮光,我们庄也能看得见。我揉揉半醒的眼睛,突然发现大事不好,一帮猪不知中了什么邪,突然号叫着向我冲过来。我猛一下跳开身子,把鞭子甩出几个脆响,不是怕被猪踩着,而是怕它们炸群跑丢。

猪群被震住,没敢往四下里乱跑,可那非要回家的脚步却收不住,在几头大"克郎"的带动下,从我和二黑身边冲过去。最可恨那老母猪,平时温顺时让我骑着玩,这时竟翻脸不认人,看我挥手挡道,竟使劲儿用长嘴巴一挑,把我拱倒在地上,屁股蛋被石头硌得好疼好疼。

最让人生气的还是二黑,它也扔下我不管,高叫着随猪群逃跑,比兔子还快。望着它的背影,我肺都要气炸了,恨恨地想,你等回到家,非好好收拾你一顿不可!从今往后,再也不和你亲近,不给你好吃的。

我原来不知道,人要一生气,身上也能来股劲儿。这不,心中一恼恨,胳膊腿就硬朗起来,怒冲冲拎着鞭竿追上去。

呼哧带喘地跑了一阵又一阵,足有半里多地才追上猪群。正当身上一点力气也没有时,猛地发现猪群已停下来,挤到一块儿哼哼着转磨磨,二黑正在他们前头左蹦右跳地狂叫。

"二黑,二黑,冤枉你啦!冤枉你啦!"我心里头一热,大声叨咕,相信二黑一定能听清听懂。

二黑见我赶上来,立时撒欢,贴住我的腿肚子连蹭几下,看不出一丁点儿委屈。我抱住它的脑袋,又轻轻拍拍后背,算是奖赏。

天咋这么快就要黑啦?当我站直身子,望望天边的火烧云和庄头上出现的烟柱,再回头瞧瞧在阴影中模糊起来的南天门和玉皇顶,真有点害怕了。

"不上了,不上了,回家,快回家!"刚这么一想,浑身上下立刻发软,忍不住倒退好几步,打个大趔趄。那些猪好像也看明白了,立刻发疯般往前冲。那老母猪只顾自己疯跑,把十个尖叫的小猪羔远远丢在后头。

坏啦!可要坏菜!要是跑丢几头可咋办?我吓得浑身冒出冷汗,紧随二黑一阵猛追,好不容易拦住领头的大"克郎",然后大口喘粗气,等着后面的老弱残兵。老母猪一瘸一拐地跟上来,那些小猪羔不知是吓得还是饿的累的,边走边吱哇乱叫。

顾不上再歇气儿,只想快回家,天要是再黑,就找不到回家的道啦!我抬头看看刚从山头冒出来的月亮,赶紧摇起鞭竿,打出一连串炸响,吆喝猪群起身。想不到的是,刚才还发疯的大猪小猪,这时竟挺不情愿地东摇西晃,左瞧右看,谁也不肯带头快走。难道真是怕被狼和豹子咬着?我的头皮有点发麻,两腿酸疼,不时互相打绊子。

"怕啥？怕个啥？我啥也不怕!"大哥二哥都说过,不管是啥野牲口,都怕人怕亮!我大声叨咕着给自己打气壮胆儿,身子却一阵阵"突突"乱抖。

又窄又陡又滑的石头道总算快走完,闪着亮光的卧虎塘刚一出现,一直纠纠着的心才松下来。闻到泉水的甜味,又记起回家的老路,所有的猪都没等吆喝,就连蹦带跳冲下河沿,把脑袋扎到水里猛喝猛灌。那老母猪干脆趴在水里,喝出好大动静。还是二黑有出息,随我小心下到水中,我用手捧,它用舌头舔,互相瞅着喝个够。

歇过气儿,解了渴,缓过神儿,才又知道着急上火。我突然发现,水塘四周的树底下和草窝里动静不断,还一闪一闪有亮光,肯定是野兽在走动,也备不住刚才人家正在喝水,被我们冲撞着了!可别是狼和豹子,那两样东西,就好吃小猪小羊,也能伤人,还是快点回家,远远离开这鬼地方。

"嚯!起来,回家喽!"我使劲儿摇着鞭子呼喊,二黑也叫着助威,可大猪小猪都愣装听不见,或躺或卧地一动不动。

"这些不要命的死猪,净找打!"我又气又急地用鞭竿猛拍狠打,没想到它们竟一齐向水深处蹿去。

坏啦!坏啦!那水塘最里头不知有多深,前几天我特意用长秫秸秆探过,没碰到底。真要淹死几头,爸爸不打死我才怪!想到这儿,赶紧收住吆喝和脚步,倒退一丈多远。可等上好半天,那些傻猪就是站在水中一动不动,真叫气死人!

正当我啥招儿也没有了时,草窝里突然传出一阵打斗声,不用细听,就辨出是野兔被山狸子逮住啦!那东西长得像猫,可比家猫大挺多,也厉害挺多,冬天山上缺食时,常到庄里偷鸡摸鸭,我二哥去年就用铁夹子逮住一只,肉自己吃了,皮还卖个好价钱。

就在这一闪念的工夫,听到惨叫声的猪竟然没命似地抢着上岸,连滚带爬蹿出好远。我和二黑紧跟在后头,想趁势赶它们回家。可等听不到动静时,这些吓破胆的猪死活不肯再走。我让二黑扑上去咬,它竟然摇头摆尾,不听号令。我气不打一处来,扬起鞭子想抽它。它鬼精地一缩,就势仰在地上,求饶地扎扎起四条腿。我心一软,只得饶了它,可自己却难受得挺不住,坐在二黑身边,搂着它嗷嗷哭起来。哭着哭着,又心一迷瞪睡着了。

不知睡了多大时辰,也不知是眼泪还是露水,等睁开眼时,脸上挂着水珠,身子骨又疼又冷。我费劲地站起来,只见天上布满星星,月亮已来到头顶,二黑和大猪小猪还睡得正香,那老母猪竟打起了又长又响的呼噜。

四下里静极了,静得让人又害怕又生气。爸爸和二哥他们为啥不来找我救我!那赶垛子的哥俩儿咋就不拐到我们家报个信?大哥大嫂也把我忘啦?我不住嘴地念叨,索性不管不顾地又是一阵哭喊。

把猪群喊醒了,把二黑喊醒了,把自己也喊醒了。听到远远传过来的回声,我忽然明白过来,爸爸和二哥他们指定在四处找我,天这么黑,夜这么静,为啥不点着火堆再高声喊呢?

心路一通,手脚就灵起来,借着月光搂一把干草,小心从书包中摸出洋火。火光升起来了,烟柱有几尺高,我挺直身子,冲着山坡下不住声地高喊:"爸爸——我在卧虎塘呢,二哥——快来救我!救我!"

没想到自己的回声会传得这么远,这么响,把耳朵都震疼了。二黑也不甘示弱,跟着一起狂叫,声调比我还高。

就这样,折腾了好半天,总算看到山坡下闪出亮光,传来响动,我身上顿时热乎起来,双手卷成喇叭筒,冲着光亮跳起脚再次猛喊:"爸爸,二哥,我在这儿!在卧虎塘呢!"

电光近了,人影清了,还有马车,我本该高兴才对,可不知因为啥,却一下子瘫在地上哭个没完。

"满仓,满仓,别哭,别哭,快让哥看看伤着没有。"二哥扶起我,摸摸胳膊摸摸腿说:"都哪儿疼?"

我搂住二哥的脖子，嘴上刚硬，身上其实疼得要命。

"小满仓，猪呢？猪都跑哪儿去了？"爸爸恨恨地追问。

我用手指指坡下的河道，小声说："都在那儿睡觉！"

"那好，没丢就好，用不着赔谁家，爸，咱快下去看看。"二哥接过话，既是为让爸爸消气，也为护着我。

"赔个狗屁！人没伤着比啥不强。"这是三哥在说话。他今年十三，比我大五岁，只念到四年级就说啥不上了。说那学堂像蹲大狱，处处有规矩，被人管，老师的教鞭打在脑壳上生疼。他平日性子急，说话倔，谁要惹着，不管有理没理，都没好话答对，所以落个"三臭头"的名声。不过，他人小力气大，有股蛮劲，愿意跟大人一起干活儿，常跟二哥赶马车到长城口外拉脚，跟爸爸学种地学漏粉，家里家外都是好帮手。

全家人中，除了大嫂，就属二哥最疼我。这不，见我没伤着，赶忙从怀里掏出还热乎的棒子面饼塞给我手中："快吃吧，吃饱了咱好回家。"

我顾不上吱声，狼吞虎咽地闷头吃起来。快要吃完时，看到二黑在旁边伸长舌头盯着，就把剩下的一小块扔给它。二黑张嘴接住，吃完还想要。

借着二哥手中的电光，发现三哥正对我挤眉弄眼，用手指头划着腮帮羞臊我："小满仓子，这回你可等着吧，到家不被熟皮子才怪呢！"

"熟你个三臭头！"我瞪起眼珠反击。

"小三，别胡扯，快点赶猪。"二哥厉声呵斥他。一物降一物，一人服一人。三哥谁都不惧，就怕二哥，最怕二哥出门时不带他。

二哥让我一手牵马，一手拿电筒照亮，他和爸爸、三哥下到沟里去赶猪。在他们的吆喝声中，大猪小猪都不情愿地动起来，顺着沟沿的斜坡慢慢往上爬，只有那老母猪上不来。没别的招儿，二哥他们只好一起撅它，费好大劲才一瘸一拐爬上来，没走几步，又趴在地上不动了。

"爸，指定是掰蹄甲子啦！"二哥接过电筒，抓起猪后腿查看："瞧瞧，四个大蹄甲全没了，还淌血呢！"

"那还等啥,捆上车拉着吧!小三,快找绳,先捆四蹄。"爸爸说完,狠狠瞪我一眼。

按照爸爸的吩咐,三哥找出事先准备好的粗细两样麻绳,他按猪头,二哥抓猪腿,爸爸锁猪蹄扣,片刻工夫,就把已经不叫唤的老母猪抬到车上,用粗绳拦紧。

"小满仓,来,挨我坐。"二哥抱住我的腰轻轻一提,就坐到车辕上。回头又说:"爸,您老也坐稳,让小三赶着猪走就中了。"

等爸爸坐上另一边车辕,二哥调过车头在头前开道,三哥赶猪跟在后头。

"二哥,你咋才来救我?"当马车走上正道时,我小声追问。

"嘿嘿,你还有理啦?野小子!"二哥不满地说:"你不知道,傍晚没见你回来,全家人都慌了神儿,左右邻居也来查问,大哥大嫂催我们快快出来找。我和你三哥知道你贪玩儿,就先到卧虎塘,没见到人影,又到东西龙虎峪的南山坡,前后转个遍,逢人就打听,都说没看着。这工夫,天已是大半夜,回家一瞧还没回来,都急坏啦!大哥提醒道,说你前几天曾问他南天门有多高,有多远。我一听就明白了,断定你又是起了幺蛾子!你呀,咋就没一点老实劲儿,除了惹祸,还是惹祸!这回我可告诉你,打明天起,乖乖到学堂去念书。"

"这回呀,谁说情也不中,非打断他的腿不可!"爸爸咬着牙根恨恨地说。

我害怕得没敢吭声,使劲儿往二哥身上依偎,真怕爸爸现在就动手。我望望发白的天空和突然间已经看不清的星星,心里很快有了好主意:对,对,到家后就躲到大哥大嫂的屋里,谁都没辙!

到家时天已大亮,刚从北街进后园子,就见满院子都是人,远远看见妈妈和大嫂到紧前头来接我,立刻心里就不害怕了。当凑热闹的人一围上来时,爸爸突然跳到地上,从车后绕过来想抓我,同时大声怒骂:"今儿个你们谁也不准护着,我非打断他的腿不可!"

我早有准备，一下子滚到二哥怀里。二哥就势抱我下车，并小声嘱咐："快跑大嫂那儿去。"

"看你往哪跑！今儿个谁护我打谁！"爸爸高喊着追出来。

"爸，别真生气，这么多人瞧着呢！"二哥拉住爸爸，小声替我求情，"再说，人没伤着，猪也没丢，该庆幸才对。"

"正因为有这么多人，才要好好收拾收拾他，让他从此长记性，免得闹翻天！"

"爹，您老这是何必呢！"大嫂把我挡在身后，笑呵呵好言相劝："二兄弟说的也在理，人没伤，猪没丢，就是大幸运。真要往深里说，让个刚刚八岁的孩子自个儿放这么多猪，本来就不对。反过来再说，咱家小满仓也是福大命大造化大。他敢爬那南天门，想登高瞧瞧山外的新鲜，恐怕连许多大人都不敢。胆小不得江山坐，将来指定有大出息！"在我们家，大嫂的话最管用。

"就是呢！我老儿子将来要念大书，当大官儿！"妈妈顺着大嫂的话帮腔："走，走，老儿子快进屋，妈给你做了好吃的，该把孩子饿昏啦！"

"妈，我不饿，刚吃饱二哥给的饼子！"我怕妈妈担心，赶紧说实话："就是困。"

"对了，对了，老少爷们儿，都到前屋歇着，一块儿吃早饭。"大哥拄着双枴招呼，陪众人往前屋走。在大伙的说和下，爸爸也气呼呼随同而去。妈妈对大嫂使个眼神儿，转身跟着去招待乡邻。

趁二哥和三哥卸车的工夫，大嫂把我领进屋，关上门后立时变了脸，使劲儿点着脑门儿剋我："你这野小子，这是惹了多大的祸，全庄的人都知道啦！从今往后，要是再不听话，不乖乖去念书，嫂子就再不能管你护你，就让爸爸真把腿打断算啦！"

"大嫂，我听话，听你的话！"我见大嫂是真生气了，眼泪汪汪看着她的脸，又害怕又委屈。大嫂要是不管我，不护我，还能有活路吗？

"哭吧，哭吧，还腆脸哭！快说，明天去不去上学？"

"去，去就去呗，有啥了不起!"我哽咽着答应。看到大嫂脸色缓下来，为了哄她高兴，又故意说:"大嫂，从今往后，我只听你一个人的话，别人的话谁也不听!"

大嫂扑哧笑了，把我紧紧搂在怀里，又满心高兴地夸起我说:"我老弟就是听话，真是乖孩子! 快先上炕睡一觉。"我脱鞋上炕，这才发现，大侄儿长山睡得好香，一直没醒。

热闹的学堂

"小满仓,快醒醒,醒醒,该吃饭啦!"

"快到南天门啦!"我迷迷糊糊地推开大嫂的手,翻过身继续做梦:紧紧趴在老鹰的翅膀上飞向南天门,不顾风把脸吹得生疼,睁大眼睛盯住那变得越来越大的豁口,心口突突直跳。奇怪,这老鹰为啥只转着圈飞不往下落呢? 快往下落! 往下落! 我想高声呼喊,却怎么也张不开嘴,发不出声,好像有东西堵在嗓子眼,憋得浑身冒出汗。坏了,这老鹰咋还斜着身子飞呢? 眼看把我滑下去啦! 我抽出一只手,用力掰它的脑袋,想让它正过身子。这下更坏了,它梗着脖子同我使横,干脆来个肚皮朝上大翻身。我身子猛地往下一坠,抓着一把鹰毛跌向山坡……

"啊——"我惊叫着猛地坐起来,眨眨眼睛,好半天醒不过神儿。

"这野小子,还做梦呢!"听到大哥坐在椅子上笑话我,定神儿四下瞧,发现大嫂正端个碗站在面前,笑眯眯地眨着眼睛。

"这回是真睡醒了,快趁热把面片儿汤喝了吧!"

"大嫂,我不饿,还想睡。"我嘴上这么说,心里还想着那老鹰为啥要翻身倒飞,是被人用枪打的? 还是故意调理我?

"哎哟,我说小满仓,你这一觉都快睡到黑天了,再不起来吃东西,活动活动筋骨,会饿瘫的。快起来,起来,要不先去趟茅房吧。"

大嫂紧着催,我只好不情愿地磨蹭着下地,光身子找鞋。

大嫂随手把一件花袄披在我身上。大哥则在旁嘱咐:"小心点,可别掉茅坑里啊!"

我跑到后院西墙根处的茅房,一边撒尿,一边观望。可不是,天真的已擦黑,肚子饿得"咕咕"直叫,身上打起冷战。我转身往回跑,重又钻进被窝。

"冷了吧? 来,把片儿汤喝下去暖暖身子。"大嫂把碗递到我手里。

"你又惯他毛病是不是? 穿好衣服再吃嘛!"大哥口气挺不满地说大嫂和我。

"你没见他冻得直哆嗦? 净跟着瞎操心!"大嫂扭头白瞪一眼,回头又哄我:"别听他的,快喝!"

我假装不看大哥,披着被坐起来,接过碗不歇气喝干,连筷子都没用几下,立时就不觉冷不觉饿了。等把碗还给大嫂时,还傻乎乎问:"大嫂,长山呢? 你不是说要领我俩一块儿去上学吗?"

"还一块儿呢! 真是睡懵了,没见天都黑了吗? 等明天,嫂子早早领你俩去,向李校长好好求求情。你都旷课快一个月了,人家收不收留还两说呢!"

"没事,李校长那人开通,不会难为人。你再对人家下个保证,落下的课咱尽快帮着补上。"大哥在旁开导起大嫂。

"你老先生就会支嘴! 咋不知先问问小满仓,今后还逃不逃学? 能不能撑上?"大嫂表面上是顶对大哥,其实是说给我听。

"小满仓,听见没有? 能不能做到?"大哥立刻接上话,要我口供。

"当然能!"我顾不上多想,满口答应,边说边找衣服,可一件也没找到。

"还找呢,弄得又湿又脏,全给你洗啦! 来,先穿长山的吧!"大嫂把一摞干净衣服递过来。

我麻溜穿上长山新作的褂子和裤子,竟然不短不瘦,站到地当中走走,觉得挺美气。

"嗯？真正好,干脆就给你吧!"大嫂前后看看说。

"那——长山呢?他穿啥?他要不给咋办?"我趁机叮问。

"没事,让你嫂子再给他做新的嘛!"没等大嫂吱声,大哥就先答应了。

第二天吃完早饭,穿上新袄新裤新鞋,斜背上书包,大嫂刚要领我和长山出屋,麻烦就来了。因为没等我们迈过后门槛,二黑就一闪身跳过去,想头前带路。

"这可不行,可不能让二黑跟着,满仓,快唤它回屋。"

"怕啥呢?"我小声嘀咕一句,但还是高声召唤起来:"二黑,回来,回来!"

二黑听话地跑到身边,我拍拍它的后背,说:"二黑,在家等着,我一会儿就回来。"

大嫂不放心,想了想,吩咐扶门框站着的大哥:"庆华,你帮着把门关好,可不能让二黑跟着啊!"

"好嘞!好嘞!"大哥单手挂拐,转身对我说:"老弟,你先把二黑领进屋,关好门再走。"

"二黑,进来,进来。"二黑乖乖跟我进到屋里,等大哥手抓门扇准备好时,我趁它不注意闪出门去,大哥机灵地把门关上。我和长山撒腿快跑,都到大街上时,还能听见二黑不住声地急叫。

小学校在庄西头老地主孙士杰的旧宅院,有三层正房和多处厢房,紧靠北边还有一座二层小楼。围墙有两人多高,四个墙角设有炮台,听大人说他最阔时养六名炮手,轮班护院。靠前门围墙外还长着一大排槐树。门两旁蹲着的两个石狮子脸面已有些模糊,不知是被人敲打的,还是风吹的。闹日本鬼子时,老地主带着全家跑到天津,后躲到香港,又去了台湾。学校大院只有南门,能进胶轮大车,用厚铁皮包着的两扇大门平时总关着,只在上下学或进车时才敞开,由工友何四爷掌管。

早晨去上学的人挺多,很少有大人陪送,大嫂领我和长山走在街当中,十分显眼。肯定是听家里的大人说过我登南天门的事,有几个大点的小子边走边对我指指点点。

　　"老叔,他们说你呢!"长山以为我没看见,小声提醒,其实是想乘机羞臊我。

　　"一边待着去,没人拿你当哑巴!"我绷着脸呵斥他。这些话我常听大人们掐架时说,所以张口就来。

　　"这俩孩子,得机会就掐,都给我住嘴! 也不怕别人笑话!"大嫂假装生气地喝止。

　　快到学校门口时,二黑突然从人群中钻出来,紧贴着我的腿想跟进去。

　　"哎呀,二黑咋又来啦? 可千万不能让它跟进去! 快站住,站住。"大嫂慌张起来,拉住我闪到旁边,不让再动。

　　许多人看到我们和狗站在门旁,都觉得挺奇怪,难免又是一番指指点点,有的还笑出声。

　　我无奈地点头答应,搂住二黑坐在石墩上,心里很不是滋味,暗想,校长不收才好呢! 我正不愿遭这份洋罪!

　　所有的学生都进了院,上课的钟都敲响了,大嫂还不出来。我心一阵发急,站起身从门边往里偷瞧,正看见大嫂和何四爷走过来。

　　大嫂向我招招手,然后对何四爷说:"四叔,您看这样中不? 一会儿让小满仓抱紧二黑,等您把大门关到只剩一道缝时,把它使劲往外一扔,任它咋闹咋叫也没辙。"

　　"中!"何四爷答应着慢慢推门扇,当门缝窄到只能进人时,对我说,:"孩子,准备好啊! 我喊完一二你就进!"

　　何四爷话音一落,我把抱在怀里的二黑猛向外一推。

　　何四爷机灵地把门关紧,随手又放上横杠。上了当的二黑急得又叫又跳,把门上的铁皮抓得"哗哗"直响。我想扒门缝看它,大嫂不由分说拉住我就走。二黑又急又气的狂叫声,揪得我心好疼,就像是做了啥见不得人的亏心事!

大嫂直接把我领到中间院落的西厢房门口,门框上还挂着个"一年三班"的小木牌,就是我曾经待过三天的那个班级。隔着窗户上的玻璃,听到麻老师正领学生念书:"人之初,性本善,性相近,习相远……"

麻老师看见我和大嫂,拿着书本迎出来:"表姐,和李校长说妥啦?"

"说妥了,还让在你这个班,叫你严加管教。落下的课,回家我们给补上。"

麻老师是大嫂的表妹,来我们庄教书已快两年,时常到家里串门,我还管她叫表姨呢!她今天的穿戴打扮可真好看,一件长到膝盖的黄底花格裙子,腰掐得细细的,紧贴着身,脚上的皮鞋亮的能照人。耳后的两条小羊角辫扎着蓝绸带。脸上好像还擦了雪花膏,闻起来香香的。说起话来慢声拉语,眼珠一动一动好像在笑,我以前咋就没有看出她这么俊呢?

"小满仓,一定要听麻老师的话,好好学习。"大嫂松开我的手嘱咐。

我答应完又问:"大嫂,那我还叫不叫表姨呢?"

大嫂同麻老师对笑一下,拍拍我的脑袋说:"记住,在家里才能叫表姨,在学校叫老师,叫麻老师。"

"好了,进屋上课吧!表姐,还让他和长山一个桌吧?"

"行,行,让你多费心啦!那我先回去,有空就到家来玩!"

"好!不送你了,屋里一大帮孩子呢!"

大嫂走后,麻老师把我领到中间第四排,和长山共用一条板凳一张桌。然后又接着领我们念三字经:"人之初,性本善,性相近,习相远,苟不教,性乃迁……"

我双手捧着书本,嘴上跟着念,心里却仍想着二黑,二黑还在大门外叫唤吗?它跟没跟大嫂回家?二黑会不会恨我?没念上几句,就两眼发呆,嘴唇不动了。

"做好,大声念。"看见我发愣,麻老师一边领念,一边悄悄来到身边,我眨眨眼睛，赶紧跟着大声念："教之道，贵以专……"

看到我又出洋相，长山用脚碰一下，挤眉弄眼地笑我。

就在这时，教室的门被"咚"的一声撞开，随着一股小风，二黑哼叫着跑进来。课堂顿时炸开了，先是前排靠门口的女生一阵尖叫，紧接着全班同学都站起来东躲西闪。站在讲台上的麻老师也慌了，不知该咋应对。还好，二黑谁都不搭理，直接钻到凳子底下，拱开我的双腿，静静地趴下一动不动。

"孙庆云，快把狗牵出去！牵出去！"麻老师被吓得变了声，站在那儿不敢动。

这一来，我也慌了，不知咋办才好。

"还愣啥，快牵走！干脆，你今天也别上课了，跟它一块回家吧！"麻老师脸都白了，指着我的手直打战。

我知道自己闯了祸，虽然觉得委屈，又没法说，只好站起来往外走，二黑乖乖跟在后面。

"老叔，你的书包。"长山招呼着追上来。

我接过书包挂在胸前，低头逃出教室。

一到当院，二黑立刻连蹦带跳撒起欢，一点没记仇，两眼闪出高兴的亮光，同我一起穿过前层房的走廊，直向大门口跑去。一看见大门，二黑好像记起受的委屈，突然连声叫唤起来。

被唤出来的何四爷大吃一惊："这东西是咋进来的？大门一直紧关着呢！我说孩子，这下可惹祸了！弄不好，恐怕连我的饭碗都被打啦！快走！快走！"

何四爷刚把大门拉开个缝，二黑就先挤出去了，然后蹲在旁边等我。我心中一阵恼恨，出门猛踹它一脚。二黑叫着打个滚儿，跳开几步后掉头盯住我，好像是在委屈地追问，为啥踢我？为啥踢我？

"都是你惹的祸！"我指着二黑嘟囔一句，左右看看，不知该往哪去。现在就回家？肯定不行，咋对大哥大嫂说呢？不回家又去哪好？紧琢磨一阵,直到身上冒汗,才有了主意。我把书包斜着挎好,领二黑绕过学校西墙外的树林,连跑带颠冲向庄北的沙河。二黑好像猜到了去处,一出树林就直奔河沿,到地方后,还转身对我高兴地欢叫几声,催我快赶跟上,好玩个痛快。

河沿上空无一人,我放下书包,脱掉衣服,从岸上一个猛子扎下去。我知道不用招呼,二黑肯定紧跟着往下跳。

直到实在憋不住气,我才踩水钻出水面,抹去脸上的水珠,回头寻找二黑。二黑真棒,一见到我的影子,四条腿紧扒一阵,转眼就游到了前头。我紧跟着向河对面猛追,它不时回头叫一声,那是在为我喊"加油"呢!

北河沿长满了柳树棵子,因为年年有人割去编筐编篓,所以都长的单细,粗不过拇指,细如筷子,水大时淹半截,水浅时能逮住鱼和螃蟹什么的,是我平时最爱去玩的地方。这不,刚一上岸,就见一只碗口大小的王八急匆匆想逃到深水里。我眼疾手快,上前一把按住。"小样儿,看你往哪跑!"我得意地抓紧它的硬盖,翻过来看它伸头缩腿地挣扎。然后折下几根细柳条,把它仰壳绑在一根粗柳条上,任它咋折腾也跑不掉,等回家时再收走。

抓完王八,又开始捉螃蟹,这是我最拿手的本事。螃蟹没人时也会出来晒日头,听到动静看到人影后,就立刻钻进树根下面的窝里。我用木棍在树根下搜寻,这儿扎扎,那儿捅捅,很快找到个螃蟹窝。我用柳条棍往里来回捅几下,感到被什么东西夹住时,慢慢往外抽出来,只见一个拳头大的黑壳螃蟹,正用两只大钳子爪死死夹着木棍,好像非要夹断不可。当我抓住它的后背壳时,才松开大钳子晃着想夹我手指。等它晃累了往回缩时,我就用手指紧紧按住,不让再伸出来。然后随手折下几根细柳条,反复缠住它整个身子,往带杈的粗柳棵子上一夹,它就一动不动了。就这样捉了一只又一只,直到听见河对面放学的钟声,看看当头照的日头,才想到该回家吃午饭。我小心地收起战果,把它们都紧紧绑在一根长柳条上,同二黑游回南河沿,麻溜穿好衣服,挎上书包,乐颠颠往家赶。

要回家,必得经过学校的大门前。我走出树林后,影在围墙的拐角瞧了好半天,直到听见何四爷关门的吱扭声,才蹑手蹑脚想悄悄走过去。临到大门口时,二黑突然记仇似地对着大门叫起来,吓得我抬腿赶紧跑,做贼似地生怕被谁看见。

呼哧带喘地从后街跑进家门,正撞见大嫂和麻老师往外走。我心一惊,刚要闪身躲进牲口棚,早被大嫂看个清楚:"小满仓,你给我站住,往哪躲!"

我不得不收住脚,手中的东西"啪"的掉在地上。要是换个人,我指定会转身跑没影,可对大哥大嫂的话不敢不听,他俩要真生气了,还有谁来护着我呢?

"庆云,别怕,今天的事儿老师不怨你,那狗是自己偷着钻进学校和班级的。"麻老师上前拉住我的手继续说:"老师到家里来,是怕你说不清受委屈,或是不敢回家。这不,老师刚和你大哥大嫂说好,明天在家把狗好好拴住,别让它再跑出去,然后再和长山一起去上学。只要好好学习,不犯纪律,老师和同学就都喜欢你。"

"庆云,快谢谢麻老师!"后跟出来的大哥听见麻老师的话,在旁督促。

"谢谢麻老师!谢谢表姨!"我说完还没忘鞠个躬,喜得麻老师和大哥大嫂都笑了。

"真是乖孩子!快进屋吧,老师走啦!"

"表妹,就别走了,正好小满仓又捉这么多螃蟹,尝尝鲜。"大哥想留住麻老师。

"不,表姐夫,我在学校订了饭,不能浪费呀!"麻老师挥手离去。

送走麻老师,没等进屋,大嫂就变了声地数落起我:"你呀,你呀,小满仓,让嫂子咋说你好呢!麻老师让你把狗送回家,就乖乖送回来呗,咋又跑到河里去,不要命啦?是不是成心想气死嫂子?那好,打从今儿个起,你就别再叫我大嫂,也不准进我屋!"

"大嫂,大嫂,我一定不气死你,我听你的话还不中吗?"我拉住大嫂的手不放。

"不中!你都保证多少回啦?谁还敢信!"大嫂虎着脸不依不饶。

我"哇"的一声哭起来,然后哽咽着下狠心:"大嫂,这回——一定当真,是真的,说到做到!不然,天打五雷轰!"

立时,大嫂的心就软了,弯腰抹去我的眼泪,搂住我小声说:"还有脸哭?那好,嫂子就赏脸再信你一回。快住声,把螃蟹先拿屋去,煮上中午吃,下午好去上学。"

"爸爸,快看,快看,我老叔又捉这么多螃蟹!还有个大王八呢!"长山从屋里跑出来,咋呼着转圈看。他天生胆小,从不敢伸手抓,更别说下河里捉啦!

"老弟呀,又没记性了是不是?再三说不准下河洗澡,更不准去抓鱼捉螃蟹什么的,都成耳旁风啦?"进屋后,大哥坐在椅子上,脸绷得挺吓人。见我站着低头不敢吱声,才缓了缓口气说:"今天这事听麻老师说了,是不能全怨你,也不知二黑是从哪儿钻进去的,可别人能信吗?再说,真要是把哪个学生给咬了,或是吓出病来,人家不上门找你算账才怪!"

"行了,你就别跟着加油添醋啦!那狗又不是人,谁能管住?等以后拴好就是了。孩子在外受了委屈,回到家你再不分青红皂白,还让不让我们活了?"

"又来了,你这老娘们儿,就知道惯孩子!不说了,不说了,赶快煮螃蟹吧!"大哥收起怒气,趁大嫂去后院抱柴火生火的空儿,又开始小声训我:"小满仓,这回你可要知道厉害!你天天同二黑腻在一起,形影不离,这哪成!从今天起,就不准再亲近它,疏远些日子,就都习惯了,记住没有?"

我很不情愿地点点头,可那憋了好半天的泪珠却止不住蹦出来。

午饭是妈妈在前屋做的贴饼子和烀白薯,大嫂在后屋煮的面汤和螃蟹。爸爸和二哥三哥早早去地里割高粱,午饭由三哥回来取。

大嫂煮的螃蟹刚出锅,三哥就闻味跑过来:"满仓真有能耐,又为全家改善伙食喽!谢谢!"三哥伸手抓个最大的,斜楞眼故意贬斥我。

"谢你个狗屁!三臭头,不给你吃!不给你吃!"我正有气没处撒,大声叫着扑上去。

"哎哟,我说小满仓,是不是身上刺痒,又该熟皮子啦?咋闻着还有股狗屎味呢?"三哥一手抓起螃蟹又说:"我刚才在半道上就听人说了,你把二黑带到课堂,吓得全班学生不能上课,鬼哭狼嚎的,老师都找家里来告状。这回看你咋办,躲过初一,躲不过十五!"

"老三,别听人瞎说,麻老师刚走,说二黑自己不知从哪钻进学校的,不该庆云的事儿,快再拿两个螃蟹送饭去。顺便也和咱爹说说,别一进家门就冷着脸对孩子发火。"大嫂一边撵他,一边又递过两只通红的螃蟹。

"大嫂,不给他!不给他!"我跳着高喊,见三哥嬉皮笑脸地拎起盛汤的瓦罐开溜,又狠狠追一句:"噎死你个三臭头!"

大嫂望着三哥的背影,又瞅瞅我,轻声叹道:"都不是省油的灯啊!"

"大嫂,谁是灯?谁不省油?"我懵懂地探问,多少也品出点味道。

"没你的事儿,说你三哥呢!快进屋吃饭,吃完好拴狗。"大嫂遮掩地打呼噜语。

吃完午饭,大哥亲自到马棚找到根手指粗的麻绳,让我抱住二黑,从脖子和肚皮底下穿过,在后背上系个死扣。二黑刚开始以为我是哄它玩,乖乖地不动不吭,直到我松开手,才觉出不自在,使劲儿要挣开绳套。

"大哥,绑得太紧了,它嫌疼。"我看到二黑那股难受劲儿,便向大哥求情。

"不紧,过几天就习惯了,来吧,先把它拴在棚子里,等一会儿你和长山从前街走,别让它看见。"

我递过绳头,大哥在上门框上系个活扣,又用劲拽拽,挺牢靠的。

到了这时候,二黑才全明白过来,看我要离开,就又跳又叫,弄得我心直突突,要不是大哥在场,肯定会解绳套放开二黑。

回到屋里，大嫂催我和长山快去上学，免得听二黑闹腾。我俩背上收拾好的书包，悄悄从前门走出去。可一到街上，总觉得二黑正远远跟在后头，瞄着我的身影，就几步一回头，看看是不是真的。

"老叔，别总看，二黑被拴得牢牢的，跑不出来。"长山嬉笑着提醒我。

"你没见它又哭又跳吗？非急出病不可！"

"不能！要急也是你急出病！别蒙人。"长山撇着嘴笑我。

"不信你等着，一会儿它准追来！"

我虽然嘴头挺硬，心里却软软的，没一丁点把握。

走进学校，走进课堂，我还一直惦着二黑，直到上完第一节算术课，才安稳下来。

上课的钟声又响，接下来是图画课。教画画的是孙老师，听说是从县城里派下来的，高高的个儿，留着个分头，天还没冷，就在脖子上缠个围脖，真叫臭美。除了教画画，孙老师还当体育老师。他从不惯学生，哪个犯了纪律，就用柳条做的教鞭敲脑壳，所有的学生都怕他。

孙老师今天教我们用石板和石笔画画，只见他的手挥几下，黑板上就出了一棵大树，树上有几只小鸟，树下蹲着一条狗，仰脖向上观望，跟真的差不多，引出一阵赞叹。

"同学们，下面你们就照着画，看谁画得好，画的快！"

早有准备的同学都立即动手，照黑板上的画往下描，只有我呆坐不动。

"孙庆云，你咋不画？"孙老师从讲台上拿教鞭走过来。

"我——我没石板。"我怯声回答。

"石板呢？"

"坏了。"

"坏了不知再买一块？你难道不知今天有图画课？"

"不知道。"我如实回答。

"不知道？"孙老师恼了，用教鞭敲着我的脑壳说，"不知道还来上什么学？噢，对了，上午就是你把狗领进课堂，被麻老师撵回家的，难怪呢！"

"老师你瞎说，是二黑自己钻进来的，麻老师都说了，不该我的事儿！"我梗着脖子顶对。

"嘿？反了你啦！还敢犟嘴！起来，到前头站着去，画完这树就让同学画你！"

孙老师见我不动，伸手拽起我来。我紧抓住书桌不放，宁死不到那儿丢人现眼。

"野小子，我还治不了你！"孙老师一发狠，掰开我的双手，抓住衣襟，一把将我拎到过道上。

我心一急，照准他的胳膊狠咬一口。

"啊？还敢咬我！"孙老师手一松，我"扑通"跌坐在地上。他抬腿踹一脚，疼得我嗷嗷哭起来。

"老师，别打我老叔，求你啦！"长山发着哭声为我求情。

"坐下，没你事！"孙老师喝唬完长山，又用教鞭点着我发狠说："你想耍赖是不是？哭就有用啦？哭，使劲儿哭，看谁能来救你！"孙老师说完又摸摸胳膊上的血印，不依不饶。

"汪！汪！汪！"门外突然传来二黑的狂叫声，紧接着，门被撞开，二黑真的来救我啦！

被吓一大跳的孙老师"嗖"地跳到我身后，用教鞭指着二黑没敢吱声。二黑却冲着他叫，好像要为我报仇。我怕它真咬了孙老师，伸手抓住它身上被咬断的绳套。这一来，课堂更乱了，胆小的女生都嗷嗷叫，已分不出是人声还是狗声。那孙老师又趁势倒退几步，防备二黑会扑过去。

二黑见孙老师离开了，就低低哼个长声，站在我身旁不再叫唤。它用嘴巴拱拱我的下巴颏，好像在问我伤着没有。我用手轻轻拍拍它的后背，告诉它没啥事。二黑明白了，顺便偎在我怀里，一动不动。

课堂里静了许多，所有的学生都瞅着孙老师，看他会咋处理我。

"孙庆云，你起来，把狗领出去，到外面站着。"孙老师发话了，脸色和口气已不像刚才那样吓人。

我慢慢站起来往外走,二黑乖乖地紧跟在身后,等我们快出门口时,孙老师猛地追上来,照准二黑用教鞭狠打。二黑高叫着窜出门口,他又发疯般追出去。二黑不想丢下我自己跑,可又没处躲没处藏,只好在院子里左躲右闪地狂叫。孙老师打断了教鞭,打红了眼,把各班老师和学生都打出来,才喘着粗气罢手。

"这狗咋又进来了?"

"这还哪像个学校!"

"又是老孙家那野小子!"

正当老师们七嘴八舌表示不满时,李校长和麻老师得信从小楼办公室跑来,一看这场面,李校长扭头看一眼麻老师,接着大声说道:"各班的老师都把学生领回去,继续上课。"

等到人群散开后回屋,李校长怒冲冲地问:"孙老师,这是怎么回事?弄得人哭狗叫的?"

"这野小子不但不好好上课,又把狗带进教室!我一批评,竟敢让狗咬我!"

"你瞎编,瞎编!是二黑自己跑来的。我没让它咬你,是你打我它不让。不信问大伙,谁的眼睛都不瞎!"我气急地为自己表白,恐怕校长信假话。

"校长,我老叔说的是实话!"长山大着胆儿从课堂里跑出来作证。到底是一家人!是我大侄儿!我心里好受了许多。

"何四叔,这狗到底是怎么进来的?查清没有?"李校长没理会别人,口气不满地问何四爷。

"就是呢,真就奇了怪啦!"何四爷摸着脑袋道说:"备不住是钻西墙根趟水沟进的,反正绝不是走的大门口。"

李校长看看我,看看狗,又看看脸上挂不住劲的孙老师,想一想,对麻老师说:"麻老师,看来还得麻烦你走一趟,跟他家里人说清楚,让他们务必把这狗处理掉，然后才能让学生来上课。何四叔，去开大门吧！"

"好嘞！"何四爷小跑着应声而去。

"孙庆云，走，我送你回家。"麻老师拉住我的手往外走。二黑没用招呼，紧跟在我腿边，边走边回头，害怕孙老师再追上来打。

临出门口时，何四爷拍着我的肩膀叹道："我说孩子，你小小年纪到底招了啥魔呀，咋就总也消停不下来呢！"

我没法回答，也不想回答，只想快点到家，听麻老师咋对大哥大嫂说。

看到麻老师亲自送我和二黑回家，大哥大嫂顿时就明白了是咋回事。听麻老师说完后，大嫂连声赔不是，大哥半天没吭声。

麻老师见大哥没态度，就追问起来："表姐夫，这事您得帮着拿主意，李校长说了，为了学生的安全，只有彻底处理了二黑，才能让庆云去上课。"

"还拿啥主意，除了杀就是卖呗！"大哥苦笑着开口，根本不想同我商量。

"不杀！不卖！我不上这破学还不中！"我跳着脚叫起来。

"不杀可以，不卖不中！不上学更不中！"大哥使劲儿用枴敲着砖地，厉声呵斥我，这可是从没有过的。

"咋就不中？你们都合伙欺负我和二黑！我不活啦！我跳河去！二黑，走，咱俩走！"我连哭带喊地撒泼，不知道这招儿还灵不灵。

"小满仓，你给我站住！你真要气死嫂子是不是？"大嫂追过来想拉住我。

"不用你管！"我泥鳅般躲闪，一口气跑到街上。二黑啥都明白，跑得比我还快。

我自己也不知道咋想的，不知不觉竟跑到了学校大门口，穿过横街，又绕过前街，直奔庄东头河上的木板桥跑去。

木板桥上没人，我和二黑走到桥板当中坐下来，望着闪着亮光的河水发呆。

这可咋好呢？大哥大嫂的话不敢不听,可真要把二黑卖给集上的汤锅,以后谁还跟我玩？再说,这两天惹的事要让爸爸知道,非挨收拾不可!越想越没路,越想越委屈,禁不住哭起来,成串的泪珠都把水面砸出一串串小坑。

还是大嫂最疼我! 还是麻老师对我好! 正当我迷住心路,看不到亮时,她俩追到了河沿。

"小满仓,快上来,上来! 嫂子全依你还不中吗?"大嫂颤着声呼唤。

"庆云,庆云同学,上来,上来,听老师对你说。"

我假装听不见,也不扭头看,二黑却站起来叫着回应。

大嫂和麻老师见我不动弹,便大着胆子踩上颤悠悠的桥板,小心坐在我的两边。

"庆云,你都上学了,以后可不能再贪玩啦!"麻老师则轻轻握住我的另一只手,用好话哄我:"这两天的事老师不怪你,校长也不怪你,你大哥大嫂也没怪你。只是二黑同你太亲近,要不把它送远远的,还会到学校惹事,到那时非被人打死不可。你想想,真要到那一步,该咋办? 刚才你大哥说了,咱不卖二黑,先把它送到五百户长山表姨家去养,等放假再接回来跟你玩,这有多好哇!"

"小满仓,下午就让你三哥坐班车送去,中不中?"大嫂问我。

我点头答应,心里敞亮了许多。去年秋天,大嫂曾带我和长山去大表姨家住过好几天。她家有棵大枣树,那枣又脆又甜,临回家时还给我俩各装一兜呢!

快到家时,大嫂让麻老师吃过午饭再走,麻老师说上午还有一堂课,要快点回去。

晌午时,三哥回来取饭,妈和大嫂给搭对好,他走时,大嫂特意跟出去送到前街,回来后对我说:"小满仓,跟你三哥说妥了,他一会儿就回来,坐班车送二黑去大表姨家。"

"我也去。"我怕他们糊弄我,想知道真假。

“那可不中!”大哥接过话去，硬着口气拦住:“你一去，二黑还能乖乖留下吗？再说，你已经耽误那么多课，下午大哥就帮你补!”

我虽不情愿，可又没办法，耷拉下脑袋没敢再顶对。

第二天一大早，大嫂又一次带我去见李校长和麻老师，除了说一大堆赔不是的闲话，还替我下保证，以后决不再惹祸，决心做个听话的乖孩子。我在旁边听得浑身不自在，心里越想越憋屈。

大嫂走后，麻老师领我回教室，不知为啥，让我搬到前一排座，同贾小娟同桌，让另一个女生和长山同桌。长山心里不太愿意，但没敢说，我和贾小娟却都挺高兴。

贾小娟家和我们家在前街住对门，我俩从小就常在一块儿玩儿。有一回玩过家家，贾小娟顶着一片大南瓜叶当盖头，用花瓣抹红脸蛋和嘴唇，让长山和另一个小伙伴用两根秫秸秆当花轿，抬着她到大槐树下同我拜天地。我俩学着大人结婚时的样儿磕头作揖、揭盖头、牵手、贴脸、亲嘴，逗得一群小伙伴拍巴掌乱喊乱叫。过路的大人见了，还站下来夸说，瞧瞧，还真像那么回事儿，备不住将来真成一家人呢！麻老师指定不知道这事儿，要不咋会这么安排呢?

二黑被送走的头几天，我每天放学回家总是没着没落的，大哥给补课时常走神儿，直到一星期后心才安稳下来，不到半个月，落下的课就补差不多了。月末小考时，因为错别字多，语文只得七十四分，算术得九十五分，长山却是两个一百分。就这样，麻老师还把我好顿夸，说我脑瓜灵，除了课补得快，还团结同学，劳动好，唱歌好，让大家向我学习。回到家，全家人听完长山的比比画画，也都夸我真长了出息。唯有三哥撇着嘴当头泼冷水:“啥这个好，那个好的，那叫哄他玩呢！你们就等着瞧吧，装不了几天，早晚还得现原形。”

“老三，你咋就会说丧气话，满仓就是比你强，强多啦!”大嫂恼着脸为我撑腰打气。

也不知是三哥咒的，还是我天生就命苦，活该倒霉，果然没过半个月，又差点大祸临头。

一入秋，庄稼收完后，天气凉快起来。上完第二节体育课，我从厕所出来时，看到一条绿色的小长虫从墙拐角的裂缝爬过来，便上前一把捉住，悄悄放进衣兜用手捂着，想放学回家弄着玩。

第三节是自习课，麻老师让写语文作业。我摆好写字的方格本，对贾小娟说："贾小娟，咱们比谁写得快，你要赢了，回家给你看一样好东西。"

"啥好东西？先告诉我。"贾小娟伸过手来催我。

"那可不中，你赢了放学后才能看。"我捂紧衣兜不答应。

贾小娟眼珠一转来了主意："那咱可说好了，光写快不中，还得比谁写的好看，不许涂改，得让麻老师给判。"

"判什么呀？"麻老师从讲台上走过来，乐呵呵问。

"判我俩谁写得快，写得好。孙庆云说，我要是赢了，放学后他给我看一样好东西。"

"行，老师答应当裁判，现在就开始吧！每人先写一篇生字。"

我一手捂兜，一手拿起铅笔，照书上的生字表写。没写上两行，就发现作业本总挪动，正几次都止不住。我伸头看看，发现贾小娟已经写完三行，心一急，字写得越来越难看。

"别急，一笔一画写端正。"麻老师见了，小声提醒我。

说是不急，又谁能忍住？当作业本又偏过去时，我赶忙用左手去正，然后闷头快追。

"哎呀，妈呀！长虫！长虫！"贾小娟突然叫起来。

我心一惊，低头一看，发现兜里的小长虫正爬到贾小娟腿上，便扔下笔伸手去捉，可那东西出溜一下掉在地上，曲里拐弯向别的书桌下爬去。当时虽然没几个人看见，但贾小娟这一惊一乍，更让许多人害怕，整个课堂顿时乱的不可收拾，有一大半同学惊慌地跑到门外，没挤出去的就高声喊叫，连麻老师也吓得不敢靠前，只顾扶跌倒的学生往外跑。我浑身冒出冷汗。跳桌子掀凳子左扑右赶，绕了整整一大圈，才终于在门口将它捉住,重又放进兜里捂紧。

屋里屋外的连喊带叫,很快惊动了李校长、老师和学生。教体育和图画的孙老师跑在最前头,见麻老师脸都吓白了,扶住她问:"麻老师,你们班又出啥事啦?"麻老师脱开他的手,没有回答。

一个女生抢着说:"孙庆云往课堂里放长虫,吓死人啦!"

"又是这野小子捣乱,真是找揍! 他躲哪去了?"

"在教室里藏着呢!"

"我去把他拽出来!"孙老师刚要挪步,又想起问,"那长虫跑了没有? 也躲在里面吗?"

"孙老师,你别不分青红皂白。"麻老师拉住他。

我隔窗听得清楚,那孙老师还真就站住不动了。装得倒像! 我心想,他大概也是怕被长虫咬着。

这功夫,李校长走上前发话了,听口气挺不满:"麻老师,这到底是怎么啦? 怎么麻烦都出在你们班? 都出在这个学生身上?"

为了听真麻老师咋回答,我又往窗前靠靠,脑门都顶上了玻璃,只见麻老师看看李校长,然后低下头,好半天没吱声。

李校长大概觉出自己的话太重,让麻老师吃不消,便缓和口气接着问:"你别急,慢慢说说事情是如何发生的。"

"校长,我也不大清楚是咋回事,您亲自问问吧,他已经把蛇抓住又放兜里了。"麻老师说完,见校长点头同意,便同众人一起进了教室。

那孙老师为了逞能,一进来就横眉竖眼地吓唬我:"孙庆云,站过来,老老实实向校长交代。不然的话,非揍你一顿不可! 你瞅瞅把同学和麻老师吓得!"

"孙老师,请你别这样对学生。"麻老师不满地说孙老师一句,弄他个半红脸。转过来对我说:"孙庆云,别害怕,你就照实告诉校长,这蛇是从哪来的,为啥要带进教室?"

"孩子,就按麻老师说的那样告诉我,为啥要把蛇带进教室?"李校长走上前指指我捂紧的衣兜。

"还为啥？就是要故意捣乱！"孙老师站在校长身后添柴加火。

我使劲瞪一眼孙老师，心里恨透了他。

"孙庆云，快对校长说说，说完咱好上课。"麻老师有点发急了。

"校长，不是我故意捣乱，是它自己从兜里钻出来的。"我委屈地回答。

"那它又是从哪来的？怎么进到你兜里的？"

"快上课时，我看见它从西墙缝中爬出来，就捉住放兜里了，想回家养着。"

"你不怕被它咬了吗？那蛇可有毒啊！"

"不怕，我二哥说了，咱这地方的长虫都没毒，不好咬人。你看——"我从兜掏出小长虫，放在胳膊弯上让它爬。

"别，别，快收起来，收起来！"麻老师边说边和李校长躲闪。

"这野小子，真就是不堪造就，没辙啦！干脆开除，回家愿咋野咋野！"孙老师在旁狠狠地盯着我说。

"孙老师，别忘了，有教无类！"麻老师不满地替我说好话。

"你家里养多少蛇？"李校长问，

"没多少，凡是抓到大的，二哥就杀了吃肉，卖皮给供销社换钱。今年开春时，二哥就领我和三哥，在西墙外的树洞里，一下子捉到十好几条呢！"

李校长长叹一声，接着又追问："那你为啥要在课堂上放它出来？"

"我没放，一直用手捂着呢，是它嫌兜里发闷，非要钻出来的。"

"噢，原来是这样！"李校长脸上显出点想笑的模样，指指我的手说："那还是让它进兜里吧，别再吓着人。可你要记住，从今往后，再不准把猫啊狗啊蛇呀的东西带学校来。你现在就先把那条小蛇远远扔到墙外去，然后回教室上课。"

李校长他们随我走出课堂，果真见从墙角的裂缝处又钻出几条小绿长虫,正排着队曲里拐弯向前游动。

"校长,这可咋办?"麻老师小声问。

李校长没回答,大概是一时也没了主意。

"校长,这是天冷了,小长虫出来晒日头,备不住它妈在后头跟着呢!"我故意盯住李校长的脸,看他害不害怕。

"能吗?"李校长有点不肯信,但还是定下了主意:"孙老师,你快去叫老何头拿铁锨和扫帚过来,一齐打!"

"校长,不用,不用,我去把它们都捉了,一起养。"我大着胆子要求。

"你可消停会儿吧!"校长使劲儿摆手回绝。

说话间,五条小长虫已爬到有阳光的地方,慢慢趴在那儿不动了。我一时忘了校长的反对,跑上前把它们一一捉到兜里,一边用手捂紧,一边盯着墙缝,看是不是有母长虫跟出来。

"这孩子,哪儿来这么大胆?"李校长像是问麻老师,又像是在自己问自己。

"孙庆云,还愣着干啥,快把它们都远点扔了!"麻老师怯生生催我。

"老师,一会儿备不住会出来大母长虫,要出来找孩子的。"我指着墙缝说。

"别胡说八道,你怎么会知道?"李校长生气了,大声呵斥我。可他的话音刚落,就被一阵尖叫声盖住。

"啊? 啊? 快看,快看,真出来大长虫啦!"

"快跑吧,可别让它咬着!"

"真是奇怪了,这小子咋说这么准?"

我睁眼细瞧,果真见一条二尺多长的母长虫,正仰着头向我冲过来。

"校长,不用怕,二哥教过我多少回了,只要抓住它的尾巴使劲一抡,再用力上下抖几下,它就会变老实。"

"校长,我老叔说的是实话!"长山大着胆子在人群中为我证明。

"别跟着添乱!"李校长不由分说拽着我一起往后退,因身后有人群挡着,再往后就移不动步了。可那长虫好像发了疯,好像认准我似的,嘴里吐出长信子直扑上来。

我猛地挣开校长的手,先往旁边一跳,然后连蹦两步,绕到母长虫身后,一把抓住它的尾巴,使劲连抡好几圈儿,再用力上下抖几抖,它就真的不再乱动想咬我了。

"孙庆云,快扔了,扔啦!"麻老师说。

"我不扔,要拿回家扒皮吃肉,可香啦!"

"这孩子,胆儿也太大啦!"校长忍不住夸起我,说完以后,又特意问麻老师说:"麻老师,能让他就这样回家吗?"

"回就回吧,出不了啥事,他平时就这么野性,天不怕,地不怕的。"麻老师也是在夸我?好像不全是,但我听了挺得意。

"孙庆云,我可告诉你!"李校长听了麻老师的话,突然提高了声音:"你先回家吧,今天的课就不用上了,但有三条必须保证做到,第一,千万不能让蛇咬着。第二,要好好洗干净身子和衣服,免得有味再让蛇盯上。第三,保证今后不再养蛇玩蛇。能不能做到?"

我没顾多想,只想快点脱身回家,说完转身就跑,差点同赶回来的孙老师撞个满怀。

"唉呀呀,你这坏小子,还敢让蛇咬我?"孙老师吓一大跳,闪开身子,扬起了手中的铁锹。

"住手!孙老师!"李校长高声喝住他。

我说:"孙老师,是校长让我拿回家扒皮吃肉的。"

"校长?"孙老师不相信,举起的铁锹不肯放下。

李校长点点头,摆摆手。

"校长,还是我送他回去吧。"麻老师说:"不然一个小孩子咋能说清今天这么大个事儿?家里人也不肯信。"

"可也是啊,那就有劳你啦!"李校长答应完,又接着说出一句我一直没听懂的话来:"这孩子,天生的桀骜不驯,今后可能要命运多舛啊!"

在往家回走的路上，我心里一直在琢磨着校长刚才说的话，咋也想不明白，忍不住问起来："麻老师，校长说我天生的桀骜不驯，还命运多舛，是啥意思？"

麻老师摇摇头，没做回答。

在我心里，老师是应该啥都知道的先生，难道麻老师也会懵懂？我有点不高兴地继续追问："那他说的是好话还是坏话？"

"不是好话也不是坏话，他的意思是说，你脾气太犟，长大后命运多舛，会遇到许多想不到的事情。"

我虽然隐隐约约地感到她说的在理，但又觉出不全对，又问："那啥叫命运，啥叫多舛？"

麻老师想了想，点着头告诉我："命运就是指一个人从生到死，一辈子经历过的事情，就像是吃饭吃菜一样，苦辣酸甜啥滋味都有。至于多舛的意思，是说——"

"老师，这往下的意思我明白了，多舛的意思是说，因为遇到的事情太多太多，会累伤力，喘不上气来，是不是？"

麻老师捂着嘴笑了笑说："就算是你说这个意思吧！以后长大了，要多长点心眼儿，多干好事不干坏事，免得招灾惹祸，累坏身子。"

"我记住了。"我满口答应，心里暗暗为自己的小聪明而高兴。

可爱的校园

　　自打在学堂惹出一连串的祸以后，经过大哥大嫂和麻老师的严格管教，连我自己都觉出身上的野性少了许多，渐渐喜欢上听大哥讲当兵打仗的故事，开始喜欢跟着老师学算术、语文和音乐。等到一年级期末考试时，除了图画和体育刚刚打个三分及格，其他每门课的得分都和长山不相上下，为这，大嫂多次对人夸我："我们家满仓现在可长出息了，简直成了乖孩子！"

　　就在不知不觉中，好像一眨眼工夫就过去一年，由一年级升到了二年级，再也不觉得学校可恨、老师可怕。倒是打心眼里喜欢上学习，喜欢上校园，梦想着早一天走出这大山沟沟，早一天能到北京上大学。因为大哥告诉我说，全中国的地界老大老大了，从北到南有上万里地，要走一百多天。往东和往西虽然近点，又全是大海和草原。说全国有许多许多长相不大一样的民族，一个民族住一块地方，说不一样的话，穿不一样的衣服，只是吃的东西差不了多少。我问咋样才能到全国各地都转一圈，把好看的看个遍，把好吃的吃个够。大哥说，那就只有好好念书，等大学毕业了有真能耐，想上哪上哪，愿吃啥吃啥。你没见三叔吗？他要是不到北京去念大学，不跟外国人学医术，能有那么大的本事？我点头认可，心里一直牢牢记着这些话。

为啥我的图画课总不好好上呢？原因就是我特别烦那好骂人打人的孙老师，不愿往好学，得机会就故意气他！谁让他当初对我那么狠心！我要恨他一辈子！

有一天下午又上图画课，孙老师让我们照着新发的课本画大鹅。他说："同学们，你们先仔细看那只大鹅和小鹅都长什么样，照着把它们描下来。等你们都画完后，我再教你们怎样一笔就画出来。好不好？"

"好！"同学们异口同声地回答，只有我没吭声。

吹！吹牛！用啥能耐就一笔画出来？我在心里嘀咕，但还是打开课本，注意看那只长着大红冠，挺着胖身子，好像在回头招呼几只小鹅仔的母鹅。看着看着，忽然觉出不大对劲，斜身小声问贾小娟："小娟，你看这鹅和你们家的母鹅长得一样吗？"

贾小娟家养着好几只公鹅和母鹅，每当有人进院时，都会争抢地叫着唱着认人。我们一群小伙伴还经常赶它们到学校前的苇坑里去玩耍，同它们一起捉鱼摸虾。

"咋不一样？差不多吧，好像就是胖很多。"

"不对，不对，你看它脑门上那红冠子，又高又大，肯定是只公鹅！公鹅咋能会下蛋抱仔呢？"

"可不是，不光冠子大，那腿脚也太粗，和我家的公鹅差不多。"贾小娟点头认可。

"啪！"一个粉笔头飞过来，差点砸着脑袋。抬眼一看，孙老师正走过来。

"你俩嘀咕啥呢？"

我大着胆子站起来，手指课本说："报告老师，这书上画的是只大公鹅，公鹅不会下蛋抱仔。"

"你咋知道她是公的不是母的？没见它身后跟着几只小鹅吗？坐下！"

我不肯坐下，继续争犟："老师你看，它的红冠子有多大？腿有多粗

———————————————————

91

壮？和母鹅就是不一样！这书是瞎编的,瞎编就是骗人！"

"你就会胡说八道！这书本上还会错？你可知道,那上面的所有图画,都是大画家们画的！"

"谁画的也不对！你要不信,明天我把贾小娟家的公鹅抱来给你看,让大伙也瞧瞧。"我梗着脖子叫号。

"别,可别啊,你可再不准胡闹！去年你把狗啊蛇呀什么的全带到学校,惹出多大的麻烦？连累我受到校长好顿批评。你要再敢调皮捣蛋,我一会儿下课就去告诉校长和麻老师！快坐下！"

"告诉就告诉,我才不怕呢！我还要对校长说,这书就是瞎编！我昨天就发现了,这书上不但鹅画的不对,那些猪、牛、羊什么的,也全画的不真,跟活的都不一样。就说那母猪吧,画的又肥又胖,带着八头小猪仔,肚子下面却没长一个奶头！那些小猪仔吃啥呀？去喝凉水就能长膘？我家的那头老母猪,长着两排十二个奶头呢！不信你瞧瞧去。"

我的话引起一阵哄堂大笑,把孙老师的脸都气红了。他咬着牙盯着我好一阵,恨恨地出口长气:"你这孩子,就会瞎胡掰！"说完,转身回到讲台。

我得胜般地扬脸四下瞧瞧,慢慢坐下,只听贾小娟小声提醒:"你加点小心吧！保证又挨收拾！"

"哼,我才不怕呢！"我假装刚硬,自己给自己壮胆儿,其实也感到有点后怕。

"同学们,都坐好,下面注意看我的手,是怎样一笔就画出大鹅的。"

听孙老师这么一说,同学们顿时都来了精神,瞪起眼睛,唯独我不以为然,心中暗想:"又在吹牛,看你画的是公鹅还是母鹅！"同时,也禁不住抬头看。

"唰——"几乎就在同时,只一眨眼的工夫,随着孙老师的手不离地转几圈,一只挺像的大鹅出现在黑板上,看样儿还是公鹅。

"哇！真像！真像！"

听到叫好声,孙老师面带笑容地指着黑板说:"下面,你们就照着每人画一只。注意,要笔不离石板,一笔画出!"

我虽然不得不佩服孙老师的能耐,但心中就是不服气,看看黑板,再看看书,转转眼珠又来了鬼主意。

"报告!"我举起右手。

"又什么事儿?快说!"

"老师,你画的大公鹅挺像,就是丢了一条腿!"

"嗯?哪儿丢一条腿?"孙老师先是一愣,扭头看一眼黑板,竟突然笑着说:"他那只腿没丢,是藏起来啦!你不知道有金鸡独立这一说吗?"

"大红公鸡会单腿站立,母鸡不会,大公鹅更不会!这谁都知道!"

"那是为什么呢?"孙老师问。

"为什么我可不知道,反正就是不会呗!"我真被问住了,只得打起呼噜语。

令我想不到的是,这回孙老师不但没急眼,反倒心平气和地说出了一番大道理来:"同学们,这画画的方式方法有多种多样,其中的速写画和漫画,只要求大致和实物相似就可以了,这叫'形似'。除此之外,最重要的是要追求神态上的相似,叫作'神似'。老师现在教你们的,只是最简单最基础的东西,等升入三年级以后,要接着学习素描画和水彩画。等你们打好了基础,将来有兴趣考入美术学校,还要学国画、油画、书法、雕塑等等,成为真正的画家,用画笔来描绘祖国的大好河山和社会主义新生活。好了,下面你们就快接着画吧!"

啥形似、神似的,不像就是不像!虽然心中仍不服气,可看到别的同学都认真描起来,也只好照葫芦画瓢,试着在石板上一笔画出那像又不像、看不出是公是母的单腿大鹅,并且还左瞧右看地想给它安上另一条腿,可就是找不到合适的地方。

孙老师假装不在意地走过来,竟故意夸起我:"好!好!画的不错,还真有两下子!只是——啊,不说了,不说了。"

我看出他不是真心夸我，那"只是"后面没说出来的话，肯定又是想在同学面前贬损我，只是没敢明说出来。他越是这样，我就越心里憋屈，总想找茬气他。没出一个星期，机会就真的来了。

那是个星期天上午，我同长山、贾小娟等一帮伙伴到学校墙外的树林子里捉蝈蝈、逮知了，冷不丁看见孙老师和麻老师正依在一棵大树上说悄悄话。我向后一挥手，小伙伴就都在树后面躲起来。贾小娟一不小心被绊了个跟头，弄出挺大动静。

这一来可坏了！只见麻老师在扭头看的同时，猛地想往旁边一闪，却被孙老师伸手一把拉住。麻老师挣着想甩开他的手，孙老师就是不准，还走上前抱住麻老师身子。

"快松手，有学生来啦！"

麻老师的声音虽然挺低，可我们都听得清楚，看得明白。我怕她挨欺负吃亏，就没来得及多想，不管不顾地冲上去高喊："不准欺负麻老师！不准欺负麻老师！"

孙老师一惊，松开手说："你这坏小子，咋就专和我作对？一点教养也没有！"

"因为你不是好人！不是好老师！我一会儿就告诉校长去！"我梗着脖子挺着胸膛同他对阵，掂量在这么多人面前，他又做了坏事，指定不敢咋地我。

"淑琴你看，这浑小子可咋整！"孙老师果然没敢打我骂我，摊开手苦笑着向麻老师求救。

麻老师红着脸把我看了好一会儿，走上前扶住我的肩膀替孙老师打遮掩："小满仓，孙老师没欺负表姨，我俩正说话呢！你们快去玩儿吧，啊？"

"那咋不叫欺负？他硬拉你！抱你！真叫不害臊！"我壮胆儿为她争脸面，觉得脸上直发烧。

听我这么一说，孙老师竟然"扑哧"一声笑起来："大人的事儿，小孩儿懂个啥！快一边玩去吧！"

见他竟这样没羞没臊，我更是气不打一处来，紧紧拉住麻老师的手："表姨，我不准你和他好！就是不准！"

"行！表姨不和他好！不和他好！行了吧？"

"那行！"我松开手，同时瞪一眼孙老师，对悄悄跟上来的小伙伴挥挥手，跑进树林里面。但却隐隐约约听到身后传来麻老师的笑声，禁不住又心头一恼，我替她争理说话，她咋还笑话我呢？难道是她自己愿意受人欺负？

晌午头刚一到家，长山就不顾我的阻拦，快嘴快舌地把这档子事全说给了大哥大嫂。大哥只抿着嘴笑，没出声，大嫂却笑得前仰后合，完了还点着我的脑门说："小满仓啊小满仓，你这虎小子，咋啥事都敢干？我告诉你啊，你表姨正和孙老师搞对象呢，下个星期天还要一块儿到咱家来串门，到时候可不准你胡作乱闹，不然会让人笑掉大牙的。听真住没有？"

我低着头不吭声，不但不想说软乎话，还觉得满肚子委屈：我本来想做好事，不让麻老师挨欺负，可为啥却招来家里家外人的笑话？还说会让人笑掉大牙？谁的大牙会长得那么不结实，一笑就掉？真叫气死人！我同时还想到另一码事，大嫂说星期天他们俩还要来我家，是真是假？他要真来了我该咋办？是躲出去，还是留下来看个究竟？

大嫂的话历来都有准头，到了星期天上午，正当我和长山、贾小娟在后院里玩跳绳时，远远就看见孙老师和麻老师手牵手走进来。我稍一愣，对正跳得欢的贾小娟说："不跳了，孙老师和麻老师来啦！"

贾小娟和长山都站下来转身看，长山扔下绳子不知如何是好，贾小娟却大大方方迎过去，先问一声"老师您好"，然后又鞠个躬。

"好！好！"孙老师和麻老师同声回答，见我呆站着没吱声，麻老师笑着说："啊，你们正跳绳呢，一会儿让孙老师教你们跳几个花样。"

"行，行，一会儿就教！一会儿就教！"孙老师连声答应。

"我们会玩，不用他教！"我随口拒绝。

"你会玩？你看我先给你们玩玩！"孙老师放下手中的一个大包包，从我手中拿过绳，笑呵呵说："你们都看好啊，看我怎样跳出花样！"说完，先跳几下单脚，然后突然甩开腿脚和胳膊，竟一跳连过几圈，想数也没数清。接着，又来一阵反跳和编花跳，把人眼都看花啦！喜得贾小娟直拍巴掌叫好，那长山也傻乎乎跟着吆喝，只有我强忍住没出声。

孙老师见我在装相，不气不恼地把跳绳递给我说："孙庆云，一会儿我再教你如何变戏法儿，好不好？"

我愣愣怔怔地眨眨眼睛，一时没寻思过味来，只顾张嘴结舌地点点头。同时怀疑他说的是不是真话，那戏法儿是谁都能变的？也没听说他会变呀？

不知啥时候，大哥大嫂闻声从屋里迎出来。大嫂刚开始还以为我又在捣乱，挡住孙老师不让进屋。等到听清孙老师的话时，便转怒为喜地招呼道："唉哟，孙老师和淑琴来了，快进屋，快进屋！"

"大哥大嫂，你们好！"孙老师转身问候，然后捡起包随着要进屋去。

"小满仓，你领长山和小娟到街上玩去，等吃饭时再叫你们。"大嫂怕我们碍事，高声嘱咐。

我们闻声而动，都想快点溜出去。

孙老师叫住我说："孙庆云，别走远啊，一会儿老师要教你变魔术呢！"

"真的吗？"我站住脚问。

"那还能假！老师说的话都是真话！"

"孙老师，你可别操心啦，快放他们走吧，没正事！"大哥回过头催促。

"不，不，大哥大嫂，我今天是特意为这事来的。六一儿童节快到了，全乡的小学要到西龙虎峪搞庆祝汇演，各校都得出节目。我和校长商量，认为庆云这孩子脑瓜灵，胆子大，到哪儿都不怯场，我要教他几个魔术到台上去变，保准能打炮！"

麻老师在旁跟着解释："表哥表嫂，是真的。我们学校出三个节目，其中还有我一个独唱,由孙老师手风琴伴奏。"

"这可是真热闹啦!那小满仓能行吗?要演砸了可咋办?"大嫂又高兴又担心,特意盯住我看。

"我能行!"没等别人说话,我就先急着表态,有这样的热闹事儿,哪能错过!

"那好,你们仨都跟着进屋,我现在就教你!"

孙老师满心高兴,我也挺欢喜,只有大哥有点担心:"小满仓,这你可得好好学,只准成功,不准失败!不然对不住孙老师和麻老师,也对不住李校长和学校。"

"你老先生就一百个放心吧!有孙老师手把手教,小满仓又心灵手巧,哪会不成功呢?"大嫂的脑瓜转得可真快,引得大伙都笑起来。在跟着笑的同时,我突然间对孙老师产生了好看法,原来他真没记仇,还这样对我好!从今往后,我也要对他不记仇。

进到屋里,孙老师从书包中掏出好几样东西,除一大包用纸包紧的糕点,还有一只铅皮做的酒壶和两根变了色的白线,那线头上还各系着个长了锈的方孔铜钱。他把酒壶放在桌子上,回头将一条白线拴在筷子上,让麻老师划洋火点着,只见火光一闪,火苗烧过白线,那铜钱却仍吊在线头上。

这,这是咋回事儿?那白线为啥不断呢?难道它会是用铁丝或是用银丝做的?

"看清了吧?这就叫火烧金钱!"孙老师拎着它转身让我们细看。

"好!好!真是奇啦!"大哥首先叫好,我和大嫂、长山、小娟跟着使劲拍巴掌。

"满仓,你知道这线烧过后为啥不断吗?"孙老师故意考我说:"不知道吧?我现在就把秘密告诉你,它不断,是因为我施了法术。我一旦把法术收回,它立时就断,看好啊!"

孙老师说完这话,用左手做个往怀里搂柴火的动作,然后突然高喊一声"断"，右手腕轻轻一抖，白线就立时断成几节，铜钱"啪哒"掉在地上。

"哎哟哟，真是神啦！神啦！"这回轮到大嫂叫好，长山和小娟又使劲儿拍巴掌。我因为在发着愣，想它为啥又说断就断，所以就一动没动。

"满仓，好不好玩？"麻老师低声问我。

"好玩！"

"想不想学？"

"想学！"我不加思索的回答，好像脑袋里的想法已经不是自己说了算。

"孙老师，你说能用空壶取酒，是真的吗？"稍缓过点神儿来，我就惦记上了另一个戏法儿。

"那是当然！来，咱接着变！"孙老师满口答应，伸手握住桌子上的酒壶，嘴朝下倒过来，没见一滴答酒流出来，显然里面是空的。当看我们都点头认可时，他闭上眼睛，嘴对着酒壶，装模作样地叽咕一通，突然猛地睁开眼睛，哈哈大笑着说："来了来啦！满了满啦！喝吧喝吧！"然后收回胳膊，倒过壶嘴，立时就有一股白酒流出来。

这一来，可真把我们都看傻啦！人人惊得直咧嘴，顾不上说话。过了好一阵，我才猛地醒过来，抓住他的胳膊喊道："老师，我指定跟你学！从今往后，我再也不恨你不气你啦！"

"那好！看来老师不但要好好教你，还要谢谢你啦！"

我俩的对话，又引出一阵叫好的掌声……

从打这天起，我忽然觉出，孙老师不是坏老师！从今往后，再也不能恨他气他，更不会管他和麻老师搞对象的那宗事了。我现在最想弄明白的是，那白线为啥会火烧不断，却又让断就断！那空壶里的酒是从哪儿取来的？所以，从第二天放学后开始，就一连许多天躲在教室里跟孙老师学变戏法儿，背他替我编的台词，练他教的动作，并记住他的嘱咐，不对任何人说出咋变戏法儿的秘密。为这事儿，气得长山和贾小娟都不愿再搭理我。因为我再三说，只有过完六一儿童节，演完后才能把秘密告诉他俩。

六一儿童节那天,李校长亲自领着我们学校的上百名师生,早早来到乡中心小学的操场。不大会儿的工夫,全乡十四个小学来的人就把操场站满了。乡里的干部、老师和学生代表分别讲过话后,演出就开始了,一个学校一个学校地排号上台,轮到我们南贾庄小学时,已经是第十二个,都快到晌午了。这期间,因为起得太早,我还依在孙老师身上睡了一小觉,醒来后觉得脑袋里清凉凉的。

俗语说,好饭不怕晚,我们学校的三个节目都受到好评。其中特别是麻老师的独唱,孙老师手风琴伴奏的《春之歌》,还没等唱完,就赢来一阵阵掌声。因为每天一起在教室里练习,我早就把那歌词和调都记住了。歌词一共分四段,是这么写的:

> 春天来了,绿草如茵,百花盛开,彩蝶飞扬;春天来了,大雁回归,儿童欢笑,书声琅琅;春天来了,月光明亮,星河灿烂,青春梦长;春天来了,辛勤劳作,团结奋斗,祖国富强。

我们学校的第二个节目是五年级两个男生说的天津快板《新鲜事》,里面的词全是孙老师编的,把校内校外、庄里庄外、乡里乡外、城里城外的好事新事说了个遍。

轮到我上场时,突然觉得心"呼呼"一阵乱跳,我赶紧按孙老师说的办法连着深深吸了几口气,总算稳住了神儿。为了今天的演出,大嫂和麻老师专为我做了一身行头:一顶用牛皮纸糊成的平塌塌的黄帽,一身盖到脚面的黑长衫,一副没有玻璃片的眼镜,再抹出两撇小黑胡,一手捏酒壶,一手拎铜钱,摇摇晃晃地刚一出场亮相,就引出一阵哄堂大笑。我装着醉酒的样子走到舞台正中,照着练好练熟的台词就白话开了:"各位看官,不瞒您说,因为我从小好吃懒做,嗜酒如命,落下一身怪毛病,说话胡言乱语,走路东倒西歪,睡觉噩梦不断。这不,酒壶已空三天,铜钱只剩一片,身上似虫咬,肚里咕咕叫,往后可咋活呀!还好,还好!昨夜做了个美梦,有仙人指点说,只要我在半夜里对着月亮磕三个响头,再把手中这根吊着铜钱的白线烧完后不断,住在月亮中的吴刚就能赐给我一壶桂花酒,并且永远喝不完。我醒来后半信半疑,特来请教各位,你们说该不该照办?"

"该照办!该照办!"

当台下传来连声喊的时候,我便先把酒壶放在跟前的桌子上,划亮火柴,点着白线,闪光过后,用细棍挑着白线真的没断,吊在下面的铜钱纹丝不动。我慢慢转身故作惊喜地让各方都看个清楚。掌声响起后,我猛地用右手掌往上一托,把铜钱和白线都抓在手心,假装要放进口袋。

"假的!用的是铁丝!掏出来!掏出来!"有人以为看出了破绽,高声呼喊。

孙老师说过,表演时要的就是这样的效果。我挤眉弄眼地抬起胳膊,在众人的注视下慢慢松开手指,白线烧成的灰随铜钱洒在地上,四周立刻就变得鸦雀无声。我趁热打铁,抓起桌上的酒壶,口朝下摇一摇,晃一晃,滴酒不见。当看到人们都睁大眼睛时,我把酒壶从右手放到左手掌上,一边装作抬头望月亮,一边口中念念有词:"住在月亮中的吴刚行行好,可怜可怜我这酒鬼吧!多赐点琼浆玉液来救命。等我喝完这壶酒,保证改邪归正,脱胎换骨,重新做人!"说完,我单腿跪下,连磕三个响头,动静是孙老师在旁边弄的。然后起身站稳,把酒壶从左手倒回右手,用手指紧紧捏住,使劲儿一摇,果真传出响动。我装出又惊又喜,又急又馋的样子闻了又闻,然后仰起脖张开嘴,高高举起酒壶,猛地把它倒过来,把流出的一股仙酒不歇气全灌进嘴里。当四周重又响起掌声和叫好声时,我又突然扔下酒壶,把口中含着的仙酒全吐了出来,做出十分难受的样子。

"哎哟,哎哟,是不是喝醉了,喝醉啦!可别耍酒疯啊!"

"那哪能,变戏法还有真的?"

"那可不一定,要是真装的是酒呢?"

"你可得了吧!谁会那么傻!"

听到这些七嘴八舌,百思不解的话,我对着台下大声说:"这哪儿是仙酒啊,是变了味的老陈醋,好臭好臭!上当!上当!"说完,收起酒壶,摘下帽子,笑眯眯对还在鼓掌的观众深鞠一躬,转身跑向后台。刚跨过遮掩的布帘,没等我站稳,孙老师就一把抱起我,连抡三圈。李校长和麻老师也走过来,连摸带拍地齐声夸我:"真是个好孩子!好孩子!"

演出结束后,麻老师的独唱和我的魔术,同时得了一等奖,五年级的快板得了二等奖。发给我的奖品是个装着文具盒的书包,这让许多同学,尤其是长山和贾小娟羡慕够呛。为了让他俩高兴,当天下午回到家,我就把咋变戏法儿的秘密全说出来了。

六一儿童节之后,我越来越觉得学校可爱,老师可亲,学习有趣。有时忽然想起从前自己做的那些傻事坏事实在是丢人现眼,对不住孙老师和麻老师。所以就下决心要好好学习,天天向上,做个听话的好学生,早点带上少先队的红领巾,并且很快就实现了愿望。在接下来的三年级、四年级和五年级上半年,连续被评为三好学生,还当上了班长。

可万万没想到,一进 1960 年 4 月,因闹饥荒学校被迫关了门,老师和学生都各自回家。孙老师和麻老师临走时,特意到家同大哥大嫂和我告别,说他俩要去吉林省的长春市找生路,说今后也不打算再回南贾庄了。我听了后顿时难受得哭起来,拉住他俩的手一句话也说不出……

姐姐姐夫受难

小时候有一次听大人们说，天有不测风云，人有旦夕祸福，祸兮福所倚，福兮祸所伏。又说是福不用求，是祸躲不过。当时，对这样既玄乎又别嘴的话没往心里去，也不知到底说的啥意思。可是，时隔不久，随着一家人不断遇到磨难，就很快揣摩到了这些话的真意，并且害怕有一天会有祸事落到自己头上。

也不知中了什么邪，从 1957 年开始，直到此后的二十多年间，我们家里家外、老老少少几乎所有人，所受到的折磨，一想起来心就哆嗦。

1956 年 9 月下旬的一个星期天，我大姐领着对象从开滦回来了，全家人乐得喜气洋洋，大嫂自然成了里里外外的主角儿。听到信儿后，庄里的许多大姑娘大小子，都跑来凑热闹瞧新鲜，说大姐打扮得越来越漂亮，夸大姐对象长得帅气，乱哄哄一上午没消停，直到快吃午饭时，家里人才说上正经话。我妈问他们打算啥时候结婚，大姐对象说，已经登完记，找好房子，准备了东西，初步定在十一国庆节那天。并说，因为单位工作太忙，正在赶写论文，十一前就不打算再回来了。

没等他把话说完，我妈就不让了："那可不中！赵磊，你就想这样偷偷地把我们庆兰领走？她自己愿意，我这当妈的可不答应。这乡下可不比城里，你不来车不抬轿也可以，但我们家必须像样儿张罗张罗。找个媒人，念念结婚证，请请乡亲，来个明媒正娶。至于东西嘛，我们该准备啥就准备啥。我姑娘出一家进一家，是一辈子的大事儿，含糊不得。"

妈妈的一顿话，把大姐和姐夫都打哑了。

大嫂在旁看着过意不去，赶忙站出来替他俩说情："妈，现在是新社会，用不着那么多讲究。我看庆兰和赵磊他们确实是工作忙，您看这样中不？下午就把三叔三婶请过来，先认识认识，把话说开。晚上再摆两桌席，请请知近的乡邻，我看谁也不会有别的想法。等他们三天回门时，咱再好好办办。中不中？"

我大嫂的面子多大，平常我妈就愿听她的话。现在她这么一说，我爸我妈只得都点了头，不过，我妈仍假装不满地补上一句："今儿个也就是看你大嫂的面儿，换第二个人也不中！"

大姐感激地搂住嫂子的肩头，只顾偷偷笑。赵磊却红着脸不知如何是好，憋屈了好半天，才说："大爷大娘，谢谢您二老！"

我大嫂听完"扑哧"笑了，点着赵磊的脑门教训道："赵磊呀赵磊，你可真是个书呆子！都啥时候了，还不赶快叫爸叫妈！我可不是吓唬你，你要再把事儿弄翻了，嫂子可再不帮你收拾！"

赵磊左看看，右瞧瞧，见一大帮人都盯着他，又见大姐用眼神儿示意他快快改口，实在没辙，只好照大嫂的指点，重新说道："爸爸，妈妈，谢谢您二老不生我的气。"

"这回嘛，叫得还差不离，心挺诚的。"大嫂又给摆个台阶，说完，自己先捂住嘴笑起来。

到了"十？一"那天，我和大嫂、长山、二哥，还有与大姐最要好的几个姑娘，早早来到西大道上堵早班客车，快晌午时就到了唐兴矿大姐家。

大姐的婚事办得挺热闹，单位里来了好几拨人，吃糖抽烟，打哈哈凑趣，把我们都挤得没地方待。这期间，大姐把一个五十来岁，穿吊兜干部服的男人介绍给大嫂，说是他们矿上的党委书记，姓陈，还是大姐的媒人呢！大嫂大大方方地同他握手，唠得还挺热乎。

等人走差不多了，我才得空跑到屋里瞧瞧，一张双人床，一张三屉桌，两把椅子，一对皮箱。床上摆着的两套缎子被，正是大嫂亲手做的。我最觉得招乐的是墙上那张大照片，姐姐和姐夫也不害臊，身子紧紧地挨在一起，都快脸贴脸了，还不红不白地瞅别人笑。下面写一行小字：幸福的开端。多丢人，可那些大人还都说照得好呢。要是让我妈瞧见，不骂他们一顿才怪！

三天回门时，我们家就热闹了，老老少少男男女女来了上百号人，摆了八桌席。席间，我听大人们问这问那，还是没闹明白姐姐姐夫到底是干啥的。只记住大姐是矿工会宣传委员，姐夫是矿生产科技术员。

我大姐从小聪明伶俐，能歌善舞，长得水灵，刚十八岁就当了庄里的团支部书记和预备党员，一天天很少着家，气得我爸我妈见面就嘟囔她。十九岁那年被招工到开滦唐兴矿后，仅一年多就被提拔到矿工会当宣传委员，还到北京参加过演出呢！

我姐夫是江苏省徐州人，1955年从矿业学院毕业，被分配到唐兴矿当技术员，因组织创造"快速掘进法"出了名，受到煤炭部表彰。他从打跟我大姐结婚，到1957年出事儿，一共到我们家不过四五趟。即使来了，也只顾同大人说话，不愿搭理小孩儿。所以，我对他的印象一直不好。直到长大后懂事了，也联系多了，才逐渐有了改善。每当说起他那桩吓人的事来，大姐就忍不住哭一顿。下面，就是当时赵磊被打成"右派"，大姐被逼疯回家后，跟妈妈和大嫂哭诉的情形。

赵磊咋会反党呢？无论别人咋说，我都不相信！自从认识了他，我就深深地感觉到了他那对党、对祖国的一片忠诚。尤其是在试验快速掘进法的日子里，他连陪我上百货、看电影的工夫都没有。我曾半真半假地责怨他，赵磊，你对工作这股痴迷劲儿，我真担心有一天你会把我扔啦，他只会嘿嘿傻笑，过后仍是那个样儿。

赵磊写的论文发表后，全国许多煤矿纷纷推广，在短期内就收到显著效果,煤炭部一位副部长还接见了他,说快速掘进法是实现煤炭生产优质、高效、低耗、安全的好办法。可矿里也有人出于妒忌,说赵磊只专不红,刚参加工作就光想出风头搞名堂。说快速掘进法是效仿资本家那一套,时间长了工人会受不了。我听到这些议论十分生气,赵磊却从没发过一句牢骚,没表示对矿党委有啥不满。只是到整风时,经我再三动员,才把憋在心里的话说了出来。

赵磊终于打消了思想顾虑,在矿机关的鸣放会上,一口气讲半个小时。他先从快速掘进法的好处说起,然后讲到这个方法在矿内外的不同命运和效果,呼吁矿党委应大力促进在全矿推广。他的发言引起强烈反响,有人明确指出,之所以会出现这种墙里开花墙外香的现象,主要原因是党委不重视技术革新,不关心技术人员的工作造成的。党委陈书记当场表态,说要虚心接受批评,尽快采取措施。自从赵磊被打成右派隔离反省之后,我发现许多人都不敢同我说话了,好像怕从我身上传染上瘟疫一样,我和赵磊都成了隔离反省的对象。我感到有一张看不见的大网,正从天而降,躲也躲不开,跑也跑不掉,害怕极啦!有一天刚上班,陈书记突然让人把我叫到办公室。我默默走进去,看到陈书记正坐在椅子上看着我。我没有勇气和他对视,垂下双手等待挨批评。

陈书记好像知道了我受的委屈和心情,站起身来大声鼓励我:'庆兰同志,党组织对你是有正确看法的。你要相信党,要相信群众,要经得住阶级斗争的严峻考验。'陈书记的话,使我冰冷的心涌出一股热流。这是半个月来,我第一次听到党内同志的劝慰。昨天下午,有人指名道姓地贴出一张大字报,题目叫《请问孙庆兰,你是要党性,还是要爱情?》,质问我为啥不揭发赵磊的反动言行。写大字报的人认为,作为夫妻,是最知情的。说我迟迟不向组织揭发赵磊的新罪行,是党性不纯,立场不稳的大是大非。

我抬头看看陈书记那严厉的表情,不知该咋说才好。过了好大一会儿,才低声回答,反正我不相信他会反党。

听我这么一说,陈书记立刻生气了。他慢慢走到我的跟前,严肃地说,庆兰同志,作为一名共产党员,我们首先要相信党的话,时刻想到党的利益,人民的利益,绝不允许感情用事!赵磊的问题是十分严重的,市委已经把案子接过去了。对这件事,我刚开始也认识不足,现在看来,再不迅速提高认识、转变立场,就可能犯大错误。过去,我们只看到赵磊工作积极,钻研肯干,为人忠厚的表面现象,没有进行阶级分析和历史分析,差点上当受骗。对此,我已经向开滦矿务局党委和唐山市委做了检讨。现在看来,只要我们及时猛醒,用实际行动同他划清界限,还为时不晚。我今天找你谈话的目的,就是要求你尽快揭发赵磊的反动言行,从政治上、从感情上同他一刀两断,这样才能重新得到党和群众的信任。我听说赵磊平时总记日记,那里面一定有许多有价值的东西,你要主动交给党组织才对。今天咱就先谈到这里,你明天给我个明确的答复。庆兰同志,你还年轻,未来的路,可千万要走好。

没结婚之前,我就知道赵磊一直在写日记。结婚后,不管工作多忙,晚上多晚睡,他都要天天做完这门课程。他对我说,你可别小看日记,它是一个人的成长记录,是总结思想和工作的好办法。还把他从初中到大学,再到工作岗位的十六本日记交给我看。其中有一本中还记着他当初对我的印象,我看了就脸红。我从他的日记中看出,赵磊从小就是个品质不错的人。特别是上大学以后,他对共产党和新中国有着深厚的感情,对自己的思想改造要求的非常严格,曾经写过几十次入党申请书,都因家庭出身不好,没被批准。赵磊的日记中还记录了从整风初期到被隔离审查前的思想变化,解剖自己不敢积极参加大鸣大放,是资产阶级个人主义思想残余在作怪。还写了经过党组织动员和我的启发帮助,如何使他提高了认识,决心投身到运动中接受锻炼。他还把自己的思想变化写进了入党申请书,请党组织在实践中考验他对党的忠诚。可是,这份申请书还没来得及上交,就风云突变啦!

到底该不该把赵磊的日记交给党组织呢？大姐那天一夜没睡，从头到尾把所有日记又看一遍，越看越觉得赵磊冤枉，越觉得应该让更多人了解赵磊的心灵。大姐相信党组织在审查过这些日记之后，一定会给赵磊一个正确的结论。第二天一早，她拎着赵磊的日记和那份入党申请书，亲自交给陈书记，说："赵磊到底是什么样的人，你们看完日记就清楚了。"

　　大姐接着又说：

　　自从把赵磊的日记交上去后，我的心里安稳多了，晚上也能睡点觉了。我感到自己做了件重大的事情，赵磊回家后，一定会好好感谢我的。可是，仅仅过了五天，我的希望就彻底破灭了，一场沉重的精神打击，毁了一切。早晨刚一走进办公大楼，铺天盖地的大字报就包围了我。不用细看内容，光题目就吓得身上直打突突。赵磊的父亲畏罪自杀，死有余辜、赵磊恶毒攻击整风运动，罪责难逃、从反动日记看赵磊的反党思想由来、赵磊是如何用卑鄙手段俘虏一位女共产党员的、孙庆兰快快猛醒……没等看完全部题目，我就冲进办公室号啕大哭起来。我后悔不该做这样的蠢事，后悔不该轻信陈书记的动员，后悔……我实在对不起赵磊，也对不起自己！赵磊在得知我把日记交出后，暴怒异常，一反先前的镇定姿态，在批判会上据理力争，拒不认错。说这样断章取义地公开他的日记，是侵犯人权，是政治阴谋，从此拒绝回答任何问题，也拒绝再同我见面。到了十一月末，经市委批准，赵磊被定为右派分子，判处两年强迫劳动，送农场改造。在被送往农场改造前，赵磊捎信让我给他送去几本科技书和一本俄汉词典。我反复看那短短的几行字，又哭了一个通宵。第二天一大早，我把赵磊要的书籍和一些衣服装在一个大旅行包里，来到监狱接待室。当我看见赵磊走进来时，立刻扑上去，抱住他的肩膀哭个没完没了。可他却一动不动，没有一句话，没有一点感情上的表示。经过狱警再三劝说，我才止住了哭。我这才细看看赵磊，发现他瘦得脱了相，原来的英俊模样一点没有了，头发被剃光，脸色白得吓人，眼窝深陷着，麻木得不会动了。当我把东西递给他时，才勉强说出谢谢两个字。

大姐继续说：

从打交出赵磊的日记，陈书记彻底转变了对我的看法。他曾在党委会上说，孙庆兰作为一名年轻的女共产党员，能够在这样复杂的阶级斗争中立场坚定，旗帜鲜明地站到党的一边，同右派分子划清阶级界线，实在是件了不起的事情。他让办公室把我的事迹上报给唐山市委，市委很快下文件，要求全市党员向我学习，在斗争中锻炼成长。当陈书记了解到我的异常表现，了解到有些人说我断送了赵磊的前途，了解到甚至有的党员在背后也有不正确看法时，便决定召开一次全矿党员和党外积极分子大会，传达市委文件，总结前段斗争经验，公开表扬我的革命行动，以此来教育广大党员和群众。陈书记宣布开会。他没有先传达市委的文件，却先讲起我来：'同志们，大家都知道，矿工会的孙庆兰同志今年只有二十二岁，四年党龄，可实践证明，却有很高的政治觉悟和坚定的革命立场，对党对人民非常忠诚。她大义灭亲，主动揭露其丈夫赵磊的反党反人民罪行，保持了共产党员的革命气节和崇高荣誉。矿党委号召全体共产党员和党外积极分子，要认真向孙庆兰同志学习。'听到这里，我忍不住哈哈大笑起来。这也是我从整风运动开始，到反右斗争结束，第一次这么放声地大笑。后来我听别人说，陈书记当时大声喝问，下面咋回事儿？孙庆兰疯啦！有人据实汇报。什么？疯啦？咋会疯呢？

大姐得病后的第三天，被单位用车送回了我们家。我妈一看好好的人被折腾成这样儿，又听说赵磊送去劳改了，立时背过气去。还是我大嫂坚强，等到我妈醒过来后，她把单位来的几个人叫到后屋，详细问问整个事情的经过，求他们用汽车把我大哥给接回来。

汽车开走了，大嫂搂着一直一声不吭的大姐，也不管她听不听，一个劲儿好言相劝："庆兰哪，嫂子都打听清楚了，知道你和赵磊都受了委屈，这不打紧。等风头过一过，咱再去同他们论理儿！我的好妹妹，你这些日子是太劳累，太紧张了。这回就好了，嫂子天天陪你唠嗑散心，你肚里有啥苦水,全倒出来吧!我已让单位的车接你大哥去了,一会儿就能回来。你大哥明白的事理多,认识的人也多,他会把赵磊解救出来的。庆兰,你别担心赵磊。我从旁边瞅着,他是个好男人,应该能挺得过这一劫。等过几天,我陪你去看他。他要想做对不起你的事情,嫂子首先不答应。"

大嫂就这样反复说,反复劝,渐渐的,我发现大姐眼眶里有了泪花,木呆的眼珠也转动了。

我妈一看大姐缓过来也不哭了,却劝大姐说:"大闺女,妈的好闺女!你心里憋屈就大声哭,把委屈都哭出来就不难受啦!你有啥话,就同你大嫂说,说完眼前就该亮堂啦!等会儿你大哥回来,再听他摆摆理儿。"

可是,不管大嫂劝还是妈劝,大姐就是不出声,只是不停地掉泪珠。

这中间,我爸只顾坐在板凳上唉声叹气,啥主意也拿不出来。我二哥三哥收车回来后,一听说这事,再见大姐变成了这样,气得眼珠都红了,一齐吵吵着要去唐兴矿拼命。可到底同谁去拼命,他俩也不清楚,直到大哥回到家,才安静下来。

这期间,我只顾支棱耳朵听着,一句话也插不上言。眼前只有姐夫赵磊被五花大绑捆着的样子,害怕大姐挺不过去窝囊死。

下午两点钟左右,大哥终于回来了,进屋一看大姐病得那可怜样儿,扔下拐棍抱住她,边哭边劝:"庆兰,别怕,别怕,啥事儿有大哥在呢!大哥明天就上唐山,赵磊很快就会放出来。"

"大哥——"大姐终于长叫一声,接着便扑在大哥怀里哭得天昏地暗。因为我妈说了,让她把委屈全哭出来,就不会做病。所以,全家人谁也不再劝阻她。直到她把眼泪哭干,把委屈哭光,大嫂才开始张罗做饭。我这时才想起来,连中午饭都没吃,咋就谁也不觉饿呢?

当天晚上,大哥和大嫂把我们一帮小孩全撵到前屋,他俩单独和大姐唠了半宿。第二天一早,大哥让二哥用手推车把他送到大道边,截个车到唐山去了。

五天后,大哥才从唐山返回家。我听他对大姐说,他见到了陈书记,也见到了市委齐书记,他们都答应给调查调查。大哥说,他还专程到离海边不远的劳改农场看了赵磊,两个人唠了许多许多事情。说赵磊的身体和心情都不错,答应一出来就先回我们家,还给大姐写了封长信。大姐和全家人听了,这才松口气。特别是我大姐,也开始能吃点饭,睡点觉了。

大哥每次回家都说赵磊的事情快有结果了,可全家人左等右等,等了三个月也没把人等回来。这期间,我大嫂曾陪大姐到农场去看赵磊两次。每次回来,俩人都哭得眼睛通红通红的。

眼看快到过年了,我发现家里人和往常大不一样,谁也不张罗买好吃的好玩的好穿的,急得我直跺脚也不敢吭声,因为全家人脸上都没个笑模样。

过大年的前两天,大哥和赵磊突然到家了。全家人喜得又哭又笑。最有意思的是我妈,她抱住大姐夫连声哭叫:"儿呀,儿呀,你可回来了!可把妈想死啦!"

我听了觉得奇怪,赵磊不是我大姐夫吗?咋又变成我妈的儿子了?这以后我还管他叫啥?叫哥哥?叫几哥呢?

我大嫂啥事最会看火候,明事理,她见我妈不哭了,便指挥开了:"妈,咱们大伙都歇歇,让庆兰和赵磊单独说说话吧!"然后也不等谁同意便说:"庆兰,你和赵磊到后屋去好好唠唠,饭做好后去叫你们。"

大姐乖乖地站起来,牵着赵磊的手向外走去。等他们进了后屋,大哥才开始详细说经过。原来,他先后找了许多人,这些人都怕沾包受牵连,谁也不肯直接出头。实在没办法,他跑到北京,经老师长耿伯尚介绍,找到煤炭部赵部长。赵部长听了汇报,看了材料,当即给开滦矿务局局长和唐山市委书记打电话,说赵磊问题归问题,贡献是贡献,他的快速掘进法是煤炭行业的一项重大技术革新,应尽快在全国推广。建议他们对赵磊的问题进行一次复查,如果没有新的重大问题,最好先让他回矿里工作。

大哥从北京返回唐山,赵部长的电话也真灵,唐山市委很快通知开滦矿务局,先让赵磊回单位劳动改造,等待最后结论。就这样,大哥坐唐兴矿的汽车到劳改农场,把赵磊直接拉回我们家。

后来呢?赵磊回家了,上班了,我大姐的病也好了。再后来,赵磊被定为不戴帽的右派分子,等于政治上被判了死刑。从此,他不再过问政治,不再写入党申请书,只一门心思搞科研、搞技术,成了名副其实的只专不红。再后来,那是1980年了,他被彻底平了反,并被提拔为矿务局生产技术处处长。到1985年,又被选为唐山市政协副主席和全国政协委员。至于我大姐,经过这场灾难之后,她认为自己不适合在机关工作,主动要求到压风机车间当工人,直到后来因病提前退休。

二哥二嫂逃婚

我二哥打一小就长得结实，没得过病，没吃过药，从十四五岁开始就顶个大人，庄稼院里的活计样样拿得起，放得下，一般大的小伙子谁也比不了。特别是他的巧劲儿，看啥会啥，谁见谁夸。二哥编的苇席和筐篓，拿到集上最好卖。二哥做的木桶、风箱，和木匠铺卖的没啥两样。二哥盘的锅台、火炕、烟囱，好看又好烧。此外，二哥还会凿石磨、打马掌、榨油、漏粉、弹棉花……总之一句话，凡是家里过日子用的，集市上好卖钱的，自己喜欢玩的，他都能琢磨出来。所以，没等长大成人，便远近出了名，引来不少媒婆上门说亲。可二哥最烦的正是这件事儿，谁一提起来要给他找对象，说媳妇，便脸红脖子粗地一口回绝，有时说的话还挺难听，让我妈数落了多少回。可是，自打到了十八岁，我发现二哥好像突然间变了个人似的，个头儿长高了，身子骨长粗了，眉毛胡子长浓了，眼睛更亮了，连说话的动静都变惠了。可让我不满意的是，他竟不愿搭理我了，不愿像过去那样同我玩耍，带我到各家串门，看热闹，瞧新鲜，一有空儿就去和那帮大姑娘、大小子打哈哈凑趣。为这事儿，我多次向妈妈告状，可我妈却笑呵呵替他遮掩，人家都长大成人了，还能一天天再和你小孩子一块耍！

有一天正吃晚饭，团支书贾洪英来找二哥开会，他二话没说，推开饭碗就跟人家走。我妈隔着窗户看他俩有说有笑地出了门，便对爸爸说：

"二小子长大了,该给他张罗娶媳妇啦!"

"忙啥的,让他在家再干两年活儿,也好帮帮我。"爸爸表示不同意。

"忙啥的?"我妈听了这话先反问一句,接着又瞪爸爸一眼,撇着嘴抢白道:"你咋就知道刚十六,就把人家娶过来?"

"那不都是爹妈做的主嘛!"我爸不以为然地回一句。

"说得好听! 爹妈做的主! 你一大冬天跑我们家十多趟,急得马猴似的,恨不得一口把人吞进肚里!"妈妈不依不饶,当面揭起短来。

"你瞎说个啥? 有孩子在眼前呢!"爸爸红着脸拦住妈妈。

"我没听着! 不,没听清!"我一着急不知该咋说了,但又想刨根问底,便拉住妈妈的手问:"妈,我爸为啥要把你吞进肚里,咋还咬人呢? 那不疼吗?"

妈妈摸着我的脑袋瓜说:"那是打比方,等你长大了,娶上媳妇便啥都明白啦!"

我懵懵懂懂地眨巴眨巴眼睛,咋也想不明白这番话的意思。真的等到多少年后,快要结婚成家时,才茅塞顿开,恍然大悟。

在我们老家的农村,小伙子只要长得结实,能干活儿,会过日子,媳妇便可以打着灯笼随便挑。这不,就在我妈说过这番话不久,我二嫂贾洪英就自己找上门儿,并且还引出一连串的悲喜剧。

在庄里庄外的所有的姑娘中,贾洪英的漂亮和能干是同样出名的。要说漂亮有多漂亮呢? 你咋形容咋想象都不过分。反正这么说吧,不说天上难找,地上难寻,也是百里挑一。不过,我所说的百里挑一,可不是一百人里挑一个,而是方圆百里之内无人能比。她不胖不瘦,不高不矮,不艳不俗,一举手一投足,处处显得与众不同。特别是那双能说话会照人的眼睛,总闪着一种摄魂般的亮光,经意不经意地瞧谁一眼,便会让你心慌意乱,没处躲没处藏的。一开口说话,声音又脆又甜,使听的人如同口渴时喝到了山泉。她干起活来又灵又巧,炕上地下都是把好手。我大嫂就曾对人说过这样的话,洪英这姑娘真是仙女下凡,看谁家的儿子有福气吧!

洪英家有五口人,除了爹妈外,她下面还有两个肩挨肩的弟弟。洪英在乡里念完初中后,便回庄当了团支部书记。1958 年 7 月开始修水库时,她带领我们庄的青年突击队在工地上天天夺红旗,一下子出了大名,又上报纸又上广播。最让人称奇的是,那些平时好调皮捣蛋的坏小子们,一到洪英跟前便立时变得规规矩矩,不敢乱说乱动,胡作非为。他们当中只有"四白话"孙庆江大概是个例外,有时还敢没话找话地逗扯几句,却往往不但讨不到便宜,还多次丢人现眼。

男大当婚,女大当嫁,这是天经地义的事情。随着岁数一天天长大起来,洪英自然成了小伙子们追求的对象,但却没有一个人被相中,许多人为此急得火烧火燎,恨得牙根生疼。这其中,最难受的便是村支书贾进东的儿子贾洪坡了。

洪英和洪坡是同族同辈,尽管早已出了五服,可两家处得比亲戚还近。洪坡的爸爸贾进东是庄里的党支部书记,从 1952 年一直干到 1974年,上上下下交下许多人,家境自然也是庄里最好的。洪英的爸爸叫贾进财,比贾进东小两岁,是个凡事不肯吃亏的机灵鬼。早在贾进东刚当上支书的那年,他主动上门提亲,要让洪英给洪坡当媳妇。贾进东两口子爽快地答应下来,还亲亲热热地请他喝顿酒。

那一年,洪英和洪坡都只有十三岁,正在念小学五年级,因为年龄小,对这事儿都没往心里去。小学毕业后,洪英和洪坡又一起到乡里念初中,随着年龄的增长和环境的改变,两个人还真的渐渐有了点感情,经常在一起说些悄悄话。两家大人在旁边看得真切,等初中一毕业,便张罗要让他们结婚。洪坡自然满心欢喜,可洪英却说啥不干,说自己年龄太小,还不满十八岁,非要等过了二十岁才行。

年轻人聚到一起,乐子事保准多。一天中午,工地食堂开饭时,二哥的好朋友"四白话"孙庆江又同人打起赌,说谁要能连气吃下一扁担馒头,他便请谁下馆子,最少四碟四碗八个菜。谁要输了,便掏钱请他。馒头的来源自愿捐出,条件是不管谁输谁赢,都可跟着去抹油嘴。

当时的水库工地食堂,几乎天天是高粱米饭、窝窝头、豆腐汤和老咸菜,只有星期天才改善改善生活,中午吃顿白馒头或大米饭。而且还限量,馒头每人五个,算是一斤干面的分量。大米饭每人一大海碗,不够吃就再吃别的粗粮。

一听说有乐子,男男女女很快围上一大群人。一根扁担放在用木板条临时钉成的饭桌上,整整摆了十六个馒头。洪英一开始本来想阻止这件事,可一看众人的兴致都挺高,又知道那"四白话"不是省油灯,想了想便没吭声,自己端着碗闪到旁边,闷头吃起来。

外号"大肚皮"的吴胜首先出场。他个头儿高大,又粗又壮,平时素以能吃能喝出名,曾在集市上打赌时吃下三斤驴肉,外加四个烧饼。他满以为铁胜无疑。可当吃到第十个馒头时,便面露难色,站在扁担前不动了。

"不行歇!不行歇!""四白话"见状,立刻大声吆喝起来。

"对,对,歇气不算数,讲的是一连气吃下去嘛!"

"喝口水,吐口唾沫还不中?""大肚皮"翻着白眼,不满地嘟囔着,随后一咬牙,抓起馒头又吞起来,只是越咽越慢。

"加劲儿!加劲儿!"当吴胜吃下第十四个馒头时,许多人拍巴掌跳脚喊起来。

这时,只见"大肚皮"使劲儿打个饱嗝,抻抻脖子,大概是噎着了,眼眶里憋出泪水。他四下瞧瞧,又看看"四白话",再瞅瞅扁担上最后两个馒头,终于说了熊话:"刚才喝水喝多了,今儿个不算数!不算数!"

"不算可不中,晚上痛快掏钱去下馆子!""四白话"当着众人要他口供。

"中,中,不就是一顿馆子嘛!"吴胜满面通红地应承,腆着大肚皮挤出人圈儿。

紧接着又上来位不服气的,可只吃下十个馒头就退场了。

"四白话"不到半小时就赢了两顿馆子,还怕不解馋,又摆着手转着圈儿高声吆喝起来:"还有没有好汉上场? 过了这村儿,可再没这店啦!"

不知为啥,我二哥忽然来了犟劲儿,挺身而出,随随便便地说:"让我试试。"

"四白话"没想到二哥会同他攻门叫阵,一时愣住了。

"怕我输了请不起你?"二哥不依不饶,边说边脱下棉袄,松松红布腰带,亮出非要争个输赢的架势。

看热闹的兴致顿时又高起来,不等"四白话"同意,便有人重又把馒头摆上扁担,齐刷刷仍是十六个,一个不多,一个不少。

"四白话"一看没辙了,讪笑着对二哥摆摆手。

在众人屏声敛气地注视下,二哥昂首挺胸走上前去,一把抓起两个馒头,使劲儿在手掌心攥几下,两个馒头立时便成了死面疙瘩一般,还没有原来一个大了。然后,他张开大嘴,一口就咬去小半拉,没等许多人寻思过味来,他已经一连气吞下六个。

当所有人都恍然大悟时,扁担上的十六个馒头已经不见了,人群中响起一片赞叹的欢呼声。

这时,一直站在圈儿外看热闹的食堂管理员贾进财突然挤了进来,笑呵呵对二哥说:"二爷们儿,你光能吃不叫真能耐。你若能把食堂门口那袋子高粱米自己扛上肩,再到大坝上走个来回趟,就白送你了。"

因为事情来得太唐突,二哥眨巴着眼睛看看他,没有立即答应。二哥不是害怕,而是以为贾进财在故意跟着凑热闹,哪能当真呢? 再说,他又是长一辈的人,真输了,脸上也挂不住劲。

"进财叔,您说的可是真话?"最好打哈哈凑趣的"四白话"抢先搭上腔,真有这样的乐子事,他哪能放过?

"那还能假,这么多人瞧着呢! 就怕你们谁也赢不去。"

小青年们立刻哄叫着煽风点火,非让二哥再次上阵。二哥四下里看看,便向食堂门口的高粱米袋子走去。

"爸,您这么大岁数,咋也没正事! 把人压坏了咋办?"正当人群忽拉拉闪出条道时,洪英突然挡在麻袋前,当众人的面责怪起贾进财来。

"没事,没事。"贾进财笑呵呵解释:"三岁公牛,十八岁汉。我想试试这小子到底有多大力气。"

"君子一言,驷马难追。进财叔,您可得说话算数!""四白话"怕黄了摊儿,赶忙冲过去激一句。然后又挤眉弄眼,阴阳怪气地逗起洪英:"小英子,又不是你家的人,你心疼个啥?"

"洪英姐,就让他试一试,免得不知天高地厚!"几个小姑娘也笑着劝说。

洪英看看众人,又看看拉开架势的二哥,闪开身子不吱声了。

"四白话"本来还想乘机给洪英几句,一看她退场了,便脑瓜一转,又来了新主意,奸笑地逗起洪英爸:"进财叔,要不这么办吧,庆方真要赢了,您干脆掏十块钱得了,晚上咱爷们儿一起去下馆子。"

"要是输了呢?"

"输了我替他请您。这不,我刚刚赢下两顿馆子嘛!"

"也中,我就怕他难赢去!"

"庆方,听清楚没有? 这回可都看你的啦!"

我们家的人脾气都犟,特别是我二哥,更是个地地道道的犟种,凡是认准的事儿,非干到底不可。有时别人越说不行,就越逞能。现在让贾进财和"四白话"从两头各将一军,众人再跟着一起哄,顿时上来虎劲儿。他红着脸四下瞅瞅,还特意盯洪英一眼,发现除洪英外,别的人都喜笑颜开地等着瞧热闹,身上的肌肉和筋骨就一下子绷紧了。

在1958年以前,吃的用的啥东西都便宜。猪肉四毛多一斤,大鸡蛋五分钱一个,高粱米一斤才八分钱。揣上十块钱去下馆子,十几个人可吃一顿好席面,最好的炒菜,也不过三毛钱。那时候工资也低,乡里一般小干部每月三十元左右,当上个股长、科长什么的,最高不过四五十元,照样能养活一家五六口人。

双方叫完阵后，二哥开始正式上场了，人群立刻静下来。他挺胸走到扎着嘴的麻袋跟前，先深深吸口气，然后紧紧红布腰带，半蹲下身子，抱住袋子当腰，只往上掂两掂，满满一麻袋高粱米就直立到右肩膀上。转过身后，小跑着冲上被夯实的大坝。"四白话"和一帮小伙子紧跟在后面，连声叫好。

十几分钟后，在"四白话"等人的前呼后拥下，二哥扛着米袋子又跑了回来，稳稳当当地将它放回原地，虽然满脸淌汗，但不咳嗽不喘。

这一来，欢笑声赞叹声再次响起，连一直冷眼旁观的洪英也情不自禁地跟着拍起巴掌。

最高兴的好像还是贾进财，虽然赌输了，却又惊又喜地使劲拍拍二哥的肩头，大声夸奖道："二爷们儿，这回我是真服你啦！又能吃又能干！"说着，从内衣兜掏出张十元钱大票，转而招呼说："快去城里割一角肉来，今儿晚上猪肉炖粉条，随便吃！"

这主意自然是得到了众人的赞同，"四白话"无奈，只好接过钱，同时心里暗自嘀咕：你那心眼儿我不知道？要去下馆子得个人掏钱，大伙一块儿改善生活，便可在伙食账里平摊了。

洪英从自己脖子上抽出那条白毛巾，呼闪着大眼睛走到二哥面前，小声嗔怪道："看你那傻样儿，快擦擦汗吧！"

二哥一边难为情地接过毛巾，一边盯着洪英，真的咧开嘴傻笑起来。擦完脸上和脖子上的汗以后，那毛巾已由白变黑，他红着脸还给人家，连句感谢话也不会说。

看到这番情景，那"四白话"又憋不住道："喂，我说洪英，你又怕把庆方压坏了，又舍出新毛巾给他擦汗，让洪坡知道了，不满嘴吐酸水才怪呢！"

"闭上你的乌鸦嘴，到别处瞎叫去！"洪英毫不留情地给他一句，但却看不出是真生气。

在一片哄笑声中，"四白话"不气不恼地嘿嘿一笑，心满意足地买肉去了。

晚上开饭时，果真是一大锅猪肉炖粉条，早把人馋得肚子咕咕直叫。打菜时，洪英帮着从窗口往外递，每人一大海碗，底下是粉条，上面是大片肉，主食是窝窝头。轮到二哥和"四白话"时，"四白话"又当众捣起蛋来："唉哟哟，洪英，你也太偏心眼啦！咋就给庆方专挑瘦肉多的，给我都是肥的呢？"

"吃肥的长膘快，省得你到处乱拱猪槽子，瞎叫唤。"

众人闻言，又是一阵开怀大笑，"四白话"脸皮厚不觉咋地，我二哥却羞得受不了，端着碗跑到了一边。

二哥打赌连赢了两场，一下轰动了整个工地，又很快传遍了全庄。有些外庄的小青年还特意跑来，看看二哥到底长得啥模样。特别是那些大姑娘们，简直把二哥当成了英雄，叽叽喳喳地说个没完没了。

有的说，这是贾进财为了选女婿，特意安排的一场戏。

还有的说，洪英早就看上了二哥，已经一狠心蹬了洪坡。还有的说，我们家一天上来十几个媒婆，把炕都坐塌了……这些话，自然也会传到洪坡一家人的耳朵，正在小学代课的洪坡首先受不住了。

一天下午，他跑三十多里来到工地，当着贾进财的面问洪英这到底是咋回事。洪英看他那副又酸又臭的样子，也不管不顾地把他好顿戗。最后说一句，你没长心啊？愿咋想咋想！便扭身不再搭理他了。

贾进财看在眼里，急在心上，后悔不迭地直拍大腿。他劝完这个，又劝那个，最后决定跟洪坡连夜回庄，向他父母说个清楚。见到贾进东夫妻后，他再三下保证，绝没有替洪英选女婿这码事，洪英也绝不会变心。为了彻底打消顾虑，他还提出干脆让洪英和洪坡尽快结婚。听到这里，一直冷着脸的贾进东才有了点笑模样："咳，现在这孩子都这样，猫一出狗一出的。等结了婚，就都消停啦！进财，就按你说的准备吧，我明天就去乡里，求人给他们打个结婚证。"

贾进财诺诺点头，暗自庆幸，总算压下了这场风波。

第二天回到工地,贾进财特意把洪英叫到没人处,告诉她和洪坡要在正月结婚的事,可没等话说完,洪英就翻脸了:"我俩的事今后您别管,我跟不跟他还两说着呢!"

洪英不再解释,扭身就走,贾进财呆站在那儿一想,以为洪英说的是气话,也没太往心里去。还小声地自己劝自己:"这丫头蛋子,脾气越来越大了。等过了门儿,看你还跟谁要!"

俗话说,好事不常提,坏事传千里。这场打赌惹起的风波,自然也会传到我们家。我听了别提有多高兴,好像赌赢的不是二哥,而是我自己,对一帮小伙伴吹了一遍又一遍。可我爸我妈却反倒吓够呛,如同大祸临头一般。

有一天下午,二哥从工地回家取口粮,换衣服,我听妈妈反复嘱咐他:"二儿子,听妈告诉你,从今往后可离洪英那丫头远着点,千万别搅和她与洪坡那码事。庄里庄外谁不知道,那老贾家谁敢招惹?惹了就要倒霉!再说了,谁家要娶媳妇都是为过日子,兴家业,不是图漂亮、当画儿看,等过了大年,妈就托人给你保媒。"

"妈,别听他们瞎传,人家那是闹着玩呢!"尽管二哥嘴上刚硬,可那脸红脖子粗的窘样儿,我妈一看就啥都明白了。

"妈可不光是听一个人两个人说了,这几天庄里都在传,说洪英是因为看上你,才要把洪坡蹬了。你好好想想,真要是有这码事,老贾家爷们儿会善罢甘休?咱可千万躲远点,免得招灾惹祸呀!"

"妈,您老放心,没那档子事儿!"二哥说啥不承认,没等吃晚饭,便连夜返回工地。

过小年的前一天,工地指挥部决定放十天假,让各庄民工全都回家过大年。听到这消息后,所有人都很高兴,唯独洪英脸上见不到笑模样。她心里明镜似的,只要一回到家,洪坡肯定要天天找上门,自己爹妈也会没完没了地叨咕。可眼下,她最烦的正是这件事。自从上次在工地同洪坡闹翻脸后,她已有一个多月没回家。这期间,洪坡曾骑车子来找她两次,她都冷冷地应付几句，很快借故躲开了，把洪坡弄得好下不来台。

洪英到家的当天下午，洪坡便真的找上了门，说有重要事情商量，死皮赖脸让洪英跟他到外面走一走。

洪英本来想找个理由拒绝，可一看洪坡那可怜样儿和妈妈的再三催劝，只好披上棉袄，裹上围巾，跟洪坡走出家门。

我们庄北的沙河沿上长满了密密的柳树，有高有矮，有粗有细，夏秋两季水一上来时，便被淹没半截。等到入冬水退下后，家家便抢着割柳条，细的用来编筐篓，粗的夹杖子，扎排门，剩下用不上的就当烧柴。有树就有鸟，有林子便有人。这紧挨庄头的柳树林子，早就成了青年男女谈情说爱的好去处。

洪英家住在北街上，从她家后门出去，不到一里地就是河边的柳树林，中间是片泛着绿色的麦地。出了后院门，洪英看看将要落山的太阳和无雪的麦地，故意落后几步。洪坡几次回过头等她，想边走边说话，她都不愿搭腔。

终于到林子边了，洪坡四下里瞅瞅，见左右没人，便双手抱住洪英的胳膊，半是责怪，半是哀求地说："洪英，你这是咋啦？倒是说话呀！"

"你不是说要商量事吗？我知道你想说啥！"洪英挣出胳膊，往旁闪开一步。

洪坡被饸得上不来气，冷下脸盯住洪英，本来也想来几句解气话，寻思寻思，又没敢。他知道洪英的脾气，怕把事情弄僵了，自己没法收场。想绕个弯说吧，一时又找不着道儿，只觉得心里憋得慌。

"要说啥你就痛快直说呗！"洪英也觉出自己的言语举动有点过分，口气缓和了许多。

洪坡见洪英的态度有了变化，揪紧的心稍稍松快一些。他上前一步，重又抓住洪英的胳膊，变了声地恳求说："洪英，咱俩快点结婚吧！我实在等不了啦！"

洪英虽然事先料到洪坡要说这件事，却仍然大吃一惊，想不到他竟会说得这么直截了当,这么急不可耐。

"你爸你妈没跟你说吗?家里老人都给咱俩订妥日子了。"洪坡见洪英没表示反对,顿时喜上心头,赶紧接着往下说:"日子订的正月十六,都不到一个月啦!咱俩明天就去县城,照张相,买几身衣服,你看行不?"

洪英反问:"这么大的事情,你为啥事先不同我商量?"

"这不就是同你商量嘛,咱俩都处这么多年了——"洪坡突然发现洪英脸上挂满了一层霜,情知不妙,赶忙为自己开脱:"这是你爸提的日子,他说你脾气犟,不让跟你说早了。"

"我早说了,不过二十周岁不结婚!你要等不了,咱俩就趁早拉倒!"洪英气得扭过身不再吱声。

一见洪英上来脾气,洪坡便慌得没了主意。左思右想,只得拿出最后一招儿。他从兜里掏一张对折着的红皮硬纸,转到洪英面前,好言相劝:"英子,求求你了,别动不动就生气!你看看,我二叔把结婚证都给咱办妥了,还拖个啥劲儿呢!"

洪英猛然抬起头,看看洪坡的脸,又看看举到面前的那张红纸,不敢相信地慢慢伸出手去接。当她看清那真是盖着红印的结婚证,上面清清楚楚写着自己和洪坡的名字时,立刻咬牙切齿地把它撕个粉碎,并把攥到手里的使劲摔到洪坡脸上。

"你咋给撕啦!"洪坡一边向后躲闪,一边惊慌失措地叫道。

"贾洪坡你听着,我现在就把话说清楚,你既然这样不尊重我的人格,从此咱一刀两断!"

洪坡这才醒悟到自己做这件大蠢事,后悔不迭地连声表白:"洪英,洪英,这不关我的事!全是你爸和我爸订的。你不同意这日子就算了,为啥对我发这么大的火!"

"你骗别人去吧!不关你的事?我明天就去民政问个清楚。"

一听这话,洪坡双腿一软,扑通跪在地上,抱住洪英的腿告饶:"洪英,求你啦!你打我骂我都行,可千万别到乡里去闹。你要一闹,我们家的脸面还往哪儿搁!"

"你光想你们家的脸面了,你知不知我的心在淌血?你们把我当成什么啦?你以为你爸你叔有权有势,就可以为所欲为,谁都敢欺负?不中,这事非得说明白不可!"

"英子,你真要敢瞎闹,可没你家啥好处!"洪坡一看软的不行,便立刻站起身来硬的:"你知道不知道?你爸还收了我们家二百块钱彩礼呢!"

"你瞎说!"洪英绝不相信会有这事。

"不信你回家问问。"洪坡见洪英不吭声了,以为是被自己的话震住了,便趁机把憋在心里的怨恨全倒出来:"你当我不知道?我早打听清楚啦!你在工地上同庆方那小子眉来眼去,拉拉扯扯,又是怕压坏了,又是送毛巾,又是挑瘦肉,又是洗衣服,就差没在一块睡觉!要不是咱俩从小就好,我早不让你啦!"

听了这番话,看着洪坡那气急败坏的面孔,洪英脑袋里"轰"地响开了,所有的记忆和希望全被炸飞,只觉得天旋地转,浑身瘫软。

洪坡见状慌了手脚,又害怕,又后悔。后悔不该一时冲动,把话说得那么难听。他抱住洪英的上身,见她慢慢睁开眼睛,慌不择言地说:"洪英,你别当真,别往心里去,我是和你说着玩呢!"

洪英清醒后,立刻挣出洪坡的怀抱,瞪起一双吓人的眼睛,一眨不眨地盯住洪坡。本来,在此之前,洪英早已感到同洪坡越来越合不上来,总觉得和一般大的年轻人相比,他好像缺少点什么重要的东西,又多了些让人不舒服的成熟。现在,她忽然间看清了,洪坡身上所缺的,正是对自己应有的尊重和信任。而那些多出来的所谓成熟,恰恰又是令人恶心的忌妒和狂妄。所以,当洪坡再次伸出手要抱她时,便咬牙切齿地狠劲抽了他个耳光。

"啊?你敢打我!"洪坡翘趔着直起身子,一边摸着火烧火燎的左半拉脸,一边后退着高叫:"你等着!"

直到完全看不到了洪坡的身影,洪英才有点后怕地往回走。一想起刚才洪坡说过的那番话,她的心里就又疼又乱,恨不得一步跑到家,当面向爸爸问个明白。都啥年月了,对儿女的终身大事,做父母还这样随便做主,搞包办代替,买卖婚姻这一套!

这时,天色已经黑起来。当洪英走出几十步远时,"四白话"孙庆江突然背着沙枪从林子里闪出来,脸上挂着幸灾乐祸的表情。刚才这出戏,他从头至尾看得清清楚楚,听个明明白白,觉得又解气又解恨。他平时最看不上洪坡,瞧不起他那干啥啥不中的秧子样。他曾对我二哥说过,洪英要是跟了洪坡那秧子货,简直是一朵鲜花插在了牛屎堆上!二哥当时逗他说,那你就把这朵花采过来呀!他却又扑哧一笑,自轻自贱道,咱这臭名远扬的熊样,人家哪能瞧得起,要是你还差不离!

冬天里没大事,家家睡得早。我和二哥刚钻进被窝,就听有人敲门。二哥听出是"四白话"的动静,麻溜下地点灯开门。"四白话"笑嘻嘻地闪进屋,他又假装生气地抱怨:"你又闹啥鬼?半夜三更不让人睡觉?"

"闹啥鬼儿?""四白话"嬉皮笑脸地摆摆手说:"庆方,这回你白捡了个媳妇,可得好好谢谢我。"

"嘴又闲得难受了是不是?你要实在忍不住,快上房学猫叫去!"啥人啥答对,"四白话"平时见谁都没有正经话说,所以二哥也没好话答对他。

"你小子咋这么不是东西,把人家好心当成驴肝肺!""四白话"一屁股坐在炕沿上,点着二哥的鼻子责怪。看到二哥光笑不吱声了,这才迫不及待地说起所谓正事来:"庆方,刚才我亲眼见到洪英和洪坡闹翻脸了,洪英还狠狠打了那秧子货一巴掌。"

"真的?"二哥虽然不肯相信,却顿时来了精神,眼睛里闪出夜猫子一样的亮光。

"知为啥?还不是全因为你!""四白话"他从炕沿上弹起来,站到地当中,比比画画地把听到的看到的全说一遍。临末了,又添油加醋地玄乎起来:"那秧子货见拿不住洪英,便说洪英的魂儿被你勾走了。还说有人见到你俩在工地上搂着脖亲嘴。喂,我说兄弟,你到底和洪英亲过嘴没有? 那是啥滋味? 今天可得对我坦白交代。"

"快到一边玩去,别惹我生气。"二哥翻转过身子,不再搭理"四白话"。可我趴在被窝里发现,他眼睛睁得比桌子上的洋油灯还亮,支棱着耳朵,分明还想听"四白话"继续说。

"四白话"揣透了二哥的心思,转到我的头顶,把我连人带枕头使劲往下一推,一屁股坐在脑头上,借机教训起二哥来:"看你这号人! 跟你说正经事,你倒破尿盆子端起来啦! 那好,就算我白说行不行? 我可告诉你啊,你不赶快冲上去,后悔药可没处去买!"说完,便站起来假装要走。

"干啥去? 再坐一会儿。"二哥到底沉不住气了,伸手拉住他。

"我干啥你管得着吗? 快睡你的大觉吧! 小心睡昏了脑袋,分不出真假事好坏人!"

二哥瞅瞅"四白话",又瞅瞅我,"腾"地坐起来,一边穿衣服一边说:"走,走,我送送你,免得夹了尾巴。"

"二哥,二哥,我害怕,我害怕。"我一骨碌爬起来,想留住他俩,其实也是想听听到底是咋回事儿。

"怕个啥,快睡!"二哥一掌把我按回被窝,嘱咐道:"哥一会儿就回来。"

两个人关上门走了。

不知是后半夜啥时辰了,我被开门声搅醒,睁眼一看,二哥和"四白话"已经进了屋。我揉揉眼睛,重又想起他俩走前说过的话,便"呼"地坐起来,忍不住问:"二哥,你俩真去洪英姐家了?"

"没你的事儿,快睡觉。"可二哥说完这话,又紧接着吓唬我:"小满仓,不准对妈说这事儿。不然,看我咋收拾你!"

我眨巴着眼睛没吭声,但心里却说,等着瞧吧,非全都告诉妈和大嫂不可! 看谁挨收拾……可是,没等我找到机会揭他的老底,二哥便和洪英一起远走高飞了。

过了很长时间，我才知道是大嫂编排出的一台好戏。可这台好戏演着演着，却险些成了悲剧。

原来，洪英同洪坡闹翻之后，憋一肚子气回到家，刚一进屋，她妈就问："英子，咋这么快就回来了？"

看到爸爸正在东屋炕桌上归拢工地伙食账，洪英直接走进去，口气不满地问："爸，您是收了洪坡家二百块礼钱吗？"

看到洪英气恼的样子，贾进财放下手中的算盘，直起腰解释："上个礼拜天他妈送来的，还说已经给你们办妥了结婚证，定在正月十六结婚呢！"

"我自己的终身大事，你们为啥要背着我做主？"

贾进财吃惊地反问："不是你都同意了吗？洪坡亲口对我说的呀！"

洪英不肯相信地盯住爸爸的脸，来不及判明真假，气呼呼地甩出一段话："我压根就不知道，全是他爷们儿搞的鬼！您赶快把钱给人家退回去，我和洪坡已经吹了！"

"这是咋啦？到底之为啥？都到这份上了，还说浑话！那不是故意让人看笑话吗？"贾进财先是吃惊，后是生气，一下子把身子移到炕沿边上。

"谁愿笑话谁笑话！他爷们儿以为我是泥捏的，想咋弄就咋弄？没门儿！他背着我去打结婚证，是侵犯人权！我明天就到公社民政告他们去！"

"英子，有话不会好好说？你爷俩都给我小声点！"洪英妈听到争吵，赶快进屋劝解，生怕让东西两院的邻居听到。

"你敢！"贾进财不顾老伴的规劝，使劲儿一拍桌子，指着洪英的脑门儿教训道："就这点小事便要不跟人家？人家没过门儿就差点把你供起来，你还觉得不美气！你七里八庄打听打听，现在谁家聘闺女能出这么大彩礼？"

"您那是等于把自己的闺女卖给人家了，越贵越不值钱！"洪英抹着眼泪顶对。

— 126 —

"咋叫卖呢？我养活你这么大，还能白养啊！再说，你大兄弟今年都十五了，我不收点彩礼，到时候拿啥给他说媳妇？"

"反正我就是不同意！您痛快把钱退给人家吧！"

贾进财"噌"地跳到地上，举手要打洪英，可手扬到半空中，又慢慢放下来。他知道洪英那吃软不吃硬的脾气，思忖片刻，仍故意把话说得重一些，想吓唬住洪英："你要敢去瞎闹，看我不打折你的腿！"

"打吧！打吧！打死我也不跟他！"洪英毫不示弱，迎上去又哭又叫。

这可吓坏了洪英妈，她跳到两个人当中，先把男人硬推到炕沿上，然后把洪英拉到西屋，随手关上门，好言相劝："英子，妈的好闺女，你听妈说！妈多少也知道点你的心思，洪坡他爷们儿是不该这么办事！妈这些日子就看出你俩不像先前那么亲近了，硬是琢磨不出是咋回事！可话说明白了，庄里庄外都知道咱俩家的关系，都知道你和洪坡从小订的亲，哪能为这点小事就闹生分了呢？再者说，这些年，你大伯一直在庄里主事，处处关照咱家，咱可不能做对不住人家的事情啊！"

"妈，那是两回事！不能因为对咱家有恩，就啥事都听人家摆布。"

"那你倒说说，洪坡哪点配不上你，妈心里也好明白明白。"

洪英止住哭，觉得是该把心里话对妈说一说，便一五一十地亮出理由："妈，我看不上他的地方多着呢！第一，整天摆摆的，穷打扮，像个大少爷，啥吃硬活儿也干不了，小青年背后都叫他'秧子货'。第二，依仗他爹当支书，他二叔当副社长，便老少爷们儿谁都不放在眼里。第三——"洪英说到这儿突然低下头不吭声了，经她妈再三追问，才被迫红着脸把话说完："他总动手动脚的，越来越不像话，见面就缠磨人，总想占人家便宜！"

"哎呀呀，你这傻丫头！我当什么大不了事呢，原来是硬要给人家派不是！"洪英妈听完一拍大腿，心里一块石头落了地，然后笑着把闺女搂到怀里，连哄带劝地数落起来："人这一辈子，都各有各的命。俗话说得好，龙生龙，凤生凤，老鼠生儿打地洞。你说洪坡一天天像个大少爷，啥吃硬活儿不会干，不就是因为他生在那样的家庭了嘛！天生是个当家做主，指使人的材料！一个人要啥都会干，那不成神仙啦！许多人是眼气人家命好，才背地里瞎嘀咕。你要有那份命，也可以去摆呀！至于说他缠磨人，想占你那点便宜，那不正说明人家心里总搁着你放不下嘛。你都这么大了，咋还连这点好赖事儿都分不清？"

洪英妈边说边看边猜，见洪英仍然低着头没还嘴，以为是自己的话入了心。为把握起见，她稍加思忖，又连珠炮似的从另一面敲打起来："这些日子，妈和你爸都看出来了。自从你当上那团支书，特别是带着百十号人到了水库工地，见的人、经的事多了，心也野了，眼眶子便渐渐高起来，所以才同洪坡越来越疏远，这可是最不应该的事儿！就说后街老孙家的二小子吧，虽然心灵手巧，浑身是力气，那又能怎么样？再壮实的牛马，不也得上套拉车，任人骑任人打！那孙悟空能不能耐？一个跟斗十万八千里，可还是跳不出如来佛的手心，甩不掉头上的紧箍咒！英子，你可千万别看花了眼，鬼迷心窍办傻事！人家洪坡和他爹，也是觉出你心里不安稳，才被迫那么做的。话再说明白点，这也是人家高看咱一眼。要是换个别人，你就这样，人家干不干还两说着呢！咱可见好就收吧！既然都定妥了日子，就该欢欢喜喜嫁过去，也都了却了这门心事！"

听了这番话，洪英抬起头，惊愕得好半天发不出声。她本以为妈妈会理解自己的心情，会劝爸爸退还彩礼，所以才把心里话全说了出来……她的心顿时凉透了，眼泪重又串珠似的冒出来，憋屈一阵后，终于强止住泪问道："妈，您老把话说完没有？"

"说完了。英子，你岁数还小，不懂多少事理，妈这可都是全为你好！"

"妈，我都十八岁了，知道自己的终身大事该咋办，从今往后，您就别再操心啦！"

"你这臭丫头片子，不用我再操心？美得你！你再敢胡说八道，看我不扯烂你的嘴巴！"洪英妈见自己白费了一番心思，气得立刻翻了脸，说完还不解气，回手去抓炕上的笤帚疙瘩。

洪英一看不好，转身冲出门去，险些把进来的贾进财撞个跟头。

"往哪儿跑，你给我回来！"洪英妈喊叫着冲出西屋，一看老伴正从趄趔中直起身，立刻吩咐道："还不快去追！让外人知道还了得！"

闻听此言，贾进财立刻窜出门去，不知从哪来的力气，飞一般地追到后院门口，抓住洪英的胳膊使劲儿往回搋。

洪英连哭带叫地拼命挣扎，并用一只手死死抓住门旁的小榆树。

"反天啦！痛快给我回屋去！"贾进财低声骂着，猛然发现院门外闪出两个人影，瞪眼一看，影影绰绰认出是"四白话"和我二哥，心中顿生不祥之兆。

"进财叔，您这是干啥？"声到人到，"四白话"解开柳条编成的排门，闪身而进，从侧面用双手抱住贾进财的身子。

他俩的突然出现，先是把洪英父女都闹愣了，但接着却很快有了不同的表情。洪英求救般地看看"四白话"，又看看站在门外的二哥，心情复杂得简直没法形容。

贾进财情知来者不善，以为是洪英同他俩约好的，险些把肺都气炸啦！可又不好说什么，只是恼恨地盯住"四白话"和二哥。

"四白话"见这爷俩都没应声，便眨着一双鬼眼睛，故意大惊小怪地吆喝起来："我说进财叔，出了啥大不了的事，气得您这样，对洪英又打又骂的，吵得半个庄的人都听到啦！"

"我自己的闺女，愿打就打，愿骂就骂，关你屁事，滚一边去。"贾进财气不打一处来，自然没好话答对。

"这您可就说的不对啦！""四白话"摇头晃脑地笑脸相迎，假装正劲地同他论理："这人一生下来就是国家的，受法律保护着，何况洪英早是大人了！您真要一失手把她打个好歹的，非抓您去蹲大狱不可，到时候可后悔一辈子！快松手！快松手吧！"

洪英趁机冲出院门，差点同二哥撞个满怀。你别看二哥在别的场合争强好胜，这一回却是牛犊子叫街——憷门了。他本来想伸出手拉住洪英,可双手伸出半截,又突然缩了回去。他想闪开身子给洪英让道,可整个人又像被钉子钉在那儿了。他瞪眼望着"四白话",求他赶快给个主意。

那"四白话"早把二哥的心看个透,便使劲儿努努嘴,挤挤眼,示意他和洪英快走。二哥这才如梦方醒,也不管人家同不同意,捉住洪英的手就跑。

贾进财看得真切,挣出身子想去追,没料到"四白话"一把从后面抱住他的腰,任凭他咋使劲挣扎,就是不松手。

洪英妈从屋里跑出来,先把贾进财推进院内,然后使劲关上院门,嘴里不咸不淡地甩出一串话:"不嫌寒碜是不是? 都给我少说两句!"乡邻们都知道她的嘴头子厉害,谁也没敢搭腔,纷纷转身离去。

几个小青年围住"四白话"想探个究竟,可"四白话"只对他们挤眉弄眼地摆摆手,得胜般地晃着身子走了。

洪英妈回头看看,见众人都已散去,又冷丁拽住自己男人,又气又怕地低声吩咐:"你这大傻瓜蛋,还不快去洪坡家送个信儿,这虎丫头,不知会整出啥祸事呢!"

贾进财思忖片刻,觉得也只有这么办,便顾不上进屋,转身匆匆向街东头走去。

洪英家和洪坡家分别住在一条街的东西两头,贾进财脸红心跳地刚走进洪波家后院,远远就听到贾进东正在大声训斥儿子。他怕莽撞地闯进去让人太难堪,便使劲儿咳嗽几声,屋里立时没有了声响。他慢慢地推门进屋,看见贾进东满脸怒色地坐在太师椅上,见自己进来,只冷冷地点点头。洪坡和他妈坐在炕沿边上,恼着脸都不吭声,连个座也没让。

"进财,我正要找你呢!"贾进东口气不满地先开了口。

"我这不就过来了嘛!"贾进财自己坐在另一把椅子上,壮着胆子说:"洪英刚才让我好顿打,真是越大越不懂事,耍起小孩子脾气来啦!"

"这不,刚才我也把洪坡骂了。"

听完贾进财的开场白,贾进东火气消了一些,不软不硬地接过话头说:"为了给他们张罗办事情,我跑好几趟公社,到头来反倒落一身埋怨,今后还咋见人家? 我听说洪英还又哭又闹,要到民政去告,真有这码事?"

"没有,没有。"贾进财连声否认,脸上像被人扇了耳光子。

"谅她也没那个兔子胆儿!"贾进东恨恨地回一句,然后吩咐自己儿子说:"洪坡,你也对进财叔说说,你俩到底为啥吵架。"

洪坡看看爸爸,又看看贾进财,乘机把憋在肚子里的苦水倒出来:"为啥? 还不是因为她当了团支书和突击队长,一下子出了名,便眼眶子高,瞧不见人啦!"

"洪坡,你别听别人瞎说,没那事。再说,还有你爸我们老哥俩给你做主呢!"

"还做个啥主? 洪英亲口对我说的,说办结婚证不让她知道,是侵犯人权。她已经把结婚证给撕碎了,还说明天要到公社民政去告呢!"

"敢! 看我不打断她的腿!"贾进财从椅子上站起来,拍着胸膛担保。

贾进东看出他在虚张声势,脸上闪过一丝冷笑,不紧不慢地加上一句:"这事其实也怨我,当初就不该让她当那个团支部书记。现在的孩子都眼虚,一出家门就不知道天高地厚了,特别是这帮臭丫头片子!"

"说的就是呢! 一个黄毛丫头,当什么支书队长的,一天到晚在外瞎蹦跶,早点结婚过日子比啥都强。"贾进财怕这爷俩说出更难听的话,又说:"大哥,事情到这地步,你就拿主意吧,该咋办就咋办,我全听你的。"

"咋办呢?"贾进东想了一会儿,还真给贾进财个大面子:"你回去好好劝劝洪英,用不着又打又骂的。等她啥时想通了,再张罗给他们办也不迟,大不了我晚几个月抱孙子呗! 当然,最好还是按原来订的日子,正月十六办喜事!"

"中,中,我这就回去。原订的日子说啥不能变,到时候我绑也把她绑来!"对贾进东的宽宏大量,贾进财非常感动,下决心不能由着洪英使性子。

回过来再说二哥和洪英。二哥攥着洪英的手腕猛跑一阵,看看没人追上来,便拐进连通前后街的胡同。这胡同窄窄巴巴,容不开两个人并排跑,他们只好一前一后,脚步自然慢了许多。不过,二哥的手却一点没松劲儿,心里"咚咚"直响,不知是害怕还是高兴,还是别的啥滋味,反正只有他自己清楚。

这时,洪英突然收住脚,站下来一步也不想动了。二哥转身催问:"咋啦? 快跑哇!"

洪英没应声,瞪着眼睛看二哥,胸脯一起一伏,微微有点发喘。她动动左胳膊,想把手抽出来,可二哥只顾盯着她,手仍攥得死死的。洪英见他没明白,只好用右手去掰他的手掌,小声嗔怪道:"快松手,把人家都攥疼了。"

"我不是故意的!"二哥慌忙松开手,连声表白,好像做错了什么事。

这样一来,洪英反倒不好意思了,忽闪着眼睛安慰他:"没事,不咋疼啦!"

"那就快跑,别让你爸追上。"二哥松口气,伸出手又要去拉人家胳膊。洪英一闪身,躲开他的手,背靠在砖墙上。二哥一愣,好像明白了洪英的心思,伸出的手停在那儿,进也不是,退也不是,张着嘴不知如何是好,像傻子似地盯着洪英。

"这黑灯瞎火的,你要把人家领哪儿去?"洪英的眼睛映着天上的月亮,小声探问。

"你说上哪儿就上哪儿!"洪英这么一问,倒真把二哥的心里问清凉了,把脑袋问活润了,该说的话便脱口而出,从来没这样利落过。

"我想上天!"洪英故意逗他。

"我给你搭梯子!"

"我想入地!"

"我给你钻窟窿!"

"看把你能的!"洪英忍不住扑哧笑了,笑过之后,又有点不安地责怪起二哥说:"人家和你说正经事儿呢!"

"谁不是说的正经事儿? 我吐的可都是心里话!"二哥身子向前靠上一步,张开胳膊还想去抱洪英。

洪英忽然感到脑袋里一阵发胀发晕,身子摇晃着要往下坠。

"洪英,别怕!"二哥觉出不大对劲儿,趁势把洪英紧紧抱到怀里。

洪英把头伏在二哥的肩上,半天不动一动。也不知过了多长时间,洪英从眩晕中转过来,好不容易才挣脱出身子,眼里闪出亮亮的泪光,紧接着又抽动几下鼻子,竟嘤嘤地哭起来。

这一来,二哥傻眼了,再次扳住洪英的肩膀头劝说:"洪英,你是不是累了? 快坐下歇歇。你要是心里有话堵得慌,就赶快全说出来。我妈说了,话憋在心里不说会得病的!"

"怨你! 怨你! 都怨你!"洪英忽然抡起拳头使劲儿捶打二哥的胸膛,一边责怪二哥。可她说完这话,却自己扑到二哥怀里又哭开了。

这一来,可真把二哥造懵啦! 他一开始还没明白洪英说怨他是啥意思,等慢慢品出点滋味来,又不知说些啥话好,更不知道今后该咋办。他想不出别的办法,只是把洪英抱得越来越紧,越来越紧。

一阵狂风烈火之后,两个傻蛋蛋才慢慢醒过腔来。可当他们的身子刚离开时,却发现不知啥时候"四白话"正站在旁边捂着嘴窃笑,顿时羞得想往地缝里钻。

"这一对傻鸳鸯,到哪儿去耍不好,非在这死胡同转磨磨? 快走吧,不然非让人家逮个正着!""四白话"趁机把人教训一番。

"那你说上哪儿? 这死冷寒天的!"洪英低着头不吱声,二哥却急得求救起来。

"还能上哪儿? 你俩的事儿,只有庆华嫂子能做主。我刚从她家出来,她让把你们快找回去。"

"四白话"这么一说,两个人便乖乖地跟在他后面往前走。没走出几步,扭过头又要起人情来:"我说洪英,这回你可咋谢我呀?"

"卸个啥？还没拉完沙子呢！"洪英及时回一句，从口气可以听出，她的心神已经安稳了许多。

"四白话"一边转过身侧着往前走，一边指点着洪英说："你简直就是雀鹰子嘴！洪英，你就等着吧，从今往后，我要再管你俩的事儿就不是人！"

三人进院时，我大嫂正点灯等他们。一见面没等说话，洪英又扑到大嫂的怀里哭起来，大嫂赶紧好言劝她："英子，英子，你别怕！你心里咋想的，你受的委屈，嫂子都知道，今儿个咱好好说说心里话。现在是新社会，新国家，又新颁的《婚姻法》，恋爱自由，婚姻自主，谁也别想欺负谁！"

劝完洪英之后，大嫂又吩咐道："庆江和庆云，你俩都回去睡觉，等我和洪英把心里话说完了，再商量以后的事儿。"

"四白话"和二哥互相看了看，好像都在担心洪英的安全。"四白话"眼尖嘴快，抢先把担心的话说出来："大嫂，他们来抢人咋办？"

"他敢！有我在，谁也休想胡作非为！"不过，大嫂说完这话后，又想了想，为把握起见，又说："庆江，你多听着点，一旦真有举动，咱好早做准备。"

"好咧，保准不误事！""四白话"和二哥从屋里退出，悄悄向外走去。

他俩走后，大嫂赶紧关严院门和房门，然后把洪英硬推到热炕头上，围上被，又给她冲杯红糖水驱寒。等到洪英暖和过来，才一段一段问起事情的原委。

洪英把来龙去脉细说一遍，大嫂听完后把她搂在怀里，擦着眼泪水安慰她："英子，没想到你小小年纪，竟受了这么大委屈！你爸你妈真是糊涂！老贾家爷们也太霸道。不过，嫂子打心眼里佩服你，喜欢你！你和我家庆方真是天生的一对。你听嫂子说，只要你们真心相爱，就啥也不用怕。实在不行，远走高飞，让他们连影儿也见不着。"

"再飞能飞哪去呢！"洪英无奈地叹息一声，紧接又说："我豁出去跟他们打啦！"

"跟他们讲理打官司倒可以,不过我怕的是你俩年龄还小,不经事,犯不上跟他们硬碰硬伤了身子。现在全国都在大跃进,用人的地方多啦!凭你俩的能耐,借机会到外面闯一闯,肯定会比在农村待一辈子强。"

"那倒是!可外面一无亲二无故,去扑奔谁呢?"说到这里,洪英迟疑一下,终于说出全部的担忧:"再说,我和庆方一时也结不了婚,就这么一起出去,乡邻们会咋说?"

"唉呀呀,傻丫头!天无绝人之路。你们现在不是被他们逼到这地步了嘛!还想那么多,管别人咋说呀!我告诉你,眼不见、心不烦,耳不听、神不乱。你俩一旦远走高飞,别人只能说一阵子。你们要是不走,就可能让人说一辈子!你琢磨琢磨,是不是这么个理儿?"

洪英没有立即回答。她把大嫂的话反复思量,好半天才点了头点。

大嫂看洪英想通了,心里松口气。她翻身下地,打开锁着的大板柜,从底下掏出个大哥复员时带回的黄书包,然后重又回到炕上,当着洪英的面慢慢打开,从那捆用皮筋扎着的大信封中小心抽出一封,递到洪英手中:"你先看看这封信,是你大哥在部队时一个战友写来的。人家在部队是团长,现在转业到黑龙江一个煤矿当矿长去了。说那里正在开新矿,急需人手,问我们想不想去呢!"

洪英抽出信瓢仔细看一遍,脸上的颜色变得鲜亮起来,眼睛里的愁云也不见了。

大嫂明白了她的心思,又是鼓励又是感叹地说:"你们早点走吧,出去闯一闯,到外面好好出息出息。我和你大哥是不行了,他的腿有伤残,政府已经照顾得挺好。再说这上有老下有小,身子也拴死啦,只能等你们啥时间混出模样来,再回来接我去串门儿!"

听完这番话,洪英感动得抱住嫂子的肩头深情地说:"嫂子,你真好!我全听你的!"

"全听可不中,就听这一回吧!"等洪英直起身时,她把那封信重又扎起来,用手拍着说:"这些信是你大哥当兵的七年间,从天南海北写给我的,我有空就拿出来看看。你想不想看?"

"不看,不看!"洪英赶忙挥挥手,心想,人家两口间的悄悄话,我哪儿能看呢?

大嫂子看破了洪英的心思,微笑着解释:"没有见不得人的事儿,也没悄悄话。洪英我告诉你啊,这男人越是能说会道,花言巧语,就越靠不住。庆方和他大哥一样,都是八匹马拉不回头的犟牛筋,直来直去的炮筒子,跟着这样的男人过日子,才真正有滋味,有依靠呢!"

大嫂把信装进书包,随着又掏出另一个信封来,从信封中拽出一摞钱来塞到洪英手中。洪英直往后挪身子,大嫂却一把抓住她的手说:"我们家就攒下这一百四十块钱,足够你们到黑龙江的路费了。为了避免麻烦,你就先住我这儿,别再回家。等你们走时,从我这里挑几身四季的衣服,带上两套行李,先到汤岗子你大哥那儿,让他给你们写封信带着,再到唐山见见你大姐,然后便去黑龙江。记住,到外面别往家里写信,把信全打到你大哥那里,免得别人瞄到影儿。等过几年,事情变消停了,再回家看看。"

第二天,洪英和大嫂都一天没出屋,悄悄准备两个人的行装。

就这样,天还没亮时,"四白话"背着沙枪,把二哥和洪英护送过沙河沿,直到看不到人影了,才满身轻松地吹着口哨往回转。

二十天后,二哥便给大哥来信了,说他和洪英已顺利到了双鸭山矿务局宝山煤矿,吴矿长问他想干啥工作,二哥说只要挣钱多就行。吴矿长说那就去采煤队,挣计件工资,每个月比矿长开得还多。他让二哥多注意安全,好好干,干好了有机会可以当干部。二哥还说,洪英姐在食堂当服务员,说他俩暂时都住独身宿舍,等过些日子租下房子,让爸爸妈妈和我全都过去……

二哥和洪英的突然失踪,引起了好一阵轰动。老贾家一支人气得眼珠都红了,发誓早晚要报这"夺妻"之恨。洪英妈像疯了一般找到我们家要人。我妈嘴跟不上去,我便赶紧去搬大嫂。大嫂一到,只一炮就把她打了出去："你自己的闺女养不好，看不住，倒腆着脸来朝别人要人。我问你，你有啥证据说庆方把她拐走啦？你有这份能耐去政府告哇！"

五天后，民兵连长和治安委员一起将"四白话"传到大队部，逼着他说出二哥和洪英的去向。"四白话"大声喊冤，梗着脖子反问："你问我，我问谁去！"

转眼到了第二年春天，二哥二嫂给大哥来信说，他俩已租下房子，搬到一起住了，就算是正式结婚。说二哥由于能干，已当上采煤队队长。说让爸爸、妈妈、三哥和我都去双鸭山，免得在庄里受气。说最好也让"四白话"一起去，他俩给找工作。经过好一番背后商量，因为我妈舍不得离开老家，也舍不得离开我，只让爸爸和三哥先去了东北。

出人意料的是，当三哥拿着信去找"四白话"时，他却一口回绝，说要学我大哥去当兵，走南闯北，多长长见识。第二年春天他真的当了炮兵，三年干上连长，五年干上营长，八年干上副团长，还到越南打过美国飞机，1975年转业复员时已是正团级，被安排在天津市外贸局，后来又到蓟县当了县长。

自从我和妈妈来了之后，已经当上居民委主任的二嫂很快脱出身子，专心组织妇女们开荒种菜，办养鸡场和养猪场。每当矿里打"战役"夺高产，她就领着家属去送猪送蛋送菜，又唱又跳地为工人们打气鼓劲，连着两年和二哥一起被评为劳动模范，直到"四清"时遭到天崩地裂般的突然打击，由好人变成了坏人。

俗话说，福无双至，祸不单行。早在二哥二嫂远走高飞，跑到几千里地外的双鸭山煤矿去过美日子的时候，被惹恼的贾进东一伙人便开始想方设法报复。1964年"四清"运动时，他们给工作队写黑材料，打假证明，硬把我们的成分由中农改成"漏划富农"，一夜间由团结的力量变为专政对象，把二哥打成拐骗妇女的"坏分子"，要揪回原籍劳动改造。县公安局的人手拿文件到双鸭山抓人，矿保卫科科长向吴矿长请示咋办，吴矿长说："你让他们上来。"

保卫科科长把人带到二楼,吴矿长在寒暄之后,直截了当地说:"就因为这点事儿就把人打成坏分子了?那婚姻法还有啥用?不是提倡自由恋爱,反对包办婚姻吗?他们的这码事我早就知道来龙去脉,当初就是因为在家里待不下去,才投奔我来的。"

两位穿便装的公安互相瞅瞅,其中一位说:"吴矿长,我们只是执行公务,其他事儿也不知情,希望您支持我们的工作,不然回去没法交差呀!"

吴矿长思索片刻,来个缓兵之计:"可也是啊!铁路警察,各管一段。要不这样吧,让我们矿保卫科出个说明,既然是劳动改造,在哪都一样,那就在我们矿监督改造吧。煤矿井下的劳动更艰苦,改造的效果会更好!反正人是不能带走!"

就这样,二哥算暂时躲过一劫,但有"漏划富农"和"坏分子"两顶帽子压在头上,这段长是无论如何当不成了。二哥却对此没咋当回事儿,乐呵呵对吴矿长说:"吴矿长,谢谢你啦!下去当工人挣的更多,还省得操心费力,您就放心吧!"

就在二哥遭难的同时,爸爸、妈妈、大哥和三哥在老家也受到迫害。一开始,最惨的还是大哥,因为人家主要是对他下的死手,被诬陷钻进革命队伍,在战场上自伤致残当逃兵,于是被开除公职,遣返回乡,工资和残废金全没了,一家五口顿时陷入困境。大哥当然不服,上告到国防部和民政部,又找到老师长亲自作证,五个月后才恢复了工作和名誉。但家庭成分却一直没能改回中农。至于三哥的命运就更没法提啦!因为在监督劳动中不甘忍受屈辱,在打伤看管的民兵后连夜逃走不知去向。县公安局关里关外追查多年,至今死活不知,音讯皆无。为这事儿,我妈几乎哭瞎了眼睛,怨恨当初不该让三哥跟随回老家。直到临咽气时还叨念这事儿,让人听了不知心里有多寒。

对于家里家外的遭遇,最放不下心的还是二嫂。她实在咽不下这口气,几次三番要回去理论,二哥硬拉着不让她去干傻事。大哥也写信劝她,说现在运动还没结束,说一般情况下都是要到快结束的后期,才能纠偏纠错。说有他在老家顶着,就不必你们再分心。二嫂这才憋住气消停下来,干脆居委会主任也不当了,自己在家养猪养鸡种菜,直到"文化大革命"结束,才终于等来扬眉吐气的机会。

1978年秋天,二嫂听说当年的"四白话"孙庆江被调到蓟县当了县长,便不顾二哥的劝阻,自己带着孩子回到老家,还真的办成件大事,为二哥平了反,给自己正了名,两个月后胜利回到双鸭山,并专程到集贤矿向我报了喜讯。

"二嫂,快对我说说,你是怎么打败他们一大帮人的?"

二嫂微微一笑,喜形于色地告诉我:"其实,我在没动身时就想好了要咋对付他们,只是没对你二哥说,不想让他掺和这码事。"

"那就你一个人去的?"我有点惊讶地问。

"是啊,就一个人呗,你不肯信?"

"肯信,肯信,你快往下说吧!"

二嫂想了想,开始细说起整个过程:

那天上午,我早早坐班车去了县城,直接到公安局的接待科。科长姓何,是个男的,看样子能有五十岁上下。他仔细看完我写的材料,寻思一会儿说,让我先等等,他去档案室查查,看看有没有底账。不到十分钟的功夫,他拿着个档案袋回来,用手敲打着叹道,还真有档案,那个年月,像这种事还真不少!

我听出他好像挺有同情心,赶紧追问,何科长,求您多帮助,赶快给我们平反正名吧!这些年,就因为这顶大帽子,压得我们直不起腰,喘不过气,遭了好多罪!

何科长点点头,好言好语地告诉我,你的心情我很理解,一定认真对待。但这事可急不得,因为有政策规定,要按程序去办。我们得下去调查清楚,写成报告,交上级审批。当然喽,最直接最简单的办法是让民政局出个公函,证明当初是贾洪坡的父母背着你们去托人办的结婚证,并且遭到了你的坚决反对,所以才离家出走的。你到民政局了吗?

还没有，我想一会儿就去？

对，你先过去吧，看看他们是啥态度，有没有婚姻登记的底账，他们就在旁边的那个楼办公。我站起来表示感谢，然后就赶快去了民政局。民政局接待我的是个年轻的小姑娘，听完我的话，看了材料，又找出底账，气愤地说："真是荒唐透顶！就因为逼婚不成，便把人打成坏分子？大姨，你别着急，我一会儿就去向领导汇报。你先回家等着，一个星期以后来听个信儿。"

啊？要等那么长时间哪？非把我急出病不可！

大姨，这事儿你不能太性急，必须等我们调查完了，形成结论性报告交领导审批，然后才能给公安局出公函的！这上下转一大圈儿，一星期是最快的！

哎呀，那就只有这样啦？我无可奈何地起身告别，小姑娘怕我真着急上火，一直送到大门口，又说了一番开导的话。

我是先回家慢慢等，还是在县城里住下？或是现在去找那当上县长的"四白话"孙庆江？离开了那么多年，一直没有联系，人家现在又是县太爷，还能认我这个村姑吗？不过又一想，按他当初的人性，总不会把我拒之门外，或是打官腔用虚话糊弄人吧？我不再犹豫，壮胆拐进隔壁的大院，对门卫撒谎说孙县长是我叔伯兄弟，直接跑到三楼闯进他的办公室。

孙庆江刚同人谈完话，正起身往外送人，冷丁见我站在门口，稍一愣怔，还真的认出我来："哎呀，这不是南贾庄的大美女贾洪英吗？这么多年不见踪影，你是从哪儿飘出来的？快进屋，进屋！"

听他这么一说，我心里就有了底气，分别这么多年，官儿当那么大，他还真没咋变样。我没心思同他开玩笑，不出声跟了进去。他一边让座，一边回到办公桌后面的椅子上，仍没正经话："我说洪英啊，你和庆方两个是不是早把我这老红媒忘脑后去啦？一晃快二十年了吧？咋就一直不回来看看我呢？"

听他这么一说，我心里又烦乱起来，怀疑他在故意装相，便不管不顾说起气话:"孙大县长,咱这小民忘了谁也不敢忘你呀!你难道一点不知道?你当初生拉硬扯办的好事,差点害得我俩都入了地狱!"

我就不相信,咱家关里关外那么多事,遭那样的罪,他能一点不知道?还有没有良心?有没有亲情?还当共产党的县长呢!

"四白话"吃惊地从椅子上站起来,走到跟前小声问道:"洪英,你这是咋啦?真的受了那么大的委屈?快对我细说说。"

还细说呢!你当了大县长,是不是把老家的人和事全忘啦?你知不知道老贾家为了报复我和庆方,让人写黑材料,打假证明,硬把庆方家的成分由中农改成富农,给他爹妈戴帽管制,逼得老三庆国离家出走,至今不知死活,还把庆方打成坏分子监督劳动,说庆华大哥在部队是自伤致残当逃兵,是混入革命队伍。这一切一切你都一点儿不知道!是不是?

面对我的又气又恼又恨,孙庆江把我扶到沙发上坐下,然后自责地说:"洪英,拍着良心说话,自从打部队转业后,我很少回南贾庄子,这里的原因就不细说了。不过,对你们家遭遇的这些事是有耳闻,我在六五年回家探亲时,也曾经同庆华大哥唠过。他的事很快摆正之后,我以为事情就全过去了,没想到还会留这么多罗乱。'文革'时,我们部队又被调到越南去打美国的飞机,一晃几年没回家。直到转业到天津外贸局,后来又回到蓟县,闲烂杂事越来越多,就顾不上别的了!算啦算啦!闲话少说,你就直接说想要我咋帮忙吧!全国的冤假错案差不多都平反完了,咋就会把咱们家落下了呢?哪有这个道理!"

听他这么一说,我的气消了,心路宽了,便把想说的话一股脑讲完。等我说完了,也说累了,孙庆江把泡好的茶递到我手里,问道:"洪英,你是先到我们家里歇一歇,还是现在就去找贾洪坡?那小子这些年也挺长出息,把二中办成了重点学校,还常到家里来串门,我估计在这事上他不会推脱。"

离开孙庆江的办公室,我打出租车直奔城郊的第二中学,同门卫说是贾校长亲戚,进去后直奔校长办公室,正巧门开着,没打招呼就闯了进去,见到贾洪坡正低头看材料。

哪位是不办人事儿的贾校长？我故意说难听话撞他。

你——你是——找谁？他猛地抬头，竟没认出我来。

就找你呀！想和你这大校长好好算算陈年旧账！

他摘下眼镜，站起身，终于稳住神儿认出我来，原来是洪英姐！快，快坐！我说呢，换个人谁敢这么对我！

我一屁股坐在沙发上，仍不给他好脸色看，两眼紧盯着他。他被我盯得越发不安，好像猜出来者不善，张张嘴想说什么，又没敢说。我看见他那窘样，心中更有了底气，干脆把话挑明，贾洪坡你听好，你们这些年整得我们老孙家上上下下、关里关外都人不像人、鬼不像鬼的，遭了好几茬罪。现在世道变了，该咱好好算算这笔账了吧？

"洪英，那都是过去多少年的陈年旧事了，还提它干啥呀！"

还提它干啥？说得倒轻快！你们把人祸害成那样，心里就以为没事啦？别的不讲，单说给孙庆方戴上拐骗妇女的坏分子帽子，毁了我们一生的前程，这笔账该咋算？

"我真的不知道有这种事儿，真的！"贾洪坡有点发急地表白，又说："洪英姐，你是不知道，当年你俩走后，我大病一场，差点丢了小命。直到在炕上躺了半个月，才渐渐想开了，还反过来劝我爸我妈说，强扭的瓜不甜，没有爱情的婚姻便没有幸福，以为事情就由此过去了。你刚才说给老孙家改成分，给庆方邮材料，那指定是六四年四清工作队搞的。"

装！你就装相吧！就不怕天理不容，遭到报应！我不管不顾地喊出这句话，想趁机把憋在心中的怨恨全倒出来，说完竟忍不住哭出声。

这一来，贾洪坡可真慌了，赶紧关上门，不住嘴地小声哄劝我："洪英姐，别这样，我真的对不起你们！也真的不知有这种伤天害理的事儿。你说吧，想让我咋办？如何才能挽回影响？男子汉大丈夫一言九鼎，凡是我能做到的，决不含糊！"

听了这话，我的心里好受了一些，明明白白告诉他说你现在就跟我上民政局,我刚从他们那儿来的。民政局说,他们那儿有当年你爸给办的结婚证底账,按婚姻法的规定,要先办个离婚手续。同时再出个证明,证明当初我俩都不知情,也没有形成事实婚姻。我还到公安局去了,他们答复说,根据上级关于全面落实政策,平反冤假错案的要求,只需要由个人或子女提出申请,相关单位也就是民政局提供证明,他们就可以下文件为庆方平反。"那好,咱这就去!"贾洪坡转身打开门,连桌子上的东西都没顾着收拾。我没想到他会这么痛快,擦干眼泪抬脚先走出门口。贾洪坡关好门,然后对一楼收发室的人说声要出去办事,乖乖地跟我去了民政局。半路上,因为心里的怨气已消了许多,我们俩这才简单地唠了几句家常嗑。

到了民政局接待科,那个年轻的小姑娘起身相迎,给我们各递上一杯茶水,从她的表情上我立刻猜出,孙庆江指定是打过电话了。果然,她一开口就先挑明了这事儿说,大姨、贾校长,孙县长刚给公安局和民政局的领导打过电话,让我们立即着手办理这件事。因为有程序上的规定,你二位需要各填写一份离婚申请书,然后由我们出公函给公安局,证明当初的结婚证是在你们不知情的情况下,由别人代办的。你们之间也没有形成事实上的婚姻关系。既然这样,那为啥还要填离婚申请书呢?你们直接写个证明不就得了吗?我立刻情绪激动地表示反对。

对呀!既然没有形成事实上的婚姻,就不该再填这离婚申请书嘛!贾洪坡也觉出这么做有点荒唐,随声附和。

小姑娘苦笑起来,摇头想了想,又搬出了县长孙庆江说,大姨,贾校长,我对你俩直说了吧,要这么办是孙县长和我们局长亲自商量定的,为的是减少麻烦,少走程序,尽快把事情办妥。不然的话,就得按规定立案调查取证,上上下下折腾几次。大姨,你不是心里特着急?假如你们都不同意的话,那就只好先等一等啦!

听了这话,我心里虽然窝火,但也知道没别的好办法,真要等他们转完几个圈儿,不知要啥年月呢!咬咬牙,只好认了。为了让贾洪坡也同意,故意敲打他一下说,贾洪坡,你听明白了吗?按理说,我真是应该先告你们老贾家一状,或是告你重婚罪才对。可又一想,咱俩毕竟是当初好过一阵子,又都是从南贾庄出来的,委屈点就委屈点吧!

"贾校长,您是啥意见?"小姑娘见我松了口,转而追问贾洪坡。

"还能有啥意见?就按你们说的办吧!当初,我俩都不知情,是父母想包办才惹出这么大的麻烦,让贾洪英和孙庆方受了这么多年委屈,实在是天理不容。现在只要能尽快给庆方平反,恢复名誉,让贾洪英彻底消了气,要我咋办都中!"

小姑娘随手递过两张表,等我俩填完后她说去找领导签字,让我们先坐着等一等。

半个小时后,小姑娘很快返回来,把两份打印好的证明交给我和贾洪坡,这份证明由你们个人保存,一会儿我再送给公安局一份,他们正等着呢!贾校长,您就可以先回去了。

临出门时,贾洪坡又说了一通赔礼道歉的话,真真假假地请我办完事后一定到他家去串门。我一口回绝,急匆匆同小姑娘去了公安局。

公安局的何科长真的在等我们,他接过民政局的证明,然后又递给我一份公安局开给我二哥的平反证明。老弟,你看,我特意给你带来啦!

二嫂边说边从包里掏出来给二哥的平反通知书,我接过后仔细一看,只见上面写着:

> 孙庆方同志,你在一九六四年四清运动中被定为拐骗妇女的坏分子一案,经重新审查,认定为冤假错案,天津市蓟县公安局宣布为你彻底平反,恢复名誉,并致以真诚的道歉。
>
> 天津市蓟县公安局
>
> 一九七八年十一月十一日
>
> 另附:本局将同时将此证明邮寄给黑龙江省双鸭山市公安局,以兹证明。

看完这份平反通知书，我心中突然激动起来，原来的高兴劲竟一下子跑得一点儿也没有了，回想起全家人这些年的遭遇，那种苦、辣、酸、甜的滋味简直没法形容。我在心中问，为什么同样的一件事情，竟会如此黑白颠倒？如此的悲剧，今后还会不会再生和重演呢？我手拿着证明信，好半天才说出话来："二嫂，只是太便宜老贾家一伙人！"

二嫂见我如此伤感和怨恨，竟出人意料地劝慰起我来："咳，庆云，真要细说起来，也不能全怪人家，用咱妈常说的话，就赶上那不公平的世道啦！相比之下，咱家的这点委屈不算啥，还是幸运的呢！只是你三哥至今不见踪影，让人一直揪揪着心！"

我长叹一声，低声追问："三哥呀三哥，你到底躲哪去啦？为啥现在还不回家呀？"

饿出来的"神童"

　　我三叔比大哥大有十四岁,十七岁那年考上北京一个大学,想毕业当老师。可一闹日本鬼子就念不成书了,便去给一位名叫魏可迈的德国医生当助手,并且很快同当护士的高小姐好上了。1944 年冬天,三叔在为抗日游击队送药时,被日本特务发现,好不容易才跑回诊所,对魏可迈说出了实情。

　　黄头发、白皮肤、高鼻梁、大眼睛的魏可迈叼着烟斗寻思了半天才说话:"孙先生,我敬佩你的举动,这就送你和高小姐出城,先到乡下躲一躲,这里由我来应付。"

　　三个人立即收拾东西,魏可迈特意将一套做手术的家什装进药箱,放在那辆德国造的自行车上,以出诊的名义把三叔和高小姐送到城外,临分手时,还说啥把自行车和药箱全送给了三叔。两天后,三叔他们才绕着弯回到家,不久就成了抗日根据地远近出名的医生,高小姐则成了我的三婶。

　　日本鬼子投降后,三叔和三婶专程到北京去找魏可迈医生。邻居说,就在他俩走后,日本人抓走了魏可迈,此后就没见回来。三叔三婶通过地下党的关系得知,魏可迈是共产国际派来的,已被日本人杀害,连尸首也没找到。

大哥从军医院回到家，三叔见他腿脚不好，便让他跟着学医，说将来好养家糊口。大哥当然一百个高兴，他住了两年多陆军医院，早就对学医有兴趣。他边给三叔当助手，边学习三叔那些医书，没出半年，就会消毒、打针、拿药、诊病什么的，不用三婶再伸手。

转眼到了1956年秋天，政府要给大哥安排工作，大哥一开始不肯去，原因是舍不得三叔三婶，舍不得扔下学到手的医术。可三叔三婶考虑到大哥的前途，还是动员他去了汤岗子荣复军人疗养院当司药。只是这一来却苦了大嫂，拉扯一大帮孩子在农村过一辈子。

1958年秋天，二哥和没过门的二嫂为了逃婚，跑到了几千里地的黑龙江省双鸭山煤矿。到了1960年一开春，公社大队办的食堂黄了，各家各户都没存粮，政府放的救济粮又不够吃，很快就出现了饥荒。为了活命，我爸和三哥去了东北找二哥二嫂。可我妈说啥不走，还硬把我留在身边。刚开始，由于有大哥大嫂接济，有二哥邮钱，我和妈妈还没咋饿着。可一过完阴历年，救济粮停了，二哥也不再邮钱，这日子就难熬了。其实，最可怕的还是三叔三婶一家，一想起来就心疼得睡不着觉。

一天半夜，一直在外面救人的三叔发起高烧，打针吃药都不管用。第二天一大早，三婶让大嫂把孩子们都领出去，锁上房门后，就一个人坐在台阶上纳鞋底，谁来找三叔，就说早被外庄的人接走了。

三婶刚坐稳不一会儿，就见有人拉着板车慌慌张张闯进院，老远就用哭腔招呼："大婶儿，孙先生在家吗？我媳妇病得快不行了，求孙先生快给救救命吧！"

"他一早就被人接走了，一时半晌恐怕回不来。你是哪个庄的？还是快把媳妇送医院去吧。"三婶站起来答对。

"西燕各庄的，人都拿不成个儿啦！再一折腾，恐怕保不住命！"说着说着，小伙子急得哭起来："老天爷呀老天，我徐顺子咋就命这么苦！我爸我妈上个月刚饿死，又为啥叫我媳妇也跟着走哇！"

小伙子一边哭诉，一边磨车要回返。正这时，三叔突然揭开窗户叫住他:"你等等!"

"你——"三婶走到窗前想挡住。

"快开门,救人要紧!"三叔低喝一声。

三婶知道三叔的脾气秉性,犹犹豫豫掏出钥匙,想开门又不想开。三叔在屋里急了,怒冲冲敲打门框:"听见没有?快开门!"

"你都烧成这样儿了,又没吃一点儿东西,还要不要命!"

小伙子发现三叔在屋里,顾不上问缘由,返身扑上去哀求:"孙先生,您可行行好吧,可怜可怜我一家人吧!"

"你不知道,他这些天没白没黑地到处跑,早就累坏啦!夜里高烧一宿,到现在还水米没打牙!"

没等三婶把话说完,三叔已从窗户跳出来,手里拎着药箱。三婶伸手想拉住,被三叔用力拨拉到窗台边,委屈地哭起来。

"快走!"三叔没理会三婶,用手一指板车。

徐顺子见状,赶快接过东西。三叔身子摇晃着,脸色蜡黄,扶住他的肩头才稳住。

月亮老高时,三婶才终于把三叔盼回来,可人却已经只剩一口气,拉车的徐顺子哭得眼睛都快睁不开了。

徐顺子把三叔背进屋,三婶见三叔躺在炕上一动不动,脸白得吓人,连睁眼说话的力气都没有,便后悔不迭地怨恨自己:"我咋这么糊涂哇!白活大半辈子呀!人都病成那样,咋还准你出门……"

徐顺子刚醒过点腔,"扑通"跪在地上,连给三叔三婶磕了几个响头,起誓发愿道:"大叔大婶,从今往后,你们就是我亲爹亲妈,我甘愿当牛做马,侍候你们一辈子!老天爷你听清了吗?我徐顺子有半点做不到,天打五雷轰!"

三婶下地拉起他。三叔睁开眼睛,有气无力地说:"顺子,你快回去,回去!"然后歇口气又对三婶说:"你去西院找庆华媳妇,让她想办法叫庆华回来一趟,我有事对他说。"

徐顺子起身要走，三婶跟到外屋地，从锅里拿出两个留给三叔的饼子，硬塞到他手里："快回家给你媳妇扑扑身子！"

徐顺子哽咽说不出话来，又要跪下磕头，三婶拉住他，顺道去找大嫂。

也不知大嫂咋传的信儿，天大亮时大哥坐疗养院派的小汽车到了家，见三叔病得这么厉害，也吓傻了，抓住三叔的手一声接一声的招呼。我闪在一旁心里一直嘀咕，三叔不是洋先生吗？他救了那么多的人命，咋就救不了自己呢？三叔真会死吗？

三叔终于醒了，看了看大哥，握住他的手半晌没说话，歇过好一阵，才用勉强能听到的声音说："庆华，我怕是挨不过去了。我走后，家里所有的药品、器械和书刊资料全留给你。我还求你一件事，等我入土过了三七，要尽快帮你婶子找个可靠的人家，好把三个孩子拉扯大。"

"三叔，三叔，您可不准这么想！"大哥的话刚说完，三叔一松手，头一歪，就没气了。

大哥给三叔把把脉，又伏在胸口听一听，哭着说："三婶，三叔恐怕真不行啦！"

三婶一听这话，扑上去使劲摇三叔的身子，不住声的连哭带喊，也背过气儿去。

三叔走后，三婶的身子一下子垮了，多少天不能下地，大哥大嫂和我妈一直守在她身边，照顾几个孩子。大哥还不顾三婶的反对，将三叔留下的药品和治病家什全卖给外庄的一个医生，用这笔钱给三婶和孩子做生活费，他只留下那一大摞书。

三婶身体一天不如一天，三个孩子最大九岁，最小的五岁，这日子可咋过？大哥记着三叔的嘱咐，烧完三七后，便开始找可靠人家。让人料不到的是，三婶表面上软弱，心里却刚强，非要自己领孩子过下去。怎奈是天命难从人愿，灾荒越来越重，没过百天，接二连三的祸事就让三婶不得不低了头。

先是有人惦记上三叔家带院套的三间大瓦房，说大队要占用搞人造淀粉厂,硬把三婶一家搬到了已关门停学的小学校,大嫂一家则重回我家后院。接着,大队长和支书又分别惦记上三叔留下的自行车和手表,以公家名义借用,不借就不发救济粮,借到手后连个借条也不给打。不多日子,又有人传信说,徐顺子一家人全饿死了,咽气前,徐顺子特意求人给三婶捎话,说他活时没能报恩,死后一定还愿,变成一只小狗,守在三叔三婶身边。

再往后,每人每天半斤的救济粮没了。人一饿疯,什么怪事都出,刚返青的麦苗被连根拔光。树叶一绿,连树皮一块剥下来。上年剩的花生秧、地瓜秧、棒子骨头、谷糠……凡是能吃的全都进了肚。北街上有个叫贾万生的复员兵,勾连几个小青年到处偷摸抢掠,成了人人恨人人怕的土匪。把别人家的鸡鸭鹅狗偷光后,又偷到自己的亲爹亲妈家。一天半夜,他和同伙跳进父母家的院内,先把门从外面拴上,又拿铁锹守在窗户前,让别人去掏鸡窝里仅有的一只母鸡。鸡一叫,他爸突然推开窗户,刚要呼喊,一看自己儿子正举铁锹要拍下来,立即骂道:"王八羔子,你敢打我!"话音一落,铁锹正落在脑袋上,"扑通"倒在炕上就没声了。等到醒来时,人没了,鸡也没了,能吃的也没了,便不顾老伴活说死拦,到公社把儿子告了。三天后公安抓到人,判了个七年大刑。

离月底还有四天,大哥又回家休假,还带回大半袋子棒子面,对大嫂说有二十斤。吃过晚饭,大嫂把粮食分成三份,一份自己吃,一份给我和妈妈,一份给三婶,让大哥和我赶快送去。

小学校的青砖大院里空荡荡的,只有三婶娘儿四个孤零零住在一间东厢房里。学校的铁皮大门从里面插着,我使劲敲几下,喊一阵,都没人应。又趴门缝耳听听,不像是有人的动静。大哥摇着头想想,让我爬上墙根的那棵槐树看一看,喊一喊。我脱下鞋,抱住树干,全身一齐使劲儿,几下蹿到墙头,冲着眼前的厢房大喊一阵,仍没有人应声。

"大哥,我跳下去看看。"

"别跳! 别摔着腿脚!"大哥高声阻拦。

"不怕,这下面正有个长梯子,我扶着下。"我边说边往下出溜,探到地后,赶忙打开大门放大哥进来。

大哥一手拄拐一手拎面袋,快步走向厢房,一推门,里面也插着。我没用大哥吩咐,跑到窗户前隔着玻璃一看,影影绰绰见庆霞正搂着庆琴睡觉,敲玻璃召唤几声,她俩竟一动不动。我推开窗户,一纵身跳到临时盘的土炕上。我以为她俩在故意和我藏猫猫,便先用手指捅庆霞的胳肢窝,她硬忍住一动不动。我又笑着去捅庆琴,她平时最爱笑,谁一碰就乐个没完没了,可这次咋也不动不笑呢?我觉出不对劲儿,高声呼叫起来:"大哥,大哥,她俩都饿死了,咋也叫不醒!"

"你快打开门吧!"

我蹦到地上去开门,大哥心急,使劲一推,右边门扇撞到墙弹回来,差点打着脸。

大哥进到屋里,放下面口袋和拐棍,先把庆霞抱在怀里,用手试试鼻子孔,见还有气儿,立刻高声呼叫:"小霞,小霞,醒醒,醒醒,大哥来啦!"

庆霞真的醒了,半眯着眼愣怔一下,认出我和大哥,"哇"地抱住大哥脖子哭起来:"大哥,我饿——饿!"

"等等,等等,大哥这就给你俩做好吃的。"大哥放下庆霞,又抱起庆琴,吩咐道:"小满仓,快跑回去让你嫂子熬盆粥端来。"

我起身便跑,到家后呼哧带喘把话说一遍。大嫂听完,让长山到奶奶屋里等着,然后双手端着已经熬好的准备自家吃的半盆粥随我跑回学校。

庆霞和庆琴很快喝光了半盆粥,这才缓过气来能说话。她俩告诉大哥大嫂,说家里已断粮好几天,啥能吃的都没有了。妈妈天天领哥哥出去讨饭,说不准啥时回家,也不知能不能带回点吃的。临末了,庆霞抱住大嫂哭着问:"大嫂,我妈是不是不要我们姐俩啦?要不咋只带哥哥出去呢?"

"傻孩子,不能!"大嫂说完这话,抱住她俩"呜呜"哭起来。

不大一会儿,三婶领着庆丰回来了,饭口袋里空空的,见到我们,啥话没说,就跌在地上捂住脸哭起来。直到大哥大嫂硬把她连拉带劝让到炕上,才哀叹道:"这日子真没法过啦!活,活不了,死,死不起的……"

"三婶,您可不准这么想,为了几个孩子,再苦也要挺过去!"大嫂边说边把庆丰也拉到身边。

大哥长叹一声,接着劝道:"三婶,您就别再硬撑了,保命要紧啊!穿芳峪的老宋和我是战友,媳妇和孩子已死好几个月了。我早把话对他说开,您过去后,决不能让三个孩子受一点委屈。人家啥都答应,您就依了吧!"

大嫂知道三婶想的事太多,也跟着反复劝:"三婶,别顾虑那么多了,人就得走到哪儿说到哪儿。您不管到哪儿,咱永远是最亲的一家人。有啥事儿,我和庆华都替您担着!"

我听明白了他们说的是啥事儿,心里立时纠个大疙瘩,不管不顾"啥嘟"冒出一句:"三婶,三婶,你别走,别走道儿!"

"妈不走!妈不走!"庆丰小哥听这一说,也一起央求起来。

三婶哭了一阵又一阵,最后竟真的答应了:"庆华,婶子都信你啦!你就看着办吧,只要三个孩子能活下来,让你三叔放心就成!"

几天后,一个人拉着板车把三婶一家拉走了。她们娘儿几个在车上哭,我们在地上叫。我还特意瞅瞅那个拉车的老宋,他咋也掉起了眼泪呢?

到了阳历五月份,灾情越发严重,庄上天天死人,最多一天走十七口子。上级发的每人每天半斤救灾粮也变成了二两生地瓜干,我妈和大嫂都得了浮肿病,走道儿都直打晃。

一天上午,我扛着带铁钩的长竹竿,领长山去捞河草,直到快晌午时才捞上一小把,只好垂头丧气往家走。到庄西头时,碰到东龙虎峪的一帮男女老少晃晃悠悠走过来,人人手里拿着锹、铲、镐和瓦罐、玻璃瓶、布袋什么的。其中一个老太太瓶子里装的竟全是各式各样的盖子虫、地蝲蛄、蚂蚁、曲蛇什么的,我心一激灵,大着胆子问:"老奶奶,那瓶子里装的东西能吃吗?"

老奶奶挪着小脚,先打量打量我和长山,又四下瞧瞧,小声说:"孩子,西龙虎峪的避姑寺菩萨显灵了,在半山坡上撒下救命仙丹,专治浮肿病,快去讨吧!可别忘了,要先给庙里的菩萨磕三个响头,不然啥也得不到!"

我懵懵懂懂地望着她的背影,好半天安不下心来。

"老叔,咱俩也去讨吧,好给奶奶和妈妈治病。"长山心急火燎催我。

"走,走!"我扔下手里的河草,转身就跑。

"老叔,老叔,咱不是得回家拿家什吗?"

"不用,就用这竹竿掘,用裤兜装,要是一回家,你妈和奶奶都该不让咱俩走。"我的心眼儿历来比长山多,要不他哪能总听我的话呢!

西龙虎峪南山坡上的避姑寺,可比我们庄西的静音寺小多了,既没院套,也没树林,就是光溜溜一个小庙,供着一尊泥菩萨,庙后立着一座石塔,歪歪扭扭好像快要倒下。

连跑带颠地到了避姑寺的半山坡,到处都有人在掘土刨地寻仙药,有的用锹,有的用镐,有的用铲子,凡是翻出的活物,都被严严实实收起来。我顿时后悔不迭,自己咋就没早点想到呢!我用竹竿使劲拨拉被翻遍过来的沙土,好半天没见一点能吃的东西。

"老叔,不是让咱先去给菩萨磕头吗?不然不灵!"长山踮起脚,趴在我耳朵上小声提醒。

"还顶个屁用,满山坡都翻遍了,哪儿还有仙药!"我肚子里"咕咕"直叫,没好气地回他。

"那可咋办?"长山凉透了心,眼窝又湿了,他动不动就上来这出,顶烦人!

"没事儿,这东西咱卧虎塘那儿有的是,走,咱这就去。"

"那里没庙没菩萨,能灵吗?"长山问。

"菩萨普救众生,心诚则灵!"我随口用这句话哄他,说完后连自己也惊奇起来,这话是听谁说的?噢,想起来了,是我妈平时常对人说的。

我拉住长山的手往回走。这小子打心里不情愿,我只得接着往下哄他:"长山,你不知道,前几年我到卧虎塘放猪时,多次遇上菩萨从天上飘下来喝水。有一回她来时着忙,忘带了喝水的家什,总不能和凡人一样跪在河边喝水呀,这可把她难得转了磨磨。我见她渴得那难受劲儿,就掐根芦苇,悄悄递过去,还用手比画,教她插水里猛吸。你想那菩萨的脑袋瓜有多灵,接过去一试,很快就喝够了,撑得肚皮和大肚弥勒佛差不多,连出气都短啦!我问她为啥要喝这么多,她笑眯眯告诉我地上旱了八十一天,天上旱了九十九,不喝足点儿,回到天上还会遭罪。临走时,她摸着我的脑瓜顶说,乖孩子,你是救世神童,好好修行吧!一旦有难,就对着南天门高声叫我。说完,一眨眼就不见影啦!"

我俩顺山坡上的便道抄近奔向卧虎塘,快到地方时,长山又想给我出难题:"老叔,你说菩萨告诉你,有难时高声叫她,那咱庄里天天死人,奶奶和我妈的身上都肿了,你为啥不早早求她?指定在说瞎话骗我!"

"你才是瞎说呢!"我稍一愣怔,眼珠一转,硬着头皮接着往下编排说:"你道那菩萨是随便求的?一辈子只能求一回,不到万不得已,不能随便开口求。要是再多求,人家会说你贪心,不可交,就不搭理你啦!你就瞪眼珠瞧着吧,到地方我一开口,她保证立时显灵。"

长山半信半疑地不吱声了,低头跟在身后。

卧虎塘到了,我探头一看,大吃一惊,一年不见,原来清凉凉的一潭活水,竟只剩下一摊烂泥,上面印满乱七八糟的蹄子印,说不准来过多少野牲口。

"老叔,这水呢?水咋没有了?"长山惊恐地拉住我的后衣襟追问。

"天旱的呗!"我一下子没有先前的精神头儿,伤心地长叹一声。

"老叔,老叔,那你就快点求菩萨呀!"

他这一急一催,我心倒安稳了许多。我四下瞧瞧,心想,只要有泉眼在,水塘四周的土就不会太干,仙药肯定是少不了的。我站直身子深吸口气，对着烤人的太阳猛喊："天上的菩萨你听真，我是神童孙庆云！我们庄里正遭殃，已经饿死不少人，都是得的胖肿病，请你快点来显神，多赐仙丹和妙药，再下大雨把地淋！天上的菩萨你听真，我是神童孙庆云，我们庄……"

连喊三遍之后，我身上起了疙瘩，腿软得有点站不住。莫不是菩萨真的显灵啦？心这么一想，腿一弯，"扑通"跪在地上。我怕长山笑话，趁机吓他："还不快跪下磕头！不然就不灵验啦！"

长山可真听话，立即跪在我身边，跟我一同磕响头，脑门儿上沾了一层土。

一阵胡闹后，我下到已经干了的河沟，用竹竿在两边的草地上使劲儿掘，一掘一块，用手一拨拉，藏在里面的地虫见阳光想跑，早被长山一把抓住。

"老叔，这些药放哪儿?"长山又没辙了。

"脱了裤子，把裤脚系死，不就得了嘛!"

"那你咋不脱呢?"长山老大不情愿。

"你岁数小，光腚没人笑话。再说你的裤腰上有松紧带，装到里面严实。"我早把理由想好，他那点心眼儿哪够用。

长山只好照办，跟着我光腚挖仙药，不一会儿就弄的可身可脸是泥土。我看他那左扑右跳的憨笨样，忍不住又逗弄起来："长山，咋样？我说话真吧？这菩萨说话算数，我让他送多少就送多少!"

长山咧咧嘴，用怪怪的眼神儿盯我一会儿，又不作声忙起来。

"大侄儿，这回你服了吧？从今往后，我就是菩萨任命的神童，所有人都得听我的号令，不然就得没命!"

长山低眉顺眼地点点头，眼神儿有点吓人。

不知是我的声音传得太远，还是去避姑寺讨药来回走的人太多，又碰巧遇到我装神弄鬼，就在我和长山埋头找药的工夫，卧虎塘周围渐渐聚上来几十号人。他们大概是听到了我对长山说的那些话，又见这地里真有那么多救命的仙药,竟真的把我当成了菩萨派的救世神童,纷纷跪在我和长山身边,像蜜蜂一样嗡嗡作响的作揖磕头:"求菩萨显灵,求神童保佑,多多赐良药救命吧!"

这一来我可发毛了,一把拉起长山,边后退边大着胆子喝问:"你们要干啥? 要干啥?"

可这些人根本不听,包围圈越来越小,到最后,干脆没一点儿退路。长山吓得身上直哆嗦,紧紧抓住裤腿生怕仙药被人抢去。急中生智,我索性来个将计就计。大哥曾说过中国有本古代神书,叫什么《三十六计》,那里面就有一计叫将计就计。我也听说书人讲,这一计只有在危难时刻才管用。我学着评书中好汉们出阵时的模样,把手中的长竹竿使劲往地上一插,高声喊道:"众人听清,菩萨可怜你们,已把神丹妙药撒遍卧虎塘四周,快快去寻吧!"

你别说,这招法还真灵,人群立刻呼啦散开,发疯地扑向塘边,你争我夺地乱翻乱刨。有个老太太挖出一根白胖胖的曲蛇,用手一撸整根送进嘴里,一伸脖就生吞下去。我被她的举动吓呆了,也吓醒了,连忙拉起长山往家跑,竟把那插在地里的长竹竿都忘拿了。

一路上,长山光着屁股大气儿都不敢出,只顾死死抓着裤子。我忽然想到个事儿,站下来嘱咐长山:"长山,到家可不准瞎说,不能讲我是救世神童,不然非得挨收拾!"

长山听了应也不应,只顾往家快赶,刚跨进门楼,就一个跟头栽在石板上没气了。

"长山,长山,咋啦? 快起来,起来!"我连声呼叫,蹲下来小心摸摸他的脸,试试鼻孔的气,吓得没命喊起来:"妈呀,妈,长山摔死了! 快来救命啊!"

我妈闻声从屋里出来,晃着身子几次要摔倒,到跟前一看,吓得比我还慌,拍着大腿追问:"这是咋啦? 咋弄成这样? 快去叫你大嫂!"

我没先去叫大嫂,只顾把实话告诉妈:"妈,我俩去给你和大嫂讨仙药,长山又累又饿……"我不敢细说,只怕长山真的没命。因为庄里已有好几个大人,都是走着走着道,倒在地上就死了。

我妈坐在石板上,把长山抱在怀里,又用当年对我的那招儿,拔下疙瘩鬏上的银簪,照准长山的上嘴唇中间扎下去。

长山"嗷"的一声痛叫,人立时醒过来。他看着奶奶,又看看我,开始连声叫唤:"奶奶,我饿!奶奶,我怕!奶奶……"

"别怕,别怕,奶奶这就给你俩找吃的!"我妈一边哄长山,一边同我一起把他架到屋炕上,又叫我舀碗凉水给他灌下去,长山这才缓过点气来。

我见长山没大事了,就到外屋地去点火,拉风匣,熬仙药。因为心急没等水响开,就把没洗的仙药全倒进锅里。那些活着的虫子在水中伸儿下腰,翻个个儿,就很快变白变黄变熟,满屋飘起多少天闻不到的肉香味。

停火后,我用勺子把药和汤全舀出来,连肉带汤带水整整多半盆。我盛出三大碗晾上,不大一会儿,盆底就沉出一层黄泥,上面漂一层草末。我顾不上这些,先自己喝一碗,然后才想起端给妈妈和长山。

"老儿子,盆里还有吗?"妈妈接过碗后没立即喝。

"多的是,你快喝吧,喝完再盛一碗。"我答应着催妈快喝。

"把剩下的端给你大嫂吧,让他们娘儿几个都喝了,备不住管大用呢!"我妈边喝边嘱咐。

当我把仙汤端到后屋时,大嫂正搂着长英睡觉。因为大队的干部在广播匣子里早说过,吃不饱时最好的办法就是睡觉,少走动,说这样七八天也饿不死。大嫂被叫醒后接过碗没忙着喝,而是仔细盘问起来。我虽然嘱咐长山到家不准乱说,可在大嫂的一再追问下,自己却忍不住一五一十地说了实话。当说到众人在卧虎塘磕头作揖叫我救世神童时,大嫂的眼神儿突然变得有点吓人,手中的碗"咚"地墩八仙桌上。我一时不明白咋回事,停住不敢再往下说。

大嫂见吓着我了,连忙把我搂进怀里,心惊胆战地埋怨:"庆云,庆云,你咋又起幺蛾子！现在是啥时候？你这么一装神弄鬼，说不定又会引出啥祸端！"

我虽然对大嫂的话似懂非懂，心里却满不在乎，争辩道："大嫂，只要能活命，不饿死，我愿咋耍咋耍！那装神弄鬼的事儿，说书唱戏的里面多去了，咋没见谁管？"

还好，大嫂只长叹一声，没往下再追问，转而问起长山："长山呢？咋没见人影？"

"大嫂，他喝过仙药睡着了。"说完我把盆里剩的仙汤还要盛给大嫂。

她挥手止住："庆云，你把它全端回去，放在锅里再熬一熬，留给你和妈喝，咱妈的腿肿的比我厉害。"

说起来也真怪神的，第二天一大早醒来，妈妈就先夸起我来："老儿子，老儿子，你讨的仙药真灵！真灵！看看，看看，妈的腿脚整整消去一圈儿，这儿都出褶啦！今天快再去讨！多讨点！"

我答应着爬起来，一瞧妈的脚脖和腿肚，可不是，昨个儿还肿的发光发亮呢！

这时，大嫂和长山、长英也跑过来说，她的腿也消了不少，身上轻快多了。长山还抢着说："老叔，今儿个咱多带几个瓶子，我可再不脱裤子了，对了，还得带把小镐，别再用那个竹竿子乱掘。"

"不，我那叫插帅旗，招神仙，不然菩萨到哪去找我，把药放在啥地方？"

"满仓，可不准到山坡上再瞎胡说，悄悄挖点就快回家。"大嫂说完又长叹一声说："这年月，啥事都得提防着点！"

我才不在意大嫂的话呢！这年头只要有吃的，能活命，咋闹都中！我穿鞋下炕，赶忙喝一碗能见底的稀菜粥，带长山向卧虎塘奔去。

顺河沟去卧虎塘的道儿最近，还没等到地方，远远就望见在我插竹竿的四周，聚了好多人。这么早，咋来这么多人？我边走边纳闷，等快到竹竿前时，众人呼啦啦围上来，喊号般齐刷刷跪下央求："求神童让菩萨快快显灵,多给我们赐仙药救命!求神童……"

众人长跪不起,把长山吓得抱住我不敢出声。可我却觉得挺好玩,鬼主意一转,又把昨天演过的戏重来一遍:"众人听真,菩萨可怜你们,已把仙药投在卧虎塘四周,快去挖吧!不过,得到之后,每个人都要给我进一份贡!"

我的号令真管用,众人闻声散开,发疯般翻起土地,谁都不再吭声,把凡是认为能吃能治病的东西,包括那些发白的草根,全都小心收起来。看到这场面,我心里觉得好招笑,便拉长山坐在"帅旗"下,等着他们前来进贡。

两三个时辰过去,我觉出差不多了,便高喊一声:"时间到!快快收场上贡,明个儿再来讨。不然,菩萨该生气啦!"

我从没见过有谁这么怪,听到号令,男女老少立时全住了手,接着便拥到我身边,从自己的仙药中选出一些又肥又大的各色虫子,多数是曲蛇,默不作声放进长山托着的瓶子里,转眼工夫,两个罐头瓶就全满了。这一来,我乐了,长山也乐了,这梦里才会有的美事儿,到哪去找啊!

第二天,第三天……我和长山不顾大嫂的劝阻,接连胡闹整整十天,直到妈妈和大嫂,还有许多乡邻的浮肿病好了许多,才不敢再玩了。可今后的日子可咋过呢? 连一点亮光也看不到。

远逃黑龙江

天灾连人祸,想躲躲不过。又到月末大哥要回家休假的日子,可这次他只带回十几斤生地瓜干和几个自己没舍得吃、已经放长毛的杂面馒头,外加一脸愁云。吃过晚饭后,他才说出压在心里的话:"妈,我这次回来,请了十天长假,过几天就送您和小满仓也去黑龙江吧,先躲躲这场灾荒。"

听了这话,我妈睁大眼睛来回瞅瞅大哥瞅瞅我,憋了好一会儿才慢慢叹口气:"庆华,妈哪儿也不能去呀,就死守在这老屋,等你爸他们爷几个回来。我就不信,天底下受这么大的灾,那老天爷和菩萨会见死不救!"

"妈,您老还不知道,这场大饥荒几乎漫到了大半个中国,死了不知道有多少人。听说上头已经下了令,要民兵看好各村庄的出入道口,不准灾民随便出去讨饭。现在,所有的火车、汽车、轮船,都要开有公社一级的介绍信才能买到票。我这次回来,特意带着疗养院的介绍信,说是要送您和老弟去唐山看病,估计不会有啥麻烦的。"

面对大哥的好说歹说,妈妈就是绷着脸不答应。我在旁边急够呛,便插嘴说:"妈,你不去我去,我可不想饿死在家里。大哥,咱明天就快走吧!"

大哥瞪了我一眼,继续劝道:"妈,咱只是暂时出去躲躲这饥荒,转年年景一好些,就接您和爸爸他们一块儿回来。您放心,这屋里屋外的所有东西,我让桂香都收拾妥当,一样也少不了。"

"咳,庆华,你听我说,妈不是在意那点破烂家当,妈是怕——"

看到妈妈只说了半截话,我又急的忍不住:"妈,有啥可怕的? 只要不饿死,比啥都强!"我说完瞅一瞅大哥,还好,他这回没有剋我。

"老儿子,你岁数小,不懂事!"妈妈瞪我一眼,又寻思了一会儿,才慢慢说出剩下的那半截话:"妈是怕死在外头,骨尸回不了家,进不了老祖坟地呀!"

"哎呀,妈,您这是想哪去啦!"大哥又接茬劝起来:"我不是说了嘛,咱只是临时出去躲饥荒,等年景一好,随时都可以回来。我的话您还信不过?"

"信得过! 信得过! 可妈这一辈子没坐过火车,没出过远门,就是放心不下呢!"话转了一圈儿,妈妈终于吐了口。

我历来眼尖耳灵,忽然听到有人蹑手蹑脚进了外屋地。莫不是有人来偷听? 我赶忙捅一下大哥,小声说:"哥,有人来了!"

"谁呀? 快进屋!"原来大哥也听到了动静,转身迎出去,我紧随着跟在后面。

"大表兄,是我,娟子。"贾小娟悄悄地小声回答,闪身进屋,像是有人追似的,生怕被瞧见。她平常可不是这样,我们两家住门对门,我俩又从小就好在一起玩,上学后一直在同一个班。她每次来我家,都是腿快嘴快,人没见声先到,人俊俊的,嘴甜甜的,全家人都喜欢她,可今天是着了啥魔呢?

"啊,是娟子,快进屋来,坐大娘身边!"我妈估摸着她这么晚了一个人跑来,指定是有啥事,顿时来了精神头儿。

"大娘,不、不啦,我跟大表兄说几句话,就得赶快回家。"贾小娟低声对大哥说:"大表兄,我爸让我偷偷告诉你,说小满仓假装神童,每天领成百上千的人到卧虎塘那儿挖仙药,被人告到了公社。公安下午刚捎来信,让民兵先把小满仓抓住看起来,他们明天上午来带人,赶快让他远远地躲起来吧！我爸还说，千万别让人知道是我给的信儿！"她说完转身就要回走。

"娟子，先别走，再跟大娘细说说。"我妈心里不托底，想把事情问实，因为小娟爸爸是大队的民兵队长，他说的话，指定准成。

"不，不啦！我爸让我快去快回，免得让人瞧见。"她慌慌张张地边说边走，留也留不住。

"小满仓，外面天大黑了，去送送娟子，顺便把大门插好。"大哥吩咐道。

我立刻追出屋去，紧跟在贾小娟身后，心里一直"呼呼"乱跳，怕有人正埋伏在门外等着抓我。我同时发现，贾小娟连连回头看我，却一句话也没说。我本想对她说点感谢的话，可就是张不开嘴，不知是吓傻了，还是中了邪。

快到大门口了，有一扇门正开着，贾小娟突然转身站住，紧盯着我的脸，眼睛里闪出泪花。我心中猛一动，眼睛里好像有一股泉水要冒出来。我刚要开口说话，她冷丁用双手抱住我的脑袋，照脑门上使劲亲了一口，然后闪身飞出门去。我傻呆呆望着她的背影，直到看她跑进街对面的家门，并随即传来很响的关门声，才渐渐醒过腔。我慢慢关上门，插上门栓，转身背靠在上面。我用手轻轻摸摸被亲过的脑门，觉得又疼又痒，不、不，还好像有点发热发烫，反正说不准到底是啥滋味。直到听到妈妈在召唤，才晃晃荡荡，丢魂似地走进屋，心里委屈的只想哭。

"老儿子，老儿子，你这是咋啦？被吓着了是不是？快到妈这儿来！"妈妈发现我在淌眼泪，变了声地追问。

"小满仓，不怕，有大哥在，谁也不敢抓你。"大哥扶着我的肩膀哄我。

我一头扎在妈妈怀里，哭个没完没了。我也不知道自己为啥要这样哭个昏天地黑，更不明白哪来这么多眼泪，想止都止不住。

"妈，您听着了吧？可不能再耽误！干脆吧，您简单收拾下随身必带的衣服，行李和棉衣都别拿，咱后半夜就悄悄动身，我这就先去同桂香说说这事儿。"

妈妈只顾抱住我抹眼泪儿，不再说话。我偎在她怀里，身子一直在哆嗦，好像看见公安和民兵正拿枪堵在大门口，只等我一出去，就用小绳紧紧绑住，送到县里的大狱。

我不知道是啥时候睡着的，当妈和大哥硬把我摇醒时，脑袋就一直迷迷糊糊，眼皮沉的睁不开，晃晃悠悠地跟在后面悄悄走出家门，走出南贾庄，顶着天上的星星，直到天大亮才到了西燕各庄汽车站，赶上了去唐山的早班汽车。

大姐家住在一个石头墙砌的大院内，前后左右全是平房，屋子虽然亮亮堂堂，可只有里屋一铺炕能睡觉。我们到家后，姐夫和姐姐很快在北墙根搭上木板铺，让妈、我和大哥睡在炕上，他们俩和大外甥睡板铺。

大外甥福生才六岁，还没上学，见到我一点也不认生，吃过晚饭便领我去看电影。那电影名叫《寂静的山林》，讲的是解放军和公安如何抓特务。没等电影演完，我就有点坐不住了，总害怕公安要来抓我，不停地扭着身子左瞧右看。

"老舅，你咋啦?"福生小声问。

"这电影没啥意思，不想看了，咱回家吧?"我打着遮掩说。

"那不中，不散场不开门放人。你看，那些特务都被捉住了，很快就该演完的。"

听了福生的话，我只好忍着不动，眼睛半睁半闭地挨到演完，心里一直突突跳个不停，同时还惦念着另一件事，我就这样跑了，公安抓不到我，要是把小娟子抓走了可咋办?我抬手摸摸被贾小娟亲过的脑门，感到仍然有些发烫发疼，好像被烧红的烙铁烙过一样。

回到家，正听到大哥他们商量由谁送我和妈妈去黑龙江。大哥说他已经请了假，就由他送我们，没想到却遭到全家的反对。不，除了我之外。

大姐说:"哥，说啥不能让你去! 你腿脚不方便，哪能走那么远! 再说，你走了，嫂子和孩子在家咋办?真要出点啥事，后悔都来不及，还是我

163

去送吧,也好顺便看看爸爸他们爷几个过得咋样。"

大姐夫说:"你去送也不合适,还是我去,我曾经去过黑龙江的鸡西、鹤岗这两大煤矿,只是这双鸭山还没到过。"

我妈突然着急了,拦住他们说:"不中,你们谁都不用送我!我只随身带这么个小包包,轻手轻脚的。再说,妈眼下还不糊涂,身子骨也硬朗,去时揣好庆方来的信皮,照那上面的地址打听着找人,啥事没有。"

争犟了一晚上,最终还是依了大姐夫的主意:"妈,大哥,要不这样,我出差时认识了从天津开往佳木斯快车的姜车长,我一会儿就用铁路上的专用电话联系联系他,求他在车上照顾好妈和老弟,再帮着坐上去双鸭山的火车,这样妥不?"

"中!中!就这么办!"我妈抢先答应下来,大哥和大姐也只好同意。

第二天一大早,吃完大姐煮的杂面条,大姐夫用自行车驮着妈妈,我小跑着跟在后面,着急忙慌来到车站,剪完票后,很快找到那位姜车长。

姜车长同大姐夫真的挺熟,一见面又握手又问好,当大姐夫再三说感谢话时,他乐呵呵地摆摆手:"赵工,谢个嘛,放心吧,保准让老太太一路平安!"

我听了这话,心里扑通跳一下,他保妈妈平安,那保不保我呢?那公安真要是追上来,他能挡住吗?那走过来的公安是不是抓我的?

正当我胆儿突突心发慌时,姜车长对走近的公安说:"小李,来,这位是开滦矿务局的赵工程师,我的老朋友。这是赵工的妈妈和弟弟,要去黑龙江的双鸭山,我的事儿多,途中你多照应照应,先送她们上车吧。"

年轻的李公安接过大姐夫递上的车票,又从妈妈手中接过包袱,领我们上了火车,找到座位。又嘱咐我别乱跑动,说他先到各车厢看看,一会儿再回来。

车厢里很快挤满了人,多数都面黄肌瘦,连中间的夹道都很难过去,吵吵嚷嚷,乱哄哄的,不大声说话都听不清。

"哎,看样子都是到东北去躲灾逃命的!"我妈掉着眼泪小声说。

开车的铃声响了，随着火车头拉长声一阵猛叫，整趟车就跟着慢慢动弹起来，随后就由慢到快，像一阵风飞出车站，飞出唐山。直到这时，我悬着的心才放了下来，很快趴在桌子上睡着了。

睡醒一觉后，火车已到了北戴河车站。它哐当哐当停稳后，我的肚子也"咕、咕、咕"叫起来。

"妈，饿……"我嘴里咽着吐沫，惦记起上车前大姐给买的那包糕点。妈妈看着我饿狼般的馋相，从包袱里摸出两块长白糕，瞅着我几口吞下去。我吃完又要，又给两块。我让妈也吃，她摇着头说不饿。你不饿我饿，吃完了便接着要，直到把肚皮撑得鼓起来，才又趴在桌子上睡着了。

火车又到了一个车站，又哐当哐当把我摇醒。我揉揉眼睛，挺直身子，看见妈妈正就着列车员送来的一杯开水吃咸菜丝，慢慢嚼，慢慢品。那一小包老咸菜丝，是我们家里当时唯一能吃的好东西，妈一直像宝贝一样舍不得动，只是在吃河草、树皮、树叶、谷糠、仙药时，才肯吃上几丝改改口味。

二斤糕点没等到佳木斯和双鸭山，就早被我吃光了。在几天几夜里，我每次睡醒时，都看到妈妈在吃咸菜丝喝白开水。在这中间，姜车长和乘警来看过我们几次，问有啥事儿没有。我妈每次都说："没事儿！没事儿！这就够给你们添麻烦啦！"

火车终于像赶远道累坏了的老牛，呼哧带喘地停在佳木斯火车站。姜车长特意赶过来招呼我们下车："大娘，车到终点站佳木斯了，我扶您下车，再去找另一趟开往双鸭山的车长，她会安排人把您送到地方的。"

"好咧！好咧！真是太谢谢你啦！"我妈边说话边想站起来，可两条腿好像怎么也迈不开步。她在姜车长的搀扶下硬挺着走了几步，没等到车厢门口，就身子一软瘫在地板上背过气去啦！

姜车长一看不好，赶忙把妈抱到座席上。我连魂都吓飞了，连哭带喊只顾使劲摇着妈的一只胳膊。

车厢里很快围过一大帮人，看到这情景，都说是饿昏的。我听了好后悔好后悔,恨自己不该只顾自己吃饱不饿,硬把妈给饿死啦! 一想到这儿,就趴在妈身上拼命叫起来:"妈,妈呀! 你可不能死! 不能死! 你死了我也活不成啦!"

"别乱哭乱叫了! 你妈没死,过一会儿就活啦!"姜车长拉开我,然后对赶来的乘警小李说:"快到我的办公室,挎包里还有一点炒面,给老太太冲好端来,给,钥匙!"

李乘警接过钥匙转身跑开。

姜车长接着连声呼唤起妈妈:"大娘,大娘,您醒醒,醒醒……"

"啊? 我这是咋啦? 咋这么不争气呢? 净给你们添麻烦!"我妈真的活过来了,说完这话,又闭上眼睛只顾喘气。

李乘警把冲好的一大杯炒面端过来,一勺勺给妈慢慢喂下去。大半个时辰后,我妈真的全醒过来,弯腰跪下,说啥要给姜车长磕头。

"大娘,别这样! 别这样! 咱得赶快下车,来,我背您!"

"车长,我来背!"李乘警不由分说,蹲下来背起妈妈,就往车门口走。

"满仓,可把那包咸菜丝拿好啊!"我妈有气无力地嘱咐。

"妈,拿好啦!"我抽咽着小声答应,把肠子都悔青啦! 我要不那么贪吃,哪能把妈饿这样呢!

下车后,姜车长领我们就近跨过铁道,把我和妈妈托付给开往双鸭山的另一趟火车的女车长:"林车长,这是我一位好朋友的妈妈和弟弟,从唐山站上的车,要去双鸭山市宝山煤矿找儿子,求你到时候安排人给送上去矿区的小火车! 我替老太太先谢谢你啦!"

"放心! 放心吧! 小事一桩。"女车长乐呵呵答应,然后又对我妈说:"大娘,您就坐在我这办公室,等到了双鸭山,我再让人送您上矿区的通勤小火车,用不上一个小时就能到宝山矿。好不好?"

"好! 姑娘,这一路上净遇上你们这样的大好人。好人有好报,你指定能找个好婆家!"

"大娘,我早就是孩子的妈妈啦,儿子已经四岁,都上幼儿园了。"

"啊？那就让菩萨保佑你儿子将来念大书，当大官！为天下的老百姓多做善事！"

"谢谢你老人家的吉言！"林车长满心高兴，随后同姜车长和李乘警握手告别。

临走时姜车长对我妈说："大娘，这回您就一百个放心吧，到儿子家以后，好好养养身子骨。等您再回老家时，还坐我们的车！"他说完，还特意轻轻摸了一下我的脑袋说："小老弟，吃上饱饭后，一定要好好念书！"

我先点点头，然后又仰头细瞧着姜车长的脸，想牢牢记住他的长相。心想，等我长大了，也要当车长，当好人！

林车长的话真准，火车到双鸭山后，她让一个年轻的女列车员直接送我们上了去矿区的小火车。说是小火车，其实并不小，只是从车头到车厢都有点破旧。木板做成的车厢中间没有座位，只有靠两边各设一排长条凳，剩下的空地方全放着乱七八糟的东西。

小火车叫唤几声后，就很快开动起来，好像不到一个钟头的工夫，就远远看到一座又冒火又冒烟的石头山。我觉得奇怪，我妈也觉得奇怪，便问坐在身边的一位小伙子，为啥那石头山会着火呢？小伙子说，是因为那石头里面混进去许多煤面，被太阳一照就着了。趁着这机会，我妈和那个小伙子唠起嗑，知道他竟和二哥不但同在六井，还同在一个采煤段。更让人高兴的是，他还说二哥是他们段长，是矿里有名的劳动模范呢！我妈听了自然高兴，我却不怎么当回事儿，因为这工夫肚子里正"咕咕"叫个不停，好像连抬头的劲儿都没有了，上下眼皮也紧着打架。

火车头又一阵猛叫，我使劲睁开眼睛，原来是火车已经进站，放慢脚步停在一座又高又长又黑的大黑楼旁边。说来也真奇怪，这座大高楼里面并没住人，却又在不停地又吼又叫，高高的粗腿下面卧着一大串敞开盖的火车皮，一股黑色的东西正不断流地窜到车厢里。

"妈，快看，那大肚子高楼正往外拉黑屎呢！"我拉拉妈妈的衣袖，大惊小怪地说。

“哈哈,小老弟,那是储煤仓在放煤,它的肚子确实很大,一次能拉装满十多节车皮。”姓赵的小伙子连说带笑地接过话去。

我妈闻声斜着身子往外瞅,心里也觉得挺纳闷。回头问道:“大侄子,这煤就是从你们那个叫什么段的地方运上来的?”

“是啊!”小伙子挺来劲地说:“这宝山矿六井就属我们第一采煤段最大最出名,每次打战役创高产都争到第一,孙段长已经戴过多次大红花啦!”

“真是啊?这虎小子,到哪儿都敢逞能!大侄子,你一会儿就帮着快找到他,好领我们娘俩回家。”

小赵一边满口答应,一边要扶我妈下车。为了让我们放心,又说:“大娘,您就放心吧,等到了井口,我让蹬钩的下去捎个信儿,用不了半个钟头,人准上来。”

车停稳后,许多人争抢着往下跳。小赵怕我妈着急,说道:“大娘,不用急,咱等最后下,那下面还没修站台,我得先下去接您。”

叫火车站,咋能没接人的站台呢?我眨巴着眼睛不肯信。可到了车门口,才知道他的话没错,下面不但没有台阶,也只有两小间平房,门脸上面写着“宝山站”三个红字,房子四周全是稀稀拉拉的树棵子。

车厢门口离地面有三尺高,年轻点的都自己往下跳,不敢跳的就抓紧扶手慢慢下。小赵跳下车后,转身用双手抱下妈妈,又接着抱下我,然后便领着我们绕过喘着粗气的火车头,很快来到井口门旁边。

井口门斜铺着两根铁道,用大铁钉钉在四方木头上,一头伸向用木头搭起的高架子,一头伸进黑见不底儿的井下。中间有个岔道通向旁边的低洼处,那里已经聚了好多装满煤的铁车。在铁道中间每隔几尺远就卧着一个圆木头滚子,拖着一根比大拇指还粗的钢丝绳。我抬头向上望望,再伸脖向下探探,觉得好生奇怪。

“大娘,这就到地方了,稍等一会儿,就会有人上来。”

小赵的话刚一说完,突然响起一阵铃声,紧接着那铁道上的钢丝绳猛地抽紧伸直,在木头滚子上由慢到快地往上猛窜,那些圆木头滚子像有人喊号一样,扯着嗓子高声唱起歌来,只是听不清一句歌词。

几分钟后,一大串装满煤的铁矿车轰隆隆跑出来,一位头戴柳罐斗、上面带着电灯头的大个子工人站在第一台车的鼻子上,一手抓紧车帮,一手拎个尺把长的铁钩,扭着身子直盯着前方。等到所有的矿车都窜过岔道口时,他闪身跳到旁边一根立柱旁,用手捏住根长绳,叮叮当当一阵乱打,整串车竟稳稳地停住,又乖乖迈小步往下出溜,一台接一台拐进旁边的岔道。等到最后一台矿车也进入岔道口,他猛一使劲,拔出那根快赶上我胳膊粗的铁插销,整串车就像刚卸了套的小公驴,撒着欢儿往前跑,直到撞上先前停在那儿的许多铁车才停下来。可这时,那个大个子工人却仍不消停,只见他用铁钩拎起带扣眼的钢丝绳头,把它拴在旁边的另一串空车上,再打电铃把它们通过岔道慢慢拉到井口门前的斜坡上。这么奇怪又热闹的光景把我看呆了,一时竟忘了饿,忘了所有的事。

"孙汉山,停一下!停一下!"正当我傻乎乎只顾瞧新鲜时,小赵招手喊起来。

"有事吗?还是要下去?"对方高声问道。

"不,不,这才几点,是想问你我们孙段长在下面没有?"小赵走上前,指指我和妈妈说:"这是孙段长的妈妈和弟弟,刚从河北唐山过来,已经坐了几天几夜的火车。你快给传个话,让他上来接!我上四点班,要去换衣服领灯,剩下的事就麻烦你了啊!"小赵说完,急匆匆离去。

孙汉山闻声跳下来走到跟前说:"大娘,您先在旁边坐一会儿,我这就下去找他。"说完转身要走,又忽然停下来,从前胸的衣服里掏出个用纸包着的东西,塞到我的手中:"小老弟,先把这面包吃了,看你瘦成这皮包骨的样儿,早饿坏了吧?"

"咳,我们娘俩没饿死就算命大!要不能跑出来这几千里地嘛!"我妈打着咳声说。

啥叫命大命小的?命是啥呀?命是浑身上下的骨头和肉?还是流遍

全身的血？或是心肝肺？或是脑瓜浆子？我妈咋不说是菩萨保佑了呢？难道她也知道玉皇大帝和菩萨神仙什么的也都饿迷糊不管事了吧！心里冷丁犯起疑，想到许多弄不清的事。

"大娘，这回您就放心吧，到了这里起码能吃上饱饭！"孙汉山说完，又返回去打电铃，等最后一台车放到眼前时，一纵身跳上去，转眼就不见了，那身手真叫利落。

我一边在心里为他叫好，一边赶紧撕开纸，吃那还热乎的面包，暄暄的，甜甜的，里面还夹着一大片熟肉。这回我可没敢独吞，品出滋味后赶忙掰下一半，递到妈妈手里："妈，这东西真叫香，你尝尝。"

这次我妈没推让，接过去慢慢品起来，可品着品着，却品出了眼泪。

铁道上的钢丝绳和地滚子停住不大一会儿，又随着几声铃响吱吱扭扭叫唤起来，并且越叫越欢，越跑越快，转眼间又是一大串矿车窜出来，头一台车鼻子上仍站着那个孙汉山，却不见二哥的身影。

"妈，没见二哥！"我对站起身来的妈妈小声提醒，心里慌慌的。

"他当上了干部，管那么多人，指定是一时脱不开身子。"

妈妈的心路到底是比我宽。我使劲咽下最后一口面包，不眨眼地盯着那串渐渐慢下来的煤车。当最后一台车窜出井口时，冷丁看见一个人跳下来，头上也戴着柳罐斗，插着电灯头，后腰别个铁盒子，浑身上下黑黑的。这哪会是二哥？不能吧？二哥不是当了干部，干部哪会是这般模样？

"妈，老弟，你们来啦！"正当我满心疑惑时，那人边走边高声招呼起来。

唉哟哟，真是二哥！二哥！我又惊又喜，不知如何是好，扭头瞅着妈妈，看到她正颠着一双小尖脚，里倒歪斜地扑上去。

"妈，妈，慢点慢点，别摔着！"二哥紧跑几步，接住妈妈伸出的双手，没顾得上搭理我。我想跟上前去，却突然觉出两条腿不听使唤了，光抖着迈不开步，站在那儿一动不能动。

"妈，一路上累坏了吧？咋不先打封信呢，我好去佳木斯接你们呀！"

对于二哥的话，妈妈好像没听见，只顾抖着身子抖着嘴唇，紧盯住二哥的黑脸细看，两眼淌着泪发不出声。

"妈，妈，您咋啦？咋啦？我是庆方！是庆方啊！"忽然，二哥的声调也变了，发着哭腔大声呼喊，可妈妈仍不出声。

妈这是咋啦？是喜的还是惊的？或是饿的？累的？咋就变傻了呢？我被吓得醒过腔，跑过去抓住她的衣襟连声哭喊："妈，妈呀！你快说话，说话呀！"

不知是我的哭喊管用，还是被二哥的召唤叫醒了，妈妈猛地把二哥紧紧抱在怀里，不住声地哭叫道："儿啊，儿啊……"

妈妈哭，二哥哭，我也哭，那个叫孙汉山的人大概把这情景都看得一清二楚，等放过空煤车后，走过来提醒二哥："孙段长，先领大娘他们去食堂吃顿饭，这一路不知遭多少罪呢。给！把我的入门证也带着！"

二哥没回绝，也没说感谢，只对人家点点头，接过一个一折两半的硬纸壳，连脸也没顾得洗，就领我和妈妈向井口的食堂走去。

食堂是间又宽又长的大筒子房，里面摆着好几排用粗木板钉的大饭桌和长条凳，里出外进有好多人。进去时，要先把入门证递给把门的，他用筷子头蘸着红钢笔水，往当日的小方格上点一下，就放人进去吃饭。

二哥点完两个入门证后，把我和妈妈领到靠窗台的桌子旁，摘下电灯脱掉脏衣服后，说："妈，你娘俩在这儿等着，我去排号打饭。"

二哥转身离开，我左右瞧瞧，发现每个人几乎都吃的是一样的饭菜：一大海碗棒子楂粥，两个白馒头，一碗白菜炖豆腐。就这点东西，能吃饱吗？我咽着吐沫，忍住咕咕叫的肚子，仰头望着不远处排着长队的打饭窗口，一直没在人堆里找到二哥的身影。

"老弟，瞅啥呢？快来吃饭！"二哥突然双手端着两碗粥，两碗间用筷子扎着四个白馒头来到身边，吓我一大跳。

"庆方，咋这么快？不是有那么多人排队吗？"妈妈问道。

"我夹了个楔儿，好让您和老弟快点吃上，我再去把菜端回来。"

二哥放下碗,转身离开。妈妈从桌子上抽出双竹筷子递给我:"老儿子,你先吃,妈再歇会儿。"

我默不作声地接过筷子,狼吞虎咽几口就吞下两个白馒头,回过头才顾上喝粥。等二哥端回菜时,我吧嗒着嘴还想吃。

二哥看到我这番吃相,吓得张大嘴说:"老弟,可不能一次吃太多,免得撑破肚皮。前些日子,有一个从安徽来的老头,就撑死在这食堂门口啦!"

鬼才信,这是二哥在吓唬人!我满脸不高兴地扭头望着窗外,心想,你不让吃饱就算了,总不能让我把肚里东西吐出来吧?

"妈,您老快趁热吃了,然后咱好回家歇着。"二哥催起妈妈,没有一点再分给我吃的意思。

"庆方,妈可吃不了这么多,快一起吃,我只喝一碗粥就饱啦!"

"妈,您就都吃了吧!我在井下刚吃完面包,一丁点也不饿。"二哥把饭菜全放在妈妈面前。

"妈真吃不下这么多,快来吧!"不管妈妈再三推让,二哥都没动,妈妈只好慢慢把粥、菜和两个白馒头全送进肚。

吃饱喝足之后,二哥便领我和妈往家走。一路上他和妈妈一直说个不停,我从中知道了家就在不远处的半山坡上,是临时搭盖的草窝棚。还听清了二嫂原来是在食堂里上班,生下大侄女后就不干了,专在家里做饭带孩子。三哥虽然年龄小,但通过托人帮忙,已经到矿机电厂里学徒当电工。爸爸因年岁大当不了工人,便每天到不远处的山沟里开荒种地。我妈最关心的事还是我大侄女,反复问孩子长得壮不壮,奶够不够吃,起了个啥名,会不会走。二哥满脸喜色地一一回答,可却把我听得有些腻烦啦!

好像走不大一会儿,就到了二哥说的那个小山坡。我抬头细看,只见坡下坡上都稀稀拉拉地长着不知叫啥名的树,在这些树中间,藏着一个个用草和泥巴做成的矮屋,不但高低不一,前后左右也不齐整。

二哥扶着妈妈顺着树林中开出的台阶慢慢往上挪，我嫌他俩走得慢，就跑到前头四下瞧风景，越看心里越堵得慌，忍不住回头问起来："二哥，咱们家的房子也这样？都赶不上老家的牲口棚子顺眼！"

"咳，就是呢，这样的房子可咋长住啊？为啥不在平地上盖呀？"我妈也打起咳声。

"平地的下面都是煤，不让盖。妈，咱只是将就住几个月，因为矿里规定，工人家属只有住上自己盖的房子，才能给落户口、发粮本和买东西的票证。上个月开支，我已经花九十块钱在山坡下小河边买到一块园田地，外带一个要倒还没倒的木板房。等到秋天能打苫房草时，就在那儿盖三间能长住的好房子。"

"噢，噢，那就好，那就好！"妈妈虽然连声赞同，听语气却好像不大肯信。

终于爬到一个小山包，找到二哥说的那个家。山包不大，山顶还挺平，上面的土早被挖走，露出一大片黄色的石板，盖有六家一模一样的草棚子房，山包后面就是一眼望不到边的大山。

还没等进屋，二哥就远远地招呼起来："洪英，洪英，快看看谁来啦！"

"谁来都行，你可小点动静，别把孩子吓醒啦！"二嫂应声而出，猛然愣在门口，揉揉眼睛，等看清楚时，边叫边笑说："哎呀，是妈和老弟！快，快，快进屋！"她牵着妈妈的手在前头引路，同时笑着看我。我趁机细瞧瞧，发现她比那年和二哥离家时胖了许多，也黑了许多。好像见不到了当年的俊模样。

进到屋里后，妈妈啥都不顾，就直接走到睡着的大孙女面前，弯腰细瞧细看，然后仰起脸对二嫂夸起来："啧！啧！你瞧我们俊的，和你小时候一模一样！长大了又是个美女！"

"那是啊！一辈强一辈嘛！"二嫂高兴地回应，然后又招呼我："老弟，快过来看看，从今往后就得你陪她玩啦！"

我咧咧嘴笑着走上前，发现她真是长得好看，白白的，胖胖的，睡着了还在笑,备不住是在做梦,两个小酒窝一闪一闪的,眼珠也在悄悄动弹。露在外面的两条胳膊,长着一道道一节节圆溜溜的肉,像是气吹起来似的,我一下子就喜欢上了。

"庆方,你爸呢?"在炕上坐稳后,妈妈才想起问。

"妈,我爹去沟里侍弄地,这工夫也该回来啦!我们都不知你娘俩来,咋不先打个信儿,好去接你们!大姐她们谁也没说来送送?"二嫂抢先说道。

"咳,别提了,一言难尽!好在一路上净遇到好人,总算顺顺当当到了家,细事儿等以后再对你们说吧!对了,这孩子大号叫啥名?"

"叫春花,我给起的,没按家谱上的规矩。"二嫂爽快地回答。

"对,这名好!咱是天仙美女,用不着守那规矩!"

其实我妈平时最讲究规矩了,可为啥刚离开老家不几天,就不管不顾了呢?我觉得有点纳闷,在心里犯起了嘀咕。

还没等到天黑,爸爸和三哥就都回到家了。爸爸的模样没咋变,三哥却像变了个人,个头儿已和二哥一般高,说话憨声憨语的,嘴巴周围长出一圈小黑胡,还起了分头。他把我搂在怀里左瞧右看,好半天没说一句话,只顾一个劲傻笑。这令我好生奇怪,只这一年多的工夫,这三哥也变好了?那我将来会不会变呢?会变成啥模样?会长多高?也会出胡子吗?

就这样,在1960年6月,我和妈妈离开世代祖居的南贾庄,逃到了几千里地之外的黑龙江省双鸭山煤矿,找到了二哥二嫂、爸爸和三哥,看到了另一番天地,开始了新的生活。

后来的事情就简单了。一个星期后,二嫂把我送到矿里唯一的小学,插班到只有不到三十名学生的六年级。尽管我在五年级没念几天书学校就关门了,但在二嫂的辅导下,很快就把学习成绩撺上来了。

也不知是中了什么邪,我们一家人在双鸭山刚过上不愁吃不愁穿的好日子，又很快遇到磨难，关里关外老老少少一起遭了殃。

1963年深秋，大哥和大姐先后来信说，国家的政策好了，老家的饥荒已经过去，今年的秋粮又获了大丰收，问爸爸妈妈和我啥时候回去。爸爸妈妈早就惦记着这档子事，当然是满心欢喜，让二嫂快写回信，说等过了正月十五，就带我回老家。听了这话，我立刻表示反对："谁愿回谁回！我要在这儿念书考大学呢！"

还没等谁吱声，三哥就抢着说话了："他不回我回！我早就不想学那破电工了，一天天累得脑瓜子生疼，每月只挣一壶醋钱！"

"庆国，这事儿可不能由着性子来！关里那个家有啥好亲好恋的？你不愿学徒，可以找个别的工作嘛！好马不吃回头草，你今年都十六岁了，也该能懂这个道理！"二嫂好言劝他。

三哥没和二嫂争犟，转而盯着二哥讨主意。二哥瞅瞅他，又瞅瞅爸爸妈妈二嫂和我，半眯着眼睛沉思起来。

"洪英、庆方，老三愿回就回吧，他念的书少，岁数也还小，早就和我说想回老家。再说，我和你爸身边也得有个人跑前跑后的，帮着支撑这个家，等你们将来好回去呀！"我妈没等二哥吱声，就先表了态。

二哥的口气显得有点儿无可奈何："洪英，咱妈说的也是个理儿，她二老年岁都大了，身边是得有个人。大哥不常在家，大嫂拉扯一帮孩子，庆兰她们又远在唐山，庆国非要回就回吧！"说到这儿，二哥又不放心地嘱咐起三哥说："庆国呀，你回去后要好好改改你那坏脾气，不能总出口说话就伤人！"

"我咋说话不用你教！"三哥觉得脸上挂不住劲儿，低声回了一句。

"你看，你看，是不是又来啦！"二哥有点儿生气地接着同他摆理说："你岁数小不懂事时，冒啥虎话别人都不会往心里去。可如今已是大小伙子了，就不会有人再忍让你。再说，我们又远在天边，想帮也帮不上……"

"庆方，行了，行了，你这是说哪儿去啦！"二嫂拦住二哥，又反过来替我说情："爸、妈，庆云可是真不该回去，他人小志气大，学习很用功，将来指定能考上个好大学。你二老就放心吧,我和庆方会一直供他到大学毕业的。"

我十分高兴地对二嫂笑一笑,可又怕爸妈不同意,便灵机一动跳到地当中催促:"快吃饭,快吃饭,吃完我好写作业!"

就这样,在离过年还有一个月时,在妈妈的一再坚持下,爸爸他们三个人便提前动了身。可万万没想到,他们刚到家不久,就很快掉进了火坑。

发誓永不回乡

升入初中之后,我的眼前好像突然出现了一个新奇的世界,通过学习语文、数学、物理、化学、地理、历史、政治、美术、音乐等各门课程,知道了古今中外竟有那么多科学家、数学家、作家、诗人、画家、音乐家和革命家,为人类历史的发展进步做出了丰功伟绩。知道了地球原来是个飘浮在太空中的大圆球,不但会自己不停地旋转,还一直围着太阳转圈儿;知道了太空中除了有由太阳、月亮、土星、木星、火星、水星等数不过来的星星组成的太阳系,还有星星更多、更大、更远的银河系和其他星系;知道了地球表面分为七大洲和四大洋,地球的周围包着厚厚的大气层,地壳下面埋藏着数不清的宝藏,在地心深处晃动着成千上万度高温的岩浆;知道了在七大洲中,分别居住着一百多个国家和上千的民族,关系一会儿好,一会儿坏,好的时候亲如兄弟,坏的时候就互相打架;知道了中国在历史上曾经是最古老、最发达、最文明的大帝国,只在近一二百年才被外国人不停地欺负;知道了共产党为啥要反对国民党,为啥能打败日本鬼子;知道了知识就是力量,科学改变世界,劳动创造幸福;知道了什么是生产资料的私有制和公有制,马克思、恩格斯、列宁、斯大林和毛主席要建立的社会主义和共产主义是多么美好幸福;知道了人活着就要不断学习,不停创造,生命不息、奋斗不止,努力成为像雷锋那样的共产主义接班人……

与此同时，我还发觉自己其实知道的东西还太少太少，只是沧海一粟，还有许许多多革命道理和科学奥秘等待着我们去学习和发现。所以，我每天都如饥似渴地学习和思索，幻想将来能成为科学家、作家或者画家、歌唱家，周游列国，走遍天下。如此一来，便为我那从小就经常好做的美梦，增添了无数新的内容。

初三上学期刚开学不久，有一天上完晚自习，我独自一人背着书包往家走，忽然发现东山坡上那一层层的灯火显得特别明亮，犹如精心雕琢的巨型灯塔。那最亮的塔尖处，正是我们几家邻居的灯光。我情不自禁地驻足观望，又见一轮圆月正悄悄从高山顶上慢慢露出笑脸，住在上面的嫦娥和吴刚正惊叹矿山日新月异的变化。忽然，一阵高亢的歌声传来，那是拉煤大绞车支架上的天轮在欢歌，好像在向如期而至的嫦娥和吴刚唱着欢迎曲。和它相隔不远的人造石头山红红点点，开放着日夜不息的火花，是献给月亮女神的红玫瑰？还是在同东山上的灯塔交相辉映，为夜晚辛勤劳作的奉献者们照亮前程？我的心中猛然一动，禁不住自叹自责：如此神奇的矿山夜景，自己为何从前不曾发现，不曾感悟呢？假若能把它们拍成照片，拍成电影，或是写成文章，该是多么美妙！

回到家后，我一边吃晚饭，一边眨着眼睛继续遐想，二嫂觉得奇怪，笑着问我："庆云，你又在想啥呢？"

"想老师留的作文。"

"出的啥题目？"

"矿山的夜晚。"我不加思索地脱口而出，还假装着急地强调说："让明早就交呢！"

"那就快点吃饭，吃完后赶快写！"

我赶紧把剩下的半个馒头吞下肚，等二嫂收拾完桌子，便摊开纸笔，不歇气地写出了一篇八百多字的作文，并不无得意地递给二嫂看。

二嫂接过后没仔细看完，就当着全家人的面儿夸起我："哎哟哟，快看，快看，咱家庆云快成作家啦！这作文写得真好，用的词又多又美，简直把咱这矿山的夜晚写成了人间仙境……"

说起来也真巧,一个星期后,学校组织开展一次作文竞赛,教语文的班主任于老师让我用这篇作文参赛。所有参赛作文全挂在走廊的墙上,让大家阅读品评,没想到我竟得了个一等奖,奖品是刚刚出版的长篇小说《小城春秋》。

1964年初中毕业时,我那早就被灌输而成的大学梦越来越强烈,所以在填报考志愿时,只填写了双鸭山市第一中学,并如愿以偿。

第一中学是省级重点学校,坐落在市区的北部,设有初中部和高中部。新落成的两栋教学楼,不但教室宽敞明亮,桌椅崭新,还设有物理、化学、生物实验室、图书室、运动室等配套设施。学校每年的高考升学率都在百分之七十以上。它的办学理念和经验之一,就是有一支超高水平的师资队伍,从初中到高中的所有老师,都具有大专以上文凭和丰富的教学经验。尤其是高中部的老师,除了必须是大学本科毕业之外,还有半数以上是在1957年"反右"斗争后,陆续从哈军工、北京师范大学、南开大学、吉林师范大学、黑龙江大学、哈尔滨师范大学等高等院校调整下来的讲师或助教。就连教体育的四名老师,也分别毕业于大学体育系的体操、篮球、滑冰等专业,学校师资力量的雄厚,据说在省内外都屈指可数。那位德高望重、素有教育家之称,敢于力排众议,接纳下如此众多家庭出身不好的教师的宋校长自然是功不可没。遗憾的是,他的这份功绩在两年后的所谓"文化大革命"中,却成了"招降纳叛"、"顽固推行资产阶级教育路线"的重罪,受到了惨无人道的迫害。

能考入一中这样的重点学校,能遇到这么多知识渊博的师长,能受到非常正规的综合教育,真可谓是三生有幸。在整个高中一年级,我就像患有饥渴症的人那样,囫囵吞枣地接纳所能学到的一切知识,特别痴迷图书室里那些文学名著和哲学史、文学史,几乎把所有课余时间全消耗在那里面。现在想来,我那时的情境和精力,显然是受到了班主任何老师的影响。何老师毕业于北京师范大学历史系,毕业后因家庭出身不好,被远放到偏僻的煤城双鸭山。他的家在江南水乡,普通话说的不太标准,可身材却有别于南方人,高达一米八十五以上,让人觉得有点意外。

进入高二的新学期,我们的班主任换成了毕业于吉林师范大学中文系的孙老师。在毫无思想准备的情况下,孙老师竟让我身兼三职:语文课代表、团支部副书记和半月一期的墙报《浪花篇》主编。虽然一天天忙得脚打后脑勺,却由于精神亢奋,一点不觉累,不知苦。那荡漾在心头的幸福感和充盈于周身的激情,简直到了难以言说的程度。

在刚开学的第四个星期二,省教委在双鸭山市第一中学组织了一次语文观摩教学,不知为何选在了我们高二四班。讲评的课文是唐代大诗人杜甫的名作《茅屋为秋风所破歌》。作为语文课代表,孙老师布置我重点准备对该诗创作的时代背景和现实意义进行分析。接受任务后,我到图书室查阅了一些相关资料,在对诗人的敬佩之余,还似乎有点美中不足之感。我苦思冥想,忽有所得,提笔写下了一千字左右的感悟。

第二天上午的第一节就是公开课,六位专家级观摩团成员在余副校长的陪同下,端坐在教室的最后一排。孙老师朗读完课文之后,没有像以往那样对文章的时代背景进行分析,而是交由观摩团成员进行提问。当一位女老师问有哪位同学愿意对此诗创作的时代背景和现实意义进行分析时,我率先举手应答。得到允许之后,我离开座位,走到讲台上侃侃而谈:"《茅屋为秋风所破歌》这首诗,是唐代著名诗人杜甫晚年闲居成都浣花草堂时的感时之作。安史之乱后,大唐王朝由盛渐衰,政纲紊乱,民不聊生,内忧外患,作为杰出的现实主义诗人,杜甫自然会对此有痛切的感触。每当我朗读这首诗时,就仿佛遥望到杜甫老人正站在秋风怒号的水岸旁,身着长袍,手拄拐杖,肩披白发,面对被吹光的屋顶和争抢乱草的顽童,唏嘘长叹。叹自己无助无奈的晚境,叹民众颠沛流离的悲苦,叹盛世已去的国运。那诗中所用的'茅屋'、'秋风'、'盗贼'、'三重茅'、'所破歌'等看似随意而为的词语,其实都是针砭时弊、寓意深刻的暗喻。"

"说到此诗的现实意义,它充分地体现了杜甫所有作品中所一贯表现的高度思想性和艺术性的统一，为唐代和唐以后的历代诗歌创作，树起了一面不倒的旗帜。杜甫心中所怀想的'安得广厦千万间'、'吾庐独破受冻死亦足'济世安民的人文关怀，正穿透历史的时空阻隔，为后来者树立了不朽的学习典范。君不见在三百八十多年后的宋朝，身为当朝宰相的范仲淹正站在岳阳楼上，用高亢的音调，同飘然而至的杜甫进行'先天下之忧而忧，后天下之乐而乐'的纵情唱和吗？"

"有阳光，必有阴影。那么，杜甫的这首传世之作有没有缺憾呢？我的回答是有，但这种缺憾不在诗内，而是在诗外。因为杜甫所希冀的'安得广厦千万间'，在皇权至上、以私有制为基础的封建社会，是根本不可能实现的。而只有在今天，在社会主义的新中国，才真正能为人民群众提供出千万间、万万间的广厦，人民才能享受到安居乐业的幸福生活。"

观摩课结束后，观摩团对我在课堂上的表现给出了这样的评断：该生不但对杜甫这首诗的思想性和艺术性有准确深刻的理解，而且能用独特的联想和生动的语言进行表达，已经超出教学大纲所要求的范畴，难能可贵。

高二下半学期刚开始，有一天，孙老师把我领到余副校长办公室，余副校长说，由于我品学兼优，学校打算让我提前一年毕业，并推荐保送到黑龙江大学中文系，问我同不同意。这样的好意和惊喜我哪能拒绝呢？我立即满口答应。并且表示，想突击学习完高二和高三的全部课程，按时参加高考，以检验一下自己的实际学习水平，余副校长当即允诺。所以从第二天开始，整个下半学期，几乎就没再做各科的作业，每天下午到高三的班级去听课。余副校长还专门安排高三的几位任课教师，在每天的晚自习和星期天对我分别进行辅导。

1966 年五六月份忽然爆发的"文化大革命"，不但彻底打破了我的大学梦，使我从"天堂"落入地狱，还差点被夺去了身家性命。"隐瞒富农家庭成分"、"资产阶级的孝子贤孙"、"妄图复辟资本主义的白专苗子"，一顶顶出身罪的大帽子飞天而来,连报纸上反复宣传的"可以教育好的子女的"资格,都被取消和剥夺了。不准参加红卫兵、不准造反、不准乱说乱动、不准外出串联、不准……不准就不准吧,我在聊以自慰的叹息中像一只冻僵的寒蝉,蛰伏在狂飙之下的树洞。

进入八月份以后,学校、社会、全国都乱了。趁此机会,我只身离开学校,混在南下的红卫兵专列中来到首都北京,随后,我来到上海,正好两派红卫兵武斗,突然间,我失去了到全国各地进行所谓革命大串联的兴趣,一个人在紧邻长江口的桃园新村红卫兵接待站"隐居"下来。接待站的仓库里堆满了被收缴来的各种"毒草"类书籍,趁无人看管之际,我擅自从中挑出十几本古今中外的文学名著。每天吃过免费的早餐,就躲到江边的树荫下拜读。一边看舟来楫往,江豚隐现,一边浏览着手中的书本,看完一页撕掉一页,随手投入奔流不息的滔滔江水之中,一晃就过去了两个月。时至今日,裴多菲的"生命诚可贵,爱情价更高,若为自由故,两者皆可抛"的惊世豪言和托尔斯泰的长篇小说《复活》中玛斯洛娃为追求爱情而遭遇的悲惨命运,仍不时萦绕在脑际。

天冷了,热闹也看够了,便从接待站要一身棉衣和二十元旅费,开始往回返。快到唐山时,我决定下车,先看看姐姐和姐夫、爸爸和妈妈,然后再到乡下去看大哥大嫂,还有那些儿童时代的小伙伴,特别是一直惦记着的贾小娟。

到大姐家后才知道,爸爸妈妈已经在八月份回老家了。当我提出第二天要回南贾庄去看父母时,大姐竟吞吞吐吐地阻拦:"老弟,赶这个乱时候,回不回都行,农村里正闹得鸡犬不宁呢!"

在开滦矿务局生产处工作的大姐夫支持我:"回去看看对,庆云好不容易有这个机会,它乱它的,咱啥话不说,待几天就快回来。"

"到家千万少说话,哪儿也别去,看不好立刻离开!"大姐不断嘱咐,还到商店买两包点心,两瓶水果罐头,让我捎回去给爸爸妈妈。

唐山市离我们家仅一百多里地,坐汽车两个小时就到。我风尘仆仆直奔家门,正赶上大嫂和一帮孩子在吃午饭,见我进屋后又惊又喜。几年不见,大嫂的变化不大,仍是壮壮实实,精精神神,胖胖乎乎的。

"大嫂,不认识我啦!"我亲热地招呼道。

"唉哟,真是他老叔!"大嫂如梦方醒,随后发出一连串的询问:"庆云,你这是从那块云彩上掉下来的? 咋不事先来个信儿? 你上封信不是说要去上海广州串联吗?"

我一一做了解答,招呼长山、长英、长伟三个侄子侄女到跟前相认。除了长山外,长英和长伟我都不敢认了,因为1960年我离开家时,长英和长伟还没出生呢!

大嫂见两个小姑娘有些认生,躲闪着不肯靠前,立刻吵吵开了:"庆云,你瞧瞧你这帮见不得世面的东西! 这就是你们老叔,平时总叨咕老叔长老叔短的,问我到底长啥样儿。今儿个真来了,倒都草鸡啦! 一辈子难出息!"

我听着大嫂这些独有味道的乡音,心里觉得格外甜蜜。我主动拉起一双双小手,逐个询问叫什么名字,几岁了,等等。还好,两个小姑娘转眼就不认生了,反而争抢着问起我来。她们问我东北是不是真冷得拉不下屎来? 问我大上海长得啥样儿? 那南京路的路面真的能照见人? 问我天安门的大柱子有多粗,咋就能支住天呢? 问我颐和园里的大石头船会不会动,会不会叫? 我尽量满足他们的好奇心,百问不烦地答对这个答对那个,并答应回黑龙江后给她们邮一套《十万个为什么》,这才渐渐了事。

在我和孩子嬉闹中,大嫂一直没插言,一边收拾东西,一边不时地注意瞅瞅我,好像心里有话要单独对我说。

我猛然间意识到一个问题,爸爸妈妈呢? 咋一个没看见? 莫非——我没敢往下想,心头顿生不祥之兆。

"大嫂,咱爸咱妈呢?"

听我这么一问,大嫂的脸色立时变白起来,侄子侄女们也都不吱声了。

"到底怎么回事儿？快告诉我呀！"我心焦火燎地追问，眼前的阴云越聚越厚。

大嫂躲不开我的目光，沉默片刻，不得不说了实话："爸妈已被红色造反团圈起来快两个月了！"

我的脑袋"嗡"地一下，突然被人打一闷棍，不但猜到了原因，也明白了大姐不让我回老家的缘由，却又忍不住明知故问："因为啥？因为啥呀？"

"因为成分高呗！"大嫂悲愤地告诉我，自从"四清"中被改了成分，倒霉的事儿就接连不断，把关里关外两帮人都弄得抬不起头来。我大哥的事儿好不容易才抖落干净，可这"漏划富农"的帽子却摘不掉了，恐怕这辈子都得被人挟着脖子过日子。大嫂还说，其实，遭殃的也不只我们一家，我们庄凡是五十岁以上成分高的，历史上有黑点的，都被圈了起来，一共八十多口子呢！我爸我妈，是特意被从唐山押回来的。

我颓然地跌坐在炕上，欲哭无泪，欲叫无声，脑袋里一片空白，身子微微颤抖，如同遇到一群蜇人的马蜂，被追得无处躲无处藏的。

这该死的出身罪！这甩不掉的紧箍咒！这害人的枷锁！难怪大哥在信中告诉我，为了做人的尊严，为了家族的名誉，为了子孙后代，他一定要抗争到底。可是，这会有结果吗？会等到什么时候呢？

"打倒牛鬼蛇神！""打倒地富反坏右！""打倒三特一叛！""打倒走资派！"戴高帽、挂牌子、剪阴阳头、画鬼脸、游街、请罪、殴打、侮辱，痛不欲生，死去活来，一幕幕画面重又闪现在眼前。爸爸妈妈，你们能受得住这番折磨吗？大哥呀大哥，你那样的身体，还能抗得住红色风暴的袭击吗？

"庆云，你别怕，估计没啥大不了的事儿，那么多人呢！"大嫂以为我吓坏了，扶住我的肩头轻声劝慰。

"老叔，我天天去送饭，爷爷奶奶好像没受多少罪。"长山转到我的面前，进一步开导我。从我进屋后，还没来得及细看他，也没说上几句话。我这时才仔细瞅瞅，他虽然不太壮实，但长得比我还高，足有一米七十五以上,已经是个很帅的小伙子了。我记起大哥在信中说他订婚了,便随口问道:"长山,听说你订婚了,啥时结婚?"

"结婚? 等着发昏吧!"长山苦笑着发起牢骚:"人家嫌咱们成分高,怕跟着遭罪,早不干了。哼,这辈子不结婚,当和尚啦!"

"长山,不许你胡说八道!"大嫂厉声阻止,我也后悔不该提这件事儿,长山也不吱声了。

"大嫂,我能不能同爸爸妈妈见上一面?"我把思绪又拉回来,求救般地抓住大嫂的手,就像小时候受委屈受恐吓时那样。

"这——"大嫂那一贯的爽快劲儿没了,沉吟着找不到好主意。

"妈,让老叔和我一起去送饭中不中?"长山倒想出个主意来。

"不,还是先别去。"大嫂立刻加以拒绝,却不做任何解释。

"怎么的,他们还能连我一块儿抓起来?"我怒冲冲质问,脸涨得通红。我已经离开老家六七年了,因为一直在学校里念书,学的都是标准普通话,对家乡的许多特有的方言,已经渐渐淡忘。就说"怎么的?"这句话吧,用老家的话说叫"咋儿的?"此外还有"今儿个、明个儿、昨个儿"等等,等等。对家乡许多尾音儿化的口语,一时都说不上来,或是很不习惯了,这也是后来侄子侄女们嘲笑我口音"发侉"的由来。

大嫂忧心忡忡地说出理由来:"我是想,咱爸高血压,咱妈身体也不大好,怕经不住刺激,冷丁见了你,别出事儿。前些日子,不出半个月吧,南街的周彤从牡丹江回来,也是借晚上送饭的机会去看他爸。没等爷俩说几句话,老爷子一仰壳过去了,再没活过来,那周彤还被好顿收拾。"

"大嫂,要不算了,我明天就走。"我的情绪沮丧到了极点。

"那哪儿行! 你来回一趟上万里地,咋也得多住些日子。再说了,嫂子还有一肚子话要说给你呢,你就不想听啦?"大嫂怕我伤心太重,劝我别苦想,很快有了主意:"庆云,要不这样吧! 我今儿黑下领你去拜拜潘洪林,求他给个面儿。"

"潘洪林?"一听这名字,我的心舒坦了许多,忙问:"是不是北街潘二爷家的老大？"

"对！就是外号'潘老狠'的大儿子,你俩是小学同学呢!人家现在可打腰了,又是民兵连长,又是造反团团长,正一手遮天呢!不过,我约莫着,他差不离能给个面儿。"

"噢,对了,他媳妇贾小娟不也是你们同学吗?你去东北那天晚上,不就是她送的信儿吗?有这层关系,还不好办?"

我一时语塞。

"咱今儿晚上就去,碰碰试试。"大嫂说话办事历来麻利,接着又道:"庆云,把那点心和罐头全带上吧,堵堵他的嘴,我不信他是石头缝儿蹦出来的。"

"大嫂,你说爸妈他们冷丁见到我,能受了吗?"

大嫂看我一眼,脸上故意露出笑容,为了让我宽心,竟说出一番谁也不肯信的话:"老弟,看你想哪儿去啦!爹妈要见到你,乐都乐不过来呢!还会顾那些糟心事儿!备不住喜气一冲,连多年的老病都去根啦!"

天黑之后,大嫂领我悄悄推开潘洪林家的屋门。一家三口人正在吃饭,潘洪林坐在炕头上看我一眼,不知认出没认出我来,只冷冷地同大嫂打声招呼,便不作声了。

贾小娟却一眼就认出我,差点把碗掉在炕上。她连忙下到地上,拉住大嫂的手让座:"大表嫂,快坐,快坐炕上。庆云——,你、你也坐,坐!"

我看清了她的窘迫,脸上"呼"地一热,情不自禁地摸一下脑门,这个多年的习惯,一辈子都没能改掉,每当想起她来,就会觉得当初被她亲过的脑门仍在发烫发痛,因为那是只属于我们两个人的秘密。

"潘大叔,我家庆云看您来啦!他刚从上海、北京回来,进屋屁股没坐热,就先打听您,说啥让我领着先来拜拜大叔。这不,还特意给您买了点心和罐头。"没等我开口,大嫂就先虚乎开了,我听了脸上直发烧,浑身不自在。大嫂把手中的东西放在炕上,又特意补充一句:"我知道你俩小时好得穿一条裤子,就差长两个脑袋瓜儿!"

我的好大嫂,你可千万别这样!我心里哀求着,同时看看潘洪林和他的老婆孩子。他比我仅大一岁,就已经有了个女儿!这农村的早婚习惯真吓人!为了不让大嫂再说让人脸红心跳的巴结话,我赶紧上前打招呼:"洪林,你好!"

我想同他握手,可潘洪林根本没那意思,只点点头,连声不吱,连炕没下。我嗓子眼儿像梗住什么东西,进也不是,退也不是。倒是贾小娟有点过意不去,下地搬过一条板凳,不声不响放在我腿后。

大嫂见潘洪林这么冷淡,心中老大不高兴,嘴上却仍大叔长大叔短的套近乎,拐弯抹角地说明来意,最后恳求道:"大叔,您老就看在乡亲和同学的份上,开开恩吧!"

"庆华媳妇,我可不敢破这个规矩。现在啥时候,你也该知道!"拒绝加上威胁,好一个响当当的造反派!

面对着这满脸的阶级斗争,我和大嫂只好讪讪告退。那潘洪林连送也没送一步,始终保持着高度的革命警惕。

看到他这样无情无义,贾小娟使劲儿撇一下嘴,抱起女儿跟出来,可一直快出大门口了,谁也没说一句话。直到快分手时,她才十分过意不去地说:"表嫂,庆云,你们都别太往心里去,他现在变得就是那熊样!"

一直等到进了自家的房门,大嫂才忍不住爆发起来:"这王八羔子!早晚没好报应!"

"咋样,不中吧!那狗日的连爸妈都不养活,不通一点人性!"长山早看出结果,也气得骂起来。

我任由她娘俩去骂,一句也没加阻拦。

"庆云,要不这样吧!"大嫂骂够了,又来了新主意:"每天下午爸妈他们都要扫后大街,到时候,你爬到墙根那棵老香椿树上,偷偷看上几眼,也算尽了一份孝心。"

我的心碎了,血凝了,可除此之外,还能有啥办法呢?

中午,我不辨滋味地吃了碗面条,然后便到后院那棵香椿树下转悠起来。刚才，长山要去给爷爷奶奶送饭时，大嫂特意嘱咐，先不要把我回来的消息告诉爸妈，我听到后又难受好一阵子。

香椿树蹿得快，长得直，新芽嫩叶可以当菜吃，我们那儿家家房前屋后都有几棵。我家后院共有四棵香椿树，最高的那棵已有大碗口粗，三丈多高。这棵树一小时被刮断了树头，从一丈多高处分成了两股叉，这在香椿树中挺少见。

我双手扶着树干，一点点从下往上看，觉得又高又滑，心里不由得有点打怵。我还爬得上去吗？到上面真能看到爸爸妈妈吗？一旦被别人看见……干脆算了！可这机会……一连想到好几个问题，自己一个也答不上来。那种从未体尝过的耻辱，那种焦渴的思念之情，那种不寒而栗的恐惧，搅得我心乱如麻，周身疼痛。

用秫秸编成的院门开了，抬头一看是长山，我连忙闪开身子，后退几步。

"老叔，上不去了吧，不比小时候啦！一会儿我去给你搬个梯子来。对了，再拿上把斧子，谁要认出你来，就假装是修理干枝子，遮一遮。"

我感慨地点点头，没想到长山虽然比我岁数小，在这种事情上却挺老练，想得周到细致，真有点像大嫂。

"老叔，我刚才想好几遍，也没敢说你回来了，大概还是我妈想的周全。一会儿，你先爬到树上看看，备不住过几天，我爷爷奶奶就都放回来啦！"

"你咋知道？"

"刚听别人传的，说周彤走时到县军管会把那帮人告了，上头来了令，不准再随便抓人打人。"

我不相信地撇撇嘴。这时候，全国都乱成了一锅粥，政府机关都被夺了权，还谁能管谁呢？我亲眼见到的事儿就多啦！造反有理嘛！虽则如此，心里却好像亮堂了一点。希望若有，希望若无，但毕竟是希望。等着瞧吧！

"庆云，庆云，"大嫂急匆匆从后门闯进来，一边小声招呼我，一边回头张望。我刚想迎过去，她却转而吩咐起长山："长山，快去搬梯子，你奶奶她们过来了。"原来，大嫂说要出去办点事儿，却是专为我侦察情况去了。

长山往前院跑去。大嫂忧虑地望着我，语重心长地开导："庆云，你岁数还小，没经过这么多事儿，心里可千万想开通点！老话不是说了嘛，不受苦中苦，难得甜中甜。人受的委屈越多，就越懂事理儿，将来越能出息。等会儿你上去时，千万抓牢固，别张下来。噢，对了，我打听清楚了，咱爹他们一帮男的，都到地里送粪去了，真不凑巧！"

听到大嫂一连串说出好几个事，嘱咐这么多话，我似懂非懂地点头应付，只想一步窜到树尖上去。

梯子搬来了，榆木杆钉的，有一丈多高。长山从身后抽出把斧子，不由分说插在我的后腰上。

"老叔，带上这个，到上面比划比划，把北边那根干枝砍下来。"

"庆云，慢点，慢点，抓牢！"大嫂怕我抓空紧着提醒。

上到倒数第二个登时，我便伸手抓住一个大树权，双手一用劲儿，身子一悠就窜上去了。没等站稳，便四下张望，紧张地从走近的人群中寻找妈妈。

这几十号人，几乎全是上了岁数的小脚老太太，每人一把扫帚，从道当中往两边扫柴草。其实，这对农村来说完全没必要，前脚扫完，后脚又刮回去了。看来，这只是造反派为她们安排的一项改造课目，或是叫革命游戏吧。

妈妈，妈妈，你在哪儿？你在哪里呀！我居高临下，望眼欲穿，可就是找不到妈妈的身影。

啊！妈妈在那儿，正在道旁的井台下喝水呢！她旁边站着个小伙子，双手托着扁担，把满满两桶水放在井台边上，让妈妈弯下身子随便喝！我虽然只看见妈妈的半边脸，可我从她的装束和身影上，一眼就认出来了。

我的心狂跳不止，双眼一眨不眨，紧紧盯住妈妈的一举一动。

妈妈喝完了，直起身子，瞪着眼睛呆呆地望着我，一动不动。难道妈妈看到我啦？不，不可能。妈妈根本没抬头向上望，向远看。我极力想看清妈妈的面容，越看眼前越模糊，只是影影绰绰地感到，妈妈比四年前离开双鸭山时老了许多，也矮了许多。啊？妈妈，你要干啥？为何要到井台上去？真要一失手……我差点喊出声，好悬要从树上跳下去，想把妈妈从井台上拉开。

"孙王氏，你想干什么？快下来！"一位戴着红卫兵袖标的小伙子发现了问题，扑上去从后面拉住妈妈。

妈妈被迫转过身，看看天，看看地，又好像是在看我，双腿一软，瘫在那个小伙子怀里。我"啊"地尖叫一声，身子软得贴在树干上。

"庆云，快下来！快下来！看几眼就中啦！"大嫂发觉我的神情不对，连声呼唤。

我咬紧牙关，挺直身子，想看清妈妈到底咋样了。这时，妈妈的身边已围起一帮人，吵吵嚷嚷地说些什么。过了大约两分钟，我看见妈妈挣扎着站起来，深深地长出几口气，慢慢地四下瞧瞧，用我勉强能听到声音说："没大事儿，脑袋冷丁晕啦！"

妈妈这话是不是故意对我说的？妈妈真的看到我了吗？我看见妈妈接过一把扫帚，又躬身扫起来。妈妈从家门口过去啦！妈妈从我的眼前过去啦！妈妈再没看我一眼！我咬住嘴唇，闭上眼睛，身子在树上直摇晃，犹如一只快冻僵的寒蝉，瑟瑟发抖。

"庆云，快下来！下来呀！"大嫂再次催促，声音都有点变了。

我勉强稳稳神儿，试着移动身子，手脚却有点不大听使唤。

"老叔，慢点。"这时，长山已上到梯子中间，用一只手抓住我的脚，在横凳上放稳，然后再换另一只。

我好不容易下到地面，全身像要瘫了一般。

"庆云，庆云，看到妈了吗？你咋啦？快睁开眼睛看看我！"

虽然听到大嫂的呼唤声，我却懒得不想应答，只想睡一觉，睡一觉。直到大嫂使劲儿摇我一下，才很不情愿地睁开眼睛。啊？大嫂为何要抱住我哭？噢，想起来了，我刚才肯定是晕了过去。不然，为啥身子这么软，脑袋这么沉？想站站不起来，想说话发不出声？

大嫂和长山把我扶到屋里，我觉得像昨天坐汽车回家时那么高兴，那么欢快。又像小时候扎到嫂子怀里撒娇调皮……尽管这一切都似有似无，朦朦胧胧，可我又明明能听清大嫂的每一句话："庆云，我的好兄弟，你可把心路放宽点！这点委屈都受不了，将来还咋干大事儿？这人活世上，就得苦辣酸甜都尝尝，然后才能辨出好坏香臭。我就不信，世道总会这样！"

大嫂说这话干啥？现在不是春天吗？正莺歌燕舞呢！桃花没谢，杏花又开了，你没见那小燕子都飞回来了，正在咱家的屋檐下筑巢呢！长山，你为何也在哭？你不是原定今年要结婚嘛！我还没见过侄儿媳妇长啥样呢！大嫂又说起来了，你就不累？快停下歇一歇！

我心中一急，只觉得"咯噔"一声，堵住嗓子眼儿的东西掉进肚子里。我用力伸伸脖子，冷丁明白过来。我慢慢回想着发生了什么事儿，渐渐记起了一切，满腔的悲情喷涌而出，我高叫一声"大嫂"，紧紧抱住她那抖动的肩膀，放声哭起来。

恶心，翻着个的恶心。我猛地推开大嫂，趴在炕沿上狂吐起来。

"使劲儿吐！使劲儿！把肚子里的苦水都吐出来！"大嫂一边给我捶背，一边大声鼓励。等我终于吐完了，她心上的一块石头才放下来："这下就好了，刚才是急火攻心，把心路给堵住啦！长山，快倒杯水，让你老叔好好漱漱口。"

漱完口，我又躺下来歇了好一阵子，身上才渐渐有了活力。

当天夜里，我两眼望着窗外的寒月，想到好多好多事情。

第二天一大早，我不顾大嫂和长山的再三苦留，失魂落魄地第二次逃离了家乡。临出家门时，我郑重地跪在地上，给大嫂磕三个头。

故乡啊故乡,古往今来,有多少人想你唱你,留下诸多美妙的诗文。而我却恨你! 恨你!! 你留给我的记忆是愚昧! 是贫穷! 是饥饿! 是死亡! 是耻辱! 是仇恨!! 我对天上的太阳发誓,我对流淌的沙河发誓,我对巍巍的燕山发誓:南贾庄啊南贾庄,今生今世,我再也不愿见到你! 当汽车开动起来时,我遥望被大山渐渐隐去的村庄,恨恨地诅咒。

　　两个月后,我接到大哥的来信,说爸爸已得急病去世,说妈妈一切尚好,说她老人家考虑到家里外面的处境,说啥不让把爸爸去世的消息告诉我们,说为爸爸烧"三七"时,嫂子特意在坟前告诉爸爸,由她代表我和二哥给他老人家送钱、磕头,说……我和二哥看完信后,都大哭了一场。

从噩梦中醒来

斗争的风头一过,各派红卫兵开始把精力转向社会,转向夺权,转向文攻武卫,转向祖国山河一片红。这一来,我便成了被人遗忘的逍遥派,可以两耳不闻窗外事,一心只读圣贤书了。

班主任孙老师有一百多本藏书,早在运动初期红卫兵破"四旧"时,他便托我把这些书偷偷运到二哥家,用塑料布包好,埋在仓房的煤堆里。我一个人外出串联回来后,心绪很快平静下来,便取出一部分经典著作,在家悉心研读起来,获益匪浅。

到了1968年春,号召知识青年上山下乡,我正好也厌倦了城市的生活,便不顾二哥二嫂和孙老师的劝阻,第一批报了名,与上百名同学一起,被分配到刚组建的黑龙江生产建设兵团某团十连,当上了不太与人打交道的饲养员——喂牛喂马,并有幸在这里遇到了另一位恩师陈化林,也遇到我的爱人赵秀波。不过,却也因此而险些被埋葬掉青春年华。

我们团地处北大荒腹地,是1958年解放军十万屯垦官兵开出的一片沃土,同时也是不挂牌的劳改农场。被发配到这里的犯人,多数是1957年反右斗争时被判刑的右派分子,而且几乎全来自北京、天津、上海三大城市。后来,他们当中的一部分人被摘帽被减刑被释放,另一部分则被强令在此就业,陈化林就属于后一种人。

赵秀波毕业于哈尔滨卫校医士班,因家庭出身好,就优先分配到生产建设兵团当军医,我们几乎是同时到的十连。虽然同在一个连队,但职务和出身相差悬殊,甚至平时见面连话也不说,只是后来的阴差阳错,才使我们结合到一起。

陈化林是吉林长春市人,1955 年从北京师范大学中文系毕业后,被留校当了教师。1957 年被打成极右,判了十五年刑。由于他从不认罪,从不申诉,从不要求减刑,不愿与任何人交往,所以服刑十年后被强令就地安置,在连队当了饲养员。他虽然已经四十岁了,却一直没成家,也没有一个女人敢同他交往。不知何故,我偏偏被派来当他的助手,竟很快成了患难与共的师生和朋友,真是上天的安排。仅仅经过一个月的朝夕相伴,我和陈化林就互相敞开了心扉。当他了解到我的遭遇和志向后,欣喜异常,在每天劳作之余,开始凭记忆给我辅导曾经教过的中国文学史、中国古典名著欣赏、俄苏文学、近代欧美文学等课程,把我领入了一个崭新的世界。我们边学习边讨论,常常是神通八极,物我两忘。他说《红楼梦》这部小说是文学和历史的宝库,是一门很深奥的学问,值得投入毕生的精力。他对书中的数百首诗词,几乎都能张口即出,激情吟咏,逐一进行独到的解读,令我高山仰止,大感惊异。1969 年的清理阶级队伍运动开始后,他自感厄运难逃,有一天忽然拿出一部二十万字的手稿,定名为《红楼梦诗词赏析》,郑重地嘱咐我:"庆云,这是我花费十几年心血研读《红楼梦》诗词所得,你要妥为保存,暂时不能让任何人知道。假如我一旦躲不过这场厄运,希望你能对这部书稿继续进行修改完善,等时机成熟时,以咱们两个人的名义发表,能不能做到?"

"能!"我在惊愕之余立下保证,同时,也劝他别把形势看得那么严重,我一定会尽力保护他。

他默默摇头,把一块砖厚的手稿慢慢交到我的手中,像是在同自己的恋人进行最后的惜别。

我的头在轰响,血在奔流,心在颤抖,莫名的恐惧和神圣的使命,共同压得我喘不上气来。

面对我的惊愕和激动,陈化林在沉默片刻后,故意转入一个较轻松的话题,意味深长地说:"庆云,文学艺术所要表现的内容,不外乎人与社会,人与自然,人与宇宙这三个层面的关系;从根本上来说,人类的一切生产实践科研活动,也都包容在天、地、人三者之间的相互联系、相互作用、相互制约之中。天有三宝,日、月、星;地有三宝,水、火、风;人有三宝,精、气、神。真正的艺术家、思想家、科学家,是属于全人类的,属于自然的,属于宇宙的。我们个人目前所遭受的一点点痛苦,是追求真理所必须付出的代价,是协调天、地、人之间关系的自觉奉献,是更新自我、走出炼狱的必由之路。所以,对今后可能发生的一切事情,你都要从这个意义上去观察、理解和接受。你如能写出惊世之作,那便是生命的最高价值……"

令人最震惊的是,仅仅几天后,陈老师的预感就变成了血的现实。为了最广泛发动群众,深挖暗藏的阶级敌人,团里要求每个连队必须三天开一次批判会,首先从身边的阶级敌人入手,把他们批倒批臭,其残酷的程度,丝毫不亚于当初红卫兵造反时的那些举动。

新的一天开始了,又一场灾难降临了。

连队的餐厅里挤满了人,那"嗡嗡嗡"的嘈杂声,像有无数个蜂群聚到了一起。可是,当团政治处主任聂环、保卫股副股长岳玉山和本连指导员李兵走进屋时,会场顿时变得鸦雀无声。

坐定之后,身着领章帽徽的聂环威严地巡视一下会场,用命令的口气对岳玉山说:"开始吧!"

在当时的黑龙江生产建设兵团,凡是团政治处以上的职务,以及一些重要岗位,均由现役军人担任。副职和其他岗位,则留给了原农场的转业官兵和知识青年。聂环原是某部连指导员,到这里仅半年时间就连升三级,担任了引人瞩目的要职。李兵是1958年转业的老军垦,岳玉山则是哈尔滨的知青。在他们三个人中,李兵年龄最大,四十六岁,长相上没什么特殊的地方,平时不善言语,显得老成持重。聂环刚满三十岁,英俊魁梧,刚毅深沉,是位标准的军人。岳玉山则只有二十一岁,原来又黑又瘦,可经过饱食黑土地长出的白馍和"文化大革命"的考验锻炼,已经长得五大三粗,令人生畏,成了从阶级斗争中脱颖而出的后起之秀,是凡重要的批判会和案件调查,他一般都要亲自出场。听到聂环的命令后,岳玉山立即站起来,抓住话筒高声宣布:"深挖严打大会现在开始!把老右派、老反革命陈化林押上来!"

仿佛有谁喊了一声"向左看齐",人们的脑袋"刷"地转向门口。

随着一阵急促的脚步声,一个持枪的战士匆匆跑来报告:"聂主任,陈老反病了。"

"谁说的?"

"我们去押他时,赵医生正给他打针。"

没等聂环表态,岳玉山先吼起来:"什么病?快去,就说我说的,有口气爬也得爬来!"

我从木板凳上"腾"地站起来,不由自主地往前走去,想对聂主任和岳股长说明,陈化林确实病了,昨晚发烧时吃了两次药。可是,没等我开口,年轻的女医生赵秀波便出现在门口。她是个既漂亮又文静的姑娘,平时,连队的青年和许多老职工,下班后都愿到卫生室转一转,同她说说话,谈谈心。听说从团里的现役军人到医院的男大夫和许多知识青年,都想和她处朋友,谈恋爱呢!可是,她对谁都不卑不亢,不远不近,已经使不少人知难而退了。你看现在,她竟敢在这个时候来替陈化林说话,真让人又担心又佩服。她在门口稍停片刻,把手中听诊器装入白大衣的兜里,平静地说道:"聂主任,陈化林得了大叶肺炎,高烧三十九度,是来不了这里的。"

"是吗?"聂环脸色阴沉地反问:"请问赵医生,哪本书上写着,体温三十九度就可以逃避批判斗争?"聂环没想到,这个年轻的姑娘竟敢在这样的场合,在这么多人面前,用这种口吻同自己讲话,简直是无法无天!

赵秀波对自己的莽撞多少有点后悔,但一想到可能出现的后果,想到

196

自己的医生职责,便迎着聂环鄙夷的眼神,忍不住又来了一句:"不相信的话,你们可以去亲自检查。"

"放肆!"聂环使劲一拍桌子,高声斥责:"什么大叶小叶的,赵医生,你选在这个场合做宣传,居心何在?"

赵秀波一怔,没想到堂堂的政治处主任竟如何蛮横,一时激愤得不知说什么才好,脸色由红变白,咬着嘴唇憋好一阵,才委屈地说:"聂主任,我是如实向你汇报,怎么能随便扣帽子!"

"你——"面对这个无法无天的小姑娘,聂环怒火中烧,一字一句地警告:"赵秀波你听着,陈化林今天就是死了,也得死在这里!"

听了这话,我顿时毛骨悚然,同时也为赵秀波捏一把汗。

"来了,来了。"又一个战士气喘吁吁地跑来报告。

聂环得意地冷笑了一声,故意高声质问:"赵医生,你不是说陈化林来不了吗?现在做何解释?"

面对聂环利剑似的目光和众人担忧的表情,赵秀波毫不示弱:"好吧,我看出了事儿谁负责!"说完,转身快步离开会场。

我神使鬼差地跟在赵秀波的后面冲出会场,不是想和她说话,而是担心陈化林的身体和命运。我狂跑几十米,远远看到两个战士架着陈化林跟跄而来。我扑上去截住他们,变了声地喊道:"陈老师,你不能去!不能去!"

"闪开,关你什么事!"其中一人猛推我一下,高声警告:"你个傻狍子,也想跟着挨收拾?"

我重又冲上去,抓住陈化林的手,对他们哀求:"他正发高烧呢!昨晚上折腾了一夜,你们行行好,别带他去啦!"

"你真傻!我们能说了算吗?"

我还想说什么,陈化林喘息着摆摆手,低声催促我:"小孙,你、你别管我,快……快去收拾收拾马号。"

只有我知道他这话的意思,是让我一定保护好那部手稿,免得被他们抄去。为了预防万一，我在昨天夜里，已经把它用东西包好，塞到天棚上了。这时，我发现赵秀波正站在十几步以外，默默看着我们。我本来打算按陈化林的嘱咐跑回马号，因为实在不忍心去看那惨无人道的斗争场面。可是，面对着勇敢的赵医生，我又突然感到羞愧，感到责任，感到浑身增添了勇气。我同她对视了一下，然后用不容拒绝的口气对两个战士说："来，让我背着他！"

两个战士无言地默许了，我半蹲下身子，不顾陈化林的拒绝，紧紧地把他背在身上。这几十米的距离，我不知是怎么走过来的。背上的陈化林在挣扎，旁边的押解在催赶，我一概不理。我的脑袋木了，我的心碎啦！

"放开他！"岳玉山见有人背着陈化林进了会场，勃然大怒，然后扭头问李兵："背他的是谁？"

"他就是聂主任说的那个孙庆云。"尽管声不大，会场的人都听到了。

"混蛋！"岳玉山怒骂一声。

我知道他在骂我，抬头看一眼，从那仇恨的眼神中感觉出他的满腔怒火。我把陈化林背到主席台前，慢慢放下。同时在想，我是站在身边扶着他呢，还是就近坐在下面？

"陈老反，你竟敢抗拒批斗，该当何罪！"岳玉山没等人站稳，便迫不及待地开了腔。

"我，我病得实在……"陈化林衰竭地回答，可没等把话说完，便一头扎在地上。

"陈老师——"我不顾影响地呼唤一声，弯腰把他抱在怀里。

会场顿时乱了套，聂环威严地注视着，端坐不动。李兵站起来往台下看，岳玉山抓住腰间的手枪，两个战士勇敢地冲上来，死死扭住我的胳膊。

"他有病啊，你们不能这样！实在不行，让我替他挨斗！"我高声求情，眼睛里顿时闪出掩饰不了的怒火。

"混蛋"岳玉山又骂我一句。

我心中一激灵，脱口进行还击："你是混蛋的平方！立方！无数次方！"

"你这狗杂种！"岳玉山咬牙切齿，恨不得一口把我吞下去。

"反射回去啦！反射回去啦！反射回去啦！"我急中生智，以牙还牙，以眼还眼。我反正也豁出来了，看他们能怎样，先把批斗会搅黄再说。

"肃静，肃静！"李兵一看大事不好，高喊着让人们退回去。

聂环坐在那儿表情沉着，稳如泰山。

那岳玉山自然知道平方、立方、无数次方和什么叫反射的含义，断定这是世界上恶毒的咒语。他一把撸下头上的帽子，狠狠摔在桌子上。然后挽挽袖子，起身要跳下主席台。自从他当上保卫股副股长，得到的主要经验就是四个字：不打不服。

"注意影响。"聂环一把拉住他，小声制止。

岳玉山暂时忍住这口恶气，挥手吩咐押解的战士："那好，让他俩站在一起，一块算账！"

两个战士掰开我的手，重又从两边架住陈化林。同时，又上来两个战士，把我拉到右边，用力扭住胳膊。

这时，被架起的陈化林发出一阵哮喘。

"不许咳嗽！"岳玉山果断地下了命令，可陈化林仍然头颈紧缩地咳个没完。岳玉山几步窜过去，揪起陈化林佝偻的身子，狠狠打几个耳光，同时骂道："我看你再敢顽抗！"

两个战士躲闪地退后两步，给岳股长腾出用武之地。

痛打果然有效，尖啸的哮喘顿时变成了低沉的嘶鸣，陈化林双目紧闭，大张着嘴，身子瘫软往下坠。

岳玉山冷丁感到不大对劲儿，怎么这样沉？他松开手后退一步，失去支撑的陈化林颓然倒在地上。

这一来会场更乱了，人们惊恐地四下挤撞，有的往前，有的往后。有人想扶起陈化林，又怕聂环等人怪罪，更多的人则是面面相觑，不知如何是好。我不顾刚受到的辱骂和威胁，单腿跪在地上，小心翼翼地把陈化林抱在怀里,惊恐地呼唤:"陈老师,你醒醒! 你醒醒!"

望着不省人事的陈化林,聂环斜睨岳玉山一眼,他虽然没有责备,没把事情看得多么严重,可也不赞同弄到这种地步。

"聂主任,是不是把赵医生找来?"李兵怕闹得没法收拾,试探着请示。

"不必。"聂环立即加以拒绝,没有丝毫商量余地。

"那要不,咱先离开这里吧!"李兵小心地提醒,注意观察聂环的脸色。

聂环冷漠地答应了,随即起身往外走。岳玉山紧随其后,并回身狠狠照陈化林吐了一口。

李兵故意落在后面,等聂环和岳玉山出了门口,小声吩咐负责押解的战士:"快把他送医务室去!"

我闻听此言,不等别人动手,背起陈化林就往外跑。

可能是早有人给报了信,当我们一帮人走进医务室时,看见赵秀波已装好一支急救针。我把陈化林放在诊床上,赵秀波上前用棉球消过毒,然后右手腕一扬一落,又一扬,转眼间把药推进体内。她放回针管,掏出听诊器,用手势让我把陈化林上衣解开,仔细听听前胸和后背,然后抬脚走出去。我不知何故,追出门拦住她,焦急地问:"赵医生,他怎么样? 会有会有危险?"

"我去找指导员要车,必须尽快送团医院抢救。"她不愿跟我多说,奔跑着进入前栋房的连部。

批判会没开成,反倒惹出了麻烦,聂环心中十分恼火,听了赵秀波的要求,冷冷地拒绝:"有病就在连里治嘛 ,到团里闹腾什么!"赵秀波看着李兵,李兵不敢擅做主张,躲闪着低下头。

赵秀波两眼冒火地把几位又打量一遍,转身就走。她回到医务室,很快就配好一组静点,从手背给陈化林扎进去。

"孙庆云,你来一下。"半个小时后,连部文书赶来叫我。

我犹犹豫豫地跟他向连部走去。刚一进屋，岳玉山就堵住了门口，抢起皮带抽打起来。我想反抗，但双手已被两个战士紧紧抓住。

"你个臭狗崽子，竟敢搅黄批斗会！你等到了团里，我让你好好认识认识马王爷的三只眼！"岳玉山收起皮带，从桌上抓起一副手铐，"咔嚓"扣住我的手腕。

我知道这下完了，再挣扎也没用，索性一声不吭，任由它去，看看他们敢把我怎么样。

"走！"聂环发话了，两个战士怕我反抗，一左一右挟住我，把我推入门口的吉普车。

"孙庆云，到团里一定要好好检查自己的错误。"忽然听到指导员在身后嘱咐一句。我回头看他一眼，虽然没吱声，但却心有所动，知道那意思是让我该服软就服软，别吃眼前亏，可我能做到吗？

二十天后，我带着满身的伤痛回到连队，首先到医务室，当新来的医生告诉我，陈化林已去世半个月，赵秀波被开除卫生队伍，下放到猪舍喂猪时，我的眼前突然漆黑一片，什么也看不到了。我呆傻地站了几分钟，然后怒不可遏地冲出医务室，疯狂地向马号跑去。真巧，马号里没有人，我直奔敞开的工具室，从墙上抓起一把镰刀，扭身往外走。一个人影儿出现在门口，我下意识地停住脚步，把拿着镰刀的手背到身后。啊？原来是赵秀波，她怎么来了？

"孙庆云，你要干什么？"赵秀波见我手提镰刀，目光凶狠的样子，惊骇地问。

我好像没听见她的话，只瞪她一眼，闪身想从旁边冲过去。

"孙庆云，你不能这样，你听我说！"她竟一点不害怕，一把拉住我拿着镰刀的右手。

"不！"我狂吼一声，猛往前一冲，把她撞得倒退出几步。

"孙庆云，你难道疯啦！"她双手抓得死死的，大声责怪我。

"我，我非和他们拼了不可！"我咬牙切齿地回一句，目的是让她知道,我并没有精神失常。

听了我的话,赵秀波反倒镇定下来,她看出我还没有完全丧失理智,便一步跨到我面前,急切地劝道:"庆云,咱不能走那条绝路,一定能找到讲理的地方。"

"讲理,哈哈哈……"我神经质地放声狂笑:"人都给整死了,讲理还有什么用!"

赵秀波急得两眼闪出泪花,忽然想起件事,使劲摇动我的胳膊说:"庆云,庆云,陈老师让我给你封信。"

信? 啊? 她怎么也叫我庆云,也叫起陈老师来啦? 我使劲儿眨眨眼睛,不敢相信地瞅着她。

"真的,陈老师临终时嘱咐我,一定要想办法尽快将这封信交给你。"说着,她从内衣里拿出折叠的信来。

我将信将疑地伸出手。

赵秀波慢慢地把信递到我的手里,同时看着我青紫的额头,肿胀的脸颊,忍不住流出了同情的泪水。

我双手颤抖地打开信,恨不得一眼就看明白全部内容。可我顿时就看清了,这不是陈化林的字体,是赵秀波的笔迹,莫不是她为安慰我而编出来的? 我冷冷望着她。

"你看完就知道了。"赵秀波看出了我的疑问,闪着泪光告诉我。

我警惕地收回眼神儿,强令自己看下去。

庆云:如面!

恐怕见不到你了,只好留下这封信,因为我不能动弹,请赵医生代笔。

首先,我要求你,对于我的死,不能采取任何报复行为,那样只能毁了你自己,也负了我的一片心。切记! 切记!

松柏本孤直,难为桃李颜。回首人生,我自感坦然,绝无悔意。

人民可以沉默一时，但不会永远沉默；历史可以弯曲，却决不会倒退；严冬过后，必是阳春。我坚信，历史终究会把真相告诉后人，祖国和人民一定会为我做出公正结论。我一生最感痛惜的是，空怀壮志，失去了报国为民的机会。

人各有志，贵在不移。望你万勿中断学习和研究。你的最后成功，将是对我最大的慰藉。

此嘱

陈化林

一九六九年七月八日

看完陈老师的信，我手中的镰刀"啪"地落在地上，顿足捶胸地号啕大哭。赵秀波怕有影响，赶紧帮我收起信，然后又连推带搡地把我劝进马号。在土炕上坐定之后，她开始眼泪汪汪地讲述陈化林垂危时的情形。

我被抓走后的第三天，陈化林突然从昏迷中醒来。赵秀波一边用小勺喂他橘子汁，一边关切地问："老陈，你现在觉得怎么样？"

陈化林茫然地眨眨眼睛，极力回想发生了什么事情。他费力地四下看看，恐惧地抓住赵秀波的手追问："庆云，庆云呢？"

"他给你买药去了。"

"不，不，他们把他弄哪去啦？"

赵秀波看到瞒不过陈化林，便低声劝慰："他很快就会回来的。"

"不……"陈化林猛然坐起，双手痉挛地伸向空中，绝望地高叫一声，气绝而倒。

赵秀波立即进行急救，把一根根银针扎入陈化林的人中、百会、合谷、涌泉。十几秒钟后，陈化林"啊"地叫出声来，眼睛半睁半闭，神情恍惚地不停呼唤："庆云！庆云！庆云！……"

赵秀波拔出针来，再次去连部找李兵要车。李兵用电话向聂环请示，又一次遭到拒绝。

第二天凌晨四点整,陈化林离开了人世。根据聂环"好人坏人不可同葬一块,死了也要划清阶级阵线"的指示,他被远远埋在挠力河边的荒草之中。

一星期后,团政治处下文件通告全团:鉴于孙庆云、赵秀波包庇反革命分子陈化林,蓄意破坏阶级斗争的严重错误,给孙庆云监督改造,赵秀波开除卫生队伍处分。

我这时才发现,被无端受到牵连和诬陷的赵秀波,面对这毁灭性的政治打击,竟比我坚强得多,也明智得多,心中突然升起一种由衷的敬意和感激。

我们第十连是个刚组建两年多的新队伍,人员在一百二十人左右,百分之八十是几大城市的下乡青年,耕地不足一万亩,居住条件简陋,除队部办公室和食堂是砖瓦房外,其余全是用拉合辫拧成的茅草屋。马号和食堂房头对房头,中间隔着条道。食堂的后院是一排用木棍和木板建成的猪舍,只有两头母猪,一头公猪和十几头不足百斤的半大克郎。饲养员的宿舍和饲料间在猪舍的东头,一进屋是口大锅和几只大缸,间壁起来的后半间盘着土炕,可以住两三个人。农业连队养猪只为自食自用,改善伙食。因为粮食有的是,存栏的猪又少,所以不管母猪、公猪、还是仔猪、克郎,全都膘肥体胖,营养过剩。

猪舍原来有个饲养员,是位上海男青年。赵秀波被从卫生队贬下来后,连队为照顾她的身体,特意让她当了饲养员,并且每天晚上安排一位女青年轮流来做伴。可让人事先没想到的是,这陪赵秀波晚间做伴的苦差,竟成了女青年们争先恐后的自觉行动,成了一种难得的机会。仅仅一个星期后,就发展到每天都要有两个或三个女青年一起去帮她拌料、喂猪、清圈、做伴、谈心。连队副指导员徐敬文是北京青年,怕这样下去让团里知道了,没法交代,便提醒李兵应出面制止,既然是劳动改造嘛,就得有劳动改造的样子。李兵一听就恼了,当面诘问:"我可管不了那么多闲事!你和赵秀波一般大,她受了这么沉重的打击,真要憋屈出病来,你会看着好受？那不更麻烦啦!"

这件事当天就让赵秀波知道了。为了不牵连别人，也为了不让人小看自己，当天晚上，她拒绝任何人再来帮助干活儿，再来跟着做伴。这一来，指导员李兵可慌了。他到猪舍找赵秀波谈话，说派人来做伴是连队干部集体决定的，说如果她实在不同意，那就再调换个别的工作。谁知赵秀波主意已定，并且又上来了那股天不怕、地不怕的劲儿，坚决地说："指导员，我感谢你的一片好心，但决不能再接受任何照顾。你尽管放心，我不是泥捏的，蜡做的，别人能干的活儿，能吃的苦，我也能。我哪儿也不去，就非当这饲养员不可!"

不管李兵好说歹说，赵秀波就是冷着脸一口回绝。到最后，竟以天太晚了，该休息为由，硬把指导员卷了出来。

李兵在猪舍前站了好半天，望望苍茫的夜空，忽然想起个主意，快步向马号走去。

我一看不好，赶紧从猪舍的房后往回跑。为了怕被人瞧见，低低地在草丛中猫着腰，影住身子，从马号的后窗窜进屋，扑在炕上假装睡着。几天来，不知什么原因，一到夜深人静时，我就无论如何也睡不着，非得到猪舍前后转悠几圈不可。有时把耳朵贴在后窗旁边，听赵秀波和做伴的女青年躺在炕上说悄悄话。我明知道这么做不对，一旦被人发现，非落个坏名声，可就是管不住自己，好像心中有某种神秘的力量，在逼着我这么做。

指导员一进屋，我就假装被沉重的脚步声惊醒，翻身坐起来，用手背揉揉眼睛。

"怎么开灯睡觉？还是见我来装相?"

我心里一惊，脸上"腾"地烧起来，赶忙笨拙地解释："刚睡着，还没做梦呢! 指导员，找我有事吗?"

"嗯，是有一点事儿!"指导员盯了我一会儿，以为我啥也不知道，便把刚才如何劝赵秀波的过程说一遍，然后话头一转，表情十分严肃地指示："孙庆云，我知道你和赵秀波都受了委屈，大伙心里也都知道是咋回事。我把该说的,不该说的,都告诉你了。你现在就去替我再劝劝她,备不住能听你的。你把这件事做好了,就算是立一功,到时候我也好替你说话。"

"她能听我的? 能吗?"我又惊又喜,瞪大眼睛看着李兵,恨不得马到成功。

"能,我估计八九不离十。快去吧,我在这儿等信儿。"指导员脸上闪出意味深长的笑容。可当我刚要往外窜时,又一把抓住我的肩头,严厉地警告说:"不过,我可告诉你,不许胡思乱想,更不准胡作非为。要是再给我惹出事来,非扒你的皮不可!"

"行! 行!"我连声答应,只想一步飞到地方,哪有工夫去想他那吓唬人的话。

我三步并作两步地跑到猪舍前,因为有指导员的指令,心里不但一点不害怕,还好像故意想让人看见听见似的。我使劲儿咳嗽一声,屋里立刻传出动静:"谁呀?"

"我,孙庆云。赵秀波,你出来一会儿,我有要紧话跟你说。"

"天太晚了,有话明天再说吧。"

"天不晚,月亮正亮着呢!"我心慌意乱,词不达意,唯恐遭到拒绝。

屋子里静了一阵,终于有了人的走动声。可脚步声越近,我的心就跳得越厉害。片刻之后,赵秀波来到外屋门前,却反过来劝我:"谁让你来的? 快回去吧,让外人看见不好!"

"我不怕,我要说的是正经事儿。你要不开门,我就一直站到太阳出来。"不知从哪儿冒出来的昂扬之气,我竟然不管不顾地说起大话。

静了一阵,又静了一阵。她站在门里,我站在门外,相互都听清了喘气声。她不说话,我也不说话,看谁意志坚强,看谁感情真诚。

终于,紧闭的大门慢慢拉开了,在月光和灯光的共同映射下,我们无言地对视着,探寻着,都觉得对方既陌生又熟悉,既熟悉又陌生。我忽然感到自己的身子轻飘飘飞扬起来,在灿烂的夜空中快速地旋转上升,没有丝毫恐惧,没有任何痛苦,只有满心迷醉和无限神往,直到耳边响起渴望的呼唤声,才从幻境中回转过来。

"快进来吧!"她稍稍闪开点身子,脸上闪着神秘的表情。

"你出来,站在月亮底下好说话。"我有点慌,又有些胆怯,还好像有点自己信不着自己。

"怕吃了你呀!进来,我好关门。"她不容分说地把我拉进门去,随手又挂上门闩。然后转身抬头,大胆而又平静地盯住我的眼睛说:"说吧,到底啥要紧事?"

这一来,我更慌了,事先想好的话忘个一干二净,想躲开那螫人的目光,可又舍不得错过机会。

"有话倒是说呀?!要不深更半夜的,跑来干啥?"我越难堪,她越来劲儿,故意要看我出丑。

"说就说!"我不知该如何给自己壮胆,支吾片刻,最后总算把话说明白了。"你不让人来做伴,知不知道把指导员难为啥样?他可地转磨磨找不着北,最后只好到马号求我,硬逼我来劝劝你。秀波,你可不能再为难他啦!"

"哟,你老大贵姓?面子咋那么大!"她挑起眉梢,鄙夷地斜睨着我。

可我一眼就看清了,她心里根本没真生气。我记起指导员的话,便添油加醋,做出理直气壮的样子:"那可不呗!指导员都说了,只有我的话你才肯听。还说,要是做不好这事儿,非扒我的皮不可!他正在马号等着听信呢!"

你别说,我连真带假这么一懵,还真就歪打正着地收到奇效。我猛然发现,刚才还伶牙俐齿、满嘴刚硬、目光螫人、居高临下的赵秀波,转眼间竟变得泪眼迷离,神情哀痛起来,两颗泪珠强忍着在眼眶里转好几圈儿,最后顺着脸滚落在衣襟上。我本想接住那泪珠,可双手刚一伸出,就立刻意识到不妥,停在那儿不敢再动。我想安慰她几句,又找不到合适的话语。想上去扶住她耸动的肩头,又怕……正当我慌得不知如何是好时,秀波却一下扑进我的怀里,放声哭起来,那剧烈起伏的胸膛,把我顶撞得身子直摇晃。

"秀波,别哭! 别哭!"我用双手紧紧抱住她的腰身,小声劝慰。可话刚说完,自己的闸门也撞开了,抑制不住的眼泪泉水般冒出来。是委屈? 是欣喜? 是渴望? 是满足? 是痛苦? 是幸福? 那种苦辣酸甜的滋味,简直没法形容。索性,我不再劝她,也不劝自己,两个人就这样默不作声地身挨身,脸贴脸,一起哭泣,一起心跳,一起破涕为笑,共同承受命运的折磨与恩赐。

不知过了多长时间,两颗狂跳的心渐渐平静下来,秀波小声说:"庆云,你回去告诉指导员,让他别再担心,我啥事儿也没有。"

"那让谁来做伴儿?"

"谁都行,你就别管了。"

听这口气,倒是什么事情也没发生,即使发生了,也与我毫无关系。我顿时心生不满,又气又急地甩出句话,连自己都吓一跳:"我偏要管! 要管你一辈子!"

"行了,行了,其他事儿以后再说。快回去吧,指导员早该等急啦!"她闪出笑脸,用左手往外推我,用右手打开门闩。

在房门打开的刹那间,我和秀波都惊呆了:明亮的月光下,指导员和副指导员都默默地站在那里,正等待我的消息,等待秀波重新敞开心灵。我不知所措地看看他俩,再看看秀波,费好大劲儿才憋出一句话:"指导员,几点了,等急了吧?"

"你还知道急呀? 都十一点半啦! 我都告诉你啥了? 全忘啦! 是不是?"他大声斥责我,然后转向秀波:"秀波,副指导员说啥要来跟你做伴,欢不欢迎?"

"哪敢不欢迎。"秀波不卑不亢地迎上去,主动握住徐敬文的手。

徐敬文趁势把她拉到跟前,贴着耳朵说:"秀波姐,今天咱好好唠唠心里话。"

"好了,好了,那我们就回去休息啦!"指导员见已经风平浪静,心里一块石头落了地,语气变得轻松起来。

刚转过身要走,我却突然傻呵呵、愣怔怔地站下来,自己都不知脑袋里在想啥。

"孙庆云,你还发啥愣怔? 没你啥事儿了,快回去睡觉。"

"哪能没我的事儿呢?"我一时还没明白过来。

"我是说今天晚上没你啥事儿了,明天有没有你的事儿,我就管不着啦!"指导员仍一本正经地说完,还特意对秀波笑一笑。

我深深地长出口气,很不情愿地往马号走去,并且三步一回头,好像丢了魂儿似的。

一个月来发生的风云变幻,急剧地改变了我的性格。闯过肆虐的风暴,战胜了可怕的精神危机,遇到了及时的救援,使我很快从恐惧、迷茫和绝望中挣脱出来,登上一处陌生的彼岸。

现在,我像一个刚到新地定居的人一样,急于要知道周围的一切,也急于让善良的人了解自己,以求顺利地开始新的生活。我渴望着同赵秀波进行长久的交谈,想好好听听她对人生、对未来的看法;我渴望把自己心中所有的秘密,所有的追求,都毫不保留地讲给她听;我渴望得到她的批评、她的呵护;我渴望看到她美丽的眼睛和灿烂的笑容;我渴望得到她的拥抱和爱情。

我们连队地势低洼,每年一到夏秋两季,常常水阻交通,十天半月地进不来,出不去。每到这时,流经境内的挠力河,便成了最便捷、也是唯一的通道。从这里乘小舢板顺流而下,奔饶河,至虎林,坐火车回内地,要比从富锦到双鸭山或佳木斯坐火车顺便得多。可是,走水路也有不方便的地方,由于饶河虎林均与苏联隔乌苏里江相望,经常发生越境叛逃的事件,所以,进出的人员都要经严格检查,没有合法手续,是很容易出麻烦的。现在,面临着命运的多舛,我和秀波下决心要由险路出逃,打算用粗柳木绑扎个简易木筏,昼伏夜行,尽快逃离这让人又恨又爱的伤心地。

本来，我们团分布在挠力河边的五个连队都各有几只小舢板，供雨季道路不通时上下联系，农闲时打鱼和偶尔送人到饶河、虎林两县买东西时用。自从一个月前再次发生乘舢板偷渡乌苏里江的事件后，团里命令立即将所有大小船只全部集中到团部看管起来。好在连队在冬季砍下的几垛粗细不等的柳木一直堆放在河边，食堂、豆腐房要用时现用马车拉。每天下班后，我便一个人跑到河边，有人时便呆坐着看河水东流，无人时便从柴堆中抽出一些较粗的干柳木棍子，散放在几十米远的青草之中。一天后半夜，我神不知鬼不觉地潜到河边，只用不到两个小时工夫就扎好一个两米宽、四米长的木筏，然后向下拖出半里地远，藏在一处水湾中，上面用青草盖个严严实实。

　　七月的三江平原是花的世界，花的海洋。为了在短暂的夏日一展风姿，几乎所有的野花都集中在半个月内开放，常常引来铺天盖地的蝴蝶和蜂群。

　　夜深人静，明月高悬，我和秀波相拥来到陈化林墓前。我们采来碧草和鲜花，很快编成个直径一米的花圈，斜放在黑土堆成的坟头。然后，双双跪拜在地，虔诚地给师长磕了三个头。

　　我们踉踉跄跄地来到下游的小河湾，从草丛中拖出隐藏的木筏。接着坐在河边歇口气，重新整理一下东西。为预防万一，我从背包掏出用塑料布包好的手稿，让秀波带在身上。她没有拒绝，解下脖子上的围巾，裹紧手稿，贴身系在腰间。

　　我们跳上木筏，把上面的青草甩到河水中。突然，秀波"啊"的一声惊叫起来。我以为出了什么事，扭身一看，也禁不住目瞪口呆。原来，就在秀波的手下，出现一个用油布包成的小包，有黄书包大小，不知里面是什么东西。我和秀波呆呆地望一阵，还是决定打开看看再说，总不会是炸药或手榴弹吧！我小心翼翼地打开一层层油布，终于看到了里面的东西：一只手电筒、一块大塑料布和一小袋烙饼，外加一个信封。打开信封再看，里面竟是一百元钱和五十斤全国通用粮票，显然都是特意为我们出逃准备的。这是谁给我们准备的呢？我和秀波对视一下，心里感激得直想哭。几天来，为了不引人注意，其实也是缺乏经验，我们不敢去买东西，不敢带衣物，不敢对任何人倾吐心声。可是，我们的一切一切，从思想到行动，都已被这位恩人了如指掌啦！他为什么要冒险这么做？为什么会想得如此周全？意外的惊喜和难以诉说的感激之情，使我们流下热泪。

"这会是谁呢？"我小声问。

"保证是李指导员！"秀波肯定地告诉我："这块黄油布是他家的，我认识。"

"我说呢，他昨天一连到马号去了三次，每次都特意看我几眼。"我恍然大悟，如梦方醒。

"指导员，只有等以后再报答你啦！"秀波故意稍提高点声音。她以为此时此刻，指导员肯定正藏在附近看着我们，祝我们一路平安呢！

没有应答，也没有回声。我让秀波坐在几捆青草上，然后用柳棍用力一点河岸，木筏无声地飘动起来。我站在顺流而下的木筏上频频回首，始终没见到指导员的身影儿。

芬芳的土地，幽幽的河水，圆圆的月亮，灿烂的苍穹，震耳的蛙鸣，凄厉的狼嗥，惊飞的水鸟……飘荡的木筏牵出了一番奇异的梦境。

两个被抛弃的孤儿相遇了，我们互相注视着对方的满身伤痛，在呼喊和哽咽中由惊骇转为悲愤，由悲愤转为同情，转为爱怜，转为相依为命和心心相印，共同踏上了前途难卜的人生之旅。两个失去家园的灵魂结合了，如同一对覆巢后幸存的小鸟，惊叫着冲入乌云蔽日的苍穹，比翼寻找安全的栖息地。

恨有多深，爱有多深。正是这番不同寻常的痛苦经历，使我们彻底告别了青春期的单纯无知，开始敢于直面惨淡的人生。挣脱炼狱的过程虽然非常痛苦，但却在追逐自由的飞翔中很快得到治愈，得到抚慰，得到重生。从这个意义上来说，我们倒是该感谢那疯狂的年代和峥嵘的岁月！

第二天早晨，有人发现我和赵秀波失踪了，赶忙向李兵报告，说应该打电话报告团保卫股，派人围追堵截。李兵气恼的斥责："你还他妈还嫌不热闹？人家昨晚向我请的假,到团部买东西去了。"

一连过了三天,李兵估计我和秀波已远走高飞,这才亲自到团部向聂环报告。尽管做了一番深刻检讨,可仍受到了党内严重警告处分。

逃出伤心地后,我们先到秀波家住几天,对她爸她妈和哥哥姐姐,绝口没提发生过的噩梦,只说是一起回家休假。可我从他们全家人的目光中,都发现了半信半疑的神态和令人脸红的热情。等从佳木斯回到双鸭山二哥家,我们再次做出同样的解释,遇到了同样的眼神儿和同样的热情。只不过,这次脸红的已经不是我,而是初登家门的秀波了。

时间过得真快,一转眼两个月过去了。一天,忽然接到李兵寄来的挂号信,信中告诉我和秀波,因为在清理阶级队伍中连续发生伤人致死事件,聂环已被调出兵团,作转业处理。岳玉山因民愤太大,撤职查办。团政治处重新下发文件,撤销对我和秀波的处分,希望我们尽快回到连队。这时,秀波家的人和我二哥二嫂,都早已知道了事情的来龙去脉,看完信后,认为我们暂时先回连队为妥,等事情全弄清楚了,再做长远打算。

指导员的召唤和亲人的嘱咐,使我们不得不动身了,一路上的心情特别好。初恋的甜蜜和重获自由的喜悦,令我们激动得忘记了昨日的苦痛,也忘记了应该有的羞怯,幸福得如一对鸳鸯,自由地飞向蓝天,飞向未来。

1970 年春,双鸭山矿务局到兵团招工,我名正言顺回到双鸭山,当上一名煤矿工人。

1972 年秋,经过一番很不容易的努力,秀波被调到我们矿医院。同年十二月,我们喜结良缘。十个月后喜得千金,从此开始了漫长的家庭生活。

妈妈呀！妈妈

接到大姐的电报，我高兴得一夜没睡。大姐在电报中说，妈妈已于昨天，也就是 1975 年 11 月 19 日清晨从唐山上车，今日下午四点到双鸭山站，让我准时去接。已经整整十多年没见到妈妈，这十多年间，正是我们家几代人受磨难最多的时候。

妈妈，妈妈，您怎么儿还不出站？您到底在哪儿呢？我手抓栏杆寻望，可是，眼睛望酸了，脖子抻疼了，站内的人都走光了，也没见到妈妈的身影儿。

难道是坐错了车，或是中途下错了站？要是那样可就坏啦！一个小脚老太太，孤零零一人，冰天雪地，漫漫长夜……我心中火烧火燎，急得出一身冷汗。可又一想，不能，不能，绝对不能。接到大姐电报后，我又通了电话，她说把妈亲自送上卧铺车的，并且和列车员打了招呼，还给妈带足了吃的喝的。

我掏出电报，借着出站口的灯光再次看一遍。没错，就该这趟车到。咳，大姐也真是，妈说不让送就不送？好几千里地，真要有个三长两短的，可怎么办！我进到站内，到卧铺车上找个遍，仍不见妈妈。

我推开候车室的大门，大厅里乱哄哄，空气污浊得让人喘不上气儿。检票口正放人，这是从双鸭山到哈尔滨的另一趟车。我皱着眉头在门口稍站片刻,便顺着靠墙放置的长条椅子寻找起来。没等我走完一半,上车的旅客已快走光,大厅里顿时空旷沉静下来,只剩暖气片旁还有七八个人,或躺或坐,看不出准确的年龄与身份。

我心烦意乱地向他们走过去,猛然发现有位老太太和一位姑娘,正并排靠坐在暖气片上小声说话。我心中一动,向前紧走几步。咳,不是,不是,妈妈长得可不这样。再说,大姐在电报和电话中都说是妈一个人来的。我懊恼地移开目光,心头重又积上一层失望。

我转身欲走,可又突然鬼使神差地站下来,扭头将那一老一少再仔细打量一番。老太太看样子已有七十开外,身体枯瘦,老态龙钟,戴顶青呢绒棉帽,围条紫色围巾,穿件深蓝色带大襟的外套。那小姑娘大约十七八岁,虽然衣着普通,长得倒挺秀气,脸蛋白净,双眸水灵,两条小辫一前一后搭在肩上,正用山东口音跟老奶奶说话呢!那种亲昵劲儿,不是外孙女,便是孙女了。就是呢,妈要有这么个伴儿一起跟来多好啊。

我走出候车室,寒风扑面,身上禁不住打个冷战,这才意识到中午饭还没吃,肚子里已空得直叫,决定先到饭店饱餐一顿,然后再想办法。

我要了一盘青椒炒干豆腐,一碗酸菜汆白肉,半斤大米饭,一瓶地产"双龙"牌啤酒,一边独斟自饮,一边又犯开寻思,那老太太会不会真是我妈?当时应该问一问,一听口音就知道了,怎么就没想到呢?用不用再回去看看?拉倒吧,不可能的事儿!我自己否定了自己。是啊,妈长得可不那样,没有那么老,也没那么瘦,那么矮。再说,我还特意看了,那老太太手里没拿长烟袋,大襟上没有荷包和玉坠儿,头上也没有银簪儿。

在我的记忆里,妈妈高高的个儿,胖胖的脸儿,慈眉善面,脑后的疙瘩鬏上插根银簪儿,左胸大襟的第二个扣眼上,系个绣花烟荷包和一枚乳白色的玉坠。那杆玉石嘴烟袋,足有一尺长,抽烟时不时用银簪扎扎烟锅儿。妈一年四季总扎着裤腿,一双尖尖的小脚,走起路来脚跟先着地,颤悠悠像在扭秧歌。一天晚上,妈在炕上洗脚时,我好像第一次发现,她的四个脚趾头全弯压在脚掌下面,只有大脚趾尖尖朝前,惊异地问:"妈,你的脚咋和大嫂的长得不一样?"

"哎,小时候让你姥姥给硬裹的呗!"

"裹它干啥? 不疼吗?"

"咋不疼,疼也没办法!"妈妈叹息着解释:"那时候,女孩子不从小把脚裹住,长大了就没人要啦!"

我闹不明白这其中的缘由,眨巴着眼睛还想问。妈苦笑着摸摸我的头顶,不愿再搭理我:"老儿子,快睡吧,等你长大了,念完大书,就啥事儿都知道啦!"

我把身子缩进被窝儿,双手托腮看着妈妈,好半天没睡着。从打这以后,每当想起妈妈来,眼前总会闪过那双又短又尖的小脚儿和妈妈那苦痛的神情。已经快半夜十一点了,我仍在旅店的床上翻来覆去地折腾,一遍又一遍哼唱亚美尼亚民歌《燕子之歌》:

> 燕子啊,你告诉我,
> 在这辽阔的高空上,
> 在这遥远的地方,
> 你向哪儿飞翔?

> 燕子啊,你飞向前方,
> 飞到亲爱的故乡;
> 那儿有我的亲娘,
> 倚门盼儿回家乡。

> 燕子啊,你快飞翔,
> 去见我慈爱的亲娘;
> 搭个窝和她做伴,
> 住在她的窗旁。

四个床位的房间里只有我一个人,按理说自由自在,挺舒服的。但由于心事沉重,难以入眠,却使我产生一种置身旷野般的孤独,心似脱缰野马,无遮无拦地左奔右突,各种稀奇古怪的念头和梦幻,像陀螺般在眼前升降盘旋,搅动得有如大海狂涛。

　　妈妈,您此时此刻听没听到我的歌声?您知道吗?自从在初中学会这首歌,每当思念您的时候,每当心绪不安,我便会旁若无人地反复唱诉,直到将胸中的思念化为泪水,才会渐渐平静下来。结婚之后,特别是有了第一个孩子,我常常凭窗远眺,将那匆匆的流云,幻想为可以呼唤应答引吭高歌的燕群,烦得邻居背后说我有精神病。

　　妈妈,您叫什么名字?啊,妈妈没有名字!在刚上小学时,当二哥在新发的语文课本上写完我的大号"孙庆云",我也曾这么问过。妈妈当时是如何说的啦?

　　"妈哪儿有名,小时候你姥爷没给起。"

　　"咋不给起呢?那他们管你叫啥呀?"我睁大眼睛盯问,不敢相信会有这种事。

　　"叫小名呗!那年月,穷人家的丫头片子多数没大号。等出门子时,还得随夫姓!"

　　我听了越发糊涂,继续刨根问底儿:"那你现在叫啥名?"

　　"问你爸吧!"妈瞥一眼坐在炕头的爸爸说:"我到老孙家这么多年,生下你们四个,他都一直没舍得给我起个名!"

　　我问了几遍,爸爸才讷讷地回答:"老娘们儿家,要名有啥用!再说了,你也怨不着我,谁让你不从娘家带一个来!"

　　"妈,您有名儿!"二哥接过话茬儿,大概是为了安慰妈妈吧,伸手从窗台上的木盒里掏出刚发不久的选民证,一本正经地说:"这不是吗?孙王氏。"

　　"那叫啥名儿?"妈听了很不高兴,看出来早有想法:"你们家姓孙,你姥家姓王,所以叫孙王氏。要是你姥家也姓孙,那还能叫孙孙氏?"

妈一肚子委屈,又说得在情在理,爸爸和二哥都只顾"嘿嘿"笑,我也闭上嘴不敢再瞎问。至于后来妈妈又起没起名儿,我到现在也不清楚。

对,等把妈接到家,抽空再问问,活这么大岁数,总不能连个正经名字也没有。对了,要不就用我给妈起的那个名吧!上次填干部登记表,到该写父母的名字时,就把我难住了,没办法,只得临时编一个假名:王香春。因为小时候我家后院里有棵香椿树,每到春夏两季,我几乎天天爬上去给妈掰香椿芽吃。我借音化字,也多少有些纪念意义。不过,事后又总有点担心,恐怕政审外调时出麻烦。

妈,您为啥要把我送人? 那时咱家真穷得养不活我? 要不是大嫂硬把我要回来,您还会有我这儿子吗?

我生下来不久就被送人的事儿,是六岁那年大嫂同爸爸论理时,无意中才听说的。刚开始,我一直不理会这事儿。可是奇怪,当后来年龄稍大些,却常常有意无意想起来,心里总有点不舒服。说明白点,就是对爸爸妈妈不满意,不理解他们当时为何会那么狠心,总想问个水落石出。我也知道这么想有点荒唐,可又没办法把这念头彻底驱除。直到成家立业后,有了一个又一个孩子,体尝到了生活的种种艰辛,这种念头才渐渐淡忘消失。可现在,又为什么突然想起这事儿来呢? 咳,后来也怨我爸我妈,1962年不该再回老家。回去后不但遭了那么多罪,还使我们多年没能见面儿,连爸爸去世也没守在身边。不然,也不至于出现今天这种怪事。

我从迷迷糊糊中醒来,看看表,已经凌晨四点,干脆别睡了。我一骨碌爬起来,光膀子下地倒杯水。这旅店暖气挺足,外面白雪皑皑,滴水成冰,屋里却热得温暖如春,连毛衣也穿不住。可妈妈呢? 您老人家到底在哪儿? 冻没冻着? 住没住旅店?

五点十分从哈尔滨开来的普快车进站,六点整矿区内的通勤小火车开车。我不紧不慢地洗漱穿戴,掐着钟点向车站走去。

火车正点进站,可仍没有接到妈妈,我跺着脚不知怎么办。更恼人的是,那个老太太和姑娘的身影又闪出来。难道我们娘俩真的谁也不敢认谁了?妈会不会自己找到小火车站去?我看看表,心脏一阵狂跳。快,妈备不住已上了车呢!我起身就往外跑,仅用几分钟就到了。正赶上开车铃拉响的时刻,纵身跳上最后面一节车厢。

我气喘吁吁地靠在车门处缓口气,一直等火车开出站,才开始往前寻找妈妈。车窄人多,只有斜肩才能挤过去。我所在的集贤煤矿是座大型现代化竖井,距市区五十华里,火车几乎要开上一个小时,中间停靠四个小站。

我一节车厢一节车厢地找,凡是见到了上年纪的老太太,都要仔细瞧一瞧。我那慌慌张张的样子,很快引起别人的注意,一位矿机关的同志问我:"庆云,你在找谁?"

"找我妈。老太太从唐山来,昨天下午就该到,可我连接三趟车都没接着,急死人啦!"

"刚才开车前,有个小脚儿老太太,河北口音,站在候车室门口,一声接一声喊她儿子的名。"站在身后的一个小伙子突然告诉我。

我猛转过身,迫不及待地问:"快告诉我,她喊谁的名字?"

"喊什么来着?什么……金仓、银仓?啊,对,满仓,满仓。"小伙子记性真不错。

啊,果然是妈妈!妈妈在招呼我的小名呢!我乐得差点跳起来。我们这个矿有五千多名职工,除了我爱人,没有一个人知道我小名的。

"小兄弟,快说,我妈在哪儿?上没上这趟车?"

"你这人,也太性子急啦!"小伙子笑着告诉我说:"当时,我也忙着上车,只听老太太喊,满仓,满仓啊,你到哪儿去啦?咋儿不来接妈呢?还不时拦住行人问,你们认识我儿子不?小名叫满仓,大号叫孙庆云,在集贤煤矿上班。"

"别说了,别说了,快告诉我,我妈到底上没上车?"我很不礼貌地打断他的话。

"上没上车我可不知道。当时,我还以为老太太精神不大好呢!"小伙子上下打量我一番,好像故意要刺激刺激我:"真是你妈?那你怎么没接着?老太太说整整蹲了一宿车站。"

"小兄弟,一言难尽,一言难尽!谢谢你了,我得赶快去找。"我由于羞愧而变得客气起来,实在没法开口再说什么,只想快快见到妈妈。

我顿时来了精神,为把握起见,每见到一位老太太,就躬身问一句:老大娘,您从哪儿来呀?反应是各不相同的,有的和颜悦色地告诉我,从哪儿来。到哪儿去。有的则存有戒心,打量半天才回一句,其中有位愣头青,我刚问他身边的老太太从哪儿来,他"呼"地站起来,怒目质问:"你是干啥吃的?我妈从哪儿来,你管得着吗?"我顾不上多解释,尴尬地赶紧离去。

后面的五节车厢都没有,肯定在前头。我继续往前寻找,第六节、第七节、第八节,只剩最后两节了,我的心提到了嗓子眼儿。推开第九节车厢的门,我立刻听到了妈妈的乡音。我欣喜若狂,一块石头落了地。我快速向前挤去,只听到妈妈在动情地诉说:"我有十多年没见到老儿子啦!一天天哪,想得我吃不香睡不甜的。这孩子从小命苦,脾气又犟,因为1966年回家时受点委屈,便发誓这辈子再不回老家。我今儿早上才琢磨出味儿来,我们娘俩呀,准是谁都认不出谁啦!老天爷,出这种事儿,怨谁呢?可不能怨我儿子!我老儿子最孝敬,月月给我邮钱,邮奶粉、白糖什么的。"

我的天哪!妈妈,可找到你啦!我本想高喊一声,可又怕惊动满车厢的人。在这么多人面前,在这样的场合与妈妈相认,肯定没好果子吃。

我也不知道是怎么扑到妈妈跟前的,反正身后留下一阵责怨。趁还没人注意我,赶紧把妈妈端详一番。妈妈尽管老了那么多,那么瘦弱,可眼神儿仍像记忆中那样慈祥可亲,和我昨天看到时不大一样了。可那姑娘呢?那长烟袋,那荷包和玉坠儿呢?

"妈——"我再也控制不住自己,旁若无人地长叫一声,半蹲半跪地抓住妈妈的手。

妈妈一下愣住了，在众人惊愕的注视下，不敢相信地打量我，小心地询问："你——你真是满仓？咋就长得不一样了呢？"

"妈，是我！是我！"我挺直身子，让妈妈仔细辨认。妈忽然不吱声了，慢慢地用双手托住我的面颊，看看左面，又看看右面，生怕有人冒名顶替。

"儿呀——妈可见到你啦！"我觉出头顶湿乎乎的，头皮发酥发痒，像小时候故意在淋春雨，又像让妈妈或大嫂摩挲着脑袋要睡觉似的。片刻之后，妈妈的哽咽声唤醒了我。我意识到自己的处境，又顿时如芒刺背，觉得那一双双鄙夷的眼睛，正在揭我的皮，割我的肉，揪我的心。

"看看吧，这也叫儿子，还是孝子呢！"

"见没见？娶了媳妇忘了娘，还他妈当干部！"

"哼哼，母子对面不相认，十多年不回家看看老妈，这人心长到哪去啦！"

我体无完肤，浑身钻心地疼，可又绝望无援，上天无路，入地无门。妈妈，您狠狠打我吧，骂我吧，就当这么多人的面儿。只有这样，我才能好受些，才能有脸再做人！

"哎呀呀，你们可不行这样遭损我儿子！"妈妈冷丁松开我，一边擦眼泪，一边理直气壮地为我辩护："我老儿子命苦心不苦，不但孝顺，还福大命大，可不是肉眼凡胎！1960年春天，还救过我的命，救过许多人的命呢！"

"哈哈，这样的儿子还最孝顺，福大命大，老天爷瞎眼了吧！"

"天下奇闻。老太太，那你就讲讲你儿子是如何救你的。"

看热闹不怕大，好奇心人人有，他们故意逗妈妈开口，显然是想让我继续出丑。

"那咋还不行？我这就给你们大家伙儿好好摆摆，免得你们派我老儿子的不是。"妈妈不知是计，竟一口答应，更刺激起众人的浓厚兴趣。

"妈，您老人家快歇歇，歇一歇。"我惶惶然地劝妈妈别乱说。哪有那种事儿？我啥时救过您的命？莫不是妈妈乐糊涂啦？

"老儿子，怕啥的，妈得好好对他们说说这码事。你不但救了妈，还救了七里八庄老多人的命呢！"

妈妈执意要说，看那股劲儿，要是硬加阻拦，不但惹妈妈生气，还可能犯众怒。咳，非要说就说吧，反正是这么回事儿！我豁出脸皮就得啦！挨一下也是挨，挨两下也是挨。

1960年那场大饥荒，可把人害苦啦！春头儿上最危难时，我们庄每人每天只发二两生地瓜干儿。树叶吃光了，树皮扒光了，连刚钻出来的麦苗儿都进了肚，一天饿死二十多口子。孩子他爸和二儿子跑出来后，家里只剩下我和老儿子，靠他大哥大姐接济着度命。后来，我也得了浮肿病，老儿子饿得直打晃儿，眼看着都要遭殃了。

这时，不知咋传开的，说天上的菩萨显灵，在南山坡的卧虎塘撒下灵丹妙药，喝下去就能消灾保命。我老儿子带着他大侄儿长山一起去讨，连去十几天，每次都得到满满两玻璃瓶子，里面全是各式各样的活精灵，白的、绿的、黄的、红的、黑的，带腿的不带腿的，长毛的不长毛的，生翅的不生翅的，有壳的没壳的，放在锅里熬上半个时辰，那滋味才香呢！我和他大嫂连喝了三天，那肿得发亮的两条腿，就消了一圈儿，到第十天头儿上，全身上下都复了原样。这一来，很快一传十，十传百，一庄传一庄，说我老儿子是王母娘娘派下来的救世神童，对天上招呼一声，便要啥有啥。每天都有成百上千的人拥着我老儿子到南山坡讨仙药。后来，庄里的干部知道了，硬说是搞迷信，派民兵拿着枪把住道口，谁也不准再进山。再后来上头传下令，要把我老儿子抓去蹲大狱。我们一个邻居得了信，偷偷到家告诉了，吓得我们连夜跑到唐山大闺女家，坐火车跑到东北来啦！

啊，妈妈原来说的是这件事儿。

我环视四周，发现不管男的女的，老的少的，都好像对妈妈说的话坚信不疑,没人嘲笑,也没人反驳。不过,我在内心深处,却隐隐地有些担心。我正在要求入党,这车上人多嘴杂,要是有人反映到矿党委去,那可就坏啦!我再次四下瞧瞧,还好,没一个熟人。不过,为了避免嫌疑,还是故作姿态地说道:"妈,别迷信了。那些虫子哪是什么仙药,是因为含有丰富的蛋白质,所以能治病消肿。有的地方现在还当名菜呢!人家美国和非洲的黑人,已经吃几千年了。"

"老儿子,啥蛋白蛋黑的,妈只认它比啥药都灵,准保是王母娘娘赐的,可不准瞎说。"妈十分不满地瞪了我一眼。我知道说服不了妈,其实也没多大必要,最好是快快回家,然后再拍两封电报,向大哥大姐报个平安。

"妈,昨晚在车站和您在一起的那个小姑娘是谁?"我想起该问问这事儿。

"啊,你说那苏姑娘,在车上认识的,叫苏月莲,从山东来的,到上游林场投奔他哥哥。这姑娘心眼儿真好,见没人来接我,硬陪着蹲了一宿票房子,今儿早上还要把我送到火车上,还说要见不到你,就一直送我到家。我说啥没让,人家哥哥嫂子不知咋惦着呢!菩萨保佑她,找个好婆家。老儿子,咱可别忘了人家,这不,我还特意要了她哥哥的地址呢!"

"忘不了,忘不了。"我真心实意地答应下来,并为没能看到这位好心姑娘而感到遗憾。

"妈,您老的长烟袋哪儿去啦?"

"妈早就忌烟了,不然夜里总咳嗽。"

噢,原来如此!我说呢,在候车室就没见到妈妈的长烟袋,自然也就见不到荷包和玉坠儿。看来,人是不能过分相信以往的经验,不然,就可能做出错误的判断,引出意想不到的麻烦。这不也是唯物辩证法吗?在恍然大悟的同时,我竟生出一丝可怜的自鸣得意,以求使颤抖的心灵有个瞬间的平衡。是有意,还是无意?人这感情,可真叫复杂!

婆婆一进门口,没见过面的儿媳妇就忙乎开了。

秀波先把妈让到热炕头上,然后端茶倒水,问寒问暖。已经三岁的大女儿小瑞和刚满周岁的二女儿小静一点不认生,争着偎在奶奶怀里,跟妈妈学叫"奶奶"这陌生的称呼。当然,她们还根本不可能理解"奶奶"的含意是什么,弄不清奶奶和爸爸、妈妈的关系。妈妈怀抱着孙女,手拉着儿媳妇,忙不迭地问这问那,乐得合不上嘴。

　　"老儿媳妇,听说你也是洋先生,会瞧灾看病,这可是积德行善的好差事儿。满仓早在信里对我说了,你们老家在山东郓城,离水泊梁山不远。你父亲母亲在佳木斯,你俩是在农场时认识的,你心眼儿最好,做了不少善事。我儿子说上你这贤惠媳妇,真是烧高香了。我这当妈的,也就再没啥牵挂啦!"

　　妈妈越夸奖,儿媳妇越难为情,红着脸不知说啥才好。等妈稍歇一会儿,秀波便端上早已准备好的饭菜,变着法儿想让妈多吃一些。

　　虽然已经七十多岁,又坐了两天一夜火车,蹲一宿车站,可妈妈却没有一点倦意,倚在行李上跟我们唠家常,详细介绍大哥大姐两家的情况,不知不觉到了中午。

　　吃过午饭,我们又接着唠。秀波生怕把妈累着,劝妈先睡一觉。妈开始时不肯,后来我说我也累了,咱娘俩一块儿睡,这才勉强和衣躺下,仍然紧一句慢一句地不停嘴儿。我哼哈应承着,渐渐眼皮儿睁不开了,便睡过去。听秀波说,妈见我睡着了,坐起来把我端详好一阵,才重又躺下去,慢慢闭上了眼睛。不过,她老人家却一直攥住我的手,很怕别人把儿子抢去。

　　一觉醒来,天已大黑。妈不知啥时候醒的,正和两个孙女和儿媳妇说话。秀波问妈晚上想吃什么,妈说一丁点儿不饿。后来见实在要做,才说:"那就熬点稀粥吧,稀溜溜的,败败火。千万别鱼呀肉的,妈只想吃点老咸菜丝儿,你们又指定没有。"

　　老咸菜丝儿? 还没吃够? 我眼前快速闪过树叶、草根儿、麦苗儿、蛤蟆、老鼠,各式各样的虫子、火车、点心、炒面、大米、面包……最后是妈妈从老家带来的老咸菜丝儿，不知怎么弄的，那包老咸菜丝儿像是从包里飞出，在空中变成了会飞会跳会喊会唱的精灵，围着我挤眉弄眼儿。我身上打个冷战，勉强让自己镇定下来，只觉得极度困乏，眼前一片迷茫。

秀波答应了妈妈的请求，不到一小时工夫，就熬好了二米粥，做出四样菜，外加一碟腌黄瓜，一碟蒜茄子。这顿饭，妈妈吃得好香好香，边吃边夸儿媳妇手艺好。我在旁边听着听着，却好像得了厌食症，觉得啥都难以下咽，一顿饭也没说上几句话。

妈妈吃完了，我也吃完了。可妈却一个劲儿盯问我："满仓，你咋儿就吃那么点儿？还没妈吃的多呢！是不是昨个儿去接妈时冻着啦？"

"没有，没有。"我连忙否认，做出轻松愉快的样子让妈看。解释说，"妈，我吃饭快，比您吃的多多啦！"

妈妈的眼神儿变得凝重起来，望着我没再说别的。

不知为什么，我胃里难受得厉害，心头一阵阵酸楚，忽然想哭一通，自己觉得才能好受。我怕妈妈看出我胸中的隐秘，起身走出屋去。

唠嗑又唠大半宿，我一下接一下打哈欠，妈却仍有兴致，秀波动员她躺下休息时，她老人家说："说起来真怪呢！在老家妈天天早早睡，早早起，白天还得眯上一小觉儿。现在见到了你们，一丁点觉也没了！喜冲的！"

我真佩服妈妈，她老人家竟能将许多眼前的凡人小事，随时同她信奉多年的佛事孝道，因果报应联系起来，虽则有些牵强，但却十分虔诚，令人不无感触。我把妈妈一天来的言语举动同记忆中的印象联系在一起，感到妈妈一点儿没变，那牵肠挂肚的疼爱，那令人安神的温馨，那绵绵厚重的深沉，那坦荡待人的勇气，那逆来顺受的坚韧，等等，等等，使我仿佛又回到了童年，回到了少年，回到了那个我曾经硬要遗忘的故乡。

到了半夜十一点，我和秀波都有点支持不住了，只好硬劝妈妈脱衣休息。秀波给妈铺上结婚时做的新被新褥新枕头，妈说啥不肯用，非要盖旧的，说把新的留起来，等孩子长大了再用。秀波说有好几套呢，说啥让妈用。

"啧啧,多好的绸缎,给妈盖真白瞎啦!"

"妈,就给您盖才对呢! 您老人家用过了,我们再用时,保准更暖和。"

秀波多会让妈高兴。我笑眯眯地瞅着这娘俩儿,好舒坦好美气。

秀波打盆热水,要给妈烫烫脚,放松放松。她们搞医的讲究这个,一开始我也不习惯,后来训练常了,才自觉自愿,不用再督促。可妈说啥不肯让秀波给洗,我笑着揣摸,自以为猜到了原因:"妈,秀波她妈也是小脚,比您的还小呢! 等过几天,您老姐俩到一块儿时,好好比试比试,我当裁判。"

"你个浑小子,这么大还没正经!"妈假装生气,我挨了骂,却觉得心里甜甜的。争辩半天,妈妈最后只好说了心里话:"秀波,你听妈说。妈关里关外几千里地赶来,可不是为使唤儿媳妇的,现在是新社会,早不兴那套了。再说,妈也不是不能动,你快歇着去,待会儿我自个儿洗。"

"妈,您实在不愿用我,就让儿子代劳吧!"

妈应允了。秀波离开后,我在妈妈幸福的注视下,开始认认真真、小心翼翼地给她老人家烫脚、修趾甲……

"满仓,你又愣神儿想啥呢?"妈突然发问,我却以为是小时候妈站在门口儿的青石板上,悠扬地呼唤我:"满仓,回家吃饭喽……"

我不情愿地从幻梦中醒来,愚蠢地掩饰:"妈,没想啥,没想啥!"

"可不是呢! 你今儿个一整天眼神儿都不大对头,妈早看出来了。"顿了一下,妈又不安地问:"老儿子,你说实话,是不是妈来了会影响你的前途? 影响入党? 要是那样的话,妈得赶紧到你二哥家去。他是工人,这事儿差异多了。再说,妈也看出来了,你媳妇身体不大壮实,两个孩子都没奶,全得靠喂奶粉,日子过得本来就够紧巴了,再加上我这吃闲饭的"。

"妈,您老人家想哪儿去啦!"我赶紧解劝阻止,努力做出无所谓的样子说:"没那种事儿,您老人家哪儿也别去,就在我这儿长待着。"看来,只得跟妈妈说实话了,不然,她老人家指定不肯相信。我羞赧地抬起头,不眨眼地注视着妈妈,下决心道出积郁多年的忏悔:"妈,我这么多年没回家去看您,您老恨没恨我?"

妈没有一点惊讶,也没立即回答,像是早已知道我会说这话。过了片刻,才轻轻摸摸我的头发,默默地掉起眼泪。

我慌了,后悔不该提起那苦不堪言的往事,恨不得自己打自己几个响亮的耳光。

"傻孩子,妈哪儿能恨你呢!"妈终于开口了,深深叹口气说:"这些年来,你们哥几个受的委屈够多啦!哪辈子造的孽呀!"

"妈,不说那事儿,不说那些事儿了。"我连声劝止,唯恐那往日的伤痛会冲去我们母子相逢的喜悦。要知道,这难得的喜悦,来得多么不易呀!

"说说不打紧,妈啥事儿都能想得开,你心里也痛快痛快。"妈以无量的宽容安慰我,并又说出一件事:"满仓,真要细说起来,那年还多亏你回趟家,又救妈一命呢!"

我又被妈说糊涂了,怎么又说我救了她老人家的命?是不是年岁大了,会经常产生幻觉?

妈慢声拉语地帮我解开谜团:"1966年闹'文化大革命'时,妈也活够了,遭那些罪,人不人,鬼不鬼的,一寻思起来心就发颤。扫大街时,妈几次想一头扎到井里去,活着还有啥趣呢!你走后第二天,你大嫂为让我宽宽心,送饭时特意告诉我,说你爬到香椿树上去看妈,还险些从上面摔下来。妈听完后哭了一宿,也想了一宿,这一来心里倒真敞亮多了。妈翻来覆去地寻思,我老儿子这么孝顺,岁数又小,还没成家立业,我要是撒手一走,那不就更可怜啦!我不能就这么走!被放回家后,你大哥大嫂你大姐他们都劝我,说你等放假时,一定会再回来。我明白他们是安慰我,却假装硬让自己相信。妈天天自己劝自己,非要好好活下去,不见我老儿子一面,不等我老儿子婆媳成家,说啥不能闭上眼睛。这一来,心路宽了,眼前亮了,慢慢也就挺过来了!满仓,你想想,这不就是又救妈一命吗?"

"妈,那是您福大、命大、造化大。"我不知该如何表达此时的心情,竟用妈常说的话语,劝慰起她老人家来。是急不择言,还是潜移默化?抑或是都有一点?还是其他?我发现,一天来自己多次产生这样的情结,说不上是喜还是忧。

"前世的造化,造化。咱家祖祖辈辈没人做伤天害理的亏心事儿,老天爷有神眼,从不冤枉好人的!"妈高兴地表示赞同,却把功劳又记到老天爷身上,还反过来夸我:"满仓,妈后来听你大嫂大姐都说了,说你走时哭着发誓,这辈子再不回老家,求她们照顾好妈妈。老儿子,你这也叫男儿血性,大丈夫气派。人活着就得这样,才能骨头硬,抗磕打。哪朝哪代当大官做大事儿的,不都这样嘛!"

妈妈,我的好妈妈!看不出您老人家目不识丁,连名字也没有,却会有这等胸怀和见识。相比之下,我这做儿子的倒显得自惭不及,无地自容了。经受了同样的苦难,不!经受了比我多得多的苦难,妈妈收获的是希望,是坚强,像南山坡上的野枣树,风霜雨雪什么都不怕,年年发芽,年年开花,年年结果。而我得到的则是怨恨,是颓唐,是绝望。原因何在?我哑然失语,一时无法找出答案来。

"满仓,等以后有了机会,你一定得领媳妇孩子回家多住些日子,让那些心里不干净的人也见识见识,就算是给妈,给你们老孙家这一门光宗耀祖啦!"

"妈,我们一定全家回去,一定!"我立即满口答应,早把十年前立下的誓言抛到九霄云外。这么做对不对?我可没来得及想。

"妈,真的,那个潘洪林现在咋儿样了?"我忽然想起这件事儿,并且觉察出自己情感和语调上的变化,发问时不再用"怎么样"这书面语言,而改用"咋儿"这样的乡音。虽则生疏一些,但却倍感亲切,以为这样更能同妈妈的心贴近一些。

"哦,你问后街的潘老大呀!"妈若有所思地吟哦片刻,不无同情地告诉我:"真是应了恶有恶报,善有善报的老理儿。那小子在武斗中伤了好几个人,自己脸上也挨了一刀,腮帮子上留下一道大疤,接着又蹲了五年大狱。这期间,他爹死了,媳妇领着孩子走道了,至今仍是光棍一条呢!真说起来,也可怜巴见的。那年月的事儿,也不能都怨他,就赶上那世道啦!那孩子一小时,也挺招人喜欢的呢!"

"是,我不过随便问问。"其实我早就知道这些事,只是想借机让妈妈说说贾小娟后来怎么样了。尽管一提起往日的屈辱,心中就恨恨难平,可看到妈妈是那么宽宏大量,也就不得不抑制住自己的情绪,口是心非地随和起来。

朦朦胧胧中,我觉得肩头有点发痒,挠几下,翻个身,又睡过去。嗯?怎么腰也刺痒起来了?像有虫子在爬。我在黑暗中睁开眼睛,不对,不对,是有人在摸我。我猛然清醒过来,不知什么原因,却一动不敢动。

啊?是妈在坐着抚摸我!我的心狂跳起来。这是妈妈的手,微微颤抖,热热乎乎,慢慢从上向下移动。那么轻柔,那么甜蜜,又那么陌生,那么悠远。我仿佛躺在摇篮里,一任生命的小舟荡漾在母爱的宁静港湾。不,不单单是宁静的港湾,还连着那月光明亮,馨香弥漫的花园。

妻子的爱是春天的泉水,
醇美甘甜;
祖国的爱是盛夏的太阳,炽热强烈;
母亲的爱是秋天的月亮,
安静久长;
同志的爱
……

这是谁写的诗?峭石的吧,记得是 1964 年读到的,一直深深印在心里,经常吟咏,是渴望,更是祝福,祝妈妈如日月长天,健康长寿。

睡吧,睡吧,我亲爱的宝贝,

妈妈的双手,轻轻摇着你。

摇篮摇你,快快安睡,

夜已安静,被里多温暖。

这是舒伯特的《摇篮曲》,如春江之水,似夏夜之风。我是在有了大女儿后学会的,天天唱给女儿听,也唱给自己听。后来妻子学会了,又常常嬉戏地唱给我听。此刻,我闭上眼睛,默默吟唱。我想立刻酣睡过去,到梦中去体尝那迷人的情韵。

睡觉吧,我的宝贝,

小鸟儿早回巢;

花园里多么宁静,

小羊和蜜蜂已休息;

天上的月亮在笑眯眯,

银色光辉照耀大地;

你睡在月光里,

睡觉吧,我的宝贝!

快睡,快睡!

噢,这是莫扎特的《摇篮曲》,像潺潺溪水,俏皮活泼,情态醉人。我常常将两位音乐家的同名之作联唱进行品味,从中获得无限的满足。每唱过一次,都如温浴即出,甜梦初醒,使心灵得到抚慰。哦,我好像是哼出声来了。

到了胯骨,到了膝盖,又到了脚脖儿、脚掌,妈妈的手停下不动了。我正感到纳闷,妈妈的手又开始往回移动。但这次不是抚摸,而是用拇指和食指在量，一下、两下、三下……从脚到腰，从腰又到头顶。

我终于忍不住了，"腾"地坐起来，顺手拉开电灯开关，抓住妈妈的手，激动万分地问："妈，您摸我干啥？"

妈盘腿坐在那儿，身上披着她的大褂，爱怜地看着我："妈摸摸你胖没胖，长没长高。哎，一小儿没吃到妈的奶水倒是不行，比你几个哥哥姐姐都矮！真委屈我老儿子啦！"

我无法控制住感情的冲动，一下子扑入妈妈怀中，像遗失多年的孤子，终于回到慈母的身旁，终于回到了久盼的故乡。

"满仓，别哭，别哭，别哭哇！妈在这儿，正搂着你呢！"妈妈泪流满面地轻轻拍着我的肩膀，摇着我的身体。她老人家越像小时候那样哄我劝我，我就越住不了声。这是我记事以来哭得最痛快、最幸福的一次、恐怕也是今生今世唯一的一次吧！

媳妇醒了，孩子醒了，她们不知发生了什么事儿，都从小屋跑过来。秀波抱着小静，不知是心疼我，还是感到太可笑，用食指刮着脸皮笑着对妈妈说："妈，看把您老儿子乐的，快三十的人了，还撒娇耍贱。羞！"

"爸爸羞！爸爸羞！"大女儿小瑞学着妈妈的样子，嘟着小嘴不住手地比画，二女儿小静则紧搂住妈妈的脖子，瞪着眼睛看热闹。

我直起上身，这才真感到有点难为情。可同时又顿觉心性怡然，睡意全消。

妈妈在我和二哥家没待上半年，就开始张罗要回老家，理由还一大堆呢！第一条是离家时间长了，想大哥大姐两家的孩子，扔不下家中的破烂东西，这和1962年她和爸爸非要回去时说的一样。第二条是嫌东北的天气冷热不均，睡不上火炕，腰腿发皱。第三条是吃不到小米、地瓜、杂面汤、香椿什么的，胃里难受。第四条更让人难理解，妈反复同我叨念："妈在你们这儿一天天吃闲饭，没一点事儿能干，心里头憋闷得慌。妈是苦命人，享不了这城里的福。妈是天生的贫贱骨头，当牛做马的命！天天吃饱不干活儿，早晚得撑出病来！老儿子，妈求你们了，快放我走吧！"说完，妈妈竟掉起泪来。

从十几天的反复谈判中，我觉出妈妈说的可能是真心话。她老人家为我们一大家人操劳一辈子，想闲闲不住，早已成了习惯。到双鸭山后，总想转转悠悠找活儿干。可没房子没土地没牲口，又有多少活儿呢？大不过是做做饭，洗洗衣服，举手之劳点事儿，我们谁肯让妈妈动手！

有一天，妈趁没别人在场，又哀求起我来："老儿子，听妈对你说，这人才怪呢，只要身子骨硬朗，稍微劳累一点，有好处，能免灾去病。真要一天天干闲，再好的身体也会闲出病来。妈回到老家，可以帮你大嫂照看照看孩子，收拾收拾屋里屋外，喂喂鸡鸭鹅狗。想啥时动就啥时动，想吃点啥就吃点啥，没说没管的，心里舒坦，免得纠着筋，误住血。你快去向二哥二嫂他们替妈说说情！"

我虽然不得不承认妈说的也有些道理，但心里还是不肯答应妈妈的要求。

"妈，您老人家啥也别想，就安心舒体地待着吧！慢慢习惯就好了。我和二哥早商量好，说啥不能让您再回去遭那份罪，受人欺。再说，我爸没多少年了，回去也没个伴儿，我们更不放心。等过上一年两年的，我陪您到北京溜达溜达，顺便回家看看。"

我故意把话说得挺死，为的是让妈妈彻底安下心来。可这世界上适得其反的事情实在太多，这一来，反倒坏了，险些铸成痛不及悔的大错。

自从那天被我哄劝过之后，妈妈一连几天没再提要回老家的事儿。可我和秀波都发现，她老人家像变了另一个人，言语突然少了，脸上不见了笑模样，吃啥都不香甜。晚上一宿宿睡不好觉，有时半夜坐起来，一直到天亮。我们认真反省，实在记不起在哪儿惹伤了老人家。秀波以为妈妈病了，要领她到医院好好检查检查。妈一口回绝，说她啥病没有，就是想家想的，让我们快放她走。

事情真会那么严重？妈妈为何非要着急回老家？会不会还有别的原因？我隐隐约约感到，事情可能不像原来想得那么简单，我决定尽快探个明白。

"妈,这些日子就看您不大高兴,吃不香睡不甜的,我们瞧着心里可难受了。您真要非回老家不可,也不是不行。可有一条,您必须把实情告诉我。我总觉得,除了您说过的那些理由外,还有别的话没说。妈,今天就咱娘俩,秀波和孩子都去邻居家了,您把话说清楚了,我明天就张罗送您走。"

妈探着身子瞅我半天,最后相信我没哄他,拉住我的手连夸带嘱咐:"还得说我老儿子懂事儿,知妈的心。但有一条,妈对你说说倒行,可不准对单位上的人乱讲。不然,对你们影响不好。"

"妈,您就放心,我对谁都不说。"我又惊又喜地暗自庆幸。

"老儿子,是这么回事儿!"妈妈打消了顾虑,脸色舒展地同我拉起了家常:"前些日子,你姥爷姥姥一块儿给妈托梦,说他们早就想我了,让我务必在腊月初十那天,去看看他们老公母俩。妈答应了,答应的事儿就得办!"

"妈,到哪儿去看姥爷和姥姥?"我笑着明知故问,禁不住想起小时候妈妈讲的那些鬼狐成仙的故事。"到天国呗!你姥姥偷着告诉我,说天国的日子可好过了,要啥有啥,谁也不欺负谁。"妈一本正经地讲着,同时微眯起眼睛,心驰神往地追想着另一个世界。见此情形,我身上忽然觉得发冷,拦住妈不想让她再说下去。

妈不满地瞥我一眼,接着说:"妈也知道梦里的事儿不全准,可这回却是真的。这两年妈自己觉出血脉不周,筋骨发硬了,经常梦到老一辈儿人招呼我。来东北前,你大姐领我到唐山大医院查个遍,先生们说老太太啥病没有,就是岁数大了。妈听真住了,是妈的寿路快到啦!老儿子,你放心,妈在这事儿上想得开。人人都有生有死,只是情形大不一样。坏人活着人人骂,死后下地狱;好人活着人人夸,死后升天堂。妈这辈子没做过亏心事儿,你姥爷姥姥在天堂上早给我找好地方啦!妈想,要走就走个净心,走个痛快,别在人间落下啥遗憾。正因为这样,妈才说啥到东北来看看你们。见你们日子过得还挺好,妈就没啥牵挂喽!"

妈说到这里,脸上露出慈祥的微笑。可我的鼻子却发酸,直想哭。

我刚要张口劝导老人家,妈摆摆手又说:"老儿子,你听妈先把话说完!妈着忙回家,还有另一个原因呢!半个月前,你爸爸也来招呼我了,说我已走了快半年,他一个人在家孤单单的,让我快点回去陪他,千万别把身子骨扔在外边。妈知道你们在党的人不信这些,可你们也得替妈想想,妈信呢!妈都是七十多岁的人了,真要一口气上不来,就啥事都来不及啦!老儿子,妈就求你这一件事儿,千万不准糊弄我。"

"妈,您别说啦!"我热泪盈眶,又毛骨悚然。

"不说了,不说了。"妈见我心情不好,满口答应。可没过几分钟,又坚定不移地提出要求,也可以说是最后通牒:"满仓,你明儿个就去给妈打张通票,道儿我已经走熟了,谁也不用你们送,只给你大姐拍个电报就中。你们谁再拦我,妈偷着爬也要爬回去。"

"您总得容我们个空儿,好好商量商量。妈,先不说这事儿了,您老人家快躺下歇歇。"我看妈妈那认真的神态,不敢再乱说乱动,先来个缓兵之计吧。

当天下午,我给二哥单位打个电话,约他明天务必赶来。第二天一早,二哥坐小火车早早到了,我在去接他回家的路上,把前前后后的事儿一说,商量如何才能让妈回心转意。我们刚一开口,就把妈惹翻了,当面把我好顿损:"满仓,你也快三十的人了,咋还这么嫩稚稚的,说话办事儿不妥当?将来还能成大器?你们都给我上班儿去。妈只等你三天,到时候再这样,我可真要生气啦!"

三天过去了,妈一见还没动静,干脆不吃不喝,以绝食相威胁。我以为秀波面子大,让她再劝劝妈,妈仍一点儿不给面:"秀波,妈知道你是好孩子,妈不能难为你,你让庆云过来。"

我忙问妈有啥吩咐。妈拍着我的手心手背,掉起泪来:"老儿子,你们的孝顺妈都领了,可妈不回家实在不中。你们也看出妈急成啥样儿,妈正一天天掐算着时辰挨日子呢！你们再不让我走,妈非得场大病,扔在这儿不可。"

我和秀波搂住妈一块儿哭,妈却立场坚定,不为所动,还反过来劝我们:"妈活这么大岁数,经的事儿多啦！妈老了老了,临走时不能给任何人留罗乱。妈真要病倒了,在医院躺上三五个月,你们的日子可咋过？那临死不留念心的事儿,妈可不干。你们痛痛快快去给我打票,妈只要一坐上火车,啥病就都没啦！"

经过最后一轮紧急磋商,我们只好顺从妈妈的意愿。我本想请假去送妈,单位领导挺照顾我,说党支部正考虑我的入党问题,还差我大姐夫单位的一份外调材料,正准备派人去唐山呢,征求我的意见,可不可以让外调的同志顺便带我妈回去,这样可以一举两得。我一打听,要去外调的人正是熟人老张,老张也愿帮这个忙儿。我回家对妈一说,妈当时就乐得来了精神,让我替她谢谢单位的领导。

我把妈送到卧铺车上,借开车前的几分钟抓紧再说说话,答应一有机会,就回家去看她老人家。妈一直抓着我的手,叮嘱我好好工作,好好过日子,等回家时,一定把老婆孩子全带上。

开车的铃响了,我站起来同妈告别,妈忽然叫住我:"庆云,你慢走。"妈看看坐在对面的老张和另一位去外调的小刘,不好意思地从内衣兜掏出件东西。我一看,竟是小时候妈烟荷包上的那枚玉坠儿。正觉得蹊跷,又听妈说:"妈也不怕这两个同志笑话啦！妈这一辈子,没攒下一点值钱的玩意儿,金的银的全没有,只有这玉坠儿,还是出门子时你姥姥给的,陪我五十多年啦！啊,也别说没银的,妈还有过个银簪呢,闹红卫兵时给掠去了。妈这一走,说不准还能不能再见到你们。把这玉坠儿给秀波做个念想吧。当着她的面儿,妈实在拿不出手来。今后你一定得对人家好,那孩子心眼儿实在,知情知理,太难找啦！"

我连连点头,唏嘘地同妈妈泪别。

火车开了,妈妈走了,我的心别提有多难受！可是,任何人做梦都想不到,妈妈这一走,却使短暂的悲情,变成了长久的喜庆。因为正是妈妈的此行,挽救了大姐一家人的性命。

七八天后,便接到大姐的来信,说妈妈在两位同志的照料下,平安到家。大姐说,她发现妈妈去一趟东北,精神上显得特别好,回去后一连说好几天话,详细介绍了各家的情况,还把二嫂和秀波好顿夸,谁听了都挺高兴,希望我们全家能早点回老家看看。

我反复看信中的每一句话,觉得十分亲切和宽慰。我苦笑着回想起妈妈所说的两次梦境,自作聪明地判定,那只是妈妈思归心切时的谵语罢了。

十四天后,震惊世界的唐山大地震发生了。我从广播电视和报纸上了解到它的惨相,三天内拍五封电报,一封没见回音。我转而往大哥单位写信发报,打听大姐一家和妈妈、大嫂和孩子们的情况,终于盼来了准确消息。大哥在信中说,大姐全家和他们一家都平安无事,并详细介绍了当时的情形:

> 发生大地震的那天夜里,天气奇热,闷得人喘不上来气儿。在这之前,妈就说啥要回乡下老家,说咱爸天天半夜叫她,务必在七月初赶回南贾庄,不然,非把身子骨扔在外面不可。妈天天心急火燎,催赵磊快给找车。
>
> 大地震的头天晚上,车找好了,是外贸局到咱们乡供销社拉货的,早四点准时出发。咱妈乐够呛,几乎一宿没睡。第二天早三点,你大姐一家人全起来了,收拾东西的收拾东西,包饺子的包饺子。没等饺子下锅,突然天崩地裂,震耳欲聋,火光冲天,房摇屋裂。房子刚一摇晃时,你大姐和孩子就从窗户蹦出去了。你大姐夫背着妈从门口往外跑。刚出门口,整栋平房就全倒了,他们一家人连个皮儿也没伤着。可大院内的四栋房子、二十户人家,有六户死绝了,其余的非死即伤。大伙都说,是咱妈救了你大姐一家人的命,多亏老太太及时

从东北赶回来。事后,电视台记者专门进行了采访,称这是一个奇迹……

看完大哥的信,我惊喜万般地使劲儿直拍大腿,唉呀呀,真亏了妈妈!我的好妈妈呀!如果说世间真有神仙,真有菩萨,那不就正是你老人家嘛!要不是妈说啥要从东北回去,要不是她那天非回乡下老家,或是在双鸭山,或是在唐山再多耽误一天,那又会是个多么可怕的结果呀!这其中的奥妙如何解释,恐怕是该由科学家们好好研究研究。

唐山大地震的第三年秋天,二哥专程回家探望妈妈。这也是他从1958年出走后,近二十年第一次回乡。这中间,他曾两次在井下负伤,伤残后被安排到煤运科去当拣矸工,直到后来退休。

二哥到家后,把妈乐得不停嘴,家里外面多少年的事儿,说起来就没完没了。有一天,二哥记起当时妈非要从双鸭山返回来的情景,故意打趣道:"妈,我姥爷姥姥又给您托梦没有?你们定的腊月初十相会,见没见面儿?"

"傻儿子,能不见面儿吗?妈去了,待好几天呢!前前后后,多少辈子的事儿全唠透啦!最后,你姥姥说你们老孙家已经时来运转,该兴旺发达了,让我再享几年福,不着忙离开。"大伙听了都哈哈直笑,妈妈却绷起脸坚持说:"这是真事儿,你们不信可不中!"

二哥从老家回来了,我特意到宝山矿去打听老家的各方面情况。说起家乡正在发生的变化和妈妈的身体与精神,大哥大嫂大姐家的许许多多的事情,令人感慨万般。二哥说,大哥正在续修孙氏家谱,除了走失海外的几支人,在国内的几乎都联络上了。大家对这件事都极表赞同,已经搜集到几万字的珍贵资料,正要请人来编修呢。大哥首先想到了我,可又考虑相距太远,会不会影响工作,特意让二哥捎信儿,征求我的意见。我没有多想便答应下来,大哥很快将全部资料寄来,我仔细研读,深受鼓舞。原来,在我们的家族史上,竟有那么多鲜为人知的秘密,等待着我去整理发掘。

1980年盛夏的一天凌晨,在爸爸过世十四个年头之后,妈妈在睡梦中长眠,如愿以偿地去同姥爷姥姥和爸爸相聚去了。遵从妈妈生前的嘱咐,大哥又是在烧过三七之后才给我们的信儿,并说妈妈生前已定下日子,让我们全家最好在她三周年时回老家,要好好和我们团聚团聚。我在办公室看完大哥的长信,顿时泪流满面,哽咽不止。可老成持重的王主任却安慰我说,老人家无疾而终,是难得的喜丧。我仔细品味他的话,虽然也觉得有些道理,但感情上却痛苦难抑,久存哀思。

绵绵兄嫂情

1972年3月，在一次采煤工作面的冒顶事故中我死里逃生，左半边脸被石头砸出两个口子，左眼睛险些失明，好在经过半年时间的治疗，没有落下残障，然后被安排到修理厂做维修电工，一干就是三年。在此期间，我一边求人帮助给秀波联系调转工作，一边写了几篇小说和人物通讯，发表后引起了单位的注意。矿干部科科长找到我，说我写的那些煤矿题材的文章反响很好，经矿党委研究，决定调我到矿办公室当生产调研员，也就是人们平常所说的秘书。从此，我便干上了爬格子的苦行当。

结婚第二年生了大女儿长瑞，第四年生了二女儿长静，第六年又生了儿子长刚，把我乐得差点找不到北。

不想乐极生悲。我爱人生完这小子后，身体就累垮了，贫血、风湿、眩晕、胃病，一齐找上门。那时候工资都低，我俩每月加一起不到一百元钱。三个孩子都没奶，全得喂奶粉，但奶粉又十分不好买。实在没辙，我只好找党委书记，要求上采掘一线，多挣几个钱养家糊口。领导很同情我的处境，同意让我下去当掘进队副队长。那时候，采掘一线刚实行计件工资，下去第一个月，便开了一百二十元钱。我揣着钱到附近农村跑一整天，花八十元买到一只奶山羊，一天能挤五斤奶，这才解了嗷嗷待哺的燃眉之急。

大哥大嫂知道了我们的困境,特意打发大侄女长英来双鸭山,帮我照料几个孩子。我大嫂这时已有五个孩子,两男三女,各个长得身强力壮,水水灵灵,其中属长英长得最秀气,也最能干,谁见谁夸。

　　长英来那年已经二十三岁,没用几天工夫,就把我们家的情况看个明明白白,全写信告诉了爸爸妈妈。很快,大哥来封长信,说大嫂知道我的处境后,一直睡不好觉,怕把我和秀波累坏了,决定让长英立即回家,把三个孩子全带回去,帮我们养几年,等该念书时再送回来。为了打消我的顾虑,大哥还说现在老家的日子比东北好过,不愁吃不愁穿的。他也该退休了,打算让长英接班儿。

　　我和秀波一商量,觉得不能那么办。尤其是秀波,她说我还没回过老家,没见过大哥大嫂,怎么好意思给他们添那么大的麻烦呢? 其实,我更不忍心。我从小就是大嫂养大带大的,现在自己成家了,大哥大嫂又儿女一大帮,我本该帮着他们点才对,哪能还得寸进尺,颠倒过来呀!

　　我把道理反复对长英讲,可这孩子说啥不肯听,别看岁数小,那主意才正呢:"老叔老婶儿,这事儿还得听我爸我妈的。你们的情况明摆着呢,再这样下去,大人孩子都受不了。你俩要是硬不同意,我就偷偷把他们仨全领走。你们放心,我和我妈绝不会让他们遭一点儿罪。"

　　思前想后,我心里的难受劲儿,羞愧劲儿,就没法提啦!

　　说走就要走,长英的性格和大嫂一样。经过再三商量,最后决定把最大和最小的两个孩子带回去。那时,大女儿长瑞刚满四周岁,儿子长刚才五个月。

　　三天后,我送他们到卧铺车上。快开车时,大女儿见我和她长英姐姐都哭了,猜出不是啥好事儿,瞪起一双眼睛紧盯着。等我要下车时,她一把拉住我的手,哭喊起来:"爸爸、爸爸,我要回家!"

　　"爸爸去给你买冰棍儿,一会儿就回来。"我强作镇定,用手轻轻抚摸孩子的头顶。

　　"不要! 不要! 不要! 我要回家! 我要妈妈!"

我怕自己哭出声，一狠心将她推到长英怀里，逃一般跳下车。可是，女儿那撕心裂肺的哭喊，却差点把心都疼碎啦！

光阴似箭，一晃四年过去了，掐指一算，长瑞已到该上学的年龄。这期间，国家的形势发生了天翻地覆的变化，十一亿中国人终于从噩梦中醒来，一切都在剧烈地变化，一切都在高速地旋转，一切都在重新组合，长期蜷曲的中华巨龙，正在从桎梏中挣脱出来，欲重现令世人瞩目的雄姿。

这时，我爱人的身体已经恢复过来，家中的生活也渐渐改善。我们虽然也时常想念两个孩子，可由于各方面原因，却一直没机会回去看看。大哥大嫂和长英非常理解我们的处境和心情，每月都必定来封信，每半年寄一次照片。特别是对我小儿子长刚，连啥时会坐、会爬、会站、会走，啥时会叫妈妈、会说话，喜欢吃什么玩什么，身高多少，体重多少，都写得详详细细。其他凡是怕我们牵肠挂肚的事情，则一字不提。

我去信对大哥大嫂说，秀波的病好了，家里的生活强多了，该把孩子接回来了。可大哥回信说，我大嫂的意思是先让长瑞回双鸭山念书，说农村学校的条件差，别误了孩子前程。至于长刚，还太小，再在老家养几年，等快上学时再说。大哥还告诉我，不必特意回去接长瑞，省得来回花路费，让即将回东北的庆芹姐带回来。庆芹姐是五服内的本家，1960年投奔的我二哥，家也在宝山煤矿。她比我二哥大两岁，姐夫在矿财务科工作。

不到二十天，庆芹姐真把长瑞带回来了，并详细介绍了老家的情况。说大嫂对两个孩子，特别是对小刚如何如何好，让我们别惦记。还说小刚和我小时候一样，睡觉时得天天让大妈搂着，可又经常尿炕，有时一宿还尿两遍。这面尿湿了，大嫂把他抱到那面，那面又湿了，干脆放在身上驮着睡，那心肠，换了谁也不中。

其实，不用庆芹姐说，我们也能看出大哥大嫂的那番心血。你看，长瑞走时饿得黄皮拉瘦，大脑瓜，小细脖儿，严重营养不良。可现在，又白又胖，一口地道的家乡话，谁听了都想笑。这孩子懂事儿早，记性好，姑姑一走，她那小嘴就闲不住了，一段一段讲老家的事儿，还边说边比画，真让人看了开心。

可是有一天，她突然说，大妈和她大嫂因为小刚吵一架，分开家了。我听了吓一跳，忙问因为啥事吵架。她眨巴眨巴眼睛，又改口说不知道。我看出她没说实话，也知道她肯定说不清楚，但又猜出这里面有事儿，心里十分不安。事情明摆着呢，真要因为我的孩子使婆媳闹翻脸，那简直是罪过！必须立即想办法补救，最好的一招儿，当然是赶快接回孩子，事情便会一了百了。

第二天晚上，我专门坐火车赶到宝山矿，听庆芹姐一细说，心都差点蹦出来。

原来，我大侄儿长山的儿子小生，比小刚仅大八天，自然是爷爷奶奶和全家人的心肝子。可是，自从我的两个孩子回老家后，爷爷奶奶便分出一份疼爱来。这种事儿想遮遮不住，想瞒瞒不了，儿子儿媳妇哪能没一点想法呢？不过听庆芹姐说，我大侄和大侄媳妇都挺通情达理的，大面儿上还不错。可这事儿和其他事儿毕竟不一样，时间一长，谁都难免心里生疙瘩。终于有一天，大约是在小刚快两生日的时候，婆媳间爆发了一场家庭大战，导致亲人反目，父子分家，使所有人心灵上都留下了抹不去的阴影。

大嫂养了六只母鸡，平平常常一天能拣三四个蛋，几乎全让我的两个孩子包了。农村的生活都知道，不管老的少的，能三天两头吃顿鸡蛋，那可是相当不错了。一般人家有了也舍不得吃，用它换点油盐酱醋、针头线脑、火柴肥皂什么的。那年月，有人这样形容过，鸡屁股是信用社，老母猪是小银行。

一天中午，大嫂蒸了碗鸡蛋糕喂小刚，小生见了也要吃，奶奶只给几口便不给了。小生说啥不干，伸手便抢，一下子把碗打翻在地，气得奶奶顺手照屁股给一巴掌。儿媳妇正瞧到这场面，实在受不了，便和婆婆吵起来："妈，您老对孙子这样，我早想说话了。我问问您，等您老了不能动那天，是靠儿子孙子养活呢，还是靠小叔子和侄子们侍候？"

我大嫂那脾气,哪儿受得了这个,当即把儿子儿媳妇好顿闹:"你们这些没心没肺的东西,心都让狼叼去啦? 这两个孩子离开爹妈好几千里地,天生的命苦,我怕你老叔老婶儿养不了,才接回来的。你们见了心里不舒坦,我早瞧出来啦! 那好哇,今儿个咱就把话说开,把事儿挑明,从明个儿起,你们就给我痛痛快快搬出去过日子! 要啥我给啥,决不亏你们,免得一家人两条心,让两旁世人看笑话。儿媳妇,你不是问我老了用不用你们养活吗? 我现在把话也搁在这儿,就凭你今天这一出儿,到时候八抬大轿来抬我,去不去还两说着呢!"

话说到这份儿上,多让人揪心。没出五天,大嫂把大哥追回来,硬把家分开了,让长山他们三口先租房住,答应秋后给他们盖处新瓦房。

我埋怨庆芹姐为何不早说,她解释道,临回来时,大哥大嫂特意嘱咐她和长瑞,不准对我和秀波讲这些事儿,怕我们分心。庆芹姐还告诉我,这几年大嫂的身体已远不如从前,常闹毛病,一着急上火就得躺几天。为了照看好两个孩子,硬让长英推迟了婚期。长英倒心甘情愿,不说什么,可姑爷家却等不及了,再三托人说情,怕时间长了长英会变心。

我最担心大嫂的身体,经再三追问,她最后迫不得已,只好吐出实情:"庆云,我真话对你说,大嫂前些日子得场大病,差一点不行啦!"

"哦? 什么大病?"我心里有点不大相信,因为没听长瑞说过。

"咳,还不是给你看孩子累的!"庆芹姐的口气已变得不满起来。

"庆芹姐,你快说说详情。"我羞愧地催促。

庆芹姐犹豫片刻,完全忘记了大嫂的嘱咐,把事情对我细说一遍:"今年刚入秋时,小刚突然得了急性肺炎,高烧三十九度,呼哧带喘上不来气儿,吓得大嫂和长英连夜找车找人,直接送到大哥他们医院,经过抢救才脱离了危险。从住院的第一天起,大嫂就没咋合过眼,一个礼拜下来,小刚好利索了,正要办出院手续时,大嫂却累得一闭眼睛昏过去。医院的大夫护士赶紧进行抢救,连大哥那么刚强的人都吓哭了。大嫂醒过来后,大哥给她做了全身检查,发现冠心病挺重。大夫说,要换在一般人身上,或是没有孩子缠在身边,恐怕早倒下去了。见大嫂一时半晌出不了院,大哥打算让长英先带小刚回家。可大嫂不让,连哭带嚷地说:'你们谁也不行把小刚带走,我说不定能不能活呢！我要好了,我们娘俩一块儿回家,要真不行那天,我看着小刚才能咽下最后一口气儿！'从那天起,大嫂不让小刚离开一步,打静点还得抓住一只手,或者搂在怀里睡觉。好一些能下地时,就领小刚到外面晒太阳,溜达玩儿,买好吃的。大哥怕出意外,只好揣着急救药,在后面慢慢跟着。"

"大嫂整整住半个月院,到家之后,又把啥都忘了,一天天里里外外忙个没完。庆云,不是姐姐说你,可快点把孩子接回来吧！也让大嫂好好歇歇,多活上几年。"

"庆芹姐,你放心,我一定尽快去接。"我热泪盈眶地保证,匆匆离开,连午饭也没顾上吃。

知道了事情的前后经过,我连夜给大哥写信,让他先做好大嫂的工作,怕突然回去接孩子,她会受不了。

发出信的第六天,接到了大哥打来的加急电报:"信收悉,暂不必来,详情见信。"

第十天头上,挂号信到了。大哥在信中说他和大嫂早想到东北看看,现在他正在办理退休手续,估计用不上一个月就能办妥。又说,他与大嫂商量好了,等秋后再把小刚送回来,大约十二月份吧。信写完后,大哥不放心,又在后面添上一段:"庆云,你千万不要现在来接小刚。你大嫂说了,就是你来接,她也不会答应,因为小刚前些日子生场病,现在刚好利索,身子骨还发软,怕回东北送幼儿园受不了。"

看完信,我和秀波你瞅瞅我,我瞅瞅你,好半天谁也说不出话。很明显,大哥大嫂不让小刚现在回来,主要是替孩子考虑着想,替我们着想。可越是这样,我们心里就越不安宁,感到对不起大哥大嫂,也对不起大侄女长英。好在大哥定下的日期还不算远,那就耐心等待吧！不然又该怎么办？我了解大嫂的脾气,真要惹她生气,再病倒了,不更坏啦！还是乖乖听她的安排吧,谁让我有这么好的嫂子呢!

在瑞雪纷飞,寒风凛冽的 11 月中旬,大哥大嫂终于如期到来,给我们送回了宝贝儿子。

在车站上刚一见面,我的心就难受了。大哥的模样没怎么变,也没太显老,可大嫂的变化就太大啦!满头银发已见稀疏,脸庞虚胖,神情疲倦,从站里到站外就这么几步,便气喘吁吁,和我记忆中的模样大大不同了。1966 年 11 月我回家时,她还那么健壮,那么有精神,那么手脚利落,乍一看像三十多岁的人呢!大哥从 1956 年以后一直在外面工作,家里就是大嫂领几个孩子过日子。她每天又要做饭洗涮,又要喂猪喂鸡,又要春种秋收,从来不知啥叫苦和累,一天到晚总乐呵呵的,凡事不知道愁。前几年二哥回家时,也说她没啥大变化,身体很硬朗!不用说了,大嫂现在变这样,除了年龄上多少有点关系,主要还是让我两个孩子累的。我拉住大嫂的手,只叫出一声"嫂子",便红着眼圈儿说不出话了。

大嫂见我这样,擦擦眼睛,弯腰把孩子抱起来,强作欢颜地说:"小刚,快叫爸爸,这就是你庆云爸!"

"不,不嘛!"儿子怯生生看着我,脑袋摇得像拨浪鼓。

我伸出手想把孩子接过来,可他紧紧搂住大妈的脖子,就是不松手。

不跟就不跟,慢慢来。我苦笑着安慰自己,趁机把孩子打量一番。这就是我的儿子?那皱皱巴巴,小猫一样的可怜相一点不见了,长得敦敦实实,浓眉大眼,留个小平头,右嘴角上一颗黑痦子,特别显眼,蛮精神呢!

"这孩子,在家大妈咋告诉你的!他就是你庆云爸,亲爸爸,快叫,快叫!"大嫂怕我不好意思,一个劲儿调教,可我那儿子就是瞪着眼珠不开口。

大哥在旁见了,笑着劝解:"他爷俩刚见面儿,一时还认生呢。等过几天,混熟就好了。"

我拎起地上的大包小裹向吉普车走去,这是单位领导特意给我派的车。大嫂和小刚坐前面,我和大哥坐后排,车子开上大道后,我首先问起大嫂的身体:"大哥,我看你身体还不错,可大嫂挺虚的,她的病好了没有?"

大哥略一迟疑,小声告诉我:"高血压和心脏病都挺重。我怕道儿上挺不住,本不想叫她来,可她说啥不干,一来怕小刚在道儿上遭罪,二来也想看看你们哥俩在外混得咋样。"说着,从兜掏出救心丸和降压药说:"这不,我给她带着药呢。"

"庆云,咱这是往哪儿去?"大嫂听到我们在说她的身体,明知故问,为的是要岔开话头。

"回家呀,五十多里地,半个多小时就到。大嫂,道上累坏了吧?"

"不累,不累,有这虎儿子在跟前,啥都忘啦!"大嫂拍拍小刚后脑勺,然后反过来问我:"小瑞学习咋样? 她老婶儿上班儿没有?"

"小瑞学习挺好的,听说你们要来,天天念叨! 秀波今天没上班儿,正在家等你们呢!"

大嫂放心地点点头,然后看看窗外,担忧地叹道:"这黑龙江咋到处都冰天雪地的,我们小刚这么一点点,哪能受得了哇!"

"别看雪大,天倒不怎么冷。"我解释说:"大嫂,我们都是住的楼房,集中供热,冬天屋里比咱老家要暖和呢!"

"我可不敢信! 不冷能下雪? 咱老家一年见不到几次雪花。"大嫂深表怀疑。

"是不是,又来啦!"大哥嗔怪地告诉我:"你嫂子一过哈尔滨,就开始后悔了。看山山是白的,看地地是白的,农村的房子都被雪埋住半截! 一听外面风刮得嗷嗷叫,便说小刚指定受不了,非要下车往回返,说等春暖花开时再来,逗得车上的人都哈哈直乐。井底之蛙,没见过大世面,就这样儿!"

"用不着你贬斥我!"大嫂回头瞪大哥一眼,又对我说:"庆云,咱可早点把话说透亮,小刚要是真待不惯,我就手把他领回去。我们长这么大,还没冷着饿着呢!"

"可以，可以。"我笑呵呵满口答应。

到家了，秀波和两个孩子正等得着急。两个女儿拉住大伯大妈和老弟弟的手，又蹦又跳。秀波虽然是第一次见到大哥大嫂，可感情上比同任何人都近，一边问寒问暖，一边说起感激的话。

大嫂拉住秀波的手，拦住她不让往下说："秀波，你可不行这么说话。你的孩子，我的孩子，都是老孙家的苗苗，分不出个里外来。再说，庆云是我看着长大的，能帮帮你们，不正应该嘛！说到家，咱姐俩也是有缘分。"

大嫂的几句话，竟把秀波说得淌出了眼泪。大嫂见了，也怪难受的，赶忙又转了话题："秀波，对了，我还要告诉你个事儿呢！我这人有个毛病，好惯孩子，为这事儿你大哥没少骂我。这小刚啊，在家里是我的眼珠子，谁也不准碰一碰。冷不丁回到你们身边来，恐怕一时半时顺不过劲儿来。这你就得多担量点儿喽！别太急，慢慢归拢，长大点儿就好了。他要真上来浑劲儿，耍磨磨丢，可别又打又骂的，把孩子憋屈出病来。"

秀波连声应承，心里只有感激的份儿。

大哥在旁又忍不住说："你这老娘们儿，就知道护犊子！孩子嘛，就像弯曲的小树，得经常修理才能成材。不然，时间一长，毛病多了，想改也难。人家她老婶儿是儿科大夫，啥不懂？还用你胡说八道！"

"你别管，没你的事儿！"大嫂不理那个茬儿，继续嘱咐说："秀波，你别笑话我，嫂子没念多少书，说话不会拐弯儿，心里想到哪儿就说到哪儿，不然不痛快，不管咋说吧，千万别让孩子受委屈。"

暖气给得太足，不大一会儿就穿不住棉衣了。我劝大哥大嫂脱下外衣，大嫂用手摸摸暖气片，惊讶地对大哥说："你别说，庆云还真没说瞎话，是比咱们家暖和多了。只要不出屋，小刚可也冷不着。"

"出屋也没事儿，越冻越结实。"我故意吓唬大嫂。

"那可不中！"大嫂拉过孩子，一连嘱咐几遍："小刚，听大妈告诉你，外面的雪不化净，可别出去玩儿。不然，非把小鸡鸡冻掉不可！"

我和秀波请几天假,陪大哥大嫂到宝山矿二哥家看看,拉起关里关外,东家西家,老的少的,各种各样的事情,兄弟之间,妯娌之间,自然亲热无此,感慨万千。其中最让人开心的,还是那懵懵懂懂,始终不肯认亲的儿子,每到一处,都要引出一阵笑声。

　　"小刚,谁是你亲爸亲妈?"

　　"大爷大妈。"这小子张口就来,有问必答,还故意用家乡话拉着长声。

　　"那孙庆云和赵秀波是你啥?"

　　"小爸小妈!"

　　一阵哄笑后,我和秀波心里倒没什么,总是大嫂吃不住劲儿,站出来责怪:"不行你们胡说八道! 小孩子不懂事儿,你们这么大人也不懂事儿?"然后便调教我那儿子说:"小刚,听大妈告诉你,以后谁再问,你就这么回答,我有两个爸两个妈。大爸大妈在天津蓟县老家,亲爸亲妈在双鸭山,记住没有?"

　　"记住了。"这小子最听大妈的话,几次嘱咐之后,果真开了心缝,谁再打趣,便这么说,再不改口,那情形和我小时候一模一样。

　　没待上二十天,大嫂就张罗要走。十几年难得见一次,聚一回,我能答应吗? 非让他们过完春节不可。大嫂先是婉言谢绝,后来见我急眼了,才被迫道出实情:"庆云,你咋也这么不懂事儿! 眼看快要过阴历年了,家里就几个孩子,哪能中呢? 再说,我得赶快回去给长英张罗婚事。临来时和婆家定的日子,要赶在春节前办完喜事儿。你想想,长英再过年就二十七啦!"

　　这样重大的理由实在无法拒绝,本来我这做叔叔的,就已经很对不起大侄女啦!

　　临走的头天晚上,大嫂搂着小刚掉半了宿眼泪。第二天一早吃过饺子,大嫂把我和秀波叫到小屋,红着眼圈儿说:"你们快把小刚送幼儿园去吧! 嫂子眼窝儿浅,走时他一哭,我可受不了!"

考虑到大嫂的身体和心情,我们只得照办。

趁秀波送孩子的空儿,大嫂又向我提出另一个要求:"庆云,这事儿就得对你说了。你以后凡是公出去关里,一定得把小刚带上,到家让我看看。还有,告诉三个孩子,高中毕业全考北京、天津的大学,不许考别处,到礼拜天和放寒暑假,好能回老家。"

我满口答应,声音却哽咽得变了调儿。我真想象小时候那样扑到嫂子怀里,尽情哭一场。大嫂啊大嫂,你用甘甜的乳汁,你用绵绵的厚爱,养育了我和我的儿女,这样的大恩大德,可让我如何报答!

秀波送完孩子跑回来,说客车已进站,让我们快收拾东西。这时,大哥从兜里掏出封信,递给我说:"这是我昨晚给孩子写下的一首诗,等小刚上学以后再给他。"

我小心接过来,揣进上衣兜,然后拎起两个手提包,快步冲向楼下。一个小时后,便到了火车站。因为是掐着点来的,所以下汽车上火车,中间没一点空儿。我和秀波依依不舍地同大哥大嫂告别,直等列车驶出站外才往回走。

刚出站口,秀波就心急地催起我:"庆云,大哥的信呢? 快看看写的是啥。"

我掏出信封,发现没有封口,抽出信一看,果然是首题为"送小刚"的诗。我和秀波一同拿着信纸,小声念起来:

一

五月婴儿来,

四岁童儿归。

爹娘千里送,

饱含热泪别。

心如肝肠断,

唯有影相随。

望儿成长后，
健在能相聚。
　　　二
爱儿切，盼儿长，
望儿身体强。
愿儿成人后，
别忘爹和娘。

大伯大妈存寄
八一年十二月十二日于双鸭山

　　念完后，我和秀波泪眼相对，谁也没再说话。我那周身的血液却刹那间沸腾起来，猛然意识到，大哥大嫂留下来的这首示儿诗，又何尝不是对我的嘱咐和企盼呢？ 骤起的闪电雷鸣，在脑海里轰然作响，久久没有消失。

归乡故事多

自从被调到矿办公室之后,在工作之余,我始终坚持业余文学创作,虽然没搞出大名堂,但也多少算有了点名气。

1981 年七月,矿务局决定创办《双鸭山矿工报》,一纸调令将我调入局党委宣传部新闻科,参与《矿工报》的创刊工作。因为是企业内部报纸,又是周二刊,所以闲暇时间比较多,这便为我的业余文学创作提供了良机,在三年多的时间里,发表了近二十万字的作品,其中短篇小说《在入党志愿书面前》,荣获了由中国作家协会和煤矿文化基金会联合评选的全国煤矿题材首届文学作品一等奖,在地方上引起一场不大不小的轰动,因为这是双鸭山有史以来,在全国范围的文学艺术评奖中,所得到的最高荣誉。

1984 年四月下旬,我应邀到北京参加颁奖大会和文学创作讲习班,并就此篇作品的创作过程在授奖会上做了专题发言。当我讲到这是一个真实故事,它如实地记录了在改革开放之后,一位已经填写完入党志愿书的中年测量工程师,在矿长蓄意弄虚作假,授意更改月份验收数据,虚报原煤产量,以求掩饰管理上的漏洞,骗取荣誉和奖金时,如何受到党性和良心的共同驱动,拒绝了矿长的要求,拒绝了名利的诱惑,并用实际行动,挽回了损失和影响,全场里响起一阵赞许的掌声。我在北京一共活动二十天,在此期间,有幸听到了著名作家王愿坚、从维熙、李国文和著名文学评论家阎纲等人的专题讲座,受益颇深。讲习班结束时,我决定就近回老家看看大哥大嫂。同时,心里也存着一种扬眉吐气,衣锦还乡的骄傲之感。

一进家门儿,我便被渴望已久的亲情所陶醉。大哥大嫂的高兴劲儿就不必说,一大帮侄子侄女、孙子孙女更是欣喜万分,一声接一声招呼"老叔"、"老爷",乐得我合不上嘴了。他们当中,除了大侄子长山、已出嫁的长英和三侄女长伟外,其余的还都没见过面儿,叫不上名字,自然也包括长山的媳妇和他们的一儿一女。没办法,我只好来个"单兵教练",一个一个问名字,问年龄,然后把带来的小礼物分发给他们。这些孩子刚开始还有点发怯,没过十分钟就熟悉起来,争先恐后地问这问那,传看我从北京带来的获奖证书和一大摞彩色照片。尽管我暂时顾不上同大哥大嫂说多少话,可我相信,他俩看着这场面,保准比任何人都喜幸。可是,我冷丁又发现,大嫂的表情不对了,刚才还阳光灿烂,怎么转眼间又晴转多云了呢? 我正觉得纳闷时,大嫂看我已经注意了她,便面带悲伤地问起我来:"庆云,你忘性好大! 嫂子离开东北时,咋对你说的? 咋就不把小刚带回来让我看看? 真不知嫂子的心哪!"

我脸上像挨了一顿巴掌,愣怔半天才想起解释。其实,一进屋就该先讲清这事儿。

"大嫂,我是本想把小刚带回来,可他正上学前班。老师说耽误那么多天可不中,下半年开学时肯定跟不上。所以——"我发现嫂子又掉眼泪了,这才知道自己真犯个大错误,也不该再进行任何解释。索性来个低头认罪:"嫂子,这事全怨我做错了,你可千万别生气。干脆,你打我几下,骂我一顿吧!"

"看你说的!"大嫂"扑哧"笑出了声,大概是为了故意安慰我:"咳,嫂子也不是糊涂人,人家老师说得对,孩子的学习要紧,只不过觉得心里不大对劲儿。算了,今天是大喜的日子,不说啦!"

我看着大嫂强作欢颜的样子，却忍不住流出眼泪。

过一会儿，一帮小的跑出去玩了，只剩下长山几个大一点儿的，听我细说到北京领奖的情况和见闻。没等我说完，大嫂竟当面教训起孩子来："你们都听老叔说没有？不念好书，不长志气，到啥时候也不中！庆云，这回你得替我好好管教管教他们，没一个学习上嘎嘎叫的。"

对我说的话，大哥听得特别仔细，偶尔有不清楚的地方，还打听几句。可我发现，他听着听着，有时就走了神儿，好像忽然想起什么事情。一直等我讲完，忍不住要发问时，他才说出一番令人非常惊讶和兴奋的话来："老弟，你这次回家，也算是衣锦还乡，光宗耀祖啦！要是爸爸妈妈还活着，说不上咋高兴呢！我查过家谱，二百多年间，咱们大孙家坟这支人，历来当兵打仗，为国捐躯的多。官最大的是孙军长，参加过北伐战争，当过国民党山东省副省长、青岛驻军司令，1942 年告老还乡。侵略华北的日军头目岗村宁次和孙军长是士官学校同学，几次动员他出山统领华北的伪军，均遭拒绝，1953 年在家老死了。至于秀才、状元等文化人，从没有过一个，你可算是开天辟地，拔头子啦！"

大哥竟将我这微不足道的成绩，看得如此厚重，如此荣耀，这倒是始料未及的。不过，它在我心灵深处引起的振荡，却十分强烈和久远。说心里话，由于有 1966 年回家时的那次精神打击，留下了刻骨铭心的伤痛，发誓永不回乡。尽管后来国家的形势发生了翻天覆地的变化，自己的思想感情也今非昔比，可也一直没有回老家，原因虽然是多方面的，但也不可否认没有其中的因素。现在，我赶在这个时候回来，除了机会难得之外，确实也有一点荣归故里的炫耀心理。我相信，凡是有过类似遭遇的人，不管出于什么原因，也不管他敢不敢承认，都必定或多或少会产生这样的体验。要不，怎么能说"青春做伴好还乡"呢？

当天下午，几位知近的同族兄弟都闻讯赶来，聚在一起连吃带喝，有说有笑，一直到晚上十点多才散场。一晃儿都是二十多年没见过面，变化相当大。拉起小时候的趣事儿，说起今天的生活，评论不同的风土人情，我们都生出许多感叹，许多惊讶，许多遗憾和许多迟到的满足。

外面的人走光了，大嫂开始张罗让孩子们睡觉。

正在这时，忽然传来敲门声。大哥拄着手杖儿去开门，转眼间领进一个人来，并笑呵呵问我："庆云，你还敢不敢认他？"

一听这话，我赶紧站起来同来人握手，极力回想是谁。听大哥的口气，不是亲戚，便是小时候的伙伴，千万怠慢不得，可就是一时想不起来："真对不起，你是——"

"周志星。"来人憨笑着自我介绍，亲近地称呼我："老表叔，要在外面，我也不敢认您！"他无疑是个很厚道的人。

"哎呀，周志星啊！快坐，快坐。"我如梦方醒，仔细打量着他，真不敢相信这又黑又瘦的汉子，就是小时候那又白又胖的伙伴。

"没想到吧？你孩子那么一点，人家可要抱孙子，当爷爷喽！"大哥在旁边打趣道。

噢，想起来了，想起来了，小时候长山我们常在一起玩儿。那回去北河滩偷瓜，被孙大爷发现了，我和长山站起来想跑，他却抱住我的腿吓得直哭。孙大爷见了，忍不住一阵大笑，送给我们每人一个香瓜，嘱咐以后想吃就来要，可不许进地祸害秧苗。

"志星，你妈身体怎么样？小时候净给咱们做好吃的。今天太晚了，明天一早我过去看看她老人家。真的，你们家后院那棵枣树还在不？那时候你和长山都不敢上，树尖上的大枣全是我打下来的。"

"早枯死了，多少年啦！那地方现在盖了房子，儿子儿媳住呢！"

我看出他对小时候的事儿也挺留恋的，人嘛，可能都这样，小时候的事儿记得最清，最甜蜜，长大了就两回事了，酸的、咸的、苦的、辣的一掺和，说不定变成了啥滋味！

"志星你这么晚来，有事儿吧？"大哥问。

"没啥大事儿。"周志星惶惑起来，遮遮掩掩地说："听说老表叔回来了，我妈让我过来看看，多少年不见，怪想的。"

大哥嘴角上闪过一丝冷笑，仿佛一眼就看明了他的心事。见他不好意思说，便主动提起来，口气还挺不满意："你别想瞒我！贾二梆子要撬行包卧虎塘的事儿，我早听说了，正要向你问个明白。"

"这——"周志星象是做错了事儿，觉得很对不起人，支吾着低下头来，讷讷地说出真话："大表叔，我就是来同您商量商量这事儿，帮我最后拿个主意。"

"你这怂蛋包，窝囊废！"大哥竟当着我和大嫂的面怒起来，显见火气有多大。"你就说痛快话吧，到底还敢不敢包？想不想包？你也算男子汉？快四十岁的人了，见硬就回！我明明白白告诉你，不管你包不包，我都绝不能让老贾家爷们儿横行霸道。他想捡便宜，门儿也没有！"

我愕然地看着大哥那震怒的样子，几次想拦住他，可又不明故里。为别人的事儿，何必动这么大肝火？不太过分吗？可再看看周志星那畏畏缩缩，心甘情愿的神态，话到嘴边我又打住了。

"庆华，你这是干啥，有话不会慢慢说呀！"大嫂及时开了腔："大表侄儿本来心路就窄，人家拿不准才来找你。你老先生可倒好，不问青红皂白，先来一顿雷子，真没见过你这样的！"

一物降一物，一人服一人，世上的事儿就这么奇妙。大哥责骂周志星，他心甘情愿，没一点反感。大嫂连怨带损地训大哥，他立刻烟消云散，像做错事儿似的不吱声了。我在旁瞅着这热闹劲儿，憋不住想笑。

"老弟，是这么回事儿！"大哥见我丈二金刚摸不着头脑，简要地把经过说了一遍。

我很快听清了，感到这事确实关系重大，非同小可，心里埋怨大哥不该多管闲事儿，难道以往的教训还少吗？怎么就吃一百个豆不嫌腥？何苦来呢！已经六十多岁的人了，上来那股劲儿，还天不怕地不怕的，真是江山易改，本性难移呀！就说眼前这事儿，弄不好，又是一场把人得罪到家的官司。

大哥大嫂同周志星一家的关系，庄里没有不知道的，不佩服。他爸爸周廉和大哥是同一天当兵走的,后来在广西剿匪时牺牲了。临咽气前,周廉攥住大哥的手托付:"庆华兄弟,我不行了。你要能活着回家,帮你嫂子再找一个主儿,嘱咐她把星儿带走,给国家养大。"大哥满口答应,并把周廉的遗物,一顶被打穿的军帽收藏起来。大哥1954年复员回家后,想办的第一件就是这事儿。可周志星他妈说啥不肯,宁可守一辈子寡,硬是将孩子抚养成人,受到了乡亲们的交口称赞。这期间,除政府照顾外,大哥大嫂也没少帮他们母子俩,相互间处得比亲戚都近。这样的特殊环境,特殊关系,使周志星从小没咋遭罪,但也养成了性情懦弱,凡事都想有个依靠,不敢同人抗争的毛病。可是,到1978年以后,农村一实行土地分田到户,副业经营大包干的政策,他就越来越吃不开了。别人家的日子过得一天强一天,一年好一年,他却越过越紧巴,越混越没出路。

1982年春,机会终于来了,庄里准备将南山坡上所有的荒岭沟坡全包给个人,三十年不变。几天工夫,好地界全让人抢了,只剩地势最陡,路最远,沟最深的卧虎塘没人敢要。大哥一看是时候了,便动员周志星包下来,并帮他贷一万五千元钱,挖出被埋住几十年的泉眼,栽上一万多棵山楂树和苹果树,当年成活百分之九十。

这一来,二百多亩冷地变成了金不换,有人后悔,有人眼气,就背后下功夫。先是庄里要提高承包费,说每年一千元太低,要提到二千元,还得一次交十年的。大哥让周志星拿着合同跟他们说理,硬给顶了回去。有人告到县里,说大哥从始至终包办这事儿,背后与周志星合股。还说山泉水是公物,要用一起用,不然就放炮崩了填死,谁也别用。县里派下调查组,整整蹲一个礼拜。材料报上去后,县长孙庆江也就是"四白话"亲自批示,承包合同受法律保护,任何人不得干预。可是,仍有人不死心,不认输,继续使坏道儿。周志星呢?又偏偏胆小怕事儿,经不住别人吓唬,想杀猪不吹——蔫退,大哥生气就生气在这儿。

在大哥向我介绍的过程中,周志星一直坐在椅子上不吭声,不搭话。大哥见他那可怜相,又语重心长地开导起来:"志星啊,你比谁都清楚,当初为这事儿费多大劲儿,操多少心。要不是孙县长发了话,这次真说不上弄到啥地步。现在狂风过去了,剩一点小旋风,你又雀迷眼啦!就冲你这迷魂劲儿,一辈子吃不上八个碟子。你甘心过苦日子,可老的少的呢?你妈守你一辈子,享过多少福?你能搁下心,我可看不下眼儿,我不能忘了你爹的嘱咐。前些年政策不允许,没办法,只得大伙一块受穷。现在的政策在前面拉着你,在后面推着你,逼着你发财致富,只要是劳动所得,越富越光荣。可你却总是三心二意的,怕这怕那,还有没有一点儿男儿骨气!"

听着这番让人皮肉发疼的话,我真怕志星受不住。还好,他在这方面倒有挺头儿,扬脸看看大哥,终于说出藏在心里的话:"大表叔,我知道您是为我好。这些年来,多亏您和大表婶儿处处帮着护着我们一家人,我永远不敢忘!可这事儿实在不比往常,我再三掂量,咱惹不起,斗不过人家呀!二梆子他爹是支书,他大舅是公安局科长,他姐夫是有名的大款,一联合起来,还有咱们的活路?二梆子又放出风了,我要不退出去,或是不和他搭股,说不定哪天把树苗全砍了。那驴性霸道的玩意,啥缺德事儿都能干出来,早晚得吃他的亏,莫不如趁早躲闪开点。"

"他敢!除非吃了豹子胆!"大哥气得站起来,用手杖敲着水泥地面说:"我明天就上门儿找去,看看他有啥能水儿。他不过是壮胆说大话,专吓你这样的软骨头!我还要问问他爸,这支书还想不想当。你挺直腰杆儿别怕!他爷们儿再敢做手脚,我非告倒他不可!"

"大表叔,行吗?我就怕再牵连你。这些东西硬造谣,说有你一半的股呢。我也想了,真要有你一半倒好了,这帮狗日的谁还敢乱咬?大表叔,我妈说了,要干就给你一半股得了,这样我心里就安稳啦!"

"净胡说八道!我当初不答应,现在更不能点头儿,以后再别提这宗事儿!我要那么做,不正让人打个正着吗?我已联系好了,下礼拜一咱俩到县保险公司,把每棵树苗全保上险,谁敢动一动,就有人收拾他。遇上灾年不结果时,人家还要赔你钱呢!这些事儿你老表叔比我还明白,他是记者,对政策吃得准。庆云,你说说看。"

我一看也是火候了，便趁热打铁鼓励他几句："志星，我大哥说得对，别听他们连嚇带蒙的，谁也不能把你怎么样。你只要闯过这风口浪头，往前的路就容易走啦！"

这时候，大嫂回身从炕角的柜子里拿出个纸包，打开后是一叠钱。我大惑不解，只听嫂子说道："表侄儿，听说你手头紧，庄里又催着要今年的承包费。这是我们家前几天卖牛花剩下的，整整一千块，你先把它交上，好让老贾家爷们儿死了心。你大表叔上午就叫我送过去，这不庆云一回来，耽误了。"

"大表叔大表婶儿——"周志星没有伸手去接，站起来干张嘴说不出话，眼泪在眼圈儿里直转悠。

"快拿着吧，办正经事儿要紧。"大嫂下到地上，把钱交到他的手里，也趁机给他打气儿："表侄啊，人活在世上，就是要争口气儿，有挺头才行。不然，就成了面团团，让人家随便捏鼓。在这方面，你还真得向你大表叔老表叔他们学着点。我们家的事儿你都清楚，前些年左一出右一出被折腾到啥地步？你听他们打过唉声吗？后来咋样？想坏人的不但没坏了，自己却一个个先倒台子啦！庄里庄外那些有权有势的人，为啥都害怕你大表叔这平头百姓？就是因为咱走得正，站得稳，敢替乡亲们说话，办事有理有据。你这回可得下狠心挺住，苦上个三五年，就该发大财，享大福啦！"

周志星捧着钱，点着头，流着泪走了。我一直送出他好远，临分手时，才最后听他说句明白话："老表叔，这回我非硬到底不可。要不然，既对不起死的，更对不住活的，你过两年再回来看吧！"

回到屋里，我把周志星的话学一遍，大哥大嫂脸上都有了笑模样。大哥说："这孩子哪样都好，就是胆儿太小，不敢担事儿。你要不连软带硬逼他一下，啥事儿都难成。"

望着大哥那恨铁不成钢的样子，我笑一笑没吭声。其实，我心里挺有想法，只是不便直说出来。大哥这事儿办得是不是太过分？周志星早已成家立业,还用得着为他再操那么大的心?自己的亲儿子又能怎么样?真要有个三长两短的,非落一辈子埋怨。

大哥看出了我的心路,又开导起我来:"庆云,我知道你想的是啥。没办法,我答应过他爸,不忍心看他一家老小再过苦日子。再说,这卧虎塘有了水,山沟里栽啥都能活。他现在这些山楂和苹果,三年结果,五年丰收,到那时,恐怕要成全庄首富呢!这回把他推上去了,我也就彻底净心啦!"

几十年的承诺,几十年的责任,几十年的风风雨雨,坎坎坷坷,大哥竟一直不改初衷。这大概正是他受到许多人敬重的原因,也是他生命之水不塞不竭的源头。佩服归佩服,不过,我仍难打消那深深的忧虑。这在中国农村尤其如此。那世袭相传的愚昧偏见,那你争我夺的眼前利益,那纵横交错的宗族关系,会不会再次捉弄人呢?

我装作不经意地看看大哥的那条残腿:关节强直,肌肉萎缩,膝盖下的伤口处一片发黑,比那条好腿足足短有一寸。大哥呀,你还是少管点闲事儿,多照顾照顾自己吧!这些年,你还没操劳够?你就听听人家给你起的那些外号:什么告状精、杂事头儿,什么孙大棒子、穷光棍儿,什么常有理、惹不起,什么不是支书的支书、不是村长的村长。说好听的,叫疾恶如仇,为人仗义。说不好听的,蜚飞流长,可想而知了。想到这里,我忍不住还想劝劝这可敬的兄长:"大哥,有些话早想对你说,一直没机会。今天说出来,还不知你愿不愿听。不说吧,心里又憋得慌。"

"有话就说嘛,哥兄弟,深浅没关系。你们这些文化人,就是想得多!"大哥倒是挺开通,笑着鼓励我。

"大哥,咱们上下几辈的人中,你经历的事儿最多,受的苦、遭的罪也最多,我也最佩服你。爸爸妈妈活着时就曾说过,你才是咱们家的主心骨。没有你家里外面支撑着,老一辈少一辈的命运,还不知会咋样呢!不过,我有时也替你担心,担心你身体一年不如一年,担心你外面管的事儿太多,担心你得罪人太重太深!这些人哪个没有一帮亲戚朋友?啊个不恨你恨得咬牙切齿? 哪个不想得机会报复你? 所以,我总想劝劝你,适可而止吧,别再找那么多苦吃啦! 就说今天这事吧……"

"得,老弟,你别说啦!"大哥突然拦住我的话,然后猛地站起来,神情冷峻地望着窗外的明月,陷入了沉思。

我没一点儿准备,看到大哥心里在翻个儿,好后悔,好后悔。可大嫂坐在炕沿上,却又解渴又解饿地对我连连点头,还伸出右手的食指,使劲儿指点大哥的后脊梁骨,挤眉呲嘴地鼓励我接着往下说,可又怕大哥发现她在搞小动作。

我苦涩而又会心地一笑,想说却没敢说。多少年不回一趟家,不见一次面儿,哪儿能随便胡说八道,惹大哥生气呢? 我后悔不及地责怪自己,生怕再让大哥伤心。

大哥慢慢转过身来,盯住我好一会儿,又掷地有声地说:"庆云,你这些话,我知道是为我好,可在情不在理呀,我万难办到! 你想想看,谁家都是有了危难招灾才找上门儿来,也算瞧得起咱。你若该说的不说,该管的不管,能帮的不帮,能抗的不抗,那还叫有人性? 人一辈子生一回,死一回,大的革命道理咱不说,可总得给乡亲们,给同事们留下点念想吧! 让好人想你! 让坏人怕你! 让不好不坏的惧你! 不然的话,不就白活一场吗? 说到告状,你该比谁都明白事理。我就不信,共产党打下的天下,人民的国家,能让坏人当道说了算! 我不去告他们,你知道他们会张狂到啥份儿上? 会有多少人含冤受屈? 他们被撤职,被法办,那完全是自作自受,罪有应得。至于他们恨我,骂我,整我,我全知道,压根儿就没当回事儿! 也一点不后悔! 脚正不怕鞋歪,心里没病不怕鬼。他们整我这么多年,谁把我咋样啦? 倒是一个个自己先垮了台!"

大哥满腔激愤,一阵冲锋枪把我打懵了,也打醒了。细想想,也真是的。那一桩桩一件件的事情,哪一个是大哥的过错? 哪一回较量,哪一次胜利不是大哥的功劳啊!

这还仅仅是人所共知的大事情,至于他平时管的那些小事儿、闲事儿,更是数都数不清。谁家办红白喜事,请他当大执事;谁家儿子姑娘大了,求他保媒;谁家子孙不孝,哥们儿分家,请他裁断写文书;谁想搞副业,做买卖,求他荐门路、写条子,气得我大嫂忍不住时便端他的底儿。这不,大嫂见他一点儿不给我留情面,便立即折腾起他那些事儿来:"庆云还说冤你啦?你一天起早贪黑,拎条瘸腿到处走,比庄里的干部跑得还欢,谁封你个什么官?也不怕累伤力,你一天天串八家门儿,管百家事儿,咋不见电视上有影儿,广播匣子里有声?有能耐到中央去显一显!你一年四季穷欢乐,是事儿不知愁,说啥啥明白,咋就自己家的事儿总整不好?没一个孩子上大学,当干部的?"

一开始,大哥没往心里去,只顾嘿嘿笑,还对我说,头发长,见识短,老娘们儿家,都这样。后来,见大嫂得寸进尺,话越说越难听,才正色恼起来:"你个不下蛋的老母鸡——穷嘎嘎个啥!也不怕老弟笑话你!"

"他才不笑话呢,你问问?"大嫂得意地反问,接着又自打圆场说:"庆云,我不赶你回来出出气儿,快要憋闷出心病啦!"

"你也就这点能耐!"大哥和解似的回一句,然后竟自笑起来说:"庆云,你大嫂就这样儿。别听她嘴上瞎叨叨,心比我还软。谁一找上门儿来,没等我开口,她先答应了,还一个劲儿催你赶你。过后再找茬儿埋怨你一通,出出气儿。是不是这样儿?"

我不敢再插嘴,只笑着看热闹。这老两口说阴就阴,说晴就晴,真叫人摸不着头脑,难断是非曲直。

面对大哥的揭底叫板,大嫂佯装生气地剜他一眼,也忍不住笑了。可接着又深深叹息:"哎,都乡里乡亲的,该帮是得帮。可你也得有时有晌,有忙有闲。谁像你,退了休,倒比上班还忙!再说,也得看看是啥事儿,那打官司告状,得罪几辈人的事儿,就不会躲闪着点儿?天底下的不平事儿多了,你全能管得了哇!哪个衙门口儿没有冤死鬼呀!"

"我就不听那份邪!"大哥猛然间又来了劲儿,恨恨地说:"贪官污吏多了,老百姓就没法儿活!就别让我逮住,逮住就决不饶他们!"

我见大哥真动了气,赶忙从中相劝:"大哥,大嫂说的也有一定道理,你也得听听。现在这时候,还是少管点闲事儿,免得气大伤身,费力不讨好。"

　　"老弟,你这话又说得不对了。凡事儿总得有个理儿在,得合理合法才能合情,不能弄颠倒啦! 你念那么多书,今儿个咋净说糊涂话呢?"

　　我被大哥问住了,红着脸没法回答。大嫂看不过去眼儿,又上来帮我:"庆华,你今儿个这是咋儿啦? 吃了多少枪药? 谁说跟谁来! 庆云是在家里和你说话,你不知好歹,乱咬个啥!"

　　你别说,大嫂的话真灵,大哥立时风住雨歇。他可能也感到有些话说得过重,怕我接受不了,又和风细雨地解释一阵:"庆云,你外出这么多年,不知农村的事儿,复杂去啦! 单说这村、乡两级的干部吧,和城市就大不一样,都沾亲带故的,八方牵着线儿。你上面说得再明白再清楚,有的就硬给你往歪里整。可也有一条,你只要站得住理儿,自己干净,敢来真格的,谁也不敢咋地你。倒是谁当官得势,谁惧你三分。我也想开了,咱这辈子没别的出息,就图个好人缘,好人性,让乡亲们过得舒坦些,也就知足了! 要不,当初我们扛枪打日本鬼子,打国民党,打美国佬,为的是啥呀!"

　　大哥说得那么情真意切,简单明白,是天性纯真,还是历尽沧桑的洞察彻悟? 好像都有一点吧! 我觉出有一股热流在胸中冲撞,令我豁然神情爽朗,疑虑全消。

　　第二天上午,大哥陪我去看望老邻旧居。我发现,每当碰到庄里人,不管老的少的,男的女的,都老远同大哥打招呼,庆华长庆华短的,总想唠上几句。大哥呢? 一般先按辈分问个好,然后再把我介绍给对方。由于我离家时才十二岁,又一走就是二十多年,几乎都不敢认,便按大哥的支应,该叫啥叫啥,并简单地回答他们的问话。我真真切切地感受到了,大哥在乡亲们心目中那不同寻常的位置和分量。

　　就这样走一道儿唠一道儿,不到一里地的路,却走了半个小时。突然,大哥小声告诉我:"庆云,看没看见? 前边过来的那小子就是贾二梆子,最他妈不通人性。"

"多大了?"我远远望一眼,看不清细模样,只觉得身体挺粗壮。

"二十郎当岁,都他妈结婚了,还一天游手好闲,净想歪门邪道,二流胚子!"

二梆子远远看见了大哥,停下脚愣怔一下,转身往回走。

"见着我就溜,怕当面挨收拾。"大哥见状,不无得意地说。

我摇摇头,不敢表示赞同。

大哥虽然看出我的态度,却仍然自我感觉良好:"老弟,你不知道,这些玩意全是欺软怕硬的货,你不规规矩矩他,说不定闹翻天呢!"

"庆华!庆华!"身后忽然传来招呼声。我和大哥站下来寻望,只见一位四十多岁的壮年汉子快步追上来。

"这个人大概你更不记得了。"大哥轻声说:"外号贾偏头,大号贾洪奎,人性不错,也好打抱不平,和二梆子他爹是上下辈,住的仅隔道墙。"

"噢,这是庆云吧?今儿早上才听说你回来,在外面混得不赖,到北京去领奖,有出息,有出息。"没等互相认识,他老远便快言快语地夸起我来。

"大哥——"眼看着对方已到跟前,我不知如何称呼,只好向大哥求寻。

大哥忙给我介绍:"庆云,这是贾洪奎表叔。"

"表叔,您好!"我恭恭敬敬地握手问候。

"啧啧,还得说外面出息人,知书达理的,和咱这大老粗就是不一样。"

"不行,不行,您可别夸他,差远咧!"大哥高兴得合不上嘴,替我谦虚一番。我发现每当有人夸我时,他都如此这般,应付自如,又颇为得体。相比之下,我却每每表现得挺笨拙。

这时,贾洪奎前后左右看看,见没别人,便凑到大哥身边低声说道:"庆华,听我告诉你。今儿早上,贾进山把二梆子好顿臭骂,说他牙口没长全,就总想吃硬的,鬼迷心窍看瞎了眼,打不住狐狸惹一腚骚。那话咋说

262

的了？对了，是这么说，你想捡便宜，做梦去吧！周志星要是吃了亏，孙庆华能让吗？你把他惹翻了，我这支书还当不当？我隔墙听了，差点笑出声来。庆华，这事儿多亏你挡着，不然，周志星准吃大亏。"

"做贼的都心虚，邪不压正嘛！也算他爷们儿聪明。"大哥坦坦荡荡，没遮没拦。

"庆华，你可得挺住。有你在前面支撑着，乡亲们就啥都不怕！"

看得出来，这贾洪奎也是个赤条条来去无牵挂的精壮汉子。我心中顿时生出一份崇敬，一份骄傲，似乎自己也平添了一点阳刚之气。

回到家已是下午三点多钟。刚进院，便听大嫂正在屋里同人说话。我辨不出是谁，可大哥听得真切，拉住我耳语："二梆子他爹来了，不知唱的哪出戏呢！"

"总不会来找你请示工作就是了，人家好赖不济是支书。"我揶揄大哥一句。

"哼，这老东西才阴呢！最会看风使舵，准是为周志星的事儿来的。"大哥说得十分肯定。

"大哥，你可抻悠着点，别太深伤他。乡里乡亲的，低头不见抬头见，还得考虑考虑孩子们的将来。"

"我怕他？"大哥断然拒绝："他不来，我还想找他呢！这种人，最怕站到太阳底下说话。"

"还是慎重点好，你不知有狗急跳墙这一说吗？"

"他也真备不住是胆儿虚呢！"大哥不为所动，又说："你没听贾洪奎说嘛，今儿早上他把儿子好顿骂。这东西，鬼精去了，从不吃眼前亏。"

我们边走边说，很快进到屋里。没等贾进山说话，大哥先打起招呼："哎哟，表叔来了？庆云，快来见见，这是贾进山表叔，咱们庄新上任的支书。"

我应声上前，同贾支书握手。他把我打量一番，故作惊讶地叹道："瞧瞧，这天底下就属人最能变！庆云走时，才板柜这么高，瘦得露了大脖筋。

看现在,出息得多富态。你们老孙家坟地,就是风水好!"

"好个啥,还不都这样儿!"大哥淡淡地应承,看不出一点高兴劲儿。

"那可不是。"贾支书继续闪烁其词,专拣好听的说:"我早听说了,庆云在外当记者,当作家,笔杆子特硬。这回在北京又得了奖,真格是祖坟冒青烟啦!这也是咱南贾庄的一大光荣。庆云,可有句话咱得先说清,不管你将来当多大官儿,做多大事儿,都不准忘了老家的乡亲!"

"那是一定!"面对这位不可小瞧的人物,我只得假戏真做,顺水推舟。我知道,不管城市还是乡村,都有这种能说会道,精滑过人的社会油子,凡事都能掂出轻重,看出火候,进退自如,能干好事儿,也能干坏事儿。对这种人,近不得,远不得。大哥那炮筒子脾气,能是对手吗?

东拉西扯一阵之后,大哥首先沉不住气了:"表叔,您是不是找我有事儿?"

贾支书一愣,随即镇定下来,稍加思索,干脆也来个痛快:"庆华,咱爷俩都是明白人,都喜欢直来直去。我就明说吧,为周志星包卧虎塘的事儿,想对你解释解释,免得闹误会。再者,也想求你帮着参谋参谋,咋个发展咱庄的副业经济。"

"您就说吧,只要我能帮上忙的,绝不推辞!"

这不真的是来请示工作吗?我又惊又喜地看着这两位演员,如何进行精彩的人生表演。

"好咧,我先说头一桩。"贾支书脱鞋上炕,两腿一盘,拉开了架势,态度好像还真挺诚恳:"庆华,周志星刚提出承包卧虎塘时,我真的一点别的想法儿也没有,痛快地答应了他。后来,有人见挖出了山泉,眼红了,后悔了,吵吵承包费太低,我也认为有道理,主张加上一点儿。你等县里有了态度,我自然也通了,照顾军烈属嘛,低点也应该。再说了,谁让他们当初都不敢包呢!前些日子,我那混蛋小子受别人瞎捅咕,说周志星感到自己力量不够,怕干不起来,想打退堂鼓,就提出要接过来,或是合伙干,我也没有反对。可我后来一打听,根本不是那回事儿。今儿早上,我把他叫过来,好一顿臭骂。咳,这孩子大了不由爹妈,气死人啦!今儿个下午,我找了周志星,让他放心大胆干,明里暗我都支持。大伙都知道你两家关系,没有你,他啥事儿都难成。志星也同我说了,说你下礼拜要领他去保险公司,给苗木保上险,这真是好主意。所以,我也过来同你唠唠这事儿。咱多少辈的乡亲,从没红过脸儿,可别为这点小事儿再让人说闲话。庆华,你说对不?"

"对,表叔,我最赞成您这样。您把话说得这么敞亮,谁还敢有想法?咱村的事情,还全靠您当家做主呢!"大哥原来也会这套,真真假假、虚虚实实,我在旁看着直想笑。大哥又说:"对了,你家二表弟岁数小,没经过事儿,我一点儿也不怪他。您对他说吧,等有机会,我帮他找个正正当当的生财路。"

"嘿,这就对喽!我就知道你比谁都明事理儿!"贾支书笑得越来越轻松,越来越真情。我还没听够,没看够,可他话头一转,又说起另一件事儿:"庆华,你外面朋友多,路子广,快帮我出出主意,咱们庄下步该抓点啥新项目,再不抓紧扑腾扑腾,就要落后边啦!乡里刚开完会,号召谁有啥招儿使啥招儿,八仙过海,各显其能,只要不犯法就中,要求咱两年实现小康村。"

"这事儿我也想挺长时间了。"大哥笑着看看贾支书,又看看我,胸有成竹地说:"咱庄人多地少,又大多是山沟坡地,越啃那点地越穷。头些日子,我到天津北京转一圈儿,感到眼下咱们可办三件事儿。"

"哪三件?你快说说,有准头咱说干就干。"贾支书精神焕发,来了着急劲儿。

"第一,从长远看,咱得养好山,用好山,把已经包出去的山坡地统一规划一下,以种山楂和苹果为主,然后再上加工;第二,要管好水,用好水,现在,引滦入津的大河修完了,咱可以利用原来庄东庄西的河岔子搞几个人工湖,养鱼养鸭,蓄水灌田,当年就能见效;第三,开石头,挖沙子,现在城里遍地盖高楼修大道,咱南山的大理石、花岗石、石灰石,样样是宝。北河滩有的是好沙子，能打混凝土，运出去就是钱。我想了，这三件事都得统一组织才行。召集全庄的人说明白，自觉自愿，入股分红，干上两年，保准发财！"

"哎呀呀，庆华，咱俩可想到一起啦！对，对，这叫……这叫英雄所见略同！"贾支书夸张地拍拍巴掌，信心十足地表示："这么着吧，我明天就开会，再向乡政府打报告，得抓紧办才行。可有一条，庆华，咱得把事儿说清楚，我在前边开道，你得在后面支杆子，凡是难办的事儿，你都得出头，到时候庄里和乡亲都不会亏待你的！"

"这让您说哪儿去了，放心吧，只要用得着我，保证二话不说。"大哥更有爽快劲儿。

我仔细瞧着这两个人真真假假、假假真真，真假难辨的精彩表演，终于憋不住笑了。刚才还各揣心事，势不两立，剑拔弩张，转眼间竟偃旗息鼓，握手言欢，共谋大事了。如此出人意料的皆大欢喜，也令我多少受到点触动，好像对大哥，对贾支书都得刮目相看。对家乡的人情世故和现状前途，更须重新思考。像这样颇具戏剧性的变化，要是换个人，换个地方，假若放在城里吧，真是想都不敢想。人情练达皆文章，看来，我离这种境界还差得远呢！

贾支书见我又惊又喜，还当面儿夸起大哥："庆云，你多年在外不知道，你大哥现在可了不得了，远近闻名，连县长县委书记都高看一眼。要不是那条残腿，早干上去啦！说实在话，在咱们庄里，不，就是在乡里县里，他的大名没有不知道的。你别看他不当官儿，不任职，到哪儿说话办事比谁都痛快，专为乡亲们排忧解难！"

"快得了吧，表叔，您老再瞎抬他，他真要累死了，连魂儿都找不到！"一直没搭腔儿的大嫂开始说话了。我一时没明白，她这是故意谦虚，还是在趁机敲打贾支书？不过，我有一点是看清了，对于眼前这出戏，大嫂比谁都看得真切。

一连几天的里外应酬，虽然有些疲惫，但我的兴致却越来越浓，处处觉得鲜亮。大哥大嫂见了，干脆来个"投其所好"，尽量陪我到各处转转，会会小时候的伙伴，访访老邻旧居，以便满足我那压抑多年的渴望。这不，刚睁开眼睛，大哥又早早安排好了。"庆云，今儿个去看看三婶儿吧，每次见面儿都打听你。"他双手相扣垫在脑后，若有所思地同我商量。

"三婶儿现在怎么样?"我没说去不去，想先打听打听情况。说心里话，这些年来，不知为什么，我一直对三婶的改嫁有点耿耿于怀，觉得她已不是老孙家人了。再说，从那之后一直没见过面儿，去不去还有个啥意思呢?

大哥看出我的心思，缓缓地说出理由："这些年来，三婶儿每年都领孩子回来给三叔上坟，顺便在我这儿住上几天。那老宋也是开通人，每次都车接车送，人正经不错呢!"

"庆云，你是得去看看三婶儿。"大嫂见我不说痛快话，在炕头上开了腔儿："你忘了，小时候三婶儿多疼你们这一小帮儿! 每次说起来，都再三嘱咐，一旦你回来时千万对她说一声。我昨晚就把东西准备好了，去看看吧，好赖是那么个意思。"

"大嫂，我是想去，他们住哪个庄?"我觉得脸上发烧，连忙掩饰地答应。

"一直住穿芳峪，只十六里地，现在全是油漆大马路，一天好几趟班车，一出溜就到。"

"好吧，吃完饭就走。"

大嫂起来做饭时，我假装对大哥说，还想再睡一会儿，便翻过身，闭上眼睛一动不动。其实，我哪儿还有觉，躺了大半天，一直在回忆着三叔三婶儿的音容笑貌，特别是三婶儿改嫁前的悲惨情形。

不到九点，我和大哥便到了三婶儿家的大门口。门敞着，大哥一进院就招呼开了："老宋在家吗?"

他这一吆喝，我冷丁想起个难事儿，见了这老宋，我该咋称呼? 是叫大叔，还是叫别的? 现问已经来不及了，看大哥的吧，他叫啥，我叫啥，总不会出笑话就是了。

"哎哟,是庆华呀,我说一大早眼皮儿就跳呢!"三婶儿听出是大哥的语声,没出屋就乐开了。

"三婶儿,庆云回来看您来啦!"大哥高声报喜。

"啊? 真的? 真的?"三婶儿快步迎出来,见我跟在大哥身后,站下来仔细打量着。

"三婶儿,您好!"我上前一步,恭恭敬敬地问候。

三婶儿抓住我的胳膊,左看看,右看看,极力寻找小时候的模样。终于,她认出来了,相信了,发出一声长长的叹息:"小满仓啊,可想死三婶儿啦! 这些年,你咋就一趟家也不回呢!"

我心中一颤,无言以答,仿佛又回到了难忘的儿童时代,回到了三叔三婶儿的身旁。尽管眼前的三婶儿和记忆中的已大不一样,尽管已有二十多年没再用过这陌生的称呼,可三婶儿现在的一番话,却重新沟通了被岁月阻隔多年的心灵。

进屋之后,大哥又问起老宋,三婶儿说他到养鱼池去了,后晌才能回来。

我一眼就看清楚了,三婶儿家的日子过得相当不错,彩电、冰箱、洗衣机,外加三间大瓦房,几乎是应有尽有,连大哥也比不上。接着一打听才知道,庆霞、庆丰、庆琴都早已成家立业。庆霞当小学教师,爱人是县政府的干部。庆丰在物资局当科长,爱人是商场售货员。庆琴在纺织厂当工人,爱人是车间主任。孩子们早想把父母接到城里,可老两口舍不得扔下房子和土地,说啥不肯去。听三婶儿说,老宋特别能干,心眼儿也好。这两年又承包一处五亩大的养鱼池,每年净剩几万块钱,花不了,用不尽的。

从三婶儿那十分知足的表情上,我看出她这些年过得挺幸福的。说起过去的不幸遭遇和眼前的美满生活,三婶儿再三说亏了大哥大嫂的一片真情相助。百闻不如一见,要不是亲自来看看三婶儿,我备不住还会后悔呢!

中午，三婶儿做了一桌丰盛的饭菜，虽然没有老宋和孩子们在场，可我们仍吃得格外香甜。

第二天刚吃罢早饭，我正和大哥聊天，忽听前院有人说话。抬头一看，是长山拎着一兜子的吃喝走进来。他身后还跟着个人，五十多岁，留着分头，穿一身深蓝色西装，没扎领带，脸色红润，打扮得像是位乡村干部，不用说，又是哪位亲戚朋友到了。我刚想问大哥是谁，大嫂在外屋地先招呼开了："哟，亲家的腿儿真快，我说树上的喜鹊紧着叫呢！"

我一听就明白了，忙和大哥穿鞋下地。大哥告诉我说："是长山的丈人，你嫂子让他一大早去接的。"

我俩还没出屋，客人已经迈进里屋门槛。

"青川，你来得好早！"大哥同他打招呼。

"来晚了，你不说啥，亲家母还不挑我理呀！"对方笑呵呵地回一句，然后一见如故地笑望着我，豪爽地说："不用说，这就是老亲家喽！兄弟，咱哥俩见一面儿可真叫不容易！"

"你好，李大哥！"我一时好被动，同时也还不习惯以"亲家"相称，或是直呼其名。我双手握住他那筋骨强健的大手，尽量表现得大方亲热一些，心里不由得一阵赞叹：果然是位不同寻常的人物！早在1981年大哥大嫂到东北时，我就听说了这位亲家的身世，以及他和大哥之间的患难之交和儿女姻缘。

"亲家，我把菜给你热一热，先喝几盅啊？"大嫂手扶门框问道。

"不忙，早晨刚吃过。不过，老嫂子，你晌午可得多预备点好吃好喝的，今儿个我们老哥仨要痛快痛快！"

"放心吧，啥都管你够！"

这亲亲热热的劲儿，把我逗笑了。长山在旁怕我吃亏，先替我打起埋伏："爸，我老叔可喝不了多少酒，最多不过二两，到时候您可得让着点。"

"小孩子懂嘛？少掺和！"青川挥挥手，转而问我："老弟，不是说酒逢知己千杯少吗？何况咱又是实在亲戚呢！再说了，你走南闯北，啥阵势没见过!"

"李大哥,我真不中,平时烟酒不动。"我也拿自己不当外人了,竟同他开起了玩笑:"你不知道,我媳妇管我叫'四等残废'呢,因为我抽烟、喝酒、打麻将、跳舞,都不会。"

"是,庆云也就三两盅的量。"大哥也事先替我开脱。

"哎?你们爷们儿今儿个是咋啦?不是特意请我来喝酒吗?可还没等端起酒杯,就都心疼得受不了啦!得,得,咱都别瞎放空炮,我就不信老亲家你那么熊!"他诙谐地表示不满。

"对,对,先不说这事儿,咱喝茶唠磕!"大哥被他敲打得服了软。

面对这灼人的亲情,我在深受感动之余,也担心起中午那场难料结果的"酒官司"。说真的,刚见面儿没几分钟,我就喜欢上了这位亲家。

大哥的这位亲家名叫李青川,家住辛店子乡野鸡坨,离清东陵不远,距我们庄十多里地。李青川从小跟父亲打猎,早就练成了枪响鸟落和逮黄鼠狼捉野兔的本事,人称"李小仙"。

1968 年,大哥为能就近照顾家,从汤岗子疗养院转到了辛店子卫生院,仍在药房投药。

春季的一天下午,忽然有位妇女背个十三四岁的小姑娘闯进来,一进院就连哭带喊:"大夫,大夫,快救救我的孩子!"

众人闻声而到,七手八脚地把孩子放在诊床上,只见小姑娘憋得满脸通红,连咳带喘地已经说不出话。

内科赵大夫迅速检查完心肺,量过体温,立即下了医嘱:"急性肺炎,快送抢救室。"

那妇女吓得手脚都不听使唤了,一位护士只好帮着把孩子背走。这面大哥接过处方回药房准备药。很快,静点扎上了,退烧药用上了,大伙忙乎好一阵,直到晚七点多钟,才顾得上到食堂吃饭。这时,大哥问赵大夫:"老赵,这孩子是不是挺危险?"

"那可不,有点耽误了。"与大哥同龄的赵大夫忧心忡忡,反过来问,

"老孙,还有多少青霉素?"

那年月,因为全国都在忙着闹"文化大革命",几乎所有的药品都缺,尤其是青链素之类的抗生素,全是逐级定量分配,因此成了很金贵的东西。

"除了你刚开的三天剂量,就只剩两支。"

"啊?不是上星期二进的药吗?这才几天?"老赵不肯相信地追问。

大哥犹豫一下,因为和老赵不外道,只好说实话:"一共才进二百支,八十万单位的,没等到我手,半道儿上让唐院长拿走一半,说是给公社革委会张主任他妈准备的。"

"哼,他就会搞这种事儿,说不上都给谁呢!"赵大夫又气又急:"要是断了药,李妍这孩子不净等死吗?本来就够可怜的啦!"

大哥听出话里有话,又不便多问,帮着出起主意:"那就快告诉她家里,自己先准备点儿!"

"她上哪儿去弄?真要有辙,恐怕早来啦!你没听说过野鸡坨有个李小仙吗?就是这女的男人。"

"李小仙?是不是那个专会逮黄鼠狼套兔子的?光知道有这个人,不认识。据说为人仗义,喜欢交朋好友,弄点药还能难住他?"

"富在深山有远亲,穷在街头无人问哪!这李小仙蹲大狱快半年了,谁都不敢靠前!这年头,什么事理都不讲啦!"

"犯的啥罪?"

"啥罪?触犯了天条!说他到处逮黄鼠狼套兔子,是投机倒把,走资本主义道路。"赵大夫为人耿直,又同大哥挺要好,所以越说越气愤,"都他妈的穷死、饿死,就是社会主义啦?就使劲儿折腾吧!"

大哥颇有同感地点点头,没再说什么。

三天后,李妍的病情刚见好转,青霉素就没了。医生护士没办法,急得她妈只会抱着孩子哭。大哥实在看不下眼儿,便领她去找院长。

唐院长听完哭诉,表示爱莫能助,让把孩子转到县医院。

一听要去县医院,李妍的妈妈吓傻了,拉住院长的胳膊哀求:"唐院长,您就发发慈悲给想想办法吧!别说县医院离咱这儿五十多里,就是在家门口儿也不敢进,说是一进门儿先要一百块押金。孩子他爹被抓走后,家里被抄得溜溜光,连饭都吃不上啦!"

"你跟我说这些有啥用?"唐院长不耐烦地斥责,忽然来了个主意:"对了,你让老孙给想想办法,再求求大夫和护士,备不住能帮你。"

大哥看出唐院长对自己挺不高兴,借机把麻烦推过来,心里有想法,却不好说出口。自己刚调来三个月,人家又是院长,好坏都得先忍着点。

李妍妈听院长这么一说,立即求起大哥:"孙大夫,您就可怜可怜这孩子吧!真要有个好歹的,我们这个家还咋过呀!"说完,失声哭起来。

大哥历来心软,赶忙劝她别着急,慢慢想想办法。唐院长在旁看热闹,不阴不阳地说:"快别哭了,这回好啦,孙大夫答应帮你,肯定能中!"

大哥听他说得太不像话,脸上顿生怒气,掷地有声地说:"天无绝人之路!"

"对,对,事在人为嘛!"唐院长反唇相讥。

李妍妈也看出这院长心眼儿不正,惊吓得不敢再吱声,擦擦眼泪,默默跟大哥向外走去。

在他们身后,唐院长慢慢关着门,冷笑地望着大哥的背影。

"孙大夫,我看出您是大好人!这孩子有没有救,可全靠您啦!"李妍妈一路反复地说。

大哥始终没搭话,怒冲冲只顾往前走,等到病房门口时,才站下来吩咐:"你先去照看孩子,别离开,我出去找找。"

"嗯,嗯,孙大夫,您可快点回来!"

大哥先到赵大夫那里,把经过说一遍,掏出药房钥匙,让他帮助看一会儿,随后拄着拐向院外走去。

医院对面就是公社大院和邮电所。大哥穿过马路,看看墙上挂的"辛店子公社革命委员会"、"辛店子公社红代会"、"辛店子公社贫代会"三块大牌子,轻轻"哼"一声,然后直奔院内的革委会主任办公室。

张主任三十多岁,正和几个人开会,见大哥站在门口,主动打起招呼:"老孙,有事儿吗? 进屋吧。"

"张主任,您正忙,我就不进了,有几句话想对您说说。"大哥挺随便,原来他们之间已经挺熟悉。

"可以,可以。"张主任痛快地答应,起身走出办公室。

两个人往旁边走几步,大哥小声说明来意:"张主任,我有个亲戚的孩子得了急性肺炎,已经抢救三天,刚见好就没药了。我知道前几天您给老妈开过青霉素,能不能先借我们点? 实在没办法啦!"

张主任一怔,随即说道:"老孙,你咋个儿不早说呢? 昨个儿才把那五十支药捎回家去。"

大哥不知他说的是不是实话,有意想探个究竟:"唐院长不是给您留了一百支吗?"

"哪儿呢,就五十支,他亲自给我送来的。"

"噢,那是我听错了。"

"老孙,要不这么办!"张主任见大哥是真着急,也来了同情心:"我写个条子,你让谁到我们家去拿,就是路远点。"

"就是呢,几十里地,来不及啦!"大哥焦灼万分,却没忘感谢张主任的真情:"张主任,我再想想办法,真要实在没辙,再来麻烦您。不管咋说,都得先谢谢您。"

"中,要不行你快点回来,我今儿个哪也不去。"

"好,好。"大哥告别了张主任,一瘸一拐地着急忙慌地往回走。

快到邮电所门口时,大哥迟疑一下,便走进屋里,正赶上熟人值班,立刻得救般叫道:"车所长,有点急事儿,快帮着给我要汤岗子疗养院。"

"啥事儿把你急成这样? 衣服都湿透啦! 进来吧,到总机直接要。哎? 找谁呀?"

"找徐院长,这事儿非得他不中。"大哥随他进了后面的交换台,没用两分钟就要通了,女话务员把话筒递给大哥。

"喂? 是徐院长吗? 您好! 您好! 我是孙庆华,家里都挺好的?"

"好,都好,老孙,找我有事儿? 说吧。"

"有点急事儿。"大哥顾不上客气,直截了当提出要求:"徐院长,我一个亲戚的孩子得了急性肺炎,正抢救呢,可我们医院一支青霉素也没有了,求您派人给送点儿,中不中?"

"那就把孩子送咱们院里来吧!"

"来不及了,百十里地,一时也找不到车。"

"哦,那好吧,你等着,中午十二点前到。"

"谢谢! 谢谢!"大哥如释重负地放下电话,又对车所长和话务员好一顿感谢。

十一点刚过,一辆军用吉普车驶进卫生院大门,一位年轻的小战士找到大哥,把两盒各五十支装的青霉素放在桌子上。

这一来,整个医院热闹起来,不少医生、护士、患者跑来看究竟,打听大哥是从哪儿弄到的药,人家还派车派人送上门来,唯有唐院长一直没有露面。

当赵大夫向李妍妈说出这青霉素的来历时,她感动得泪如泉涌,在众人面前要给大哥磕头,大哥赶忙伸手拉住。

半个月后,李妍好利索要出院了,小姑娘恢复了以往的水灵劲儿。她妈求赵大夫说情,让孩子认了大哥干爹。这件事一时传为佳话,许多人夸大哥心眼好,有能耐。唯有那位唐院长恼羞成怒,忌恨于心,处处找大哥的别扭。大哥忍不过去,到县里告他奸污赤脚医生,贪污上千元,被判了三年徒刑。不久,赵大夫当上了院长,一场风波终于平息下去。

快过阴历年的头十天,李青川被放回家,他心灰意冷地躺在炕上,听老婆孩子说起那一件件伤心事儿。听着听着,他的心热了,"腾"地坐起来,竟想不思改悔,重操旧业:"我明天就进山,弄点东西回来,初二咱全家去给孙大哥拜年。"

"行吗？你刚出来，又想弄那些事儿？可不中啊！"媳妇心有余悸，劝他别再干犯法的事情。

"怕个屁！听兔子叫，还不种黄豆啦！"李青川蹲了半年大狱，不但没使他服气，反而更刚硬了。

第二天一大早，李青川佯装去走亲戚，用褡裢装好干粮和工具，一个人悄悄走了。他来到已经疏于看守的东陵附近，白天在山洞子、树林子、石砬子、老坟圈子等没人去的地方转悠，晚上下好夹子，挂上套子，远远地躲在一边。渴了喝口水，冷了来口酒，饿了啃干粮，夜夜有收获。第四天天没亮，才神不知鬼不觉地溜进家门。

媳妇关好门后，又侧耳听了听，才让李青川把肩上的袋子扛进屋。他解开背袋，先掏出叠起来的褡裢，又倒出六条黄鼠狼皮和四只冻硬的野兔。两口子连夜动手，把黄鼠狼皮用芒硝喂上，把兔子收拾干净。几天后，又将熟好的皮子精心加工成一件短皮大衣。赶到大年初二那天，一家三口打扮得干干净净，漂漂亮亮，真到大哥家拜年来啦！从此，李青川和大哥成了莫逆之交，生死弟兄。又过几年，大约1973年吧，青川两口子又求赵院长当媒人，把姑娘李妍嫁给了长山。

我们三个人天南海北地神聊一阵，大哥忽然提起件事儿来："青川，同天津市外贸局的合同签没签？"

"签了，刘局长答应先给一万块钱，真要弄成功了，明年往大干，要多少给多少。庆华，我总有点后怕，真要是干'张脚'了，可咋收拾呀！"

"都到这份上了，你还怕个啥！"大哥可能想激激他，有意把话说得有点过头："你这样的人和事我见得多了，人都这样，没干时想干，真要干时，又前怕狼后怕虎的，成不了大气候！你要真就这点胆量，莫不如早点吹灯拔蜡卷狗皮，真可惜白担了这么多年李小仙的名声啊！"

李青川脸红了，咬着嘴唇寻思片刻，竟然表示心服口服："我也常挂念这事儿！担了大半辈子空名，受了多少窝囊气，搞不出点名堂来，真叫白活！"

"嘿，这就对喽！咱不蒸馒头——图的是争（蒸）口气！让那些人好好瞧瞧，李青川到底是龙还是熊，是仙还是鬼！"

"大哥，就听你的，豁出去啦！"李青川一拍大腿，痛下决心。

"就是呢，越是别人没干过，干不成的事儿，咱干起来才有意思！"大哥也顿时来了精神。

"亲家母，快上酒上菜，不早点喝上，我就没胆儿啦！"李青川高声叫道。

"来啦，来啦！"大嫂在外面连声应着，她和长山媳妇已经把饭菜都准备好。

我眨巴着眼睛瞧这二位老兄，猜不到他们搞的啥名堂，心里觉得挺好笑。都五十多岁的人了，还像年轻人那么好激动，那么不稳当。

"哦，庆云，忘了对你说！"大哥见我感到莫名其妙，才想起该解释一番："青川现在可出大名啦！1980 年以后，他偷偷搞起黄鼠狼人工繁殖，已经养成二百多只。我给他写篇稿，登在了《天津日报》上。这一来可热闹了，外贸局主动找上门儿，要给他放贷款，签合同，为的是用黄鼠狼皮做大衣，用它的尾毛制高档毛笔，出口换汇，还说这人工繁殖是全国独一无二的科研成果呢！"

"还不是你出的好主意！"青川得意地告诉我："前些年，我一直想逮些野物解解穷，不但没啥大意思，反倒多次挨整。那年春天，你大哥我俩喝酒时，他叫我试试能不能让黄鼠狼在家里下崽儿，像养兔子那样一窝接一窝。我一开始不敢照量，因为那东西太精灵，贼娇贵。他又给我买书，又给请教授，又配食配药，还真鼓捣成了。刚有点模样，他便到处吆喝，逼我往大里干，简直是硬拿鸭子上架！"

"我也是见你有点真能耐，不发挥发挥，可惜了啦！"

我越听心里越亮堂，忍不住击节慨叹："您二位真不愧是儿女亲家，一对傻大胆儿！"

大哥和青川相视着大笑起来，都觉得我这样评价还挺准确。

不难想象，中午这顿家宴会热闹到啥地步。我一开始还胆儿突突的，后来就不管不顾，豁出去了，反正喝完没能动地方。第二天早晨，大嫂告诉我，说我足足喝有八两酒，还自己吵吵"没事儿、没事儿"。那李青川呢？更是逞能，放开肚皮可劲儿灌，大概有一斤半也挡不住。可他却咋地没咋地，当晚借着月光，骑车子回家了。第二天上午，又特意返回来，硬把我和大哥接到他家，找来一大帮朋友，整整热闹了一大天。

一晃到家已一个礼拜，大哥说，清明节虽然过去了，我还是应该到老坟地看看，给爷爷奶奶、爸爸妈妈烧点纸，了却了却心愿，我欣然从命。这些年来，我亏欠老一辈人的太多太多，想起来就心不安，大哥不提，我也要张罗呢！爸爸妈妈走时都没能在跟前送一送，真让人痛悔一生。

吃过早饭，大嫂就忙开了。她准备四样菜、四样饭、两瓶酒、两瓶饮料和几个大红苹果，外加一大摞印好的纸钱，装了满满一个大柳条筐。临出门儿时，又特意嘱咐二侄女长伟："小伟呀，你记着点，你老叔离家时间长了，也岁数大了，膝盖骨发硬，又是在党的人，让外人看到不好，你就替他多给爷爷奶奶磕几个头吧。别忘了，要先对爷爷奶奶说清楚，别让老人们挑理儿！"

"妈，记住了。"长伟爽快地答应。她虽然只有十六岁，可自从长山结婚，长英出嫁后，却早早成了大哥大嫂的好帮手，身体壮壮的，又懂事，又能干，说话办事儿都干脆，和大嫂一个样儿。

"奶奶，奶奶，我太爷太奶不是死了吗？还能听到说话？"长山的儿子小生傻乎乎问，和我小时候一个样儿。

"小孩子不懂，等以后奶奶再告诉你。"嫂子一边哄小生，一边规劝，"小生啊，听奶奶对你说，到坟地里要多给太爷太奶磕头。"

"我老爷磕，我就磕，我老爷不磕，我也不磕。"这小东西，先把我拴住了。

我砸摸着嘴儿，心里挺复杂的，到时候该怎么办？一时也拿不准。确实，自从1960年离开老家，我再没给谁作过揖，磕过头，对这套祭礼早已生疏和淡漠,甚至还有些忌讳。很明显,大嫂是早已体察到了我的这种心理。

长山赶着老牛车缓缓而行,一上庄东头的石桥,我有点愣了,便问大哥:"大哥,这是原来的那座石桥吗?"

"是啊!"大哥肯定地回答,不明白我为何这么发问。

"我记得这石桥原来挺长挺宽的,现在怎么显得这么窄呢?"

我们孙家庄有两大景致,在全县都出名。一个是庄东头这大石桥,是当年孙军长出钱修的,桥墩、桥面、河堤和桥下铺的石头,全是用花岗岩砌成,桥上能跑汽车马车,给乡亲们带来很大方便。桥下一年四季长流水,水中有鱼有虾,是大人孩子们的好去处。可现在这桥却只有六七米宽,三十多米长。桥下一滴水也不见,布满了河卵石,这是什么缘故呢?

大哥看出了我心中的疑问,用他自身的经验帮我解开疑团:"是这么回事!人小的时候,看啥都显大,印象也特别深,啥事儿都记得牢靠。长大后,事儿见得多,识得广了,回过头再看一小时候的东西,就不一样啦!说你对不?"

"对,对,真是这么回事!"我从遥远的记忆中醒来,完全赞同大哥的分析判断。

白云飘飘,雨燕呢喃,山路弯弯,满坡叠翠。我坐在铺着干草的牛车上,眼前快速闪过一幅幅昨日的风俗画:群童在河中嬉戏,羊儿在岸边撒欢,驴儿放声狂叫,牛儿默默吃草。晨鸡高唱,家犬长吠,还有那池塘里的蛙鸣,路边的马兰,沟坡上的酸枣……可是,现在全都不见啦。我怅然若失地暗自慨叹,转而问起小时候那件最有趣的事儿来:"大哥,这些年清明节,还有没有人张罗办寒食?"

"咳,都快三十年没办了。自从1978年修完家谱,我本打算趁机会热闹热闹,可许多人没这份心思。也难怪,那个时候人的思想还不像现在这么开通,都不愿没事儿找事儿。老弟,我是这么想的,这种事情有机会有条件还得办一办。不然,连老祖宗都丢啦!你说是不?"

"是该张罗张罗。去年,人家山东曲阜在孔庙祭祖,国内外聚了好几千人。这也是一种传统文化,应该继承下去。"我立即表示赞同。

"你这话说得多明白,多在理儿。可现在有的人硬说祭祖是迷信,上面不准搞。我没信那劲儿,特意到上边打听了,县委宣传部部长和你说的差不多,建议我挖挖老传统,赶赶新形势,闯它一下子,还可以请电视台拍一拍。我打算明年早早准备,非好好热闹热闹,冲冲多年晦气!"

我真佩服大哥的精神头儿,啥事儿没有他不敢想,不敢办的。谁都知道,张罗这些费力不讨好的闲杂事儿,十个人有九个会落埋怨。可话说回来,这事又挺有意思,挺有价值,庄里除了他,恐怕再没谁能张罗成功。干脆吧,我再给他打打气儿:"大哥,这事儿可非同一般,不办拉倒,办就得办好,办出名堂来。所以,一定要同上面打好招呼再动手,更主要的是,要让所有参加的人自觉自愿,高兴认可。"

"你说的对,回头帮我好好参谋参谋。"

车到大山脚下,往上不能再走了,我们只好步行。长山把牛车拴在道边的树上,从路边拽了几把青草,扔给老牛磨牙。然后又从长伟手接过筐,拎着鞭子在前面领路。上了几阶梯田,一直往左拐,很快见到一片果树园,园内的鸭梨和苹果已有鸡蛋大。同看园人聊几句,歇一歇,又寻着林中的小路往里走,没出几十步远,眼前蓦地出现一片坟茔。

"老叔,到了。"长山回头告诉我。

我四下里看看,疑惑地问赶上来的大哥:"大哥,是这儿吗? 那些石碑、石马、石龟呢? 还有那片又高又粗的松柏树林呢?"

"那些东西呀,早就没啦!"大哥不无伤感地说:"那些活了上百年的松柏树,58年几天就砍光啦!'文化大革命'中闹红卫兵,说是破四旧,砸的砸,挖的挖,不用说石碑,连坟都给平了,几年后才敢扶起来。不光咱老孙家坟,全县都一样。就连那清东陵,要不是派兵看着,也早平啦! 革命、都他妈革疯了,革糊涂啦! 什么爹妈祖宗,老辈的规矩,全不要啦!"

"庆云,来,我告诉你。"大哥把我叫过去,依次指点着一排坟头说:

"这是爸爸妈妈,往上是爷爷奶奶,再往上是太爷太奶。再往上的辈分,就找不到说不准了,反正到天上是乱不了的。"

这工夫,二侄女长伟已经在坟前摆好供品,点燃纸钱,一边用树枝挑着,一边朗朗说道:"爷爷奶奶,太爷太奶,各位老人家请听清,我爸和我老叔领我们给你们送吃送喝,送钱花来了,请全收下吧!有件事儿,各位老人家别挑理儿,就是我爸和我老叔腿脚都不太好,跪不下身子,让我替他们多磕几个头吧!"说完,"扑通"跪在地上,双手先对天长作个揖,然后便接二连三磕起头。

我在旁见了,心中一震,这尽忠尽孝的事儿,哪能让别人替代呢?忙说:"长伟,我自己来,自己来!"

"得了,得了,让他们替吧,自己的爹妈,自己的爷爷奶奶,全没挑儿。"大哥伸手拉住我又继续说:"年年都这样儿,你们在外回不来,便由孩子们替代。先是长山、长英,他们成家后,便由长伟接着替,这对孩子也有好处,是一种教育。"

我嗓子眼儿里发干发咸,眼泪直打转。正当我犹豫不决,寻思是不是自己再亲自给老人们磕几个头时,又听长伟说道:"爷爷奶奶,太爷太奶,再告诉你们一件大喜事儿,我老叔写的小说,在北京获奖了,还带回个大红皮证书呢,我来时着忙忘拿了。我爸说,我老叔是咱老孙家的第一个秀才,将来还要当头名状元呢!各位老人家,你们听了肯定特别高兴吧?"

孩子的这番话说得那么自然,那么虔诚,就像在家里和爷爷奶奶唠嗑,使我听得满面羞红,头皮发痒。我忽然觉得,爸爸妈妈正频频点头应答,笑眯眯地看着我。不知不觉中,我的眼泪止不住了,成串落在青青的草地上。同时,双腿一软,不由自主地跪下来。我用额头使劲儿顶住坟茔下部的新土,长跪不起。这既是对父母深长的思念,更可说是对自己多年不敬不孝的痛罚。

"老叔,快起来吧。不然,我爷爷奶奶要心疼啦!"长伟边劝边拉起我,使我更觉得无地自容。

“老爷哭啦！老爷哭啦！”那童稚未脱的小生觉得又好看又好笑，拍着巴掌直蹦。

“小生，你这个混球！一边玩去，不然我揍你！”大哥扬起手杖，佯装生气地斥责。

小生看爷爷发怒了，又左右瞅瞅，见谁也没笑，便伸伸舌头不敢再吭声。

往回走时，我一路上的心情都挺郁闷，怎么也高兴不起来。啥原因呢？自己也说不清。

等牛车下到正道上时，大哥又忽然说起办寒食、过清明的事儿来：“庆云，你说明年的清明节该咋办？是光咱这一支呢，还是两大支一起操办？”

“咱庄现在一共有多少户姓孙的？”我好像提起点精神。

“从家谱上看，咱大孙家这支儿，八十一户，三百多口子。小孙家一支儿，六十五户，二百多口子。加一起是一百四十六户，五百四十多人。一起办人太多，连个宽敞地方都没有，除非在学校的操场上。”

“大哥，我赞成一块儿办，人多势众，气派也大，那才叫热闹呢！你成立个筹备委员会，谁当大执事，谁管鼓乐班子，谁管吃喝，谁理钱财，全弄个明明白白。真要有条件，还可以请剧团来唱两天戏，请到东陵旅游的外国人开开眼界，请专家记者给评判评判，来个新旧结合，土洋并举，保准轰动四方。”我脑袋一转，还真来了主意。

“你这一说，我心里便开通了，就这么办！”大哥信心十足地挥一下手。

我见他下了决心，才想起提醒另一件事儿：“大哥，我倒担心，怕你凑不足经费，最少也得四五万！”

“啊，钱多少不怕，现在可不比前些年了，一家拿个百八十块不在乎，发了财的可以多拿点儿。问题是我没办过这么大的事儿，怕弄砸了，或是办不风光，对不住乡亲们。”

原来，大哥也有害怕的时候，这也叫自知之明吧！可我总觉得，他准能办好这件事儿,并且一定会大获成功。我现在只能给他鼓劲儿,绝不可撤梯子:"大哥,你还可以这么办! 你不说县委宣传部部长支持你吗? 干脆去请他当顾问,你当总指挥,你俩上下一配合,保准马到成功。"

"这倒是个好主意。"大哥打消了顾虑,可又突然提出个要求:"喂,老弟,到时候你提前回来几天,帮着圆全圆全。真要办光彩了,你再亲自提笔,先往家谱上写上一章,然后再给往报纸、电台、电视台上吆喝吆喝!"

"好咧,我一定要提前回来!"我满口答应,且不管到时候是否如愿以偿。我心里想的是,我回不回来不打紧,要紧的是一定支持大哥,把这件家族史上的盛事办成功。

牛车来到一处岔道口,一辆小四轮拖拉机装满石头,从另一条道奔跑而来。长山停车让道,小四轮欢叫而过,开车的小伙子连个招呼也没打,显然不是本庄的人。我看一眼车上的石头,全是黑灰色的片石,随口问道:"大哥,真的,你说的大理石在什么地方? 这么多年咋没人开呢?"

"就在咱大孙家坟上边,不过二里地,几次要开都没开成。"

我大惑不解,这矿产资源是归国家的,开发出来利国利民,为何开不成呢?

大哥从我脸上看出疑问,慢慢道出缘由:"都是因老辈人传下的迷信。风水先生说,那埋着大理石的山包,是只伸出的龙爪,正守护着咱大孙家坟的风水,只要一动,全族人都得遭殃。就连孙军长和小老杆儿得势时,谁也没敢动一动,他们修桥造宅用的大理石和花岗岩,全是从十几里外买回来的。1958 年和 1980 年,乡里曾两次组织人来开矿,不是房子被点着了,就是桥被拆断,只得停了下来。"

"可你前天不是对贾支书说,还要开这大理石吗?"

"噢,现在形势不一样了,人死了都送县城火化,族里的最后几位老长辈也全走了,老百姓现在也想通了,只要能发财致富,只要不犯国法,愿咋干咋干。咱庄的几位干部,明里暗里找过我几次,商量如何把矿开出来。还说这事儿非得由我出面儿,才好办。我各家访访,再没谁反对了,所以才敢对他说那话。"

"原来如此,那就赶快张罗呗!"我的心轻松起来。

"看看最后咋定吧,要开矿,得先修路,先架桥,先盖房子置工具,得投上个几十万才行。对这事儿,贾进山他们几个干部比谁都着急,因为只要一开工,他们就有捞头啦!"

"现在管这么严,他们还敢胡来?"

"管谁管得严?管老百姓!你问他们还敢不敢胡来?不说别的,光说修庄北引滦入津的大渠吧,哪个不捞十万八万的?你在城里不知道,现在的乡村干部,每年都能得上几万。除了挣一份工资,还有这个奖那个奖,这家送那家送。不然,谁还打破脑袋去争抢着当干部?你只要进庄一看,哪个宅子最大,哪座房子最好,不用问,最小也是个副村长。我看快了,党中央又该想办法整治整治啦!"

听了这番话,我心里凉了半截,如同看到一片盛开的鲜花,即将遭到暴风雨的袭击,让人充满了担忧与惋惜。

"爸,您老别再跟着掺和那事儿!他们愿咋整咋整,咱不去惹那闲气。"长山回头参与了意见。

"哪可不中!我不能眼看着让乡亲们吃亏。"大哥又来了天不怕地不怕的脾气,为了让我们放心,又接着说:"这件事儿我已想好长时间,现在时兴股份制办企业,这个办法好。大伙儿一块入股,一块儿选当家人,选带头人。干好了,就继续用你。干不好,一边玩去。他什么村长、乡长,都别想插手。"

"那可不一定!"我想到那些层出不穷的案例,故意给大哥泼起冷水:"中国这些事儿,你离开政府的支持,离开干部的周全,难办去啦!还是慎重点好!"

我的话还真起了作用,大哥冷静地思索片刻,又摆出个方案:"要不就这样,我把天津那个老客拉过来,人家早就想花个百八十万把开采权买下来,独家经营呢!"

我这时才发现,大哥对许多事情,并不像我认为的那样想得挺简单,而是早已深思熟虑,胸有成竹,如此看来,我实在是没有必要再为他担什么心啦!

由山路下到平道,老牛车越走越慢。反正时间有的是,天气特别好,又有说不完的新鲜话题,我们便人随牛意,缓缓而行。不知不觉中,我心中所有的郁闷,已被化解得无影无踪。

一阵驴叫声传来,抬眼望去,只见四五只缰绳连在一起的毛驴迎面而来。赶驴的人有四十几岁,一付走南闯北,饱经风霜的面孔。我觉得奇怪,今天早晨还听大哥说,这些年,农村普遍使用起小四轮拖拉机,既能耕地,又能跑运输,省草省料省时间,已经很少能见到马、驴、骡什么的了。至于一些人家养牛,那是因为牛本钱低,好养活,卖的价钱好,还能把秸秆转化为农家肥,可谓是一举多得。可现在,怎么一下子就出来这成帮的驴呢?

"老客,这驴是往哪儿赶?"大哥也觉得意外,高声询问。

"上平安城,送汤锅去。"

"这几头驴都挺壮实的,干活儿保证不错,杀了多可惜,也卖不上啥好价钱哪!"

"老兄,这您就外行喽!"赶驴的停下脚,卖弄地说:"您没听说现在又时兴吃汤驴了吗?光个平安城就开了两家!我这几头驴膘肥,正经能卖个好价钱呢,这么说吧,哪个都能抵上您这头牛!"

"那汤驴是啥时开的?咋没听说呢?"大哥似有所感,想同他多聊几句,便让长山把车也停下来。

"已经上好几个集了,人山人海的,可是赚了大钱。我这驴,是专门给他们选送的。"

"好,哪天看看去。"双方说完话,各奔东西。

一阵心悸连着一阵恶心,令我突然想起七岁那年曾经目睹过的惨景。难道快四十年了,这当年曾被禁止过的汤驴,重又上市啦?为慎重起见,

284

我明知故问地向大哥探询:"大哥,这汤驴是怎么回事?"

"对,你那时岁数小,不知道这些事情。"大哥显然又激动起来,愤慨地说:"那简直是惨无人道!硬把活驴用开水烫掉毛,然后把肉从活驴身上割下来,扔到汤锅里去煮,现煮现吃。那驴疼得直叫,半天不死,可吓人啦!"

果然如此!尘封多年的记忆,搅得满脑子直翻腾。

大哥以为我还不明细情,又接着介绍:"因为这汤驴的吃法实在太残忍,太不文明,1956 年被政府禁止了。可现在,一改革开放,允许个人发家致富,啥奇巧事儿又都冒出来了。有的人私心像蒿草一样,得点雨水就疯长,啥歪门邪道都能想得出。就说这汤驴吧,其实我几天前就听说了,不但摆上了平安城大集,还在县城开了连锁店,还打着什么'挖掘传统技艺,健身健体健心'的旗号。哪天我看看去,非给他搅黄不可!"

"爸,可别心坎上挂笊篱——多捞啦!"一路上没说几句话的长伟,突然搭上腔。

"这咋叫多捞呢? 你小孩子不懂! 啥事总得有个规矩,不然,又该乱套啦!"大哥不依不饶地教训几个孩子,是不是也说给我听呢?

我无意参加这场争辩,因为那触目惊心的情景,一直在眼前挥之不去。

对这件让人不寒而栗的往事的回忆影响了我的食欲,所以中午吃得又少又没滋味。

大嫂看我突然间饭量大减,以为是上坟引起的伤感,便有意找些高兴的话头,来给我解闷儿:"庆云,你还记不记得小时候那些淘气事儿? 我这一小帮儿也赶不上你一个!"

"真的吗?"我故意装傻,为的是引大嫂多说些往事。

"那还能假! 为了你,我受了多少委屈呀! 等有机会,咱可得好好算算这些陈年老账!"

"大嫂,我早算过了,你的恩情比山高,比海深,一辈子也报答不完!"我郑重其事地回答。

　　"快得了,得了,有你这话儿,嫂子就啥都知足啦!"大嫂拦住我不让往下再说。可不知为啥,她的眼圈儿竟红了。

　　我惶惑得不知如何是好,以为大嫂不相信我的话,或是有了别的想法,赶忙坐到她身边,认认真真地表白:"大嫂,大嫂,我这可全是心里话,对天发誓!"

　　"知道!知道!"大嫂破涕为笑,擦擦眼睛,慢声拉语地说:"说啥恩,道啥情啊!哥兄弟嘛,啥都应该应份。我这会儿掉眼泪儿,是看你们大人孩子都好好的,看你这么长出息,心里喜得没法儿!只要你们出门在外都平平安安,没病没灾的,比啥都强。我这姑娘儿子孙子一大帮,全守在身边,啥都用不着你惦记。"

　　听了这番话,我真想跪在地上,给大嫂磕几个响头。可我知道,大嫂最受不了的,就是别人夸她,说些表示感谢之类的话。她和我妈一样,不管帮了谁,救了谁,都认为是缘分,是积德行善,从不求报答。

雨后见斜阳

接到大哥打来的电话,我吓了一大跳。大哥说,大嫂的糖尿病越来越重,前几天经抢救刚恢复过来,到家后像得魔怔病一样,不住嘴地叨咕我的小名,让他和孩子快打电话叫我回家,说她有话要对我说。听了这话,我立刻请假,连夜坐火车往家赶。

大嫂真病得那么严重?真想我想得不得了?前年十月份我回家时,她虽然体质挺弱,经常打针吃药,但精神状态却不错。临要回黑龙江那天的早晨,她四点钟就悄悄起来,一个人在外屋和面、擀皮、包饺子,等到五点半喊醒我和大哥时,饺子已经煮好了。我连忙爬起来,一边穿衣服,一边说不饿,埋怨大嫂不该张罗这顿饭。可大嫂眼泪汪汪地说:"你这一走又好几千里地,不吃大嫂做的饭垫垫底还中。再说啦,我的身体这个样儿,说不定哪天一口气儿上不来,到时候你再想吃,还吃不着了呢!"

"嫂子,看让你说的!有大哥做你的保健医生,保准能长命百岁!"我恐怕大嫂再说出更伤感的话,故意表现得轻松愉快一些。其实呢?眼泪已在眼圈儿里转了好几个儿,只是努力控制着才没落下来。

"不说了,不说啦!"大嫂看出我的心情不好,用含泪的微笑安慰我说:"你看,你看,嫂子三句话没说完,又让老弟难受啦!来,来,快趁热吃。上车的饺子,下车的面,你一定要多吃点,道儿上好顺顺当当。"

"多吃,多吃。"为了让大嫂高兴,我假装痛快地答应着。

自从最后一个小侄女结婚,大哥大嫂就一直独门独院地自己过日子,哪个孩子家也不去,谁想搬来住也不让。为这事儿,我几乎哪趟回家时都要劝一番,说大嫂和大哥年龄大了,身体又都不咋好,身边总得有孩子照顾才行。大哥倒是早就同意,可嫂子就是不答应,理由多着呢! 这回呀,无论如何也得说服大嫂,把她和大哥晚年的生活安排好,也好让侄子侄女们了却一块心病。

下火车上汽车,下了汽车再上汽车。因为急着要见到大嫂,所以连唐山市内的大姐家和蓟县城内的三侄女长伟家都没到,便直奔南贾庄。

晚上六点半左右顺利地到了家。大嫂现在住的三间砖瓦房,是1986年新盖的,原来的两处房子,分别给了大儿子和二儿子。

大门敞开着,一进院就听到大哥在同人说话,我驻足侧耳细听,没听到大嫂的声音。我急匆匆地进到外屋地,没等屋里的人发现我,便高声叫道:"大哥大嫂,我回来啦!"

"哎哟,庆云到了,这回可好啦!"大哥边说边站起来接我,可没等他挪几步,我已窜到屋里,一眼就看到大嫂正平躺在炕头儿,左胳膊上扎着静点,炕上炕下围了一帮人。我顾不上同别人打招呼,扔下手中的袋子和背包,一步扑到大嫂的跟前,连声呼唤道:"大嫂,大嫂,我回来啦! 我回来啦!"

大嫂突然睁开眼睛,愣怔怔看着我,不知是不肯相信,还是没认出来。

我抓住大嫂的右手,流着泪再次呼唤:"大嫂,我是庆云,我是满仓!"

大嫂费力地眨眨眼睛,像是刚从沉沉的长梦中醒来,嘴唇哆嗦着,想说话却又说不出。

"大嫂,你不是说想我吗? 真是我回来啦!"我弯下腰,低头附在她的耳边,轻轻说道。

大嫂抬起右胳膊来,猛地搂住我的脖子,费力地说道:"小满仓,你可想死我啦!"

我就势把脸贴在大嫂的脸上,忍不住失声哭起来。哭着哭着,我觉出大嫂的右胳膊松开了,好像在小声说什么。我扭头仔细一听,原来是在招呼我:"满仓、满仓,你扶我起来! 扶我起来!"

"嫂子,嫂子,你别动,别动! 躺着吧,躺着吧!"我小声劝止。

"满仓听话,快扶嫂子起来!"

我没敢乱动,回头看看大哥和几个侄子侄女,小声询问:"大哥,坐起来行吗?"

"她要坐就坐会儿吧,已经好几天没起炕啦! 刚打上静点,身上可能也有点劲了。你不知道,自从一个礼拜前躺倒了,黑天白天一个劲儿念叨着你。你看,你刚一进屋,立刻就来了精神。"

"那还用你说!"大嫂坐起后抬眼看着我,流着泪说:"满仓,我就是想你想的呀! 快点上炕,坐到嫂子身边来,咱俩好说说话!"

我立刻脱鞋上炕,偎在大嫂的身旁。这一来,满屋人的脸上都有了多少天不见的笑模样。

"大嫂,咱俩有话慢慢说,别累着,行不行?"我擦了擦脸上的泪水,小声地商量。

"中。"大嫂疲惫地答应着,稍歇口气,又说道:"长英、长伟,快去做饭呀,你老叔坐车跑出这么远,早该饿坏啦! 这些孩子,啥事儿不告诉也不中。"

"妈,这就做,这就做。"两个侄女同声答应着,别提心里多高兴。赶这个时候,恐怕大嫂使劲儿骂她们一顿,那心里才乐呢!

"大嫂,我一点不饿!"

"哪能不饿,连我都饿了,快去做吧! 把冰箱里的好东西都拿出来,大伙一块吃! 这些天让我折腾的,谁都没吃好饭!"

听大嫂这么一说,众人更乐了,我再次又惊又喜地想,难道真因为我回来,大嫂才来了精神? 难道大嫂的病,真是想我想的?

众人散开后,大嫂便问起我和二哥两家的情况,我一一做了回答,她听得特别仔细。

大哥趁机对大嫂说:"这回行了,庆云回来了,你该放心了吧!快躺下歇会儿,有话慢慢说。"

大嫂的身体是真虚,乖乖地由我扶着重新躺在炕上,继续听我说东道西,觉得听啥都新鲜,听啥都高兴。

饭菜做好时,已经是晚上八点多钟,大伙都劝大嫂别起来,由姑娘们喂她,可大嫂刚强地说:"你老叔好几千里地特意来看我,我不陪他多吃点饭还中!"

"大嫂,大嫂,你快别想那么多,别起来了。"我好言相劝,恐怕把她累着。

"不听你的!"大嫂硬是坐起来,为了怕我担心,还笑着说:"满仓,你说怪不怪呢,我这次有病,脑袋里没别人,睁着眼闭着眼看到的都是你,纯粹是想你想得把我累这样儿。刚才你一进屋,我就突然觉得身子从里到外都轻松了,心里不烦了,脑袋里也不乱了。怪不得咱妈活着时,总对人说你是救世神童呢!你这回也救了嫂子一命!"

我心头地一热,眼泪又"刷"地流了出来,屋里人见状,都不解地看着我。我想起大嫂小时抚养我的情形,想起1966年回家时的那番遭遇,想起大嫂后来又抚养我两个孩子的艰辛,想起数十年来的大哥大嫂为家里家外面所办的那些事情,心里的话怎么也憋不住:"大嫂,你正好把话说反了,不是我救了你,而是你多次救了我,救了许多人。要没有你的话,我能活到现在?能有今天吗?大嫂,你一定要好好活下去,活它二百年!你多活一天,我们就多享一天福。只要有你在,家里的老老少少才有依靠,我们在外面的回家才有个奔头儿!"

"哎呀呀,满仓,你可别抬我啦!再抬的话,就要晕过去啦!"

"大嫂,我这可不是抬你,这是人所共知的事实,这是全家人共同的心愿。"说到这里,我顺手从桌上端起一杯啤酒,双手举着献给大嫂:"嫂子你听好,我代表关里关外全家所有的人,代表整个孙氏家族,祝您老人家健康长寿,福如东海!"

大嫂用颤抖的手接过杯子,神情庄重地对一帮站在地上的孩子们说:"这杯酒我无论如何也得喝一口,你老叔的话,能保咱全家年年平安!"

孩子们都雀跃欢呼起来,又是鼓掌又是说笑,这顿饭,吃得全家人好高兴。大嫂就着我给夹的菜,整整吃下一个馒头。大哥告诉我,这是她七天来第一次正经吃饭。

晚上十点多钟该睡觉时,我本想同大嫂挨着睡,夜里有事时好照顾她。出乎我的意料,大嫂说啥不让,非要我到西屋去住不可。看我满脸不高兴的样子,才想起来解释一番:"满仓,嫂子这糖尿病可烦人了,一宿要起来好几次,有你大哥侍候我就行了。你坐了两天一夜的火车,早该累坏了,快去早早休息,明天好有精神陪我唠嗑。"

"庆云,你到西屋去睡吧!你嫂子就这样,从打得病,就只让我一个人侍候,晚上哪个孩子也不让在身边。"大哥也劝我一番。

这一夜,我几乎是一点觉没睡,每当大嫂的屋里一开灯,一有动静,我便要睁着眼睛,回想起许多许多事情。

第二天清晨,我想早早给大嫂请安,进屋后没等开口,大嫂却先问候起我来:"满仓,一夜没睡好吧?你看眼睛都红了。"

"嫂子,我睡好了,睡好了!"我坐在大嫂身旁又问:"你睡得咋样?"

"我也睡得可好了,你刚刚到家,嫂子就又能吃又能睡。你要早回来几天,备不住早好利索了!"大嫂侧身拉住我的手,一边仔细端详着我的脸,一边喜形于色地说。

这时大哥高兴地补充道:"刚得病的头两天,我考虑你工作忙,没想给你信儿。可后来看你嫂子一天天不吃不喝,不住嘴地招呼你,把大伙都吓坏了,这才给你打的电话。你嫂子昨晚临睡前对我说,满仓这一回来,我的病就会转轻,这一劫就算过去啦,这不,夜里一连睡了四小觉,加一起能有五个小时!"

我听了满心欢喜,为让大嫂开心,又趁机进行一番表白:"嫂子,我这次回来就不走了,天天陪着你。等你恢复好,我领你到上海、广州转一转!"

"那可不中。"大嫂竟当了真:"你家里的情况,离开时间长还行?我心里琢磨了,嫂子只留你七天,多一天也不中。"

"没事,我和单位请了长假,你不好利索我不走。"

嫂子一听这话毛了,反过来劝我:"满仓,你咋净胡说呢,耽误那么长时间的工作可不行!再说,她老婶儿身体也不咋强,你离开时间长不中啊!"

我不同嫂子争执,只是想法让她高兴高兴,所以又说起另一番话:"大嫂,秀波让我告诉你,等放暑假,她领三个孩子回来看你。你好好等着吧,快了,不出两个月。"

"真的?那敢情好!你没糊弄我吧?"大嫂将信将疑,过了一会儿,又后悔地拒绝起来:"咳,可别折腾他们娘几个了,来回一趟,得多少钱!你现在正爬坡呢,三个孩子一块在哈尔滨上大学,花费大去啦!可千万别让他们回来!"

"可不是,现在的城里的花费太高,收的学费也太多,是够你呛。"大哥也跟着替我担起心来,并且又提起去年那码事:"去年秋天小刚一入医学院时,你嫂子就担心开了,所以才给你邮去五千块钱,做孩子的学费。可你没过半个月又邮了回来,让满庄的人都知道了,连自己的孩子也有了想法,把你大嫂气够呛,非逼我再邮回去不可。后来我劝她说,看样子你暂时能应付过去,这钱就先攒着吧,等以后哪个孩子结婚时,再帮你一把!"

"大哥,大嫂,你俩再别总惦着我,我和秀波供孩子念书没问题。真要有过不去的那天,我再朝你们要。"

"可不是呢,我还不知道你那刚强劲儿。我这些孩子,要都有你那份能耐就好啦!"大嫂深深地叹息一声。

"大嫂,你快别夸我了,我有啥能耐,还不就这样。要说真有点的话,那也是你和大哥培养的。"

"这满仓啊,你咋越来越会说话呢!"大嫂越发高兴起来。

我发现,从我昨天进家到现在,大嫂一次也没叫我的大号,开口闭口都是"满仓"长,"满仓"短的,显然是真的很喜欢我,很想我。这种慈母盼儿归的圣洁情怀,这种超越母子亲情的永世之福,让我深深地陶醉起来。

"对了,大哥大嫂,忘了有几样东西拿给你们看。"我下地打开旅行包,从中掏出几本书和一个档案袋摊在炕上:"这是我多年来在文学创作上取得的一点成绩,特意带来让你们高兴高兴。"

"先让我看看!先让我看看!"一直陪在身边的长伟上前先拿起那几本书,每念完一个书名后再递给大哥大嫂:"《命运交响曲》《丹心铸辉煌》《龙卷风》《三江检察官》《家族的秘密》。老叔,这《家族的秘密》是写的咱们家吗?"

"也可以说是吧。"

"那我可得好好看看!"她接着又有点疑惑:"就咱家的那点事,能写出这么厚一本书?一共多少字?"

"将近二十万字,不少吧?"我笑着对她解释:"写的是长篇小说,许多人的故事写在一起了,但主要还是咱们家族几代人的喜怒哀乐。你正念高中,仔细看看吧!"

长伟连连点头,神情变得认真起来。接着,她又拿起那摞获奖证书,逐一念起来:"《从梦幻到现实》获第三届全国煤矿报告文学二等奖,《命运交响曲》获第四届全国煤矿报告文学二等奖,《童孩三骇》获黑龙江省第二届少儿文艺作品征文一等奖,报告文学《神刀赵传奇》获黑龙江省首届文艺大奖三等奖。从事文艺工作三十年,为繁荣黑龙江省文艺事业做出贡献荣誉证,黑龙江省职工自学成才奖证书……"

"哎哟哟,咱家的庆云真格是中状元啦!"大哥边说边伸出手说:"小伟,快都给我看看!"

大嫂更是非常高兴:"我早就对你们说过,小满仓就是福大命大造化大!"

"哟嘿,听你这话,倒好像还有你一份功劳呢!"大哥挑着眼皮逗趣。

"那是啊,你问问小满仓,是不是这样?"

"那还用说吗?"我动情地回答:"没有大哥大嫂的呵护和培养,哪会有我的今天!哪会写出这些东西来!"

"这小满仓啊,咋就越来越会说话呢!"大嫂越发高兴起来。

等到几个孩子把一摞获奖证书翻完后,大哥又特意把那个制作精致的《神刀赵传奇》获奖证书仔细瞧了瞧,有点疑惑地问:"老弟,你这《神刀赵传奇》是写的武侠小说吧?"

"不是,不是!"我笑着解释:"双鸭山矿务局机电总厂有个叫赵光吾的车工,在十几年间研制出多种组合刀具,可以对一个机器零件的多个部位同时进行加工,提高工效十几倍,并多次解决煤炭生产中遇到的重大技术难题,获得了'神刀赵'的美名,'文化大革命'结束后,被特邀到北京参加了全国科学技术大会,紧接着又被选为全国人大代表。"

"噢,原来是这么回事,真不是凡人!"

"那可不呗!他的过人之处还不仅仅在技术革新上。从年轻时起,他和从歌舞团转业下来的妻子就穿时装、留长发、好打扮、好跳舞,是市内外有名的舞场明星。再加上背负着家庭出身不好的包袱,所以在工作和科研上一直受到无端的刁难和欺辱。但他忍辱负重,痴心不改,始终怀着一颗报国的赤子之心,终于等来了科学的春天和人生的骄傲!"

"哎哟,神人!神人!"大哥在击节慨叹之后又追问道:"那你在采访他的时候,是不是也遇到了麻烦?"

我苦笑一下,脑海里顿时闪出那些往事:"大哥,你猜对了!从一开始采访,就遇到层层阻力。稿子写成后,矿务局自己的报纸不敢发表,市里的地方报纸和刊物也不给发,我只好邮给省城的《天鹅》杂志。等到黑龙江省人民政府于1986年举办首届文艺大奖时,有人不知从什么渠道事先得到该作品将参加评奖的消息,立刻给评委会写诬告信,说这篇报告文学多处失实,应该取消评奖资格。省委宣传部对此非常重视,要求双鸭山市委宣传部必须在三天内调查清楚,如有失实,便取消资格。市委宣传部部长亲自领着调查组进行多层面调查,对文中的事实逐一核查,得出完全属实的结论,通知我两天后共同启程到哈尔滨参加颁奖大会,并说已代为订妥卧铺车票。当天上午,矿务局的一位党委副书记把我召到办公室,直截了当地说,因为我是总编办主任,工作业务太多,不同意我离岗去参加颁奖大会。见我想不通,又严肃地对我说,你是党员,要服从组织安排,正确对待工作需要和个人名利的关系。面对这样的威胁利诱,我气愤无比,可又无可奈何,只好退掉卧铺票。结果呢? 据说颁奖时,全省的获奖作者只我一个人因故没能参加,所得的奖状和奖金是市文联孙主席代领的。不过,令人稍感欣慰的是,在大会闭幕的第二天,黑龙江日报刊发长篇述评,在评论获奖作品时写了这样一段评语:'报告文学《神刀赵传奇》把一位生产一线的劳动模范写得如此真实生动,形象鲜明,令人叹服,难能可贵。'总算是为我争了一大口气。"

听完这番话,大哥大嫂和孩子们都一时愣住了。片刻之后,大哥才感慨万般地叹道:"老弟呀,你这不正应了好事多磨,是金子总会发光的话嘛! 百种奸伪,不如一实! 今后的路,咱还得照直走!"

"那是一定,大哥你放心吧! 不是也有这样的话,江山易改,本性难移嘛!"

"满仓啊,满仓,这可让你说对啦!"大嫂在旁也乘机表了态:"你们哥几个,不,你们老孙家所有的男人,不都是一条道跑到黑的德行嘛!"说完,竟自得意地笑起来。

"我的好大嫂,您这是表扬还是批评呢?"

"都有啦!"大嫂不躲不闪,继续说:"满仓,人嘴两张皮,别人愿说啥说啥,只要咱走得稳、行得正,谁也咋地不了,即便一时被埋没了,早晚都有出头那天,你说对不对?"

"对！对！对！大嫂的话句句是真理!"我心生感动,使劲儿点头认可。

"啥句句是真理?还一句顶一万句呢!她那叫常有理,外加惹不起!"大哥的话让我一时摸不着头脑,他是为了活跃气氛,还是多少有点嫉妒?我生怕惹大嫂不高兴,没敢搭言,盯住大嫂的脸想探个究竟。

还好,大嫂显出又认真又得意的样子继续说:"就是啊!既然是常有理,谁还敢招惹?那不是自找苦吃嘛!"

我转脸看看大哥,这回他却没接招儿,只是苦笑着摆摆手,一时语塞。趁这工夫,我又说起自己的心事:"大哥大嫂,因为刚才说过的这件事,再加上别的一些原因,我已经递上离职申请,打算转到别处去工作。"

"对,遇到这样的领导,早该不侍候他!人挪活,树挪死,只要有真能耐,到哪都有发展的机会!"大哥立即表示赞同。

接下来的两天,大嫂的病情和心情都迅速好转,每天打三组静点,既治糖尿病,又治心脏病。这期间,我一步不离地陪伴她唠嗑,哄她多吃些东西,每当有亲戚们来看她时,大嫂都显得特别高兴,总要夸我一顿。

第三天吃过早饭,大嫂说她身上有劲了,非要在打静点前到外面走动走动。我一看窗外风和日丽,便和长山一边一个扶着她出了屋。一见到灿烂的阳光和满园花草,大嫂高兴得像小孩子一般:"哟,这日头真暖和,这苗苗长得真快,都招来蜜蜂了。长山,你快去把椅子搬出来,我要晒晒太阳,风凉风凉。庆华,针就等一会儿再扎吧!"

"可以,可以。"我替大哥答应下来:"嫂子,天长着呢,有的是时间,你啥时坐够了,咱再回屋。"

长山把椅子搬出来,放在前窗台下,又朝阳又背风,还特意加上个厚垫儿,大嫂坐上去很舒服。然后,又进屋搬出两把椅子,让我和大哥坐。

我们刚坐安稳,手机就响了,我一看,是北京昆鹏影视公司邢宝山总经理打来的。在来家的火车上,我们曾在电话里就拍摄电视剧《家族的秘密》进行了一番协商,并约定等嫂子的病情好转后,我去北京再面谈。没料到,他却性急地要到蓟县来一探究竟,说下午一点左右就到家。

大哥大嫂在旁边听我说完这事,乐得合不上嘴。大哥首先逗起了大嫂:"这回可不得了啦! 你的那些事儿要上电视,可别乐懵啦! 对了,那最后几集的故事,还得你亲自上场演才行呢! 庆云,你说是不是?"

"是,是,大嫂,你可得快把病治好,把身体养强壮。不然,一上场演戏,恐怕顶不住!"我也借机同大嫂打起趣来。

"你俩别瞎糊弄我,你当我不知道哇! 那剧里的演员要左挑右选的,要让我这疯癫样儿出场,不把台上台下的人都吓昏过去才怪。"大嫂也顿时来了精神,说完这段话,又忽然想起件大事来,认认真真地嘱咐我说:"满仓,我可先和你说明,那剧里千万不能用我的真名,也少提我的事儿,还是多捧捧你大哥吧,也好为他正正大名儿!"

"不用真名也行,但你俩的事儿却绝对都少不了。"我乐呵呵地回答,好像这事儿已成定局,我一个人就能说了算似的。

"哎哟哟,满仓,你看嫂子病得这个模样,咋接待客人哪! 你快和人家说一说,等过几天嫂子硬实硬实,再让他们来中不中?"

"大嫂,那恐怕不行,人家现在正在往这儿赶呢! 不怕的,他们都知道你有病,没挑儿!"

"你看看,你看看,我这身子骨咋这么不争气,真气死我啦!"嫂子仍放不下心来,又吩咐道:"长山,你快去准备准备,就安排在你那院! 对了,也给你丈人个信儿,看看在没在家,让他来陪陪远方来的贵客!"

长山和一帮侄女得令而去,分头忙碌起来。

喜讯一个接着一个,大嫂的身体也好像一个时辰好于一个时辰,等吃过午饭,特意让长伟给她洗洗脸,梳梳头,剪剪指甲,换床新被褥,然后又把屋里屋外统统收拾一遍。我几次劝阻说,不必这么张罗,可大嫂就是不听:"你说这话多傻,人家一进门,看到哪儿都破破烂烂的,不像过日子人家,心里肯定不舒坦,对你脸上也无光啊!"

原来,说到底大嫂又是在替我着想。想到大嫂要强一辈子,我索性不再阻拦,任由孩子们去安排吧!

趁大嫂睡着的时候,大哥又同我说起拍电视剧的事儿,担忧地说:"真要拍电视剧,用不用咱自己出钱? 能挣着钱吗?"

"那就看和影视公司怎么商量了。一般情况下,拍一部电视剧可以有两项收入,一个是拷贝发行好的话,就可以赚一笔钱。另一个是插播广告,那收入也很可观。关键就看剧拍得怎么样,真要能打响,备不住可以成倍赚呢!"

"啊,原来是这么回事呀! 那不也等于是做买卖吗?"

"那当然喽,还是桩大买卖呢,影视公司不赚钱他们才不干呢!"

"现在这人,鬼精去啦!"大哥表示赞同。

"他们来可能就是为这事,上次我们见面时,初步预算要一千万左右,想让我出一半入股,我没同意。"

我这时才想起该问问李青川和周志星两家的情况。大哥告诉我,李青川现在已成了全县养殖蓝狐的龙头大户,每年光卖种狐就收入百八十万。去年秋天自己还盖所楼,能有三百平方米,买了台日本进口的轿车,还捐给辛店子卫生院十万元,买医疗设备,还成了天津市的政协委员。

至于周志星的情况,我早已了解差不多。自从 1984 年抗过那阵风后,他承包的卧虎塘,真带来了丰厚的收入,每年都不少十五六万元。从1990 年开始,在大哥的帮助下,又同天津王朝葡萄酒酿制集团签了种植合同,将一百多亩较缓山坡地全改为种葡萄。三年后又是年年大丰收,每斤卖一块多钱,一年下来就是七八十万,扣除去各种成本费用,净剩五十万左右,已经成了乡里的首富。他也早盖了楼,买了车,又捐资盖起一座养老院,把全乡的伤残军人全收去,将近有三十口,一切费用由他出,因此而被树为天津市的劳动模范和人大代表,早已成了新闻人物。当然喽,他对大哥大嫂的帮助一直是念念不忘,这次看大嫂病得厉害,非要用车把大嫂转到天津去治,说费用他全包了,可大嫂硬是没去。

说着说着,大嫂醒了,我扶她翻翻身,问她吃点啥喝点啥不,大嫂说啥也不要,就想听我们说话,心里好开通开通。这时,我忽然想起大哥托付的那件事儿,便说:"大嫂,等这回病好了,还是让长山或者长伟他们谁搬过来吧!你和大哥都快七十岁的人了,身边没有孩子侍候哪行啊!也让乡亲们笑话呀!"

"庆云,你别再劝嫂子了。你现在岁数还没到,孩子小没成家,等你当了老公公、老丈人那天,就能理解嫂子为啥非这么办。你就想想吧,哪儿有手指头伸出来一般齐的?我这五个孩子,都成家立业了。你要把哪个弄到身边来,或是长期住到谁家去,时间一长,没有不生闲气的。今儿个这个近了,明个儿那个远了的,听了心里多烦!再说岁数大了好唠叨,又腿脚不利落,啥都干不了!再三天两头病得乱哼哼,儿子、闺女们不说啥,儿媳妇、姑爷呢?还是自己过吧,没说没管的,图个清静。真要趴到炕上动弹不了那天,再说呗!他们要是都不孝敬,不是还有你吗?嫂子心宽去啦!"说完,大嫂自己先笑起来,心情好像真的挺舒畅。

我看看大哥,不好再说什么。

下午一点刚过,影视公司的邢总经理和魏导演准时到了,他们是从北京开专车来的,还特意给大哥大嫂买了整整两大箱营养品。

我领他们进了屋,刚一介绍完毕,大嫂立刻真诚地说起了感激的话:"大兄弟,大侄女,我听庆云说了,你们都是想大事儿、干大事儿的人,就冲你们这份心性,保准干啥都能成功。"

"孙大嫂,有您这份祝愿,我们就啥困难也不怕啦!"邢总拉着大嫂的手笑呵呵说:"您和大哥的事儿,庆云同我们整整说了一个小时。有你们这样的哥哥嫂子,简直太幸福啦!这不,我们正要商量如何早一点把你们整个家族的事情排成电视剧,让更多的人知道知道。"

"哎呀呀,可别费那么大心血。我们做的那点事儿,谁都能做到,有啥可张扬的!"

"大娘,说起来容易,做起来难哪!"魏导演坐在大嫂身旁接过话说:"邢总说了,就是有再大的困难,也要办成这件事儿,要让全中国全世界的人,都知道天底下还有你们这样的大哥大嫂。"

"瞧这闺女,多会说话,长得又水灵。我咋这么大的福气,天底的好人都让我遇上啦!"

寒暄一阵之后,又说起来嫂子的病情和治疗情况,正说着说着,门前又停下两台车,我和大哥迎出去一看,竟是李青川和周志星。大哥问道:"你俩咋这么巧碰到一起了?"

"哪呢,我和老周都在县里开会,长山给我打电话说庆云回来了,我俩没等散会就跑回来啦!"

进到屋里,大哥让我把他们介绍给邢总和魏导,因为都是亲朋好友,都有一番不同寻常的经历,所以很快就如同熟人一样随便起来。那李青川在这样的场合,仍没忘同嫂子开玩笑:"老亲家母,我听长山说了,庆云老弟一进屋,你的病就立时好一大半儿,又能吃又能喝又能睡的,别提有多精神。你到底是真想他想的,还是有意在装病?"

"你说呢?"大嫂反过来问。

"我就琢磨不透呢!身边这么多亲人,你为啥偏偏就想他?而且还想得那么魔魔怔怔,不吃不喝的。这回好嘞,庆云回来,你的病也好了。干脆吧,等他走时,你就跟着去黑龙江,省得再想时挨折腾!"

"那也备不住,到时候你还得用车送我。可我又一想,你也是我的好老弟,到东北后要再想你想病了,可咋办?所以呀,到现在没定去不去!"大嫂说这番玩笑话时,好像看不出有一点病,把满屋的人都逗得哈哈笑起来,

我这时才得工夫把李青川和周志星打量一番。那李青川仍像上次见面时那样满面红光,肩宽体胖,西装革履,谈吐风趣,处处透出成熟与自信。周志星呢?因为性格内向,虽然没啥太大的变化,但早已不是当年留给我的畏缩、窝囊、胆小的老印象。现在事业成功了,家境彻底变了,又有了相当的社会地位,所以比几年前相遇时,越发显得老成持重起来。

话头很快扯到了要拍电视剧的事儿上,李青川听到要为大哥大嫂拍

电视剧,立即大声表示赞同:"嘿,邢总,您这可是件功德无量的大善事!我老亲家和这老亲家母,早该上电视风光风光。你们准备啥时候动手?到时候我好瞧瞧热闹。"

那周志星也说:"我这表叔表婶儿,在庄里庄外没有不知道不夸奖的,您最好是快点动手,趁他二老能走能动,上北京天津的,哪还都能行。"

原来他俩都以为是要拍纪实片呢!我同邢总和魏导交流一下目光,笑着解释道:"青川,志星,我们要拍的是电视连续剧,不能用真名实姓,要把主要的生活原型进行重新创作加工,以便更生动更感人。"

"那不就更好啦!"青川等我话音一落,又急切地说:"真不真名没关系,大伙一看里面的事儿就知道是谁了。真的,老兄弟、邢总和魏导,我求求你们,到时候把我那些事也来上一集半集的,也算对得起我这儿女亲家!"

"那是一定,缺了你,这戏还能演成!"我爽快地答应下来。

"那你们到底啥时候动手?"青川又性急地问起来。

我看看邢总,因为这个问题只有他才能说个大概。他思索一阵后,有些为难地回答:"这具体时间,还得等庆云我们好好商量商量,主要是差资金问题没最后落实,我们预算的一千万元的资金必须全到位才能正式运作。庆云知道,我们公司今年新上几个项目,占去了一部分资金,我回去再想想办法。"

一听这话,青川的热情好像立刻冷下来,低头盘算一阵,又左右看看,没再说话。

"邢总,还差多少?"周志星突然说话了,那口气令我和大哥,也包括青川在内,都大吃一惊。

"还差四百万吧,我现在手里有六百万。"邢总如实回答。

"您看这样中不中?"周志星说:"您只要能定下来这事儿,缺的那四百万我和青川给补上。青川,我可没同你商量,你要同意就同意,不同意也没啥,我再去贷二百万也中。"

"我哪能不同意？看让你说的！"没等邢总表态，李青川就吃不住劲儿了。他万万没想到，老实巴交的周志星竟会这么痛快，还在众人面前将自己一军，面子上有点挂不住劲儿，脸色也红了起来。其实，他心里也正在想这事儿呢！为了摆脱被动局面，他也同邢总叫起真来："邢总，现在就等您说痛快话了。您要说行，咱一会儿就细摆摆，把几件大事儿先定下来。"

"好！庆云，你看行不行，最后的主意由你定！"邢总的性格和作风本来比那二位更爽快，只是为了尊重我，才故意这么说的。

我简直不敢相信，这么重大的事情竟会在这样的场合，在随意谈笑之间就决定下来。我看大哥大嫂，再看魏导，她对我默默地点点头，便立时坚定了信心，郑重地说道："你们几位既然都如此热心，我还哪敢有别的想法。我看咱先定下这样几件事儿剧本由我提供，制片人由你们三位担当，由昆鹏影视公司负责拍摄，发行后所得的效益，由你们按股份分红。邢总，你看行不行？"

"我看行！"邢总笑吟吟地表态："我们出除了魏导演之外还要聘请著名的演员，最好是巩俐或是潘虹。我总觉得，这部电视剧一定能成功，会获奖。"邢总越说越激动，并且感染了每一个人。

"走，走，咱们到西屋去说，让我亲家母好好歇一歇！"青川其实是性急，却故意找个好听的借口，又一次显出他的精明。

"对了，你们到西屋去说吧，快点把这件大事定下来，也好让庆云早点回黑龙江。"大嫂也来了意见，不过真正着急的却是另一件事。听那口气，恐怕到了第七天，我是非走不可了。

到西屋后，因为都是实在人，又都有了思想准备，所以仅用半个小时，就确定下了所有实质性内容，并由我用复写纸写了一式五份的备忘录，主要内容有以下几项：

一、剧名暂定为《家族的秘密》，拟拍三十集。

二、昆鹏影视公司负责拍摄,具体事宜由邢总和魏导共同落实。

三、由邢总出资六百万元,李青川出资二百万元,周志星出资二百万元,1998 年 6 月 10 日前必须全部到位,三人同时担任制片人。

四、争取在 1998 年 10 月 1 日正式开拍,1999 年 10 月 1 日在全国发行。

五、所得利润由三位制片人按股份分红,亏损亦按股份分担。

六、如该剧在国内和国际上获奖,其奖金按国内惯例进行分配。

七、本剧聘请孙庆华同志担任特别顾问。

八、本意向书一式五份,签字之日起生效。

签约人:北京市昆鹏影视公司总经理邢宝山、导演魏雅芬

　　　天津市燕山特种养殖公司总经理　李青川

　　　天津市王朝酿酒集团第三原料基地经理　周志星

见证人:编剧　孙庆云

　　签约时间及地点:1998 年 5 月 10 日于天津蓟县南贾庄

诸事顺利,皆大欢喜,家宴结束后,邢宝山和魏雅芬连夜返回北京。临上车时,李青川握住邢宝山的手说:"邢老弟,你确实是条汉子,咱俩才算得上酒逢知己呢! 你等着,下次再相聚时,咱非来个一醉方休不可!"

"好! 一言为定,兄弟保证听大哥的安排!"

等车开走之后,青川又特意问我:"老兄弟,这邢总到底能喝多少酒?"

"听说是六十度的北大荒能喝一整瓶,完了啥事不耽误,从来没见醉过。"

"我说呢,今天我俩都喝有一斤,他咋地没咋地! 看来,下次还真得留点量呢!"

这是我第一次听青川酒后说熊话,大哥趁机又激他一句:"青川你就记住吧,天外有天,人外有人,在外面说话办事,可得留点神!"

"那是,那是。"青川表示心服口服,然后又说:"大哥,老弟,那我就先回去了,明后天得空再来。"

"道上千万加小心啊!"大哥叮嘱道。

"这点儿酒,没事! 咱又不上正道。"说完跳上车,鸣着笛跑了。

大哥望着渐渐远去的车影儿,对我赞叹道:"这东西,真的成龙成仙啦!"

第二天下午,邢宝山就来了电话,约我尽快到公司去审定剧本。我看看躺在炕上的大嫂,显出有些为难。大嫂听出我的口气,立即说道:"满仓,你明天就快去,这事儿可耽误不得! 你别担心我的病,不出三五天就能走能动了。"

我看看大哥,大哥也说:"你放心去吧,完了就从北京回东北,你嫂子这里有我呢,再继续用点药就没事了。再说,等你们把事情都落实好了,你还不得再来北京待些日子,到那时随时都可以回家。"

事情真赶到这地步,我只好从命了,便告诉邢宝山,明天坐早车到北京,定好在公司等我。

第二天临要上车时,大嫂忽然把我叫到身边,又从褥子底下掏出一捆百元大票,放在我的手中。我惊慌地想躲开,可大嫂抓住我的手,板起脸说:"满仓,这一万块钱你无论如何也得拿着,可不能和我撕吧,你听嫂子说,你这次是去办大事,不知要关里关外跑多少趟呢! 又要买车票,又要住宾馆,又要请人吃吃喝喝,费用大去啦! 咱摆不起排场,可也不能太寒酸了,让人瞧不起。嫂子知道你现在的心情,我同你大哥商量了,这一万块钱算借给你的,我们啥时候用再朝你要,这还不行吗? 嫂子求你了,可别再惹我生气!"

"庆云,你就拿着吧,不然,你嫂子真会生气的。"大哥把钱放入我的手提箱中。

我不知道该怎么办,忍不住掉下泪来,抱住大嫂的肩头,好半天没直起身。

"走吧,走吧,一会车快开啦!"大嫂先轻轻拍拍我的后背,含笑地让我动身。

　　"大嫂、大哥,你俩一定要保重! 保重!"我怕自己会支持不住,转身拎起皮包,向门口的小客车跑去。

2016 年 10 月改定